暗示

韩少功
长篇小说
系列

Han Shaogong
Changpian Xiaoshuo
Xilie

人民文学出版社

图书在版编目（CIP）数据

暗示/韩少功著．—北京：人民文学出版社，2018（2020.4重印）
（韩少功长篇小说系列）
ISBN 978-7-02-014277-4

Ⅰ.①暗… Ⅱ.①韩… Ⅲ.①长篇小说—中国—当代 Ⅳ.①I247.5

中国版本图书馆CIP数据核字（2018）第094178号

策划编辑	杨　柳
责任编辑	刘　稚
装帧设计	刘　远
责任印制	王重艺

出版发行	人民文学出版社
社　　址	北京市朝内大街166号
邮政编码	100705
网　　址	http://www.rw-cn.com
印　　刷	三河市鑫金马印装有限公司
经　　销	全国新华书店等
字　　数	338千字
开　　本	880毫米×1230毫米　1/32
印　　张	14.125　插页2
印　　数	5001—8000
版　　次	2002年9月北京第1版
印　　次	2020年4月第2次印刷
书　　号	978-7-02-014277-4
定　　价	45.00元

如有印装质量问题，请与本社图书销售中心调换。电话:010-65233595

目 录

前言   1

卷一   隐秘的信息

言说之外   3
场景   6
家乡   9
色   11
眼睛   14
面容   16
相术   19
讪笑   22
证据   24
默契   27
声调   31
铁姑娘   34
骨感美人   38
老人   40
方式   42
抽烟   44

军装	46
时装	51
裸体	54
颜色	56
忠字舞	59
俄国歌曲	62
《红太阳》	64
富特文格勒	66
乡戏	68
遮盖	71
鸡血酒	74
仪式	76
墨子	80
代沟	84
生命	86

卷二 具象在人生中

空间	91
记忆	95
爱情	100
女人	105
独眼	108
忏悔	110
朋友	116
身份	120
精英	123
摇滚	127

母亲	129
无厘头	133
亲近	135
迷信	139
传说	141
情绪化	144
感觉惯性	149
岁月	153
座位	158
角色	160
性格	162
聪明	168
观念	172
距离	178
劳动	180
怀旧	182
时间	186

卷三 具象在社会中

近事	191
文以载道	195
夷	200
野言	203
粗痞话	206
考字	208
党八股	210
镜头	214

卡拉OK	219
广告	223
电视剧	225
学潮	226
《国际歌》	233
领袖	236
团结	239
甘地	242
电视政治	245
包装	249
行为艺术	252
书	255
进步主义	258
触觉	265
痛感	268
商业媒体	270
M城	274
教堂	279
城市	281
假冒产品	286
郊区	290
拥抱	294
天国	298
文明	300
儿童	306

卷四 言与象的互在

真实	311

月光	316
秘密	318
消失	322
语言	326
词义	329
慧能	334
暗语	335
疯子	356
医学化	359
非医学化	362
潜意识	363
伪善	368
言、象、意之辨	371
烟斗	376
虚词	378
残忍	382
极端年代	392
地图	402
麻将	414
沉默者	420
乡下	422
附录一:人物说明	424
附录二:索引	425
附录三:主要外国人译名对照表	428
附录四:《暗示》台湾版序 (李陀)	431

前 言

　　一个眼神，一顶帽子，一个老车站，一段叫卖的吆喝，如此等等使我们的记忆成了一个博物馆，也构成了真正的生活。我一直想解读一下生活中这些具象细节，读解这些散乱的旧物，就像要在字典中找出它们的定义。

　　这些细节常常在人们的言说之外，是生活分泌出来的隐秘信息，泄露出生活的隐秘原因，不大为人们所感知——我没有这样的字典。而且这些东西中既有事物自然的原象，也有传媒文化的造象，几乎无处不在，杂乱无序，缤纷万千，似乎远远超出了我的清理和解读能力。更重要的是，像大部分的人一样，我长期以来习惯于用语言来思考，习惯于语言对心智的囚禁，对于"非言说"的信息可能已缺乏感受机能。一旦离开语言，我并不比一条狗或一个小孩更具有智能的优势。

　　我眼下仍然处在言说之中，但一直没法遏止自己尝试的冲动，让自己能够闯入言说之外的意识暗区。我必须与自己做一次较量，用语言来挑战语言，用语言来揭破语言所掩蔽的更多生活真相。我在写完《马桥词典》一书后说过："人只能生活在语言之中。"这有点模仿维特根斯坦或者海德格尔的口吻。其实我刚说完这句话就心存自疑，而且从那时候起，就开始想写一本书来推翻这个结论，来看看那些言词未曾抵达的地方，生活到底是否存在，或者说生活会怎样地存在。

《马桥词典》是一本关于词语的书,需要剖示这些词语的生活内蕴,写着写着就成了小说。而这是一本关于具象的书,需要提取这些具象的意义成分,建构这些具象的读解框架,写着写着就有点像理论了——虽然我无意于理论,只是要编录一些体会的碎片。在这本书的第一部分,我将陈述一些隐秘信息的常例,包括场景、表情、面容、服装、仪式等事物怎样对我们说话。接下去,我愿意与读者共同考察一下具象符号在人生中的地位和作用,包括它是怎样介入了我们的记忆、感觉、情感、性格以及命运;我们还可以考察一下具象符号在社会中的地位和作用,看它是怎样介入了我们的教育、政治、经济、暴力、都市化以及文明传统。最后,作为一个必不可少也最难完成的部分,我将回过头来探讨一下语言与具象怎样相互生成和相互控制,并且从这一角度来理解现代知识的危机。

在我看来,知识危机是基础性的危机之一,战争、贫困、冷漠、仇恨、极权等等都只是这个危机外显的症状。这些灾难如果从来不可能被彻底根除,至少不应在人们的心智活动中失控,不应在一种知识危机中被可悲地放大。

还是在我看来,克服危机将也许需要偶尔打破某种文体习惯——比方总是将具象感觉当做文艺的素材,把它们做成图画、音乐、小说、诗歌以及电视连续剧,做成某种爽口的娱乐饮品顺溜溜地喝入口腹。这也许正是意识形态危险驯化的一部分。一个个意识隐疾就是在这种文体统治里形成。因此,如果说我以前也一直是这样处置和运用着具象,那么我现在更愿意把娱乐饮品呕吐出来,放到显微镜下细细测试,分解成不那么爽口的药剂。如果说我以前也一直习惯于把声象万态当做消遣休闲节目,当做天经地义的课外活动,那么我现在则要尝试着把它们请入课堂,当做一门主课,以此展开思考和争辩;反而把很多原来占有课时的抽象概念逐出门外,权当野炊、足球、玩泥巴、斗蛐蛐一类课余游戏,权当感觉的对象。这就是说,我们有时需要来一点文体置换:把文学写成理论,把理论写成文学。这就像一群胡作非为的学生,在下课铃响起时上课,在上课铃响起时下课。

对于这一种文体破坏,我请师生们暂时谅解。

2001 年 4 月

卷一　隐秘的信息

言说之外

人是一种语言生物，但是在言说之外，人的信息交流和智能反应，其实从未停止和消失。

婴儿不会说话，仍有欢乐或烦恼的情绪可察，有要吃或要拉的哭声可辨。抽出嘴里的指头一指，是要奶瓶还是要布娃娃，父母一般并不会误解。

聋哑人没有听说能力，即使也不曾上学念书，仍不乏思想和情感的反应，可以胜任劳作、娱乐、交友乃至政治等诸多繁杂的人间事务。他们闪闪发亮的眼睛有时让人暗暗心惊，似乎那样的眼睛更能洞观一切。

正常的成年人也不是时时都需要语言。生活在北欧和希腊的很多人都善于沉默。北美印第安人对沉默更有一种特殊的欣赏，好朋友见面了，常常觉得没有什么好说，也没有必要多说，抽烟、喝酒、吃肉，听窗外的风雪，看眼前的炉火，好几个钟头内也说不上几句话。此时无声胜有声，其实这正是他们之间深切友谊的更准确和更完美的表达方式。宋代学者程颢说过："朋友讲习莫如相观而善。"（见《二程遗书》卷三）　法国思想家福柯也说过："我们的文化很不幸地抛弃了许多东西，沉默即其中之一。"（见《权力的眼睛：福柯访谈录》）

在很多时候，沉默不仅仅是语言的慎用，而且是彻底的删除。面对突然车祸时的极度恐惧，投入两性交欢时的极度亢奋，路见不平时的极度愤怒,终于看见一球破门时的极度欣喜,能造成人如常言说的"脑子里一片空白",实际上这只是语言的空白。但这个时候的人其实并不傻,恰恰相反,如果他们的脑子里还纠缠着名词、动词、复合句甚至格言警句以便决定下一个动作,那倒是真正的傻和特别的傻了。

前人把这种语言空白之中的意识反应称为"直觉"或"潜(下)意识"和"无意识"。我们暂且接受这些命名——虽然我们终将知道这里沉积着语言崇拜论的偏见。在这里,"无"意识其实是"有"意识,"潜"意识其实是"显"意识,它们只不过是超越语言和废止语言的另一种意识方式,名之为"无"与"潜",并不准确。借重这种意识方式,图画、照片、雕塑、舞蹈、音乐以及无声电影,都曾大规模参与过文化的营构;同样是借重这种意识方式,当代的摇滚、时装、卡通画、游戏机、行为艺术等等,顺应着各种电子设备对声象的远程传输功能,更是在发动着一个个全新的文化浪潮,重新夺回一片片曾经由文字统治的领地,哪里是"无"?哪里是"潜"?

读书识字是重要的,但远不是智能活动的全部。很多人一直认为,书面的语言叫做文字,文字的运用构成了人类与低智能生物的重大区别,也成为人类得以积累经验和知识的特殊优势。也许是基于这种理解,"文明""文化""文雅""文治"等中文词都是"文"字当头,"文"人和"文"士几乎成了文明的当然代表:这些食草食肉然后食"文"的物种,出入于学府,戴着眼镜或夹着精装书,以学历、学位作为自己精英身份的证明,作为自己理直气壮地进入权力等级上层的凭证。但他们在语言之外的智能活动里既没有受过足够训练也没有经过严格考核,其智商一定会比一个文盲更高?对世界的认知一定会比低学历者更通透?——我以前对这一点缺乏足够的警觉。

《淮南子》记载:"仓颉作书,天雨粟,鬼夜哭。"有前人说,天降粟雨是对人间出现文字的庆祝。其实我觉得那更是一种警告,一种悲悯,一种援救,暗示着文字这种不祥之物将带来乱世,遍地饥荒已为期不远。

不然的话,寂寞长夜里的群鬼为何嚎哭不休?

场　景

　　火光也是语言。我第一次认识到这一点，是二十多年前。我到大队党支部书记家里去，请求他在我的招工推荐表上签字盖章。当时我是留在队上最后一名没有回城的知识青年，守着一幢空空的木楼，还有冬夜冷冷的遍地月光和村子里的零星狗吠。我被这巨大的安静压迫得几乎要发疯，便咬咬牙，一步一滑地踏着雪中小道去了书记的家。出乎我的意料之外，平时总是黑着一张脸的书记，在家里要和善得多。他让我凑到火塘边来暖身，给我递上一碗姜茶，他老婆还拿一条毛巾拍打去我肩头的雪花。在我与他们一家数口暖融融地挤在火塘边的时候，在我嗅到了混浊的炭灰味、烟草味、姜茶味以及湿袜子味的时候，我预感到我会成功。

　　事实确实是如此，书记问我还有没有柴烧，一开始就有了人情的联结。他谈了柴以后就顺理成章地同意推荐我，完全没有提及我可疑的家庭背景，也似乎忘记了我在地里踩死豆苗之类的破坏行为。我心里一热，很没出息地湿了眼眶。

　　我相信书记并没有丧失他的阶级斗争觉悟，也仍然保留着以往对我的戒意，但这种戒意似乎只能在公共场合而很难在他家里活跃起来。由火光、油灯、女人、姜茶、邻居、柴烟等等组成的家居气氛，似乎锁定了一种家庭的亲切感，似乎给所有来客都涂抹了一层金黄色的暖暖亲情。书记不得不微展笑纹，不得不给我递茶，他的老婆也不得不给我拍打雪花，而有了这一切，主人当然最可能说一声"好吧"。

他在我推荐表上签了字，要我第二天去找大队会计盖公章。

很久以后我才明白，人情常常产生于特定的场景，比如产生于家庭而不是办公室。涉世较深的人，大多能体会出谈话的地点及场景很重要。卧室里容易谈艳情，山水间容易谈命运，歌剧院里容易谈风雅，接待室里的会见呢，受制于那些规格划一的座椅和谈话双方的遥远距离，不多出一些公事公办的原则，倒是不可理解。场景就这样常常暗中规定和引导着话题。一个官员若把来家里求见的下属挡出门："明天到办公室里谈吧。"那已经差不多暗示了官员的提前拒绝，差不多预示了明天对下属来说是凶多吉少。正是出于同一道理，很多中国人都愿意把难谈的生意或者难办的公务拿到餐厅和酒吧里进行。倒不是中国人特别好吃喝，告别贫困年代之后，吃喝对于很多商人和官员来说已成为了沉重的负担。好累的一桩事呵，即使没有让他们吃出脂肪肝、高血脂或者心肌梗死，也常常让他们对着一张张红请帖烦不胜烦，倒抽一口冷气。但他们还是强打精神，倦容满面地奔赴餐厅，因为要求谈话的一方要的就是那个场景和氛围。那里没有办公桌相隔而是餐桌前的比肩抵肘，那里没有成堆的文件而有杯盘满桌，那里一般来说也没有上司的脚步声而有解开的领带和敞开的衣襟，于是那里最能唤起人们身处家庭时的感觉，最容易使主客双方把他们的关系暂时性地定位为"哥们儿"一类的关系。在这个时候，餐厅和酒吧这种空间使一切公务得以仿家务化，使一切人际关系仿血缘化。被求见的一方即使只是喝一杯清茶，或者只是吃几口清淡野菜，也还是比坐在办公室里要好对付十倍。

"只要他来了，事情就成功了一半！"请客的一方总是这样说。他们知道语言的功能有限，因此他们需要餐厅或酒吧这个场景里的一切无声地参与谈话，需要用这里的一切色彩、气味、音响等等来说服对方。

在这一点上，对香水气味、领带款式、演说风度等比较粗心的很多中国人，倒是显出特有的细心。

家 乡

　　家乡也是一种场景,只是范围更大一些,内涵更多一些。我上面提到的大队书记,多年后当上了县委书记,办事雷厉风行也专横跋扈,有一次检查市容卫生,发现刚刚洗净的水泥广场被人吐了一口痰,他便勒令犯事的老汉跪在地上将痰舔去,谁来说情也不通融;有一次发现公路塌陷了一大块,他便一杯剩茶泼在交通局长脸上,把对方骂得狗血淋头,逼他到修路工地上去挑土,肩上不磨出血就不准回来见他。这个阎王爷出行都是警车开道,警笛声呜呜呜响彻县城,吓得鸡飞狗跳。如果是从地区或者省里开会回县,一进入县界,必有大小官员在路边恭迎大驾,提心吊胆地看他的脸色,听见他咳嗽一声也差点要吓出尿来。

　　正因为这样,他贪污两百多万元的案情败漏之时,县城里响起了一阵阵鞭炮以表庆祝,人们喜不自禁地奔走相告。

　　让人稍觉奇怪的是,唯有家乡人对此大为奇怪,根本不相信他们的四满伢子会是一个贪赃枉法之徒。以至法院开庭审判的时候,几十号男女老少自动去法院请愿求情,跪在大门口呼天喊地,要还县太爷一个清白。他们还派人找到我,找到更多的人,要我们一定想办法疏通关节,让法院对这个案子从轻发落。武妹子硬要我收下两个脸盆大的糍粑,说四满哥是个最朴实的人,每次回家探母,见人犁田就帮着犁田,见人打禾就帮着打禾。有一次大年三十,家家都在过年,村里的一头牛不见了,他整整一个晚上翻山越岭，身上被树刺剐出道道血痕，硬是带着人追上了偷牛贼。这样的人怎么可能为非作歹？又说，他富贵而不舍旧情，回乡来一般都要去看望一位老同学，在村口那间学校的破土房里，与老同学挤一床被子，一把生花生米也可以下酒，说说笑笑可以直到天明。这样的人下大狱怎么不可能是遭小人暗算？

人皆有复杂的品性，这并不奇怪。武妹子没有可能对我说假话。我只是疑惑贪官的友善和朴实为何只能存在家乡，而不能搬到任上去。也许，家乡有他的童年和少年，有一个融合了他童年和少年的规定情境。特定的一道门槛、一棵老树、一个长者的面孔、一缕炊烟的气息，都可能苏醒一个人的某些感觉而暂时压抑这个人的另一些感觉，使他在特定的舞台背景下回到特定的台词和动作，比方使他到山上去找牛或者到小土房里去喝酒。诗人是明白这个道理的。他们状物写景，是为了让读者们睹物生情和触景生情，在种种景物的接引之下，唤醒自己可能已经沉睡了的纯情。宗教家们也是明白这个道理的。他们把教堂建设得肃穆、威严、幽深、空阔或者挺拔，是为了让教徒们首先受到一种氛围的震慑和感染，一进门就不由自主地敛其俗态和涤其俗心，重启自己可能已经尘封了的善念。在这个意义上，诗歌和宗教是人们精神的家乡，它们总是努力使人能够重返少年，重返赤子之心——这正像一个贪污巨款的死刑犯，他无形的诗歌和宗教在家乡的一片青山绿水里，他只能在那里得以靠近自己的灵魂。

"接近自然就是接近上帝。"一个热衷于园艺的法国老太太这样对我说过。

色

中国有一句俗语："只可意会不可言传"，可见生活中很多信息已溢出了语言的边界。我们不妨将这些信息名之为"象"。

这个概念将在本书中反复用到。

显然，这里的"象"有视觉性的图像和形象，也有作用于人的听觉、味觉、嗅觉、触觉等其他方面的物象和事象，将其纳之于"具象"这个中国读者较为耳熟的词，大概较为合适。我在前面还说过，具象包括生活的原象，也包括文化的媒象，即由文化媒体传播的人工造象，比如风景画对风景的模拟，战争片对战争的表现。

"象"区别于"文"或"言"，是语言文字之外一切具体可感的物态示现，是认识中的另一种符号，较为接近佛教中的"色"。上海佛学书局一九三四年版《实用佛学辞典》称："色者，示现之义"，"眼、耳、鼻、舌、身之五根也，是属于内身，故名内色"；"色、声、香、味、触之五境也，是属于外境，故名外色"。佛教中的色尘、色相、色法、色界等，在这里都可以视为"象"的延伸概念。

唯识宗作为东方传统哲学中较有系统性的认识论，称"万法唯识"，首先提到"眼识""耳识""鼻识""舌识"以及"身识"，将这些视为全部心识的重要基础，视为人与事物现象的直接关联。（见太虚等《唯识学概论》）

佛教常常借莲花、明镜一类象征来直通心性，借面壁、棒喝一类行态来寻求感悟，一直在强调文字之外的信息传达。其极端者甚至强调"不立文字""言语道断"，但他们以"色"对立于"心"，赋予了"色"第二个意义："变坏""变碍"以及"质碍"。（亦见《实用佛学辞典》）　因此一旦从认识论转入人生论，佛徒们便视"色"为迷惑耳目泯灭心性的俗尘，是人们进入觉悟时的魔障。在空门净土那里，"色即是空""空即是色"，是虚幻不实之物，琐屑无义之物，理应被正道者拒绝和超越。这样，他们从认识论上逼近了色的大门，又在这扇大门前匆匆闭上人生论的双眼，在感性现象世界面前有一种进退两难。

　　佛学东传的结果之一，是"色"渐渐被蒙上贬义，与尘世中的凡夫俗子结下了不解之缘，虽说不一定符合大智慧原旨，却是佛学在中国承传和演进的部分现实轨迹，与儒家、道家的抽象思维指向互为呼应，几乎汇为一流。影响所至，人们见"色"而惊，闻"色"而避，较为感性的生活总是被称为"沉溺声色""玩物丧志"，是一种君子不齿的堕落。而"好色者"甚至成了日常用语里"流氓"的别号，致使隐含在色界里的意义结构一直处于道德歧视之下，几乎是一片暧昧不明和无人深究的荒原。由此不难理解，中国传统知识者皆以语言为尊，比如从来不乏"文"的字典、辞典、语法以及修辞，不乏各种语言研究成果登堂入室，却一直未见世上有过"色典"或者"象典"，一直没有什么人对生活中万千声色的含义、来源以及运用规则有过系统的记录整理。

　　意大利哲学家克罗齐对此心存忧虑。他说："关于理性认识，世界上有一门非常古老的科学，毫无异议地得到所有人的承认，其名为：逻辑学。但是，关于直觉认识的科学却勉勉强强和困难重重,只得到极少数人的肯定。"(见《作为表现和普通语言科学的美学》) 我们将看到,克罗齐指出的这一失衡状况不仅遮盖了生活中那些只可意会的事物,反过来也将祸及生活中可以言传的事物,最终构成理性认识的乱源。

眼　睛

中国古代思想家孟子特别重视人的眼睛。

"存乎人者，莫良于眸子。眸子不能掩其恶。胸中正，则眸子了焉；胸中不正，则眸子眊焉。"这是《孟子》里的话，把眼睛当做灵魂的窗口。

孟子在人际交流中也常常以眼代言。《荀子·大略篇》记载：孟子去见齐宣王，见面时只是用眼睛盯着对方，并不说一句话，如是三番令王宫里的人大为奇怪。孟子后来对别人的解释是："我先攻其邪心"——在开口说话之前先放出浩荡目光，给大王来一次心理卫生。

在孟子看来，眼光的清与浊能暴露出内心的善与恶。一个伪善者最悬心的事，是他的装模作样最可能被自己的目光公开告发。目光一亮，目光一暗，不由自主地把自己的心机暴露无遗。可以想象，偷鸡摸狗的劫贼，东藏西躲的间谍，还有虚情假意的演艺明星，即便面对着毫不知情的陌生人，也喜欢用一副墨镜遮盖自己的双目，大概就是缘于缺乏控制眼光的自信。他们不能没有这种障眼设备。

朋友老木一度在我的面前戴上了墨镜。他这样做并没有什么保健的缘由，比如并没有需要遮挡的太阳强光。看来他只是要阻挡和躲避我的直视，使我不能不有一种黑上心头的慌乱和悲哀。我知道，我不知道的什么事情在黑色镜片那边已经发生。果然，一个月后，另一个朋友大川告诉我，老木把我们共同加工白铁桶的钱黑去了一半，还去大川姐姐那里骗了粮票和火车票，气得大川定要去打他。这是墨镜给我最早的一次刺激。

面　容

在开口说话之前,我们总会盯一眼来人的脸。面容是人最具个性的身体部位,因此各种证件照片上都锁定面容,而不是一个膝盖或一个巴掌。面容当然不能比指纹更精确地记录差异,但面容比指纹多了一份情感的流露,多了一份隐约可辨的文化和历史,于是它总在我们的记忆中占据焦点位置。忧郁的目光,欢乐的眉梢,傲慢的鼻尖,清瘦的面颊,智慧的前额,仁厚的下巴,守住了千言万语的嘴角……总是不知何时突然袭上心头,让我们生出片刻的恍惚。在谁也没有注意的时候,一个宁静的侧面,一个惊讶的蓦然回头,一个藏在合影群体角落里的默默凝视,都可能会让我们久久地梦绕魂牵:如今你在何处?

面容的浮现和消失组成了我们的人生。"见面"成了我们人生的一个又一个开始。美国总统林肯说过:过了四十岁,一个人就应该对自己的相貌负责。林肯看到了人生经历将会重塑面容,发现了心理一直在悄悄镂刻着生理的秘密。比较一下俄国作家契诃夫少年和盛年的照片,比较一下印度领袖甘地少年和盛年的照片,我们的确看到了智慧和胸怀是如何在面容上生长,使它成为人世间美的精品。少年顶多有漂亮,盛年才有美。生活阅历一直在进行悄悄的整容。《世说新语》上记录着这样一个著名的传说:魏王曹操当年要接见匈奴特使,担心自己面貌不够雄武,不足以震慑来使,便让一个姓崔的人假扮魏王,而自己持刀于床头假扮卫士。接见完结以后，下人奉命去询问来使对魏王的印象，不料客人说：魏王确实优雅，"然床头捉刀人此乃英雄也！"

这样看来，要想在自己的脸上展现其他人的阅历，还真不是一件容易的事。这就是剧艺演员难能可贵的原因。一个奶油小生要演出帝王的胸中城府，一个纯情少女要演出娼妓的红尘沧桑，该是多么的不易。人们说：多笑者必多鱼尾纹，多愁者必多抬头纹，巧言令色使嘴皮薄厉，好学深思使目光深邃，心浮气躁会使面部肌肉紧张而混乱，气定神闲会使面部肌肉舒展而和谐。如此等等，如何遮掩得住？这样，有时候我们可能会顺理成章地以貌相人，比如依据"心宽体胖"的经验，相信"体胖"者必然"心宽"。其实，"体胖"一类现象可能还有更多的原因，即使在后天演变这一方面，也还可以追溯出更多相关条件。我在孩童时代就发现过夫妻越长越像，对好几个同学的父母的面容相似性十分奇怪，总觉得他们是兄妹。我后来还发现养子与养母越长越像的情况，爱徒与高师越长越像的情况，佞臣与暴君越长越像的情况，这才知道他们的面容相近，首先是由于他们的表情相仿。表情是易于互相感染和模仿的。朝夕相处的人，两两相对如同镜前自照，也许会下意识地追求自我同一，情不自禁地复制对方的笑容。在一段足够的时间以后，他们就免不了会有某一条相似的皱纹，某一块较为发达的肌肉，某一个器官的轮廓曲线——这当然不是不可以想象的事情。

如果我们放开眼光，甚至可以发现一个时代则常常批量产生着面容。在我的一张褪色的老照片里，我们可以发现大部分女知青共有的黝黑、健壮、朴拙，目光清澈但略有一点呆滞；在我女儿新近拍下的一张照片里，我们也可以发现当代大部分女白领的纤弱、精巧、活泼，目光进逼但略有一点矫饰。我们就可以知道，面容是可以繁殖的，是表情感染后的肉体定格。这种繁殖其实一直在更大的范围内进行：军营、党派、沙龙、行业、社区、宗教团体等等，都在制作出各种"职业面容""党派面容"乃至"社会面容"。

从这个意义上来说，面容不仅仅属于个人，而且也属于社会，成为了人们文化符号体系中的一部分。

相　术

　　一九九〇年我和朋友们编过一期杂志，在上面做了一个小试验：刊登出四十多张人像照片，让读者猜出他们中间的十来位罪犯，正确答案在杂志的随后一期公布。结果不出所料，接受试验的读者们都频频失足于这个面容的迷阵，猜测的正确率不足五分之一。他们不论如何小心翼翼，还是被一张张清纯或者奸险的脸骗过去了，不得不在事后怀疑和痛恨一切相术。事实一再证明，面容与性格乃至命运的关系，一直扑朔迷离得令人生畏。相术即便杂有一些医学和社会学的道理，一旦有了解说人间万事的野心扩张，它就成了宿命论的旁门左道，成了"扼杀任何人生努力的符号暴力"。（南帆语，见其《面容意识形态》文）

　　中国戏剧中的脸谱可算一种准相术，力图建立面容的标本手册，让观众一旦"知面"便可"知心"。红脸象征忠勇，白脸象征奸诈，黑脸象征刚烈，三角白粉鼻则象征油滑卑微，诸如此类。中国小说也有过脸谱化倾向，比如在我读过的一些作品里，作家们总是把两扇厚嘴唇安装在厚道人士的嘴上，似乎厚嘴唇是缺少运动的肉脂积累，源于沉默的习惯，源于忠厚者常有的木讷，自然成了重诺守信的形体特征。在这种文化环境里，相术当然成了一种必不可免的知识极端。獐头鼠目、尖嘴猴腮、三角眼、扫帚眉、鹰钩鼻、酒糟鼻之类统统被派给了坏蛋，龙睛凤目、方头大耳、卧蚕眉、含丹嘴、国字脸、悬胆鼻则统统献给了道德君子——包括把"重瞳眼"献给了明主圣王。在相术家们看来，人际命运和行为操守都可以进五官科，集中显示于人脸这一块仪表板。

但这些理论从来没有登堂入室，从来没有得到过知识界普遍的承认，在有些人那里，即使既信又疑，挥之不去，也顶多落下一个"相信与不相信结合"的模棱两可。古代著名皇帝舜是否真是"重瞳眼"，"重瞳眼"是否称得上美貌，人们也多有怀疑。两千多年前的中国古代思想家荀子还曾写下著名的《非相》一文，称："形相虽恶而心术善，无害为君子也；形相虽善而心术恶，无害为小人也。""相人，古之人未有也，学者不道也。"

解读面容的努力遭到如此重挫，是否意味着向我们迎面而来的诸多人脸只是一块块空白？是否就可以由此判定，"一见钟情"和"一见如故"之类的故事都属于谎言或者愚不可及的面容崇拜？事情可能没有这么简单。也许，面容不是静止的，因此不应该简化为相片；也许，面容不仅受制于生理遗传也受制于心理再造，因此它不光是一个脸蛋而应该包括表情活动的全部，包括一个人全部的身体语言（body language）。一本《麻衣相法》无法充当廉价的先知，但这并不妨碍一个富有职业经验的警探不太困难地从一群乘客中一眼辨出走私疑犯或者越狱犯。很多缉凶过程的事实报道证明，一个神色特征，一个举止习惯，一个装束细节，都可以使警探胸有成竹，敏感到自己的对手在哪里。这种行外人和局外人无法理喻的目测能力，隐含着特有的经验、技巧以及博闻广识，有时竟可达到"一眼准"的程度，几乎可以称为实践家的"相人之术"。

相人本来有术，只是术士们无所不知的夸口许诺，决定了江湖相术的破绽百出。警探不是术士，他们依据一个人的外形表象锁定犯罪疑犯，即使有高得惊人的成功率，也仅此而已，并不窃占认知越位的特权。犯罪只是犯罪,此时的犯罪也只是此时的犯罪,并不能决定该犯的性格是温和还是刚烈,命运是坎坷还是顺利,知识是丰富还是贫乏,婚姻是圆满还是残缺,父母是健在还是亡故,甚至不能决定该犯在另一个人生的层面上,在另一个社会环境里,是否能成为一个良民。这正像我们在杂志中印出的那数十张照片里,男女良民一旦身处特定的条件之下,也不一定没有犯罪的可能,因此五分之四的识别错误,不一定意味着永远的错误和绝对的错误。

在犯罪问题以外,人是非常复杂的。好公民不一定是好同事,好同事不一定是好情人,好情人不一定是好儿子,好儿子不一定是好父亲……幸好警探们没有义务处理这些事务,也无意穷尽人生未知领域的汪洋大海,只是把目测方法局限在职业范围之内。这正是警探们的成功之道:有效知识的前提是承认知识边界,承认我们对边界那边的一切无可奉告。

只有无视认识边界的僭越者和独断者,才会在数十张相片面前争执不休。他们或是拥护相术,相信这些面相能够告诉我们一切;或是反对相术,认为这些面相既然不能告诉我们一切那就毫无意义。他们的争执不休,其实都是对面容的有眼无珠,人世间一张张含义丰富的面容,在他们眼前如果不是空白就是幻象。

讪　笑

　　有一段时间，高君愿意找我聊天，谈到我们的一些共同的熟人。他心上和嘴上都多事，说某杂志主编明目张胆要作者给他送礼，说某朋友拿着空照相机给他人热情万丈地拍照然后谎称胶片不幸曝光，说某博士连一个管资料的精神病人也敢去强奸，那病人老得足可以做他的妈……这一类丑闻明明出自他的口，但被他一次次强调传闻发布者不是他，原作版权另属他人，他不过是听说而已，听说而已。

　　这就是说，他不能对这些事情的真实性负责。这还不算，当他成功诱发出我的惊奇和愤慨以后，又一个劲地压抑和反驳我，比如说："当主编就不能与下级有人情往来吗？朋友之间送条金项链又怎么样？""胶片曝了光也是常有的事吧？说他拿空照相机唬人，谁能证明？""一个博士能爱上一个精神病人也是很崇高的吧？我看这件事还应该上报纸表扬呢嘿嘿。"……直到后来很久，我才发现他的压抑和反驳已成习惯，他要扫荡一切无聊的流言蜚语。

　　如果将他这些话予以转述，甚至用录音机录下来存档备查，高君都具有澄清谣言和信任朋友的姿态，都会被传闻的当事者们心存感激。但他的反驳又明明不是反驳而是一种鼓励，因为他说这些话的时候脸露讪笑，目光斜斜地投来，有时还做一个小小的鬼脸，以表示他并不相信此时他说出的话，只不过是把这些强辩之词摆出来供我批判，把这些荒唐无耻的谎言公布于众以激发我进一步鸣鼓而攻。于是他在对所有朋友名誉负责的同时也让我高兴，高兴于我们的同仇敌忾。我们在餐馆里又叫了两瓶啤酒。

显而易见，他把微微一丝讪笑运用得恰到好处。这样他任何时候都可以左右逢源，以言语和神情的不同分工，声讨了恶行又宽赦了恶行，伸张了正义又规避了相关风险，不用担心自己因言语的走漏而得罪什么人。他后来果然获得了广泛而良好的人际关系，成功地晋升为什么主任，是最获领导信任的年轻官员，在我的"插友"中是最有出息的一个。他五岁的女儿在机关大院里也高兴地大叫他为"高主任"，曾让我听得一怔。

证 据

发生于上个世纪六十年代的中国"文化革命",几乎就是一场罕见的文字检疫运动。政治清查,思想批判,大都以当事人的文字为依据。很多人一夜之间成为叛徒、特务、汉奸、反革命、走资派、右倾分子、五一六分子,往往都是缘于一句话或者一张纸片。言辞就是根据,文字就是铁证,这是当时的社会共识,甚至还算当时最为开明和最为公正的办案原则:可以避免随意的想象和推断,保证结案时的证据确凿。

至于文字以外的东西,比如这个人说话时笑了吗?这个人说话时有什么样的笑?……这一类身体语言却因时过境迁难以查证,往往被后来人马虎放过。因此当时有"文字狱",但至少不会出现"表情狱"。

高君就是这样在父亲的抽屉里发现了交代材料,发现父亲承认自己在三十年代参加过国民党,并且书写过"拥护党国领袖蒋介石""永远忠于一个领袖、一个主义、一个政党"一类大黑话。高君大吃一惊,在抽屉前哇哇大哭。受过多年红色教育的他,很快把父亲想象成一个歪戴军帽、斜叼烟卷并且在集中营里严刑拷打革命者的凶手,同时把母亲想象成一个珠光宝气浓涂艳抹并且在麻将桌旁恶声训斥佣人的阔太太。他没想到父母一直把真相隐藏了这么久,没想到父母居然不露痕迹地混在革命队伍中,居然假惺惺地大读毛主席的著作并且要孩子们穿着破旧衣服下乡参加农业劳动。他擦去泪痕后惊天动地地摔门,然后对着空中大喊一声:"我就是要大造你的反!"

这是父亲苦苦劝高君不要出走的时候。高君后来还知道,这是父亲已经得知单位上的革命组织即将对他采取行动的时候。父亲结结巴巴,很想向儿子说清但不知道如何开口。几天后,父亲跳楼自杀。

直到运动结束的一九七九年,高君的父亲获得平反。一位审案组官员对高君说,国民党里确实有恶棍和腐败,但他父亲倒没有被查出什么劣迹。他父亲在学校毕业时是参加过国民党,入党后热情投入了抗日宣传、救济难民、抢修滇缅公路,具有那个时代很多革命者同样的社会热情。据有关调查结果,当时有些地方的国民党也不是什么大馅饼,青年学生中很多吃花酒的,抽大烟的,怕打仗于是跑到国外去的,他们并不愿意参加国民党,也被那个学校激进的国民党支部所排斥。

高君父亲的故事使我们知道,任何党派里都有多样的人生。我们后来还知道,白纸黑字可以在历史中存留久远,而历史中同样真实的表情、动作、场景、氛围等等,却消逝无痕难为后人所知,而这一切常常更强烈和更全面地表现了特定的具体语境,给白纸黑字注解出了更丰富和更真实的含义。一个党证,一段拥护什么的表白,如果从具体语境中抽离出来,能说明什么呢?比如说,如果仅就文字而言,中国人一般都会对下列事实吃惊:尊敬的蔡元培先生曾经撰文支持独裁当局对异己人士的铁腕镇压;尊敬的于右任先生曾经签署过肉麻吹捧黑帮头子的生日祝辞;尊敬的周作人先生参加过汉奸政权并且留下了一批向日本侵略者致敬的恶劣文字;连尊敬的周恩来总理也曾经在"文化革命"中对蒙冤的刘少奇、邓小平、彭德怀等老战友口诛笔伐。这一切白纸黑字都是真实的。但难以查证的真实是:这一切是出于真诚的迷失？无奈的敷衍？怯懦的附势？还是小不忍则乱大谋的责任担当？有谁知道那些言辞发生在一些什么样的表情之下？

　　文字是可怕的东西，是一种能够久远保存因此更为可怕的东西，它能够以证据确凿的方式来揭示历史或歪曲历史。后来有一天，高君接待了一位台湾来大陆寻亲的老人，父亲以前的国民党同志。大概在餐桌上多喝了几杯酒，老人突然胡言乱语，说高君父亲其实也是一个不讨人喜欢的家伙，在同学们当中有个"屁长"的可笑绰号；还说他吃饭时从来都是等着同事给他装饭，自己却从不给同事装饭；说他一看见漂亮女人就目不转睛，抓住对方的手一握就揉来搓去简直轻薄得很……高君当然认为这个家伙是喝醉了，是老糊涂了，甚至是国民党反动派对一位大陆革命干部的无聊攻击。那些疯话没有任何文字可为依据，还能算数？……他总算控制住自己的满腔怒火，没有一拳把老家伙揍倒在地。

默　契

　　一位客人来家里聊天。应该说我们谈得很好，所有观点都没有什么分歧，他用例子呼应我的看法，我用阐释扩展他的思路。我们还谈到孩子和足球，谈到天气和最新的流行笑话，保证了交谈的张弛相济和亦庄亦谐。最后他戴上帽子礼貌地告辞，并且没忘记跟女主人和我家的小狗摆摆手。

　　奇怪的是，这次交谈使我一点也高兴不起来，对这位客人我没有任何好感。我不知道这是为什么。他说错了什么吗？没有。他做错了什么吗？也没有。那么我郁闷不快的感觉从何而来？来自他有些刻意的礼貌？来自他夸张的某一条笑纹？来自他听话时一瞬间不易被人察觉地左右顾盼？来自他眼中偶尔泄露出来的一丝暧昧不明但暗藏攻击的笑意？来自他那件方格子布的名牌衬衫和刚刚染得油黑的头发？……

　　在我们的交谈之外，一定还有大量的信息在悄悄地交流：表情在与表情冲撞，姿势在与姿势对抗，衣装在与衣装争拗，目光在与目光搏杀，语气停顿在与语气停顿撕咬，这一切都在沉默中轰轰烈烈地进行，直到我的内心疲惫不堪伤痕累累，直到双方似乎圆满的谈笑已经微不足道。也许我们都没有注意到的一个发型，就注定了今天的见面将实际上乏味和尴尬。

　　交谈是人际交往中重要的手段，却是生硬的手段，次等的手段，不得已而为之的手段。换一句话说，人与人之间需要用交谈来沟通的时候,需要用大量交谈来沟通的时候,无论对敌还是对友,都往往是困难重重的时候了。最成熟的关系其实不需要语言,不需要交谈,更不需要谈判家,所谓"默契"是之谓也。"默"即语言的放弃。隐藏在一个个无言细节里的感觉对接,已经让人心领神会,挑明了说反属多余和笨拙。在这种情况下,硬要说说什么的话,也多是题外之言,言不及义,醉翁之意不在酒,真实意图反在不言之中。由此我们才能理解,为什么最巧妙的外交总是不像外交,常常在谈判桌和协议文本以外完成。为什么最高明的调情总不像调情,常常不着一字尽得风流,更不需要傻乎乎地缠住对方说爱呵爱——只有街头强行拉客的下等野鸡,才会习惯于直说和明言,比如一语道破问题的实质:"大哥,发生肉体关系啵?"

女人下意识地瞪了男人一眼,或是下意识地拾起男人遗忘的帽子,或是下意识夹走男人餐盘中的大蒜……此时的他们,言语少却信息不少,一定要说说话,也是有三没二,有七没八,意思多在心领神会之中。他们即使自称只是一般的关系,其亲密程度其实已尽在我们的想象之中。相反,如果他们将自己公开定位于夫妻或恋人,或者被某部作品的人物表定位于夫妻或恋人,如果他们定位于这种关系却没有上述一类行为默契,倒是习惯于用逻辑严密和意义明确的言说来处理各种事务,包括处理帽子和大蒜,他们之间的关系反倒会让我们大为生疑。很多蹩脚的影视剧里就有这种男女,尽管满嘴是爱的台词,甚至动不动就搂搂抱抱床上床下,但他们给人的感觉总像是生硬的嫖娼,而不是水到渠成和水乳交融的情爱。用圈内的话来说,这些蹩脚的演员眼中无"戏"、脸上无"戏"、举手投足无"戏"、浑身各个部位没有感觉的对外辐射,即使把设计台词和设计动作执行得再好,也是一具具台词机器和动作机器而已。他们既不可能演好真正的情爱,也没法演好真正的愤怒，真正的忧愁，真正的欢乐。

　　他们与观众之间不可能形成默契，不可能被观众真正接受。这种缺乏感觉对接的共处，在中国俗语中叫做"不投缘"，叫做"气场相斥"。这就像有的人常常没法说清楚，他为什么不喜欢他应该喜欢的一部小说，不喜欢他应该喜欢的一个城市，不喜欢他应该喜欢的一个时代。在这一点上，十八世纪和十九世纪是幸运的，因为这些世纪留下了丰富的文学艺术，留下了大量的感觉细节，足以渗入人们的血液，使一个初到巴黎或彼得堡的人，也可以对这个巴尔扎克的城市或托尔斯泰的城市似曾相识，对陌生的街道或酒吧几乎无端地"默契"，一盏路灯，一阵冷雨，一个面包店的胖大娘，好像都已与你神交了多年，完全就是你记忆中的样子。而二十世纪，特别是二十世纪晚期是不那么幸运的。也许这个时代的物事变化太快，根本来不及在人们的感觉中淹留、沉淀以及消化；工业化生产之下的物事也流于批量化而缺少个性，很难成为感觉兴奋的目标。事情还可能是这样：这个时代发达于技术和经济，文学艺术却不幸衰颓，疲于胡闹而鲜能动心，缺少巨星迭出的文学艺术大师在时代与人们之间沟通感觉，于是高楼取代田园，街灯取代明月，电话取代笔墨，飞机取代马帮，超级市场取代市井集市，电子媒体取代道听途说，这一切可以说有效率上的合理性，但尚未形成情感上足够的感染力和征服力，甚至与很多人的感觉末梢生硬抵触。换句话说，人们对这个时代的接受，是理智超前而情感滞后——这正是很多人忍不住要怀旧的原因，是怀旧程度大大超过二十世纪中期和早期的原因。

　　我母亲说过，她年轻的时候都不穿布扣斜襟衣的，想不到现在的中年人和青年人倒穿起来了，想不到"唐装"之类越来越时髦。

　　我也是一个把感觉留在过去的人——也许是留在唐诗、汉雕、秦篆那里。坦白地说,我不管如何努力还是觉得眼下这个时代颇为陌生,在很多方面还是没办法喜欢眼下它——尽管这个时代比过去更富裕也更多自由,尽管这个时代有电脑、飞机、空调、伽玛刀、联合国维和部队,是一个我能够接受但说不上喜欢的时代。我不知道是什么力量接管了和没收了我应该有的好感。我似乎更愿意自己走入一个我不可接受的时代,比方走入青铜岁月的边关驿道,在一次失败的战役之后,在马背上看苍山如海残阳如血。

声　调

　　"好吧"两个字,用高声调说出来,与用低声调说出来,可以表达完全不同的情绪,其实也是表达完全不同的意思。同是这两个字,还可用来表达仇恨、威胁等更多不"好吧"的意思——只需要把调值再略加改变,或者再调整一下节奏,比如在两字之间增减零点一秒或零点零几秒的停顿。

　　在日常生活中,善言者总是对声调有特殊的敏感,"察言观色"的能力包括善于"话里听音"。善言者知道文字符号常常无法准确地记录声调,无法准确记录语态,即使加上一些语气助词也是杯水车薪,因此他从来不会轻信文字,不会轻信历史文献,至少不会像有些学者那样断言历史就是文献的历史。

　　他们知道,文献的字里行间常常有更重要的信息已经隐匿莫见,留下来的文字有时难免短斤少两。如果他们也重视文献,那是把文献当做了想象的依托,从文献中读出了人,包括人的声调。小雁当时答应父亲不去掺和选举,电话里的"好吧"两字无精打采,让她父亲根本放不下心来。她后来果然自食其言,也是受不了一位自荐候选人的语气:"我要是背叛民主就不是个男人!"这话实在太刺耳。"男人"两字重若千钧,什么意思?男人怎么了?背叛民主不是男人未必就是女人?她冲出了教室。当同学们敲着饭盒走向食堂时,她父亲担心的事情已经发生了,一份伟大的纲领正一个劲贴上墙。但她根本没法贴完,几个男生立刻拿扫把来扫荡，刷下她那些纲领，还溅得她一脸糨糊点子，理由是她"分散选票""破坏民主"。当天下午，一位男研究生自称受托于广大选民，私下来劝她退出竞选，先肯定她的大方向没错，然后说她理论水平太低，跳出来无异于丢民主派的脸。小雁不服气，说就算只得一票也是历史丰碑，我就是不能让你们一手遮天！

她后来说，打击接踵而来，领导当局还没来找麻烦，民主派男人倒先对她下了毒手。泼污水的大字报铺天盖地：说她前一天还在谈什么双眼皮单眼皮，趣味极其低俗，突然投机民主，可见动机不纯；说她经常错穿别人的拖鞋，错提别人的水桶，肯定是自己舍不得掏钱买那些东西，是个十足的小气鬼；还说她的男朋友最近在图书馆偷书被判了刑，我们岂能让劳改犯家属窃取人民权力？大字报上就差没说她涉嫌堕胎或者有私生子了。

晚上的演讲集会上，学生们要求她公开回答问题。她走到话筒前，下面先是一片嘘声，然后问题无奇不有，但就是没有一桩正经事。第一个获诺贝尔奖的女人是谁？世界上第一个女总统是谁？中国哪一个省的女作家最多？女人平均的脑容量是多少？……好像他们不是要选学生代表而是要考她的百科知识，而且这些百科知识只与女人有关，与科学和民主一类大事无关。好像一张女人脸使他们无法想到女人以外的事情上去。准备得好好的答问预案一个也没用上，张口结舌更暴露了她的"弱智"和"不学无术"的可笑形象。她气得破罐子破摔，最后竟像个泼妇似的胡言乱语。有人问："你不是来竞选的吧？是想来找对象的吧？"她恶狠狠地回答："对不起，你们要是看见我的对象，会嫉妒得要死——他比你这家伙的个子起码要高二十公分！"下一回合杀得更加粗野无聊。那是一个人问："请问'世上最毒妇人心'这句话你怎么理解？"她脱口而出："去问你妈！"

她赢得了最热烈的一次掌声，但她被掌声气哭了，还咳嗽不止。台下有人大喊："不准抽烟了！"这一声喊使她心头一热，于是哭得更厉害，哭得更丢人。她后来还说，那一段时间里，她强作温柔，动不动就与男同学握手，动不动就去与男同学跳舞，无非是特殊时期，尽力扩大一点票源么。没想到好几个女同学竟托人传话，警告她不要"第三者插足"。她的女权主张也被女同学们普遍怀疑，一次姐妹们的自家集会竟被少数与会者搅局，几个女生大笑着猛拍桌子，高喊"高跟鞋万岁"和"超短裙万岁"，以示自己女人味十足，获得了窗外男生们的热烈鼓掌和呼哨四起。其实她的意思完全被曲解了。她并不反对高跟鞋和超短裙，只是反对把性感符号带到教授那里去，带到官员那里去，反对女性用色相交易来代替事业追求。但她被很多女同胞描绘成一个修道院的板刀脸嬷嬷，就是生出一万张嘴来也说不清。她最伤心的事情，是最终看出很多女同学并不支持她，虽然诅咒"你们男人最坏了"，但诅咒得嗲声嗲气，使男同学们坏得更来劲；虽然高呼"姐妹们团结起来斗争到底"，但呼声中满是逢场作戏的嬉皮味，喊得别人笑了自己也笑了，把一场严肃的斗争越闹越庸俗。她发现事情是这样奇怪：她在女同学那里虽然得到了大多数言词的同情和支持，却得到了大多数语气的嘲弄和反对。

铁 姑 娘

几年前路过太平墟,想起当年很多同学在这里下放劳动。一些女同学当年也在这里放牛、喂猪、割草或者薅禾,胼手胝足尘泥满身的样子让人难忘。

那是上个世纪六十年代,女孩子们都不大知道怎样打扮自己。她们争相使自己的皮肤晒黑,争相使自己的肩膀变宽,争相穿上肥大而破旧的男式棉袄等等,一个个形如铁塔。不知情的乡下农民还曾经以为破棉袄是公家发给知青的统一制服,说这种制服如何这样丑?白给也没人要,人民政府就这样来打扮你们知青啊!

女生们穿上了这种破棉袄,虽然枕边藏着小说与哲学,但一个个比农民还农民,跳下粪池淘粪,跳到泥水里打桩,把病了的猪崽搂在怀里当宝贝暖着,常常抢着做农民都不愿做的脏活和累活,有一种脏和累的使命感。一旦回到城里,她们虽然是提鸡携鱼背糯米探家,满身泥土和粪肥的气息,但狂热地找电影、找书店、找唱片,走到广场上或纪念碑前则可能冒出俄国什么人的诗歌,一个个比精英还要精英,常常交流着和争辩着学者们都不大触及的高深问题。她们是一些身份混乱不定的人,是一些多重身份并为此而满怀幻想和焦虑的人。她们是城乡之间特殊的游动群体,其破棉袄在那个时代的汽车、火车、轮船上随处可见。

在那个时候,黄头发不是美,那不过是帝国主义和修正主义的发色；白皮肤也不是美，那不过是资产阶级和封建地主阶级的皮肤——男女们用上皮肤"增白剂"，还有美国黑人歌星麦克尔·杰克逊要把自己皮肤变白，只可能被当时的女学生们匪夷所思。美被叫做"臭美"，属于电影中歪戴着军帽的美国女情报员一类，或者反动资本家的姨太太一类。孩子们对那些"妖精婆""坏女人"的模仿纯属下流之举。当时电影里的正面女性，大多只有一个脸上的五官端正，平淡而且模糊，既不太亮眼也不太刺眼，显然出自一种设计者的犹豫，也让孩子们想不出有什么可模仿之处。到后来革命的高潮时代，女性美更多地定型为这样一种形象：短发，圆脸，宽肩，粗腰，黑皮肤，大嗓门，常常生气勃勃地扛着步枪或者铁锨，比如出现在众多媒体上的突击队"铁姑娘"。

  小雁和很多女同学身上就有过这样一股呼呼呼的铁气。这当然是一种劳动的美。短发便于干活，圆脸表明身体健壮，宽肩和粗腰能挑重担，黑皮肤是长期活跃于户外的标记，大嗓门则常常为犁田、赶车以及呼喊工地号子所需，肥大的男装更体现男女平等的原则……这种美可以注解那个时代的诸多重大事件：红旗渠，大寨田，南京长江大桥，大庆油田，卫星上天，核弹试爆，数百个中小型化肥项目——当时中国没有国际货币基金组织一类机构的任何援助，也毫无可能像现在有些穷国那样，动不动就开单子向国际社会要钱。但人毕竟不是肉质机器，人有任何力量都取消不了的欲望和情感，都需要劳动之外的正当生活。当革命当局操纵一切宣传工具独尊"五大三粗"的时候，社会就陷入了一种深刻的美学危机，它甚至成为后来重大政治危机的根源和基础。异端是自发出现的。米开朗基罗、达·芬奇等艺术家的人体作品画册在知青群落里流传，往日戏台上小姐丫环们的花容月貌仍然被老观众们留恋，一旦街头出现了罕见的西方女记者，一旦出现了惊人心魄的露背装或超短裙,"洋婆子打赤膊啦不穿裤哇",夸张性的传闻可引发万人空巷的民众围观。这一切对人体美的饥渴,启动和增强着一种模糊的政治离心力。

　　人体美其实不值得心惊肉跳。五官端正,眼光明亮,面色红润、肢体匀称并且富有弹性等等,只是人体健康的应有之义。高乳不过是女性成熟准备哺育的表象,细腰和丰臀不过是方便女性生育的体态,还有秀发、玉肤、红唇以及长腿不过是显现一个女性体格成熟的青春时光。而现代化妆术也不是别的什么,只是一种人为的夸张手法,是用香波、面霜、唇膏、束腹带、高跟鞋以及超短裙,甚至用假胸和假臀一类,将女性的这些青春特征加以极端化,以便诱发异性情爱。我们可以将其称为"春情美"。春情美与劳动美一样,都是生命的表现,是生命实践的需要。即使是从唯物主义的美学观来看,即使是依据俄国思想家普列汉诺夫关于美源于"劳动"和"功利"的经典观念,(见《没有地址的信》)如果无产阶级还需要小无产阶级,如果无产阶级还需要健康的小无产阶级,那么生育也是一种伟大的劳动,春情美也是伟大劳动的必要条件。这就是说,即使把唯物主义审美眼光化为经济学或医学的眼光,也不至于要容忍非男非女,不至于要用男式破棉袄来永远包裹身体。

　　春情是吸引,体现着个人欲望;劳动是付出,体现着对他人和集体的义务。在激进革命的意识形态之下,个人没有合法性,欲望没有合法性,因此春情美充其量只能算是一种"人性论"的"形式主义美学";又因为革命宣传家们的知识谱系里从来没有"人性"和"形式主义"的合法地位,于是所有的美容美貌都会被打到反动的意识形态一边去,成了人们视域中的禁区。作为这个过程的自然后果之一,革命宣传中出现了爱情的空缺。现代革命样板戏里的一个个英雄人物,不是没有丈夫就是没有妻子，这种舞台上和银幕上普遍的"独身现象"从来无人深问。到后来，即使有了小心翼翼的改进，即使作品里的铁姑娘、铁大嫂、铁大婶们也勉强有了"对象"或者"孩他爹"，但一个个革命同志的无性化造型之下，情侣之间仍然气不相融，息不相通，象棋与围棋硬接在一起，左脚和左脚硬配成一对，怎么看都别扭和隔膜。在这种格格不入的场合，爱情是尽职尽责地上爱情班，家庭是奉公守法地任家庭职，双方只能谈点"同志们近来工作"或者"全国的大好形势"便不足为奇。我的朋友大头刚刚进剧团的时候，一位亲戚执意要为他介绍一个对象，是当上了厅级干部的一位大龄女子。大头倒是颇有兴趣地去相了一次亲，没料到对方很漂亮，一见面就大大方方地与他握手，但开口就说："我这次到北京开会，有三个想到了和三个没想到：第一是没想到会议意义这么重大，第二是没想到中央这么重视，第三是没想到……"大头算是第四个没想到：没想到恋爱还可以有这样的排比句，他吓得借故逃出了亲戚家。

　　文化阉割导向政治绝育，导向政治上的普遍的反叛情绪，即对革命机器人身份于心不甘的情绪。当时大头偷偷地对我说过：大家的裤裆里都很反动。这句话其实可以引申出更多的意思：当时所有的镜子、红头绳、剃须刀、化妆品、照相馆、漂亮衣装、赏心悦目的身体线条等等，实际上都成了潜在的政治反对派，但一直被当政者严重低估。

骨感美人

我很少注意电视里的时装秀,有一次偶然看一眼,被屏幕里的美女们吓了一跳。我没有料到一个革命的无性化时代过去之后,另一个无性化的时代又这么快地到来。

这些超级名模们在 T 形舞台上骨瘦如柴、冷漠无情、面色苍白、不男不女,居然成为了当代女性美的偶像。骨瘦如柴是一种不便于劳动和生育的体态,冷漠无情是一种不适于在公共集体中生活的神态,乌唇和蓝眼影等等似乎暗示出她们夜生活的放纵无度和疲惫不堪,更像是独身者、吸毒者、精神病人以及古代女巫的面目。体重或三围看来已经逼近了生理极限,她们给人的感觉,是她们正挣扎在饿死前的奄奄一息中,只是一片飘飘忽忽的影子,一口气就足以吹倒,随时准备牺牲在换装室里或者是走出大剧场的那一刻。

瘦削是这个时代美的金科玉律,催生出"骨感美人"这一新的流行词。一位英国评论家说过:"在食物异常充足的西方,肥胖成了严重问题,因此苗条等同于健康和美丽;在贫穷的发展中国家(比方印度),丰满的女性则受人欣赏,较胖的男性则被认为更具阳刚之气。"(见 1999 年第 6 期《焦点》杂志)我们可以想象,古代的权贵男人们其实也没有过上太好的日子,频繁的征战、疾病、灾荒等等使他们的体重十分有限,因此古希腊爱神阿芙罗蒂忒以及中国唐代贵妃杨玉环都是胖姐,罗马人甚至将女性脖子上堆积的肉环誉为"维纳斯环（Venus rings）"，达·芬奇笔下的蒙娜·丽莎在很多人的眼里更是一个超重大甜薯。我们还可以想象，是汽车、飞机、电梯以及机器人增加了当今男人们的皮下脂肪，是啤酒、巧克力、快餐以及宴席膨胀了当今男人们的肚腩，是文明仪礼和舒适生活使当今男人身上浮现出某种女式的白净和细腻。因此，当他们掌握了政权、资金、报纸、电视、高价入场券以后，当然需要T形舞台上的瘦削和再瘦削和再再瘦削，以平衡男人世界里多见的肥膘——哪怕瘦削得失去了性征，瘦削得像个女巫。在这个时候，瘦削甚至是中上等人士有条件（有运动的闲暇）和有知识（懂得营养学）瘦削下来的阶级标志。

男人们在健身房和美容医院里力图实现的目标，女模特们都很明白，于是争相在T形舞台上代他们预支对瘦削的想象，哪怕滑向一种失控的夸张。

二〇〇二年第六期的《读者文摘》警告："肥胖症每年正在夺去美国三十万人的生命。"但食品营养还没有富足得让所有的男人都恐肥。于是在欧美国家的T形舞台之外，在这一类上流社会的特定场所之外，肥胖在穷国的贫民圈里并不是普遍现象，那里的人体美也就没有特别极端化的瘦削。这正如中国近古时期女人缠足只是上流社会的时尚，即使也被一些上流社会的追慕者所模仿，但就总的情况来说，劳动大众还是以女人的天足为实用，以女人的天足为美。在这个意义上，这个世界的趣味是分裂的，趣味与财富的分配有着依稀可辨的联系。穷国贫民的美学趣味一般来说较为接近自然，较为平庸也较为可靠，至少不大有人为的身体自残——这种自残曾经表现为摇摇晃晃的小脚，今天则表现为T形舞台上看似奄奄一息的超级模特，表现为她们对生命正常形象的一步步远离。

老　人

我对小雁说过我的一次惊愕。在巴黎的一个小博物馆里，我正在等待朋友的到来。大厅两侧的高墙上各挂着一排老人的照片，不知道是什么意思。我看不懂那些法文的说明文字。使我突然大吃一惊的是，我在墙上看到了我的母亲，一个脸上皱纹密布的老妇，头发已经稀疏和干枯，太阳穴深深地陷塌下去，就像她从阳台上回首的那一刻，擦去一滴挂在鼻尖的凉鼻涕，终于把我盼回了家并且责怪我穿得太少。

她当然不是我的母亲，而是一位我不知名的法兰西人，只是与我母亲有惊人的相似而已。既然是如此相似，她想必也曾经每天站在阳台上，鼻尖挂着一滴凉鼻涕，想必也每天都等候儿子归来，并且毫无道理地担心着儿子穿衣太少。

褪去了种族的痕迹，一个中国老妇人出现在法国博物馆的照片上，真是让人大惊失色。当我把墙上两排老人的照片都一一看过，我才发现那些面容也全是种族莫辨，如果把他们说成中国人、印度人、斯拉夫人、巴西人、朝鲜人，大概也无人生疑，也十分顺眼。也许老人就是老人，全世界的老人都面临着共同的大限，也就有了种族莫辨的老态龙钟。正像孩子就是孩子，全世界的孩子都是赤条条地闯来，于是无论地处天南海北，都会有大眼睛或圆球脸，都在流涎水或咬指头，都能变幻出哭相或呆相，没有太大的种族差别，其最初的肤色与发色也模糊不清。

种族体态的浮现是后来的事，性别体态的浮现是更后来的事，还有文化、宗教、政治经济制度等则是更更后来的事。种族所带来的生理特征差别，需要在一个人完全成年时才能成型。只有到了那个时候，一个法兰西女人与一个中国女人，才会形貌迥异和姿态殊分，得以被人们一眼就辨别出来。由此可见，种族、性别、文化、宗教、政治经济制度等，烙印在鼻梁上或者下巴上，烙印在肩膀上或者面颊上，差不多都是青壮年时期的景观，是一支乐曲的展开部和变奏部，却不是起始部和结束部。它们定时出没，在人们生命的过程中像潮水一样涌现，又像潮水一样隐退，在一定的时候使相同的生命形色各异，在一定的时候又使不同的生命彼此消融——面容在久别以后重逢，回归于统一的规格和型号，就像出自某些模具。

老人和孩子，这些最接近上帝的人，他们是真正平等的生命。

方　式

　　我不大给母亲钱。这种冷冰冰的纸票子，也能让她高兴，但程度非常有限。经过一些尝试之后，我注意把钱换成具体的东西，比如布料、毛衣、鞋袜、鱼、鸡、水果、红枣、红薯以及镜子一类日用品，把纸票子换成有更多体积、重量、颜色、气味、声音的实物，变成她感官上的应接不暇，一定能使她更高兴——哪怕这些实物比我往日给她的钱低廉许多，哪怕这些实物会使她忙来忙去，更多一些劳累。

　　她其实就喜欢这种劳累。鱼在跳，鸡在叫，几颗红枣从这个瓶子转到那个瓶子，几个红薯从这个篮子转到那个篮子，还有比这更让人高兴的事吗？

　　人活着需要感觉，需要气氛，很多时候并不在乎抽象的物有所值。我后来把这种方式运用于海南省一个单位的管理，宁可多费点时间和精力，总是把一部分奖金换成实物，于是员工们手忙脚乱眉开眼笑热火朝天，比数数票子要精神振奋得多。

　　管理的重要内容之一，是对人的管理，对人的感觉的管理。感觉找对了没有，所谓"气"顺了没有，可以导致超常规的效率或超常规的亏损，可惜这一点常常成为某些管理者的盲区。实行养老退休社会保障以后，某地管理部门发现有人隐瞒亲人的死亡，冒领养老金，造成很大漏洞，于是完善制度，通知所有的养老者每年到派出所开具该人"活着"的证明，上报社会保障局，以作发放养老金的依据。从管理的效率和周密来说，这样做无可厚非，似乎也没有别的什么选择，但这一通知所规定的办事方式让养老者们怒不可遏。你想想，白发苍苍的老头子或老太婆，得摇摇晃晃走到派出所去，让毛头小警察对着照片证明自己"活着"，似乎谁都不大相信你活得了今天还能活明天。如果自己体弱病重无法到场，小警察就会与代办人纠缠不清，长时间把你的名字与"癌症""冠心病""中风瘫痪"一类恶心的字眼搅和在一起，甚至会对你依然在世的真实性深感怀疑，似乎你很可能早已不在这间房里这张床上，早已成了坟墓里的一团烂泥。据说，小雁的父亲坚决拒绝这样的证明，宁可不要养老金。

　　社会保障局的人对他较为尊敬，事后上门来做他的说服工作。他拍着胸膛大吼："老子一个大活人在这里，还要什么证明？"

　　来人苦笑着低声说："您老是活着，但别人不知道啊。"

　　老爷子生气了，扬起拐杖要把来人打出门去，不料自己血压猛升，栽倒在地，两天后倒真的死了。

抽　烟

小雁和很多女同学都抽过烟。当时抽烟几乎是一种成人仪式。男知青人人都抽，女知青不甘人后，偶尔也硬着头皮呛上几口，呛出脸上痛苦不堪的成熟。知青们其实没有钱买烟，连便宜到八分钱一包的经济牌香烟都买不起了，就找农民讨一些旱烟叶，缠成卷，塞在床脚下，压得足够紧密以后再来细细切丝。切出蓬松细软的烟丝是要一点技术的，用废纸卷出紧凑细长的土烟卷也是要有一点技术的。

有了空中这种尖刻刺鼻的气味，男人就有了吞云吐雾的张扬，有了区别于女人和孩子的特征，也多了男人之间的话题和忙碌：借烟、还烟、品烟、评烟、做烟等等，闲时不做这些又能做些什么？太平墟一个青年农民去相亲，女子看来看去没有什么不好，只是对地上没有烟头大为不满："不抽烟也不喝酒，活一世只吃几粒米，不像个麻雀子吗？"

这位女子居然把亲事给拒绝了。

抽烟在其他处境下，当然也还会有其他的义涵。比如当时农民大多是抽烟的，为了表现出向贫下中农学习的政治姿态，知青们便争相向尼古丁和烟焦油靠拢。这正像美国六十年代的反叛青年以吸大麻为时尚，因为大麻来自下层民间，因为贫穷流浪者那里更多瘾君子，中产阶级的少男少女们便据此求得阶级身份的转换，宣示自己对主流社会的决不妥协。在这些情况下，中国吸旱烟和美国抽大麻都与生理需求无关,只是一种光荣地成为穷人的精神加冕。

军　装

老木闯进我家大门的时候，嘴角有血，头上和身上有泥尘，吓了我一跳。我问发生了什么事，他不说，直到洗脸的时候才忍不住号啕大哭。

我后来才知道，他这天在学校里挨打了。学校里闹起了红卫兵，是第一代红卫兵，那些革命干部和革命军人的子弟。他们在教室里贴出了"老子英雄儿好汉""老子反动儿混蛋"的流行对联，宣布对老木这一类反动家庭的子弟实行无产阶级专政。教室的大门是供好汉们通行的，混蛋们被勒令跳窗出入。学校的大门也是供好汉们通行的，混蛋们被勒令翻墙出入。老木不敢抗令，要他跳窗就跳窗，要他翻墙就翻墙，灰溜溜如丧家之犬。但这还不够，红卫兵发现他居然身穿一件军上衣，是一大敌情。

军装是那个时代最高贵的服装。在我生活的南方，南下军人是各级政权的主体成分，军装代表了秩序和权威，军号指挥着很多权力机关的作息。这就不难理解，为什么军帽、军装、军鞋、军皮带、军挎包、军人味的普通话，包括在军人中流行的京腔粗话"我操——"在当时都会成为青少年的兴奋点。小雁还告诉我，当时一位男生追求她，送的礼物你想得到吗？竟是一整套闪闪发亮的弹壳，装了满满一盒子，是手枪、步枪、冲锋枪、重机枪、高射机枪等各种武器的弹壳，吓得她说不出话来。

早期的红卫兵多以军装为制服，显示出他们的家庭的权力背景,还有他们自己在社会上的优越地位。军服中最牛的又要数深色呢子装,号称"将军服",只能为极少数高官的子弟拥有。这当然让其他同辈人羡慕不已。老木就是在这种情况下处心积虑地穿了一件军上装,草黄色,有四个口袋,看来也是排级以上军官的行头,颜色褪得恰到好处,既不是退役兵的破旧,又不是新兵娃娃的崭新,再配上一条棕色武装带,有一种英俊潇洒的劲。据说这件衣服是他用父亲留下的一块上海手表交换来的,当时交换的另一方脸上的五官紧急集合和解散了好几次,一副痛不欲生和舍得一身剐的模样,叹了一口气,才把手表舍己为人地收下。

老木穿了这身黄皮,像只开了屏的小孔雀,双手插在裤兜里,成天在初二(95)班的教室前晃荡,口里吹着"你是一朵玫瑰花"之类的曲子。表弟跟在他后面晃了两圈,觉得一点也不来劲,说到底来玩什么啊,走来走去一点意思也没有,还不如去"拍油板"和"砸跪碑"——这是当时两种最简便的少年游戏。老木只装着没听见。

他是在等小雁,准确地说,是等别人都称之为"小雁"的那个女生。他并不知道她太多的情况,只知道她有眨巴眨巴的大眼睛,是校体操队的牛屎之一,有很多男苍蝇叮着,在这间教室里出入,偶尔也来学校看看大字报。

他没有料到自己不能参加红卫兵,而且无权模仿红卫兵的装束——一个资本家的孝子贤孙居然也蒙上一层黄皮,简直是人群里冒出一头猪,皮肉里扎了一根刺,是可忍孰不可忍!几个红卫兵发现了他,勒令他立即脱下。

"我已经与家庭决裂了……"他怯怯地低声哀求。

"谁相信呢?"

"我在家里贴了父亲的大字报……"

"是花言巧语的口头革命吧?"

"我早就不要他们的零花钱,早上也不喝牛奶了……"

"那怎么还长得这么肥?红军还要二万五千里长征,还有八年抗战和三大战役,就是为了养肥你们这些狗崽子?"

"我明天就不吃早饭了,好吧?不吃中饭……"

"那也不行。你说!这件军装是哪里偷来的?你们这些狗崽子也真是太胆大包天了,还敢偷盗国家的军用品?"

"我是换来的,用一块手表换来的……"

"你还有手表?好哇,你们家剥削来的东西还没上交人民政府?"

…………

他死死地揪住衣襟不放,不愿意脱衣,尤其不愿意在初二(95)班教室前脱衣,结果被一伙人拳打脚踢,发出了一串难以辨认的叫声。据目击者后来说,根本不像是他的声音,是牛马般的嗷嗷乱叫。

他只剩下一件背心,像一只拔光了羽毛的小孔雀,有点冷,觉得没有脸面见任何人。他天昏地暗想到了死,摇摇晃晃来到了学校后面的铁路线上,看着火车轰隆隆地一列列驶过,飞沙走石地动山摇。他知道只要闭上眼心一横,一切就简简单单地结束了,是不是盗窃过军用品也就无所谓了。他想象人肉与钢铁较量的场景,一颗脑袋被撞碎,身子被碾压成薄薄的肉饼,脚与大腿完全错拧着角度,几根肠子挂在轮子上拖出几十米,血滴也飞旋着溅出漫长的曲线……他有点奇怪,自己并不害怕这种想象,反而有一种说不出的快感:小子们,你们打人算什么本事?你们敢死吗?不敢吧?你们这些草包,老子今天死一回给你们看看!你们怕了不是?老子要死给大家看,死给公安局和全校师生看,死出你们无法逃脱的罪责!你们逼出了人命就想扬长而去吗?你们抢走了我的衣服就想拍拍屁股开溜吗?休想!你们这些草袋子得一辈子永远背上杀人的恶名！以后一想起你们的木大爷就要毛发倒竖魂飞魄散做鬼叫！

他越想越兴奋，有一股报复成功的得意洋洋。他冷笑着，把报复一步步设计，包括得饱吃一顿再死，包括得戴上毛主席像章去死，得让很多目击者看着他死，还得给外婆一个告别——那个每天晚上带着他入睡的外婆，皮肤多皱的手总是透出甜薯的气味。他打定主意最后去看外婆一眼，哪怕是躲在窗外偷看。他觉得有点对不起老人，无法兑现给外婆挣钱的承诺了，要干一件惊天动地的大事也就顾不上这些小事了，但不辞而别是说不过去的。

天黑时分，他蹑手蹑脚来到自家窗前，见外婆正坐在床头补袜子，针线老是穿不上。一想到外婆的眼睛越来越瞎了，一种突如其来的心酸涌上来，不管如何捂住嘴，他还是忍不住哇哇大哭起来，结果被外出撒尿的表弟一举发现。当时我正在他家向他父母解说军上衣的事情，听到他表弟在门外惊慌大叫。

多少年后，老木成了一个比他父亲更大的资本家，逛遍了世界上最繁华的都市，可以穿遍世界各种最昂贵的名牌时装，但他还是经常身着深色呢子军上衣。我不知道他这一特殊爱好是不是来自多年前那个伤心的故事。其实，这个时候的军装和仿军装，已经成了最不入时的东西，常常堆积在路边街角最不起眼的小店里，标以最低廉的售价，还是很少有人去光顾。除了进城打工的贫寒农民，谁还愿意去穿这种可笑的衣服？正是在这种小店前，看着那些民工身上似曾相识的一身黄皮，我常常有一时的恍惚：我也曾这样穿过的，那么我的一部分，我过去的众多日子，似乎眼下正在被陌生人领走，就像我的一张脸已经改装在别人的肩上，我的四肢已经移植在别人的身上，我的一个背影正在路边一个屋檐下昏睡。它们不认识我。它们迎面而来却冷若冰霜，擦肩而过且一去不返,一次次让我惊愕。它们是已经与我绝交的自己,是我不敢认领也不能认领的青春。

我还看到了商店里销售着中山装、劳动装、休闲装、运动装等各类衣服,不知道那些衣服是不是也一度成为什么人的青春,他们后来不敢认领的青春。我从此知道,衣服都有灵魂,商店不光是在销售商品,而且在涌流着情感,是一个个隐秘情感的陈列馆。

时　装

　　我不喜欢母亲捎来知青点的新衣。我憎恶它的新，还有它的色泽鲜亮，忍不住把它揉皱一些，有意给它抹一点灰土或者污渍，恨不能在上面再打上一两个补丁，把它做破做旧以后再穿出去，让我在农民中感到心安理得。我在乡下小学当代课老师的时候，有一次觉得身上干净得太可耻，太资产阶级了，竟不敢直接从学校回家，因为路边正有很多人一身泥水地在抢收稻子。我一直等到天黑，才贼一样地潜回去。

　　外形向下层贫民看齐，是那个时候的潮流，却是历史上的反常。历史上服装演变的动力大多是"高位模仿"，即外形贵族化而不是外形劳工化的模仿。正如英国动物学家莫里斯考证过的：十八世纪的英国乡绅们打猎时，常常穿着前短而后长的燕尾服。到了十九世纪中叶，这种猎装略加修改后就成了流行便装。自那以后，普通西装、夹克、超短裙、牛仔裤等等，都因为最先是上流人士穿来从事射击、钓鱼、高尔夫、马球、滑冰、网球一类休闲活动，才渐渐在社会上流行开的。（见《人类动物园》）　尽管人们后来穿上夹克时不再把自己看做一个赛马骑手，穿上超短裙时不再把自己看做一个网球运动员，穿上牛仔裤时也不再把自己看做一个拥有乡间牧场可供度假的富翁，但他们的服装兴趣都来自前人或他人的休闲——而那正是贵族的生活特征，是阔绰和闲适的标志。在这一过程中，原本属于放牧、种粮、打鱼等劳动者的装束（如牛仔裤），因为出现在富翁们的假日里，有幸身价大涨和声名鹊起，最终进入了时装的堂皇橱窗，一定为劳动者们始料不及。

美国经济学家韦伯龙写过《有闲阶级》一书，也说设计女服的目的常常不在于体现女性美，而在于"使女人行动不便和看似残废（hamper and disable）"：高跟鞋、拖地长裙、过分紧身的束腰都显示当事人是有闲阶级，永远不会受到工作的残害。这也是中国传统贵族自我形象设计的隐秘原则：长袍马褂，窄袄宽裙，甚至把指甲留得长长的，把脚裹得小小的，宜静不宜动，宜闲不宜忙，一看就是个不需要干活的体面人。即使实际上还没混出那种资格，即使实际上还需要偷偷地流臭汗，但至少在外形上给人一种有头有脸的气象，也可让人产生错觉，让人高看一眼。

眼下满世界似乎都是有闲阶级。我重访太平墟的时候，穿了一双特别适宜步行的浅口黄面胶鞋，乡民们对此大为惊怪。这种旧式鞋在当地已近绝迹。倒不是这种鞋不再适用，他们大多还需要行走，还需要爬山和下地，并没有阔绰和闲适到哪里去。但这里的青年干部、青年商人、青年无业者大多西装革履，都像是从电视机里走出来的现代人，是日本、韩国、东南亚一类地方来的小侨商，你需要仔细观察，才可发现他们头发还较粗硬，耳后和颈后还有尘灰，因此不完全像侨商。这里的很多女崽则穿上了高跟鞋，或者一种底厚如砖的松糕鞋，大概是日本传来的式样。还有一种露跟女鞋，一穿上就像脚底抹了胶水，让女人摇摇晃晃步步小心，每一步都似乎怯于提脚，都得埋怨没有配套的地毯铺展到菜园里去，没有配套的汽车和电梯供她们驶向灶台或茅坑。我在这里发现，乡村首先在服装上现代化了，在服装、建筑等一切目光可及的地方现代化了，而不是化在看不见的抽屉里、蚊帐后以及偏房后屋中。他们在那些地方仍然很穷，仍然暗藏着穷困生活中所必需的粪桶、扁担、锄头、草绳以及半袋饲料什么的。

穿上现代化的衣装以后,他们对我的落伍行为大为困惑。听说我愿意吃本地米,有人便大惊:"这种米如何咽得下口?我买了二十斤硬是吃不完!"听说我的小狗吃米饭,有人也大惊,说他家那只小洋犬只吃鸡蛋拌白糖,吃肉都十分勉强,对不入流品的米饭更是嗅都不嗅。在这个时候,如果你想从他们嘴里知道他们的父辈如何种粮、如何养猪、如何榨油、如何烘茶、如何砍柴从而使他们能穿上时装,你肯定一无所获。他们即便略有所知,也要扮出一无所知的模样,不愿意说道那些与时装格格不入的陈谷子烂芝麻。

《礼记》称:"君子服其服,则文以君子之容;有其容,则文以君子之辞;遂其辞,则文以君子之德……"看来,服装有时候确实是可以管住容貌(容)和言谈(辞)的,有时候甚至是能够管住心性(德)的。当新一代乡亲们都穿戴如小侨商的时候,我再想与他们谈谈山上的几百亩油茶是如何荒废的,看来是有些困难了。我只好满足他们的要求,谈谈城里的歌舞厅、贷款消费、特大凶杀案以及股票商的巨额收入,让他们听得两眼圆睁啧啧惊叹。这就是说,我只能听任时装没收我的话题。

裸　体

老木很小的时候偷看过女澡堂。砖墙上有一个小洞，这边是小学的工具房，那边是公共浴室。这事很长时间内不为人知，让他一个人独享。他说女人也是人，其实没有什么好看的。白腿么，还算可以，背和手臂也马马虎虎，最难看的是屁股，人人都挂着那一大堆死肉，要多呆笨有多呆笨，要多愚蠢有多愚蠢，从来就是坐享其成无所用心厚颜无耻的样子，居然还有一道暗色的肉沟，让人看着要呕。三角区的阴毛让他惊讶也让他厌恶，虽说也是体毛的一种，但完全比不上眉毛的机灵小巧，完全比不上头发的热情奔放，是属于比较鬼鬼祟祟偷偷摸摸以及不怀好意的那一种，属于肮脏和凶蛮并且完全不合适女人身体的那一种。

他后来说，洋人讲原罪，那么阴毛就是原丑，这绝对没错。他还说，你看有些外国画家画人体时就不画阴毛，有些人体模特也刮掉自己的阴毛，大家一定都是对那黑乎乎的一团失望透顶和痛恨不已。

他的偷窥史很快结束，因为他觉得人还是穿着衣服好看，还是套上泳装或者裙子好看，至少能避免给他一些重大的精神刺激。他最崇拜的一位女校长，是个风度翩翩的丹青高手，一转过身来，居然也同烧开水的老妈子一样，夹着一撮丑恶的阴毛。他心目中最漂亮的一位女音乐教师，一脱下三角内裤，居然也同那个满脸横肉的班主任一样，挂着一个愚蠢无比的肥大屁股。他觉得天昏地暗，裤子一脱整个世界就乱了套，一切都让他灰心。他本来是一心争取进步的，眼下觉得进步不进步都没什么意思了。

我认识他的时候，是一九六八年下乡前。他每天早上一身肥肉晃晃荡荡地去公园里长跑，说要把自己的屁股跑瘦一点，跑小一点。我明白他那股韧劲从何而来。

颜　色

记不清是哪位文艺理论家在"文化革命"结束后写过一篇文章，质疑不同阶级有不同的美，认为美是客观的、形式的、相对独立的，不会因人的阶级属性而转移变更。文章谈到他曾参与中华人民共和国国旗的设计评审。当时决定国旗为红色，只是因为红色好看，所以不光为共产党的代表支持，也为评审委员会中的资产阶级代表支持。还有五颗星是放在红旗的中心还是放在红旗的一角，并不牵涉到什么政治含义，只是一种纯粹形式的考虑，结果被各方代表不约而同地赞成放在一角，可见有超阶级的美学规律在起作用。他后来把这一心得告诉了毛泽东，居然得到了赞同与应和。毛泽东还说出"口之于味有同嗜焉"的古训，表示人类有共同的美感。

两人的谈话在很长的时间内秘而不宣，因为在当时一旦公开就将动摇以"阶级性"奠基的意识形态，危及整个官方文化理论体系。直到毛泽东去世多年以后，二十世纪七十年代末"文化革命"结束，这位理论家才在一篇回忆文章里透露这一史实。

与同时代大多正统或异端的思考者一样，这两位前人私下的交谈，仍在寻找一种普遍而绝对的解释：如果不是普遍"阶级性"的解释，那就是普遍"人性"的解释。其实世界上的人不仅可以类分为"阶级"或"人"，依据其他观察角度，还可以类分为男人和女人，老年和儿童，基督教徒和伊斯兰教徒，山地居民和海岸居民，爱读书者和不爱读书者，患高血压症的人和没有患高血压症的人，如此等等，不可尽说。类与类之间有异，一类之内则有同。各类属性交织于人，形成具体的历史过程、社会结构以及生活情境，使其审美趣味变化万端，在不同层面上出现无限组合，岂能是"阶级性"和"人性"的两把大尺子所能一劳永逸地划定。因此，虽然说国旗方案评审委员们一致同意将五颗星放在红旗一角，但这种方案未必能让一个咬着指头的孩子觉得满意；虽然说评审委员们还一致同意将国旗定为红色，但这种选择未必能让一个犹太教徒或者一个伊斯兰教徒觉得满意。而这些不满，既不是"人性"失效的结果，也不是"阶级性"失效的结果。

　　美是客观的还是主观的，是"有同嗜"的还是"无同嗜"的，完全取决于不同方法下的比照，更进一步说，取决于人是否愿意或者是否能够来进行比照。即使是看似最具普遍品格的色彩，看似最为超然、抽象、纯粹、物质化的色彩，作为相对形式中最基本和最彻底的形式，一旦进入某种比照，也会有特殊的义涵和功能显现出来。比如红色既可以用来制作革命的红旗，成为"无产阶级的色彩"（红色1）；也可以用来制作高官的红顶、教长的赤袍、财阀的朱门以及美妇的绛唇，以热烈和艳丽的义涵，被不同的社会群体所共同接受（红色2）；但一旦出现在交通灯上，就暗示着紧张和危险（红色3）；一旦进入医院，它就成为一个禁用的意义符号，意味着激动和亢奋，将对病人形成情绪和心理侵害（红色4）。

　　医院里的背景色调总是采用浅蓝色或者浅绿色，就是这个道理。正是在医院里，深深隐藏在红色中的另一种义涵内容浮现了。它可能是前人面对火焰和鲜血的经验，沉积了以火烹食、以火驱兽以及战场上血流成河等等原始记忆，不再是没有内容或者没有义涵的东西。它使病人们感到本能的不安，证明了它即使可以超阶级、超民族、超宗教，但还无法"超生理"——如果我们约定"病弱者/健康者"这一个新的分类尺度。循着这一思路类推，绿色、蓝色、黄色、白色、黑色等其他颜色也不是没有内容和义涵的，它们可能分别来自前人面对森林和草原的经验，面对大海和天空的经验，面对五谷和土地的经验，面对冰雪和流云的经验，面对暗夜和钢铁的经验……它们无不藏蓄着生命过程中的福乐和灾祸，无不悄悄演化成一种心理基因。只是在历史和社会的其他经验无限覆盖之下，在文化建构和文化瓦解的复杂过程中，它们已经在色彩里沉睡，如果不是处于特定情境——比如处于一所医院，就不再苏醒过来。

义涵就是沉睡的过去，总是在色彩（红色 N）里多重性地隐匿，等待着具体情境的召唤。

忠 字 舞

一九六七年秋天开始普遍实行军管，直至七十年代初。最混乱的两年宣告结束。尽管城区的各种暗堡和路障还未清除，街头还有淡淡的硝烟味的零星枪声，小孩子手里还玩着破钢盔和子弹壳，但操着粤式普通话的陆军第47军已进入C城。电灯亮了，公共汽车又出现了，街头小店也纷纷开门营业，红卫兵志愿者正在上街当交通警察和去车站搬运货物，学生们正在奉命返校闹革命，基本秩序的恢复正在受到民众欢迎。人们在广场上、大街上、操场上乃至乡村的禾场上载歌载舞欢腾雀跃，跳"忠字舞"，以表现他们对形势好转的庆祝，还有对革命及其领袖毛泽东的忠诚。全民皆舞的景况如疯如魔，在今天看来可能让人难以理喻。

我对这一景况留有几点印象：

一，当时的舞曲大多是一些入时的革命歌曲，如《大海航行靠舵手》《草原上的红卫兵见到了毛主席》《阿佤人民唱新歌》等等。从多数歌词所表达的含义来说，这些歌舞是一种强化个人崇拜和粉饰社会现实的心理强制和肢体规训，是政治铁幕下的奴化教育。人们齐刷刷做出一些挥拳头、掏心窝、指方向、朝角落里踢坏蛋的动作，尤显内心的愚昧和暴力。

二，这种活动受到当时多数人的热烈欢迎，是因为人们当时文化禁限森严，没有迪斯科和恰恰舞，没有巴黎时装表演和世界杯足球赛，青年人的活力缺乏发泄和释放的空间，忠字舞不能不成为他们一个难得的机会。随着他们对这种活动的卷入，歌词含义逐渐变得不怎么重要，就像好吃的面包贴有何种标签不重要一样。鲜艳的服装，动听的旋律，学习技能的好奇，新结识的伙伴，竞赛胜利的喜悦，异性动人心魄的肢体线条，更能使红光满面热汗淋淋的男女们内心激动。从某种意义上来说，忠字舞就是那个时代的迪斯科和恰恰舞，全民性的肢体狂欢常让有些道德保守人士满腹狐疑。

　　三，忠字舞还悄悄推动了各种异端文艺的卷土重来。事情是这样矛盾着的：忠字舞意在用革命文艺扫荡一切所谓腐朽的"封建主义"和"资本主义"文艺，也确实在那个时候取得了废黜百舞的独霸地位。但另一方面，因为节目需要不断更新，因为经常举行汇演和评比的竞争性压力，基层的很多艺术人才虽然难逃政治压制，但重新受到非正式的启用甚至尊宠，他们带来的芭蕾、秧歌以及各民族舞蹈的知识技能大受欢迎，并在革命的名义下——得到吸收和推广。我认识的两个女知青，都出身地主家庭，皆因能歌善舞，比工农子弟们更早吃上了"国家粮"，调入了官方演出团体。同样的道理，为了迅速培训出更多革命的乐手，舒曼的练习曲或者柴可夫斯基的 G 大调协奏曲也在青年人中间几乎公开流行，被急需革命文艺功绩的政治官员们心情复杂地默许。在我插队的那个公社，知青中一下就出现了上十把小提琴，田边、地头、厕所、浴室以及防空洞里还出现了随处可闻的高音美声咏叹调。

　　我就是在那个时候接触到西方音乐，在小提琴上把中国革命歌曲拉出欧洲小夜曲的味道。也就是那个时候，下乡前我与老木、大头等人偷袭了一次学校围墙那边的省社科院图书馆，我们在天花板上挖了个洞，下面果然是满地堆得一米多高的书海。我们跳入软软的书海里,凭着中学生的眼光,在这些临时封存的书堆里胡乱寻找,见形容词华丽的就要,见爱情故事和警匪故事就要,最后在书海里撒了一泡尿。我们把各种书刊塞满了两个大麻袋,其中有古典名著也有青春格言和卫生手册之类,当然还有我们满世界寻找的乐谱。对于当时很多青年来说,异端与正统并没有特别大的差别,唯有好听的异端和正统与不好听的异端和正统,才构成差别。所谓政治限制,还有对付这种政治限制,仅仅是文字性的区区小事,与忠字舞的感官愉悦没有太大关系。大队党支部书记四满带着民兵来检查时,看到歌本,只瞪大眼睛检查歌词,对舒曼练习曲之类看也不看,而《外国民歌二百首》这一类书上,只要写着"大毒草仅供批判",还有重重的惊叹号,也就被他们放过。倒是我日记本里的一句话被他们大惊小怪:"我想随着列宾的步伐漫游俄罗斯大地。"这是我随意写下来的,无非是用点酸词来赞扬列宾的油画。四满书记是读了书的人,知道俄罗斯就是苏联,就是修正主义,拍着桌子大骂:"你好不老实,还有一个人没有交代出来!"

"我真的什么都交代了。"

"硬要我点破是吧?不见棺材不落泪是吧?"

"我能说的都说了,真的没有了。"

"还有一个姓列的,是什么家伙?"

这句话被他憋了三天,总算说出来了,但我不明白他说什么。

"你们还想一起偷越国境投靠苏修?这瞒得了谁?"

我更不明白他在说什么。

他把我的日记本甩在我面前,铁证在此,看我如何狡辩。我这才哭笑不得地解释列宾何许人也。他听了好一阵,半信半疑,丢下我去猪场看饲料发酵去了。

俄 国 歌 曲

　　俄国歌曲有中欧音乐的高贵,却多了一些沉重;有印度和中亚音乐的忧伤,还有中国西北音乐的悲怆,但多了一些承担和前进的力量。这种歌曲属于草原或者雪原,属于牧民的篝火,不适宜在宫殿里唱,不适宜在集市里唱,更不可以像爵士乐那样去酒吧助兴,它是一种最为贴近土地和夜晚的歌曲。

　　黎明或者黄昏的时候,在霞光和火光相接的时候,一种声音若明若暗地波动。此时你从被子里探出脑袋,发现床前有瓦缝里飘入的积雪,窗前也有窗缝里飘入的积雪,而遮窗的塑料薄膜被狂风鼓得哗啦啦响个不停,透出了外面一片耀眼的洁白,天地莫辨。在这个热被窝难舍的时候,不知是从什么地方,开始有了一两个音符的颤动,然后像一条小溪越流越宽广,最后形成了大河的浩荡奔涌,形成了所有工棚里不约而同的大合唱。《三套车》《小路》《茫茫大草原》,人们此时不可能唱别的什么。

　　每一种歌曲都有它最宜生长的地方和时机,俄国歌曲就是知青们在风雪中的歌曲,甚至成了一代人永远的听觉标志。只要你听到它,听出了歌声里的情不自禁,你就可以判断歌者内心中的积雪、土地、泥泞、火光、疲乏、粗糙的手以及草木的气息。有一次,我在火车上认错了一个人,呀呀呀地大声招呼和紧紧握手之后,却发现了对方脸上的陌生,发现对方也从呀呀呀中清醒了过来,目光中有搜索记忆的艰难,还有最后的茫然。到这个时候,我们都意识到进退两难,而且没有勇气承认这种荒唐,于是有话没话地敷衍,但愿能敷衍出必要三言两语之后,再想办法从尴尬中体面脱身。幸好我们是在火车上相遇的,幸好对方的上铺刚才唱起《伏尔加船夫曲》,这就有个近便的话题。

我镇定下来了,避开人名一类可以露馅的东西,试探着谈俄罗斯歌曲,谈插队岁月一晃就过去了这么多年,谈当时早上起床时的浑身疼痛,夜晚远行时的边走边眠,抓捕野鸡时的激动不已……当然也谈到当时对乡下的厌恶和眼下对乡下的怀念。我后来发现自己其实过于谨慎了。对方居然有话必接,竟与我越谈越近,虽然是张冠李戴却也珠联璧合,没有什么不合适之处。当他谈到猪场里的种猪凶得将他咬过一口时,我差一点觉得他肯定就在当年的太平墟公社干过,是一个不折不扣的知情者,而不是被我错认的什么陌生人——因为凶悍种猪同样在我的记忆里龇牙咧嘴嗷嗷乱叫。

我们哈哈大笑,全身轻松,意犹未尽,没有料到可以谈得这么久,可以谈得这么投机和会心。以至和对方告别以后,我一直怀疑自己真的认错了人——尽管我确实不知道对方的名字,不知道他从哪里来又到哪里去。

他是一个陌生的老熟人,只是不叫"老周"。他后来也不叫我"姚"什么,一直对我的姓名含含糊糊。

《红太阳》

数年前一种名为《红太阳》的系列歌碟在中国内地突然畅销，响彻某些歌厅、出租车以及中老年人聚会的场所，其中收录了很多"文化革命"中的歌曲，让人联想到当年的忠字舞。知识界对此做出了敏感的反应。有些左翼人士的解释是：人民大众对贫富日益分化的现实深感失望，对资本主义全球化强烈不满，所以唱出了对毛泽东及其革命时代的怀念。有些右翼人士则在报刊上深深忧虑或拍案而起，指此为极"左"思想回潮的铁证，是一种极端势力企图对抗改革开放的危险信号。有一些西方观察家甚至断言：这是中国执政当局在"八九政治风波"以后强化共产主义意识形态统治的阴谋。

这些反应其实都是一些书呆子的反应，都是一眼就盯住了歌词并且努力研究歌词的反应——他们一肚子文墨，当然擅长这种手艺，正像他们经常操着同一种手艺去历史文献中寻找历史，去政治文献中寻找政治，去道德文献中寻找道德，目光从不能探出文词之外。其实，我所认识的很多人在唱歌时对歌词基本上不上心，老木就是其中一个。他早已移居香港，成了房地产大老板，经常带着一些风水先生、职业打手或者副省长的女婿去夜总会，把一长溜陪坐小姐叫进包厢来挑鼻子挑眼，又动手动脚要领班妈咪亲自献身服务，总之要在风尘女子面前把威风耍足。他打开了一千多元一瓶的 XO 以后，最爱唱的卡拉 OK 就是俄国的《三套车》、美国的《老人河》还有《红太阳》里那些革命歌曲，诸如《革命人永远是年轻》或者《铁道兵战士志在四方》。

三陪小姐不会唱这些歌，也不觉得这些歌有什么意思，通常会给他推荐走红的港台歌碟，有一次竟惹得他勃然大怒。他踢翻了茶几，把几张钞票狠狠摔向对方的面孔，"叫你唱你就唱，都给老子唱十遍《大海航行靠舵手》!"

他是在怀念革命的时代吗？他提起自己十七岁下乡插队的经历就咬牙切齿。他是在配合当局的共产主义意识形态灌输吗？他怀里揣着好几个国家的护照，随时准备在房地产骗局败露之后就逃之夭夭。那么，他是一个什么样的人？他对往日革命歌曲的爱好何来？关心《红太阳》的读书人们该如何解释他唱歌时的兴奋、满足乃至热泪闪烁？

作为他的一个老同学，我知道那些歌曲能够让他重温自己的青春，虽然残破却是不能再更改的青春——他的天真，他的初恋、他的母亲或者兄弟，他最初的才华和最初的劳苦，还有他在乡下修水利工程时炸瞎了一只眼睛，都与这些红色歌曲紧密联系在一起，无法从中剥离。他需要这些歌，就像需要一些情感的遗物，在自己心身疲惫的时候，拿到昏黄的灯光下来清点和抚摸一番，引出自己一声感叹或一珠泪光。他不会在乎这些遗物留有何种政治烙印。他甚至曾经告诉过我：他十三岁时看到的第一张"色情"照片是革命样板戏《红色娘子军》的剧照。他当时没法压抑自己的冲动，几次解开裤子，偷偷对着画报封面上的红军女战士自慰。在那一刻，他不会在意那个剧目是不是革命宣传。

在我看来，像独眼龙老木这样的人，其实是九十年代以来《红太阳》歌碟最主要的消费者。他们肯定不知道，自己为何使左翼的读书人高兴了那么久，又被右翼的读书人痛恨了那么久。

富特文格勒

我在编辑《天涯》杂志的时候发表过一篇文章。文章谈到一九四八年芝加哥乐团邀请当代最伟大的指挥家之一富特文格勒担任指挥，消息传出，舆论大哗，在抗议的传单上，印着另一位意大利伟大的指挥家托斯卡尼尼的话："只要在纳粹德国演奏过的人，就无权演奏贝多芬。"（见单世联《演奏贝多芬的权利》）

富特文格勒因此而未成行，演奏贝多芬的权利也就成了一个长久的话题。

为纳粹德国效力过的音乐家当然不止他一个人。大师级的理查·施特劳斯，还有后来名震全球的卡拉扬等等，也有类似的历史污点。他们曾出任纳粹的音乐总监或地区音乐总监，甚至用贝多芬的《第九交响曲》为希特勒庆寿。凡是受到过纳粹德国伤害的人，凡是珍惜人类生命的人，都有权谴责他们在政治上的这种怯懦。就像中国众多感时忧国之士曾经有权痛惜"戏子无义"式的现象。

"商女不知亡国恨，隔江犹唱后庭花。"（杜牧） 演艺圈里有人不谙国事，不守义节，其所占圈内人数的比例，可能既不会多于其他行业，也不会少于其他行业，只是他们社会知名度较高，更容易引人注目。"文化革命"系列歌碟《红太阳》在九十年代的重新流行，其政治原义大失，更使我相信演艺作品以声色内容为主，而以文字内容为次，与义节的关系不似文字作品那么直接和紧密。演艺是多种表达方式的合成，具有特别的多象性和多义性，既在国事之内，更在国事之外，一时的神思恍惚，更可能使演艺人员在声色的梦幻中迷失政治。在这个意义上，富特文格勒等诚然是可悲的失足者，但他们为纳粹演奏时闪烁的泪花并不一定都是为希特勒而流，泪花中我们所不知道的一切，我们所难以洞察的心弦颤动和忆绪暗涌，也许藏有诸多未解之义。

声色之义难解，演艺人员大多又不擅文墨，他们很难用文字将其表达出来，从而进入了报刊评论和我们的分析。

乡 戏

第一次在乡下看戏让我有些吃惊。禾场里用几块门板架起了一个戏台，台上光线暗淡，有一盏汽灯，还有两三盏长嘴油壶灯，都用草绳从台顶吊下来，冒出滚滚的黑烟。台上两个演员像是若隐若现的鬼影，其中一个正旋着一把什么油布伞，与另一个肩并肩高抬腿原地大跳，大概是作跋山涉水态，直跳得脚下的门板吱吱有声摇摇晃晃。伞旋得越来越快，激起台下一阵叫好。后来我才知道，这里正在演出一个打土匪的革命样板戏《智取威虎山》。我不记得这出戏有革命战士打伞的情节，大概是某演员有快速旋伞的绝活，不旋给乡亲们看看是不行的，剧中的解放军就只好旋着伞上山剿匪了。

农民剧团买不起布景和道具，一切只能因陋就简，蓑衣代替了斗篷，草绳代替了皮带，晒垫上涂些黄泥墨汁就是山水远景。又因为没有剧本，便由一个略知剧情的小学老师说说大体梗概，演员们即使是文盲，也可以记住，以后上场自编自演，随编随演，即兴发挥。这叫演"乔仔戏"，是否就是最早见录于汉代典籍里的"乔"，不得而知。

台下一片黑压压的人头，但真在看伞的也不多。娃娃们在人缝中钻进挤出兴奋不已，经常发出追逐的叫喊或摔疼了的号哭。后生们也忙着，不时射出一道道手电筒的光束，照到不远处的少女堆里，照在某一张脸上或某一个屁股上，于是招来破口大骂,是"三狗子你照你娘啊"一类,引得少女们开心大笑,挨骂的后生们也浪浪地乐不可支。中年妇女们则三五成群说着媳妇生娃或者鸡婆下蛋之类的家务,或者在给孩子喂奶,给孩子把尿把屎。相对来说,只有老汉们才端坐得庄严一些,孤独一些,对剧情和台词也较为关切,伞能旋出这样的水平,得到他们的啧啧称赞。他们没有我的吃惊,他们已经习惯了台上的狭小和混乱。比如打鼓佬和胡琴手说是坐在台侧,其实已经逼近了台中央,都混到演员中来了;比方正是剧中战事激烈之时,突然有人跨过尸体悠悠然走到台前,不是新角色出场,也不是报幕员有事相告,而是一个村干部来给渐渐暗下去汽灯加气,加完气再猛吹哨子,大吼一番,警告娃娃们不得爬上台来捣乱。

我差一点误会这也是剧中的情节。

我不大可能看明白剧情,而且相信大多数观众也把剧情看得七零八落,甚至觉得他们压根就不在乎剧情。他们没打算来看戏,只是把看戏作为一个借口,纷纷扛着椅子来过一个民间节日,来参与这么热闹的一次大社交,缓解一下自己声色感觉的饥渴。在乡下偏僻而宁静的日子里,能一下看到这么多的人面,听到这么多的人声,嗅到这么多的人气,已经是他们巨大的欢乐。何况还有台上的闹腾,有伞在飞快地旋转,有举枪时的爆竹炸响和硫磺味,有一溜披戴蓑衣的人在翻斤斗,还有各种稀奇新异的戏装——有位村干部大为不满地对我说:去年给剧团置了六件红衣服,花了队上两担谷,他们这次居然没有穿出来,这王麻子他搞什么鬼嘛!

革命样板戏当然是含有意识形态的,但那些意识形态同这样的观众有什么关系吗?有多大的关系?同样的道理,革命样板戏宣称要打倒的那些旧时代文艺,那些以前也在这里上演过的剧目,同这些观众有没有关系或者有多大的关系?在这样一个乱哄哄热腾腾的戏场里,什么样的意识形态不可接受而且什么样的意识形态不可消解?

遮 盖

太平墟有一个大宅院，久经风吹雨打，已成断壁残垣，主人不知去了何方，留下这个地方，建成了一所村办小学。宅院大门外有一堵青苔斑驳的方墙，正好挡住院门，就是人们所说的"照壁"。中国古代思想家荀子说过："天子外屏，诸侯内屏，礼也。"（见《荀子·成相篇》）说的是帝王之家照壁在外，大夫之家照壁在内，是很有讲究的。

照壁没有多少保安的意义，只是为了遮挡门外的视线，以避开公众的观看。比较而言，这里的下层贫民院房一般来说既无内照壁亦无外照壁，敞敞的大门朝天，大概粗茶淡饭乃至家徒四壁，也没有什么需要掩盖。由此可见，藏有藏的资格，看有看的权利，只有富人和官人，才有视域的超量占有，才可以不让别人看到自己的家，而自己一出门就可以透看别人的家，享受目光的无所不及。

现代社会里单向透光的玻璃幕墙是照壁的升级形态。还有警卫线、黑帘轿车、专用电梯、电视监视眼、保密文件等，其实都是照壁的延伸，显示出观看权利的不同等级。领导人一般都配有单独的办公室，是不可以被随意观看的，于是便多了一些神秘和威重之感。一般低级职员则常常像是宽大办公室里的大宗鲜货和混装物品，彼此间的隔板也很低，以便电视监视眼下无所藏匿，或者领导人前来时一览无余。统治首先在目光里实施。

至于某些体育名流和著名影星，虽以引人注目为专业特点之一，也是不大容易出现在公众场合的，没有大事由或者大价钱，你根本休想睹其尊容。只有那些名声还不够或者对自己名声缺乏自信的小人物，才会争相露脸，凡有出场和上镜的机会就往上凑，甚至不惜作姿作态装神弄鬼，不惜媚眼频飞、飞吻四播乃至脱衣露体。在这里，尽量避开目光和尽量争取目光，已成尊卑贵贱的区分标志。

视线中隐有强权，"看"才可能被当做一种惩罚的方式。流氓在大街上把一个女人剥光衣服，虽然未伤及她的皮肉，但让她的隐秘之体暴露于众目睽睽之下，比毒打她一顿更构成侮辱。监狱里每个监房里的监视窗，则代表着执法者二十四小时的观看权，一个哪怕舒适豪华如星级宾馆的高级监房，只要有了这种窗口，也意味着被囚禁者的自由和尊严的完全取消。

公共话题是大众一种广义的"看"，因此常常指向这个世界最为宝贵的东西。比方说性，是个人生活最要遮盖的部分；比方说高层政治，是社会生活中最常遮盖的部分。很多作家和记者都深谙此理，动笔就往这两大热点使劲，即便重复即便粗劣，也永远会有热销的魔力。这也证明了遮盖可以刺激对展露的追求，"欲盖弥彰"是之谓也。遮盖几乎是展露的一种变式，为观看提供更为恒久和强大的动力。人们的视野里越是多见警卫线、黑帘轿车、专用电梯、电视监视眼、保密文件等等，就越会有活跃的民间政治想象。到过京城的人几乎都知道，首都的出租车司机好像个个都是总理和部长的哥们儿，政治局上午开会他们下午就知道了会议内容，甚至是政治局下午开会他们上午就可以知道会议结果，国家大事全都由他们日夜操着心。此类偷窥在铁幕时代最为多见，到政务逐步公开的年代倒会渐渐减少。

有一次，我在餐桌上遇到一位奇人，是一个普通交通警察。

他听我的朋友高君提到河北省一位副省长，便立刻指出名字的记忆有误。高君不服，与警察抬上杠了。警察仗着酒威一口气说出河北省全部省级官员的名字，让高君傻了眼。这还不算，警察又一口气说出中央很多高官的名字，还有他们的履历，他们的配偶和子女的诸多情况。比方说哪位部长的女婿在哪个军区当差，在什么时候翻过一次车；哪位书记的公子娶的是哪位市长的千金，他们在什么时候双双出了国。警察没有料到，碰巧他的对手高君也不是一盏省油的灯，竟与他比试起来，居然历数中央更多高官的个人档案。你说得出总理的儿子是谁，我就可以说出省长的儿媳是谁；你说得出元帅得了什么病，我就可以说得出部长吃的什么药。

　　道高一尺，魔高一丈。他们的调查研究与生计没有任何关系，完全是业余爱好，是一种佐餐的口舌之乐，如此而已。

鸡 血 酒

太平墟的农民有很多仪规，比方许诺了什么以后劈掉一节竹筒，就是起誓了；比方说宰一只猫摔在谁的门前，就是绝交了；比方说两人一同喝鸡血酒，就是结拜兄弟或者姊妹了。这些仪规往往被刚到乡下的知青们觉得愚昧。

独眼老木还是一个革命青年的时候，同小雁比着看谁更革命。他一心想与贫下中农相结合，曾经到农民家里帮着办丧事，给亡人叩头，为亡人洗身，最后抬棺材上山入葬。这家的长子叫武妹子，因为长了一身黑皮，又被我们戏称为"刚果人"。他很感激老木的一份感情，佩服老木下水游得过河的本领，愿与他结拜为兄弟。老木满口答应，只是拒绝了对方的一碗鸡血酒，说酒已经够了，夹点酸萝卜来下饭吧。

他没有注意对方的脸色，第二天发现刚果人根本不理他。对方本来答应借给他鸟铳的，现在却说自己正好要用，态度冷若冰霜，好像完全成了个陌生人。后来老木才知道，喝鸡血酒对于刚果人来说不是一件可有可无的小事，是涉及道德信誉和政治品质的一件大事：既是结拜却不喝血酒，那无异于虚情假意和言而无信。刚果人冷冷地纠正老木的称呼，说："你莫叫兄弟，我们泥脚杆子攀不了高枝，你还是叫我武妹子好。"

老木很着急，只好请人去给武妹子疏通，补喝了鸡血酒一碗，补拜了天地，取得了对方的谅解，以前的事算是不知不为过。

据说武妹子还曾十分纳闷:"城里人不喝血酒喝什么?喝井水还是喝茶?总不会菩萨面前只放个屁吧?"

鸡血酒真是神奇。武妹子放下酒碗时心满意足,立刻有了血腥刺鼻和酒气冲天的无比忠诚。"兄弟面前不说假,老婆面前不说真。"他拍着老木的肩膀宣布,他的家从此就是老木的家,他的儿女可以任由老木打骂,他的老婆嘛——也可以由老木"那个那个"——只要兄弟你不嫌弃。当然啰,他的朋友就是老木的朋友,老木的仇人就是他的仇人。你有没有这样的仇人?他武妹子两眼紧紧盯住兄弟,一把杀猪刀劈进了桌沿,似乎就要出门动手以血还血。他是说到做到的,三年后,老木因卷入了一桩所谓投机倒把的经济案件而关进了县公安局,知青朋友们各奔生计顾不上探望,唯有武妹子还记得兄弟,在街上卖了一头猪,换了些钱给老木送去。

我回城以后,没有听老木说起过武妹子或者刚果人,有一次听我说起这些名字,他怎么也记不起来了。武妹子?是公社那个广播员吧?他一脸恍惚。在我的提醒之下,才依稀对鸡血酒这件事有点印象。他终于记起了当时宰鸡时的纷乱,血滴的鲜红,烈酒的刺鼻气味,还有拈香跪拜一类仪规以及木楼里野猪油灯蓝光闪烁的乡间夜景。

仪　式

　　婴儿在学会语言以前,已经可以辨别和记忆物象,并且形成条件反射,比如他们渐渐明白奶瓶是个好东西,彩色气球也是个好东西。

　　他们进入学校开始识字的时候,有经验的教师也总是借助挂图、模型、表演、游戏以及实地参观来促进教学,因为他们知道抽象的文字只有与具体的物象建立特定的联想关系,才能更容易地为儿童们记住。

　　看图识字,看图识义,这种儿童的学习规律也是人类各种仪式的内在法则。人们往往不能用一纸结婚证来证明婚姻,即使这一张纸已经完成了全部法律手续,人们还是需要用热热闹闹的婚礼来冲击人们的各种感官,使结婚变成一件可以留下印象的事情,从而才是他们心目中一件真正完成了的事情。人们也不满足于用几篇悼词来寄托哀思,即使这几篇话语已经表达了对亡人全部的景仰和追念,人们还是需要用近乎过于复杂的葬礼来冲击人们的各种感官,使丧葬也变成一件可以留下印象的事情,从而才是他们心目中一件真正完成了的事情。

　　仪式就是一种造象活动,就是人们不满足于语言交流之时,用具象符号来申明意义或者从中解读意义。在漫长的生活实践历史上,人们就是用高耸入云的教堂、丰富多彩的圣像和壁画、优雅动听的颂曲和钟鸣,庄重素净的服饰和陈设,还有各种受洗或祈祷的繁复礼仪，把圣书上的宗教变成了活生生的宗教，也就是能够进入人们的想象和情感的宗教。人们同样习惯于用易帜、换装、剪辫子一类外形变革来表现革命，差不多也就是实施革命；或者用声势浩大的阅兵和集会、惊天动地的礼炮和鼓号、肃穆宁静的广场和纪念碑，还有必不可少的国旗、国歌和国徽，把概念上的国家变成了活生生的国家，也就是能够进入人们的想象和情感的国家——历史学家们普遍认为，一七八九年法国在大革命时期首次采用国旗等等，是现代民族国家开始形成的标志，是现代国家主义和民族主义的标志。我们差不多可以把当时的法国公民们看做是咬着指头的儿童，看做尚存儿童心理特征的人类，把他们对国旗、国歌和国徽的创造，看做是以象识"国"和识"族"的需要。

只有从这个角度，我们也才能理解各种自残型的习俗：文身、血书、割礼等等，这些仪式不过是要借助创伤和痛感来强化感觉记忆，实现某些重大意义的阐释和宣达，常常用于一些重要时刻，比如入教之时，誓师之时，成人之时等等。我们也只有从这个角度才能更多地理解宗教，理解宗教中常见的一些轻度的自残，比如剃度、斋戒和长途仆拜等等。印度教、伊斯兰教的信徒在重大节日里还往往习惯于绝食——这与中国人在节日里大吃大喝形成了鲜明对比——由此产生的饥肠辘辘，当然是为了让节日的意义更为刻骨铭心。

中国古人多认为身体受之于父母，须小心爱护，为自己的世俗态度找到了根据，从来拒绝身体自残，当然也就会排斥宗教。但中国仍是个有深厚礼仪传统的国家，因此也可说是一个善于看图识义的大国，一个善于运用象符的大国。在这个国家，"宗教是政治化的，政治是伦理化的，伦理是艺术化的"，（见钱穆《中国文化史导论》）也就是礼文仪节化的。《（仪）礼》《周礼》

《礼记》记录了人们应该如何站立、如何落座、如何乘车、如何穿衣、如何戴帽、如何吃饭、如何饮酒、如何祭祀、如何娶亲、如何敬老、如何慈幼、如何尊贤、如何占卜、如何见客、如何谢恩、如何朝君、如何扫地、如何奏乐等等一切行为成规，把所有社会关系都固定成相应的外在仪礼。比如子女每天晚上应为父母铺床安枕，早上则须向父母问候请安。又比如前面若有两人并坐或并立，你不得插身进去或从他们中间穿过。还比如青年人随长者接受馈赠，如果长者已经表示了感谢，后辈就万万不可再表示感谢，以免身份越位的无礼造次。当时很多知识分子提倡的"礼治"和"礼教"，就是借助这些浩繁得实在让人惊讶的有形礼仪，实现政治管制和伦理教化。

我们可以想象，那时候识字的人是很少的，因为还没有纸张和印刷的发明，文字只能载于竹帛，竹重而帛贵，流传极为困难。那个时候也没有现代国家所规定的普通话，大国之内方言繁多，言语沟通颇为不便。上古之书太多讹字、衍字、异体字以至版本杂乱难以顺读，其实也可视为各种方言分割的一种书面浮现。文字崇拜在那种情况下实在缺乏必要的技术条件。因此，那时候的"文明"更多地不是表现为文字，倒是只可能更接近汉字"文"的原义，即"纹"：纹彩，纹饰，相当于人为的美化技能，实现于各种造象活动之中。

当"文"与"用"相对的时候，"文"是广义的形式；当"文"与"野"相对的时候，"文"是广义的礼乐。《左传》记孔子语："言之无文，行而不远。"章太炎曾解释，这里的文不是指修辞润色，而是指行仪典以助言传。（见《国故论衡》）太炎先生坚定了我的想象：当时的"文"即"纹"，主要体现为诸多以象明义的仪式。

《礼》称："乐者，象成者也。""移风易俗，莫善于乐。"

《周礼》亦称："凡建国，禁其淫声、过声、凶声、慢声。"这种对音乐的重视，恐怕是中国古人的一大执政特色。虽然我们无法得到古代的录音资料，来充分了解当时的这种"乐"，但我们有足够的出土文物来了解当时的"礼"的其他方面，比如众多史家无不重墨详述的器服。我们惊讶于河南殷墟、陕西秦坑、四川三星堆、长沙马王堆等地出土文物的辉煌灿烂，不难理解在文字语言的运用尚受到种种极大局限的时候，各种器服其实就是当时的报纸、刊物、广播和教科书，就是当时诉诸感觉的哲学、宗教以及政府工作报告，如《孟子》所称："见其礼而知其政，闻其乐而知其德。"我们只有在这个意义上，才可能理解古人为何在一件日常生活器物那里如此用心之深，如此用心之精，如此用时之长以及如此用力之巨。这些体现在铜器、石器、银器、玉器、木器之上的精神感染和意识陶冶，这些精美器物对情感和心态的巨大冲击力和震慑力，还有一切用服装、车马、面容、仪态、建筑以及其他实象所承担的政治道德功能，不失为当时成熟的"纹治"的表现。

也就是在这个时候，在这个器服（物象）和仪典（事象）备受关切的国家，人们发明了一个重要的词："影响"。"影"为目睹之象，"响"为耳闻之象，共同构成了非语言的伟大感化力量。"影响"一词表现了古人对心智变易的深刻经验："教"外有"化"，"文"外有"化"，均循"影响"之途，以声色万象施于人的耳目，耳濡目染，成就言语教训之所不能。

墨 子

《墨子》是多人参与的著述集,其主要作者墨子可能是一个长期下放劳动的人,有黑色如墨的脸最能让人记住,于是得了"墨子"这个古怪的绰号。钱穆先生解释这个姓名时,曾经猜想墨子受过墨刑,是一个刺面涂色的罪犯。这当然不失为一种有启发性的假定,但罪犯成为一个学派宗师,其过程缺乏实证根据。而且黑脸不独墨刑犯人们专有,只要顶着烈日在田里干几天活,"墨"色之"子"的形象便一举定位。钱穆若当上几年知青,就还可能有另外的猜度。

墨子在文章中最喜欢用生产活动来打比方,比如制陶、造车、筑墙等等,实干家和工程师的模样跃然纸上,与他的一张黑脸很般配,与孔子和孟子当时的"白领"中等阶级生活背景则大有差别。他干过的活其实几千年以后还被我们干着,比如窑棚里的陶轮就曾经在我的身上溅出泥点。这个活至今还被乡下农民叫做"运钧",就是墨子多次用过的词,让我在多年以后读墨子"运钧之下而立朝夕"时还能读出泥浆气味,读出乡下的方言腔调。

墨子及其追随者们大概同我们知青一样,也活得十分马虎,粗布衣上加一根束腰的绳索("衣褐带索"),肚皮上没有肥肉("腓无胈"),腿杆上没有汗毛("胫无毛"),而且从头到脚都有伤痕累累("摩顶放踵")。他们若不是经常到山上砍柴或者到田里打禾，如何会有这般尊容？

墨汉子出入于这些充满着汗臭的地方，居然写出了很多兵书和工书，总结出力学、光学、几何学的知识一套又一套，对名实、异同、坚白等问题的逻辑辨析也成了一时绝响，为后世名家之源头，同时代的人无可企及，实是一大异数。而且他是一个典型的革命党，不仅以"官无常贵民无终贱"一说反对等级制，还对表达这种等级制的周代礼乐给予激烈抨击。"乐"是当时文明的主要载体之一，他主张《非乐》；"葬"是当时文明传播的主要机会之一，他力倡《节葬》。他认为"乐"和"葬"都是一种令人心痛的浪费奢侈，多少有点乡下农民能省则省的口吻，被反对者讥为"役夫之道"，在所难免。如果我们读了一点外国史，便知天下役夫是一家。几千年后法国大革命中冒出来的"短裤党"，还有乘着帆船最先抵达北美洲的白人移民，也是一些下层贫民，同样主张"劳动高于艺术"，并且对音乐、雕塑等奢侈物充满仇恨，几乎是贯彻"凡善不美"的墨家之论，可算是外国的一群"墨"汉子。

役夫们明于天理良心，却往往拙于治道与治术。墨子只算经济账，似乎不知道周代礼乐并非完全无谓的奢侈，多是凝结和辐射着文明的重要符号，是当时无言的政治、法律与伦理。比墨子稍后一点的荀子说过，节俭固然是重要的，但没有礼乐就"尊卑无别"，没有尊卑之别就没有最基本的管理手段，天下岂不乱？天下何能治？在荀子看来，墨子的非乐将使"天下乱"，墨子的节用将使"天下贫"，完全是一种只知实用不懂文明教化（"蔽于用不知文"）的糊涂观念。荀子希望人们明白，仪礼就是权威，有权威才可施赏罚，在仪礼上浪费一点钱固然可惜，取消仪礼而产生的混乱则更为可怕，也意味着更大的浪费。"不美不饰之不足以一民也，不富不厚之不足以管下也，不威不强之不足以禁暴胜悍也。"（见《荀子·富国篇》）　荀子为当时一切奢华铺张的仪式提供了最为直截了当的政治解释，揭示了"撞大钟、击鸣鼓、吹笙竽、弹琴瑟"等一切造象活动的教化功能。

　　拉开历史的距离来看，荀子强调平等误国，强调苦行祸国，其精英现实主义和贵族现实主义，似乎多了一些官僚味道，相比之下，不如墨子的役夫理想来得温暖。但荀子比墨子更清楚地看到了以象明义的玄机，如实解析了"仪礼——权威——赏罚——国家统治"这个由象到义的具体转换过程，多了几分政治家的智慧。

　　墨家与儒家的争议很快结束。墨家从此不再进入中国知识的主流，一去就沉寂了数千年。墨子的人品和才华绝不在同时代人之下，其失败也不在于他的平民立场。也许可以这样说，墨子失败于统治却没有失败于反抗，因此数千年里所有革命都一再不同程度地复活着墨子的幽灵，复活着他对礼乐的疑虑和憎恶，包括烧宫殿毁庙宇一类运动，几乎成了中国的定期震荡。"破旧立新"的造反总是指向上流社会的华美奢豪，一再成为社会大手术时对各种贵族符号的清洗和消毒。革命者们甚至一再复活着他两腿无毛加上一根绳子束布衣的朴素形象，乃至"赤脚书记""赤脚医生""赤脚教师"在现代中国也一度是革命道德的造型，既表现在焦裕禄一类红色官员的身上，也表现在同时代的工人、农民和知识分子身上。毛泽东一条毛巾既洗脸又洗脚，一件睡袍补了一百多个补丁，对不实用的所谓审美如果不是反感，至少也常有轻视，包括多次指示中南海里不要栽花而要种菜。墨子遗风就这样一次次重现于现代的理想主义追求之中。

　　但墨子失败于他对声色符号的迟钝麻木，全然不知"影响"之道和"影响"之术，对等级制的文明既无批判的深度，又无可行的替代方案，只能流于一般的勇敢攻击。他是一位杰出的工程师，能够造陶、造车、造房等等，但他就是不擅制造文明之象，不能或者是不愿制作出生活的形式美，"生不歌（非乐）而死不服（节葬）"，日子显得过于清苦枯寂，很难让多数民众持久地追随效仿。他是一个象符的弱视症者，代表着中国政治史上最早的感觉自绝。或者说，他的平均主义、苦行主义以及实用主义可能适用于夏代的共产部落，适用于清苦的半原始社会，却不适用于生产力逐渐发展的周代封建国家，阻碍着财富资源的集中运用，阻碍着社会阶层的分化和统治权威的确立，甚至违拗着大众内心不可实现但永难消失的贵族梦——这当然也是文明发育的另一个重要动力。

因此，他确如荀子所称，具有"反天下之心"，只可能骤兴骤亡，其理想最容易被大众所欢呼也最容易被大众所抛弃。

这也是后来很多革命家的悲剧命运。

代　沟

　　就人的基本品性而言，我根本不相信什么"代沟"，正如我基本上不相信性别、族别会构成什么"沟"——个人的差别肯定比群类的差别更大。

　　正如我们在现代一些革命者身上可以看到墨子的形象和思想，我们也可以在现代一些颓废者身上看到杨子的形象和思想——先秦时代的杨朱，如果真是《列子》中描述的那样，其利己主义理论体系就比它的后继者们来得更完善、更周密、更雄辩，可惜后继者们没有多少人熟悉他。想想看，杨子与今天的杨子中间隔了多少代！墨子与今天的墨子中间隔了多少代！几千年之间都没见出多深多宽的"沟"，如何邻代之间就有了什么"沟"？

　　"代沟"常常是一类外在形态给我们的错觉。我接触过一些少年，他们也是人，一个鼻子两只眼睛，饿了吃饭，困了睡觉，没有特别到哪里去。别看他们的头发不是剃光就是长发披肩，不是染红就是染蓝，穿着黑亮亮的皮夹克，戴着墨镜，臂上文了身，一群群飙起摩托来横冲直撞惊天动地烟浪滚滚，活脱脱就是流氓相。其实他们为人处事还是不乏友善，说起话来还多有腼腆甚至天真，被一个很普通的小女子蹬了，同样魂不守舍茫然无措，同样鼻涕眼泪一把流，根本不会去杀人放火炸掉公安局，说不定吃个冰激凌就乖头乖脑去上班打工。也就是像个流氓而已。

他们有时候比谁都超凡脱俗，义务到公园里去捡白色垃圾啊，骑着脚踏车为青海草原保护藏羚羊募款啊，一高兴就在吧台上喝着可口可乐起哄要去奥运会当义工啊……好像是一群纯洁天使，生下来就是胸怀全人类的命，就是关心奥运会和藏羚羊的命，大票子掏出来眼都不眨，简直让我这个混迹其中的俗人愧死。不过，处久了，就可知道他们这颗爱心大多是远程爱心，在近距离范围内不一定有效。比方父母这次给的钱少了，不能让他的电脑从奔腾三升级到奔腾四，他们同样会大吵大闹。比方说一个老同学穷得没脸面来参加派对，另一个老同学打工时落下个骨折，他们说起来可能是一句"真他妈倒霉"就打发掉，没准备把这些同学当藏羚羊保护一下。

我的感觉是：他们没有人们想象的那么坏，也没有人们想象的那么好，其实同上一代人或者下一代人差不多。血型和基因差不多，呼吸系统和消化系统差不多，对食和性的需求差不多，如果放在一个更长的时间轴上来观察，他们与其相邻的长辈和晚辈，更像是同代人。之所以显得有些不同，不过是他们在外形异于上一代人或者下一代人，仅此而已。

我想起孔子在《论语》中的一句话："性相近而习相远也。"我曾经将其试译成 similar in nature and diverse in culture，给它押上了韵。我想这句话不仅适用于共时性比较，比如不同民族之间的比较；同样适用于历时性比较，即不同年龄之间的比较。"习"是文化使然，表现为一种生活的形式，比如一种衣着外观的差异，却并不等于各代人之间的自然本"性"相殊。在很多情况下，"有诸内必形诸外"或"形诸外必有诸内"的古训不一定灵验，新一代人无论如何新异，多是外象的更迭，并不意味着内质的根本性切换——我们不必对任何年长或年少的人疑虑重重。

生　命

　　一个人活着的基本条件，除空气之外，是粮食、净水、衣物、药品，人道主义者及其援救机构都是这样规划的。可能很少人会想到，感觉像粮食一样重要，甚至比粮食更重要。

　　事实上，一个人忍受饥饿可以长达六七天，如果有特别的养息方法，比如一个瑜珈功练习者，甚至可以成功绝食月余。但一个人常常难以忍受感觉的空无。在极地雪原上，四野皆白，昼夜无别，正像在单人地牢里，满目俱黑，昼夜不分——在这样一些感觉不到空间和时间的地方，什么也看不到什么也听不到的地方，知识丰富和逻辑严密都不管用，人很快就会神经错乱精神崩溃，若能坚持一周便是奇迹。一个到过南极洲的探险队员就是这样告诉我的。老木也曾心有余悸地告诉过我：他的未婚妻移民到香港去了以后，他去不了，曾经想偷渡，带足了几天的干粮和饮水，藏进某机床厂发运给香港的大货箱里，让协助者重新钉好箱盖，用这种方式躲避边境检查。这种大货箱里装着大型机器设备，是当时中国援助非洲国家的，弯头角脑里还有藏人的空间，相当于单人牢房。老木没料到当时中国生产秩序混乱，铁路运输太不正常，很多货箱标签上的日期根本不管用，在站场里一压就是一个多月甚至几个月。偷渡者藏身的货箱如果压在货堆的深层，头顶和四周全是笨重如山的货箱，是钢铁组成的挤压和黑暗，粮尽水绝以后，别说想逃出来，就是狂呼乱叫，也可能无人听见。

老木在箱子里只身躲了几天，可能是五天也可能是八天，因为昏昏沉沉不知道时间究竟过去了多久。他发现外面很长时间没有动静了，伸手只能摸到粗糙的箱板和箱架、缠了草绳的机床、自己的水壶，还有黏糊糊的东西，好一阵才嗅出是自己的屎，已经糊满了裤子。他在伸手不见五指的黑暗里能清楚地听到自己的呼吸加快，听到自己脑子里发出嗡嗡嗡的尖啸，听到自己的全身血管噼噼啪啪简直是一串炸响了的鞭炮……他终于用尽全身气力狂叫一声："救命啊——"

眼前一片炫目的白炽，事后才知道那是木箱开了盖，是几个搬运工人出现在面前，是在一个离广州还有两百多公里的货站。他说他实在受不住了，幸好出来了。他更庆幸自己藏身的货箱就靠着路边，箱缝里传出的喊声容易被人听到。搬运工人告诉他，有些货箱运到香港得停停走走好多天，前不久香港那边的工人开箱时，发现过恶臭的尸体和人的白骨架子。有人当场就哇哇哇地呕吐起来。

老木的偷渡经历，使我能够较为容易地理解上一个世纪七十年代某些东欧国家的集中营，还有不久前美国关押阿富汗"基地"组织成员的关塔那摩基地——某些国际人权组织曾经就此对美国提出谴责。在那些地方，最有威力和最有效果的刑讯并不是拷打，而是使用一些不损皮肉的文明用品：黑色的眼罩，胶制的耳塞，厚厚的口罩和手套，其目的是强制犯人不看、不听、不嗅、不触任何东西，对外界的感觉被全部剥夺。如果拷打、恐吓甚至饥饿一类邪招不足以让犯人招供的话，感觉剥夺却常常能让他们乖乖地开口，包括大喊一声"救命"。

在狱方使用了这一方法以后，那些刑讯者和被刑讯者，可能比我们更了解生命存在的含义，更理解一声鸟叫、或一片树荫、或一个笑脸：它们是活下去的全部希望。

卷二　具象在人生中

空　间

　　几次坐飞机我都遇到空中摸彩：中彩的旅客可获得下次旅行的免费机票一张。这当然很有刺激性。当中彩者的座位号由主持小姐以职业化的激动语调大声宣布时，丛林般站起来的人们终于齐刷刷盯住某一张面孔，然后鼓掌和唏嘘。有意思的是，此时懊丧者很多，其中最为懊丧的，必是中彩者的邻座。我的一位朋友就充当过这种角色，他为擦肩而过的幸运顿足不已："就在我身边啊，就差了那么一点点啊……"

　　其实，如果不是那么一点点，如果幸运者离他有百米之遥，事情的结果会有什么不同吗？

　　为什么中彩者坐远一点就可以让他较为心平气和？

　　距离决定了情绪，还能决定恋情。一位外国作家写婚外恋，写到女主人公只有在外地旅行时才愿意与情人幽会，因为这个时候丈夫在遥远的地方，她才有偷欢的兴致和勇气。这当然也有些奇怪：丈夫在两个房间之外，或在两个街区之外，或在两百公里之外，其实都是缺席而已，同样的缺席者为何会因为距离的远近而有所改变，直至不对她构成道德或情感的压力？

　　空间是物体存在的形式，物体在不同的空间位置看来完全不是一回事。常识告诉我们，两个人谈话时的距离与位置不可小视。距离太近，到了"促膝抵足"甚至"耳鬓厮磨"的程度，大概就不可能是贸易谈判和外交对垒了；若座位相对并且高低两分，分到了被告需要仰视法官的那种程度之，大概也就只能公事公办而不容易柔情蜜意了——很多会议厅和接待室里的座次格局都遵循着这种政治几何学。与此相反，医院、邮局以及航空公司之类的服务机构，眼下都在降低柜台高度，纷纷撤除营业窗口的栏杆和隔板。这种空间改革当然深意在焉：买卖双方的轻松气氛和亲近关系，必须在一种平等、自由而开放的几何形式里才可能扑面而来悄入人心。

英国生物学家莫里斯在《人类动物园》一书里，还将社会冲突最深层的原因归结于生存空间的窄逼，而利益的争夺，思想的对立，在他看来只能算做冲突的枝节和借口。他与众多同行们反复观察和试验，发现"生活在自然环境中的动物并无大量伤害同类的习惯"，而猴子的互相屠杀、狮子的互相虐待、鸟雀的互相激战、刺鱼的互相攻打"通常发生在最拥挤的动物笼中"。因此，拥挤而不是别的什么，才是敌意和暴力的最大祸根。莫里斯说，人类不过是"穿着不同服饰的裸猿"；人类社会，特别是人类都市社会，是一些过分拥挤的"超级部落"。这种部落中的人口数量已经大大超出了恰当的生物学水准，结果必然是：战争、暴乱一类大规模的杀人形式几乎难以避免，奴隶制、监禁、阉割、流产、独身等也不能不成为缓解人口压力的有效手段——虽然这些方法十分残酷，失去了理性和智慧的控制。

莫里斯的忠告很难被人们接受，一个个更为拥挤的都市还是在这个星球上出现，一个个敌意和暴力剧增的高风险区仍然是人们奔赴的目标。人们投入这些超级部落，寻求创造的机会或者统治的地位，寻求群体的协作或者独行的自由。他们中间毕竟有很多成功者，需要指出的只是：在很多时候，成功也可能只是一种成功感，只是一种空间比量后的心理幻觉。我常常看到有些都市人为自己的居地而自鸣得意，历数都市里那些著名的摩天大楼、博物馆、大剧院、音乐厅以及大人物——其实他们忙忙碌碌很少有机会享受那些设施，一辈子也可能见不上什么大人物，与乡下人没有什么两样。但那些东西就在身边啊，就在大墙那边啊，就在马路那边啊，这就足以让他们油然多出几分自豪和放心。这种心态也延伸到一些出国寻梦者那里。他们常常无缘接触更无法占有国外的好东西，甚至生活质量比在国内时更差，但与曼哈顿近多了，与卢浮宫近多了，至少也是心中稳稳当当的安慰。

看来，所谓都市无非就是诸多好东西离我们近一些的方式。再进一步说，占有呢，占有无非是诸多好东西离我们更近一些的方式——如果少量日常必须消费品除外的话。有些女人爱逛首饰店，买下什么意不在穿戴，不过是以后可以在家里看首饰。有些男人爱逛古董店，买下什么意不在倒手，不过是以后可以在家里看古董。这里只有场地的更换，如此而已。还有一些让人匪夷所思的守财奴，日食不过三餐，夜居不过一室，积攒着那么多钱财并无实际用途，无非是可以把楼宅、珠宝、存折之类不时拿来盘算和欣赏一番聊以自慰。其实他们完全可以换一个地方，走到大街上放眼世界然后把所有财富权当己有，都拿来盘算和欣赏一番。因为那些用不上的或用不完的东西，摆在街上与摆在家里，终究没有多大区别。

现在有了照片、电视以及博物馆，交通手段也方便多了，世界上包括金砖银锭在内的任何好东西都不难临场目睹，不必把它们都搬到家里来看，不必以为这种看才有滋味，至少月亮与太阳就不宜搬到家里来看吧。但人类就是这样没出息，一代代人常常就折腾在从家门外到家门内这段奇怪的空间距离里，于是多出了诸如战乱、政争、贪污、阴谋、抹眼泪、研讨会、心绞痛、金融危机等等烦心的事。从这个差不多是几何学的角度出发，我们似乎可以说，精神常常是对物质空间状态的反映；历史常常是从事财富位移工作的搬家公司，是把某些东西搬近搬远搬来搬去的一笔昂贵运费。

记　忆

　　你记得那时门前的水面，总是有一只大鸟掠过，划破一缕缕飘移的蓝色雾气。在月色朦胧的深处，传来了疲惫的捣衣声，还有口琴的吹奏被风搅得七零八落的，飘入了坝下余热未尽的稻田和藕田。你却不记得那个吹口琴的邻队知青叫什么名字了，不记得自己曾经与他说过什么。

　　你记得早上起来的时候窗外一片冰天雪地，你掀掉大凉席上的大被子，发现院子里有猪在叫，一个身高刚齐桌面的小孩居然在操刀杀猪，揪住猪尾巴一拖，将庞然大物从容放倒。还没看清他的动作，猪颈上已有一个口子红血喷注，流入了身旁沾着草须的瓦盆。你记得这一切，但不记得那天你为什么借宿在外，更不记得那个操刀猛士是谁家小孩，如何有杀猪的惊人本领。

　　你可能还记得天边那令人惊骇的乌云，像一盆巨大的浓墨压顶泼来，云的边缘却被夕阳镶上了一道弯曲的金边。乌云有两层或三层，钢灰色的高云与浓墨色的低云形成了明显的夹层，夹着一个幽深阔大的空间。有一只迷途的山鹰在那里上下翻飞，似乎不知道从哪里才能逃出这暗夜的四面合围，逃出自己的绝望。你这一辈子从未见到这种景象，也许永远不会再见到这种景象。你记得你那一刻的全身哆嗦，但不记得那天你为什么外出，是在什么地方观看这雨前的乌云，同行者还有哪些人以及同行者发出了怎样的感慨。

这些事情你都忘了。

你的记忆中留下了很多景象，但与之有关的前因后果却大多消失无痕，就像博物馆里的墙上图片尚存，说明文字却大多已经脱落——是图片比文字更便于记忆么？如果没有笔写纸载，言词的有效保存期是否要大大短于图像？是否总要早早地褪色和蒸发？两年前，时值中国知识青年上山下乡运动三十周年纪念，一个刊物邀请我写篇文章，回顾一下我们的当年，十几个催稿电话打得我实在不好意思而且有了负疚感。但我一次次铺开稿纸还是没法写。我的记忆力变得如此糟糕，脑海里的零落图景总是缺少必要的说明文字。即使我十分珍视那一段故事，也没法把碎片重新编织成章。

事实上，我忘了当时朋友们说了些什么，写了些什么，为什么高兴，为什么生气，为什么到县城去结识了更多的朋友，为什么一律剃成光头，后来又为什么一律迷上了木匠的手艺，还有老木与大川为什么大吵一架愤而割席……而只记得一些依稀的印象：知青户有一些禁书，大家曾经像大学者那样每人一盏小油灯读书到深夜，然后一脸庄严地围在小桌旁，讨论一些特别重大的事情，至少是讨论到国务院副总理一级的人物，至少是讨论到能管上几百年甚至几千年的历史大规律，如此等等。依据一些支离破碎牵强附会的传闻，争吵得面红耳赤气喘吁吁，其结果实际上毫无用处而且往往过几天就被忘却。有些女知青甚至并不知道在讨论什么，常常把名字搞错胡乱放炮。但我们必须讨论，必须严肃地讨论，至少得用用"革命""国家""哲学"这一类大词，断断乎不能谈及庸俗无比的猪油和酸菜。我们肯定是在哪一部电影里看到英雄们就是这样干的。

我们还有层出不穷的豪举。比方在农民家里大口吃着苍蝇叮过的剩饭，二话不说就把身上仅有棉袄脱给缺衣的穷汉子，自己花钱印出一些油印教材然后开办农民识字夜校。夜校是办成了，农民都兴致勃勃地带着油灯来识字，但他们总是思想落后顽固得很，总是一边唱《国际歌》一边抠着脚趾头，一边听着马克思一边放出臭不可闻的红薯屁。巴黎公社有良种猪苗吗？也抢收晚稻吗？那他们不成了好吃懒做的二流子？凭什么还要大家来学习？……这些山里人真是愚不可及，但青年启蒙家还是特别的耐心和自信，恨不得揪住他们的耳朵让他们一眼看清进军凡尔赛的道理，恨不得猛踢他们的屁股，让他们在蚊虫叮咬之下明白写对联根本没有支援古巴和越南重要，明白古巴和越南一旦失守我们也就统统完蛋。我们肯定是在哪一部小说里看到英雄们就是这样干的。

最后，我还能记得朋友们的各种英雄动作，比如见到远方来访的同志，紧紧而且久久地握手，以示千言万语都在无言的两手中交流；比如大寒天还冷水洗澡，以示革命者正在为明天更艰苦卓绝的事业而磨炼自己的皮肤和意志。嵩山大队的知青来辩论，有人望风，有人做饭。来人见到望风的便交换口令，一方举起右手压低声音说"消灭法西斯"，另一方也举起右手压低声音说"自由属于人民"——当时一部外国革命影片里的地下工作者们在某个联络点相遇时就是这样干的。我已不记得那是一部阿尔巴尼亚还是罗马尼亚的影片，更不记得影片的名字是什么。这一规矩后来还传到了广西和广东，独眼老木拿着女生们卖血的钱到那里去对暗号串访更多的同志。若不是我们这边有人坚决反对，他差一点就在那里成立了一个党，一个要闹得人头落地的党。

他们接头时也在消灭法西斯和自由属于人民，只是更多了一个暗号：手里的苏联小说《落角》或者是《白轮船》。

生活常常出自一种模仿，模仿记忆中的某些事物。对于青年人来说，这些记忆可能来自电影、小说、音乐、图画、雕像以及博物馆，来自某些英雄的文化媒象。他们或是冲锋陷阵舍生忘死杀败了罗马帝国的大军，或是在延安开荒种地挑水扫地为老大娘送来救命粮，或是衣衫褴褛地在篝火前和战马旁拉着手风琴，等待顿河边诗情画意的黎明。欧美的、苏俄的、中国的文艺作品在当时是这些媒象的主要提供者。这些媒象从各种民主主义的、社会主义的、民族主义的、无政府主义的乃至保皇主义的传奇英雄们身上剥离出来，从各种社会主张和历史事件中过滤出来，成了青年们操作生活的蓝本。他们无意复制前人的意识观念，不大关心而且很快就忘却了那些意识观念，只是想重演那些激动人心和趣味无穷的细节——比如秘密接头时的口令和动作。

  记忆定制了模仿，模仿巩固和再生了记忆。模仿是一种具象的繁殖，经过一层又一层记忆的中转，传之久远并播之广远。比较而言，语言是一些难以记忆的奇怪声波，文字是一些难于记忆的复杂笔画，语言文字的记忆需要专门的学习和训练，对于大脑来说是一项较为生疏和艰难的业务，因此在缺乏特别学习和训练的人那里，总是力不从心，业绩较差。小孩模仿成人的动作和神态很容易，要传达成人嘴里的言语或笔下的文字，特别是一些大道理，往往就说得一塌糊涂。成人其实也强不到哪里去，通过接触文艺作品，他们很可能模仿古代某位英雄将军刮骨疗毒、单刀赴会一类行态，要重现他嘴里的文词，特别是一些忠君报国的大道理，往往言之不详，顶多也只是三言两语。正因为如此，一段即使是十分重要的文词，包括曾经让我们激动万分或者耿耿于怀的思考，曾经让我们唇枪舌剑或者冥思苦想的辩论，要不了多久就会在人脑里大面积死去，最终所剩无几。在这样的情况下，人脑记忆里英雄的意识形态当然迅速淡逝。英雄如果被后人模仿，首先一定是姿态和动作的模仿。

　　前人说过,"得象而忘言"。(王弼语)　看来,言词易忘,自古皆然,不仅是诗文家的道理,也是前人对心智性能的某种总结。

爱 情

知青户开始几乎是一个共产主义部落，口粮和油都是公有，各人从家里带来的猪油或腌肉也一律充公，还有晾晒在木楼前的衣服，谁抓到什么就穿什么，大川的上衣常常到了我的身上，我的袜子常常到了老木的脚上。知青的母亲若到乡下来探望，对儿女身上十分眼生而且权属混乱的"万国装"总是大为惶恐。

共产制度大约在一年后解体，原因不是来自外部的压力，比如母亲们的唠叨从来都只是我们的耳边风，从未被认真对待；也不是因为内部私有财产的增加——解体之时大家仍然穷得彼此一样，没有什么金银财宝需要分配或争夺。在我看来，共产制度解体其实只有一个简单的原因：爱情。

没有爱情这个俗物的时候，同志们道德上都较为纯洁，奠定了公有制的重要基础。一段时间内，少女们都受到少男们的剥削，她们似乎并不在乎剥削，包揽了洗衣和做饭一类家务。每天从地上收工回家，天色已暗，蚊声渐起，她们听任男生们去看书或者游泳，听任他们高谈阔论布哈林或者舒伯特，自己却一个个黑汗水流地烧柴做饭喂猪喂鸡。直到饭菜飘香了，换上了干净衣服的大男子们才拍打着蒲扇，坐到饭桌边来，对饭菜的味道评头品足。她们因此不大了解布哈林或者舒伯特，常常成为大男子们的笑柄。有一次小雁闹了一个什么笑话，被大川取笑，说她真是头发长见识短。她顶嘴，更遭大川训责，于是夺门而出，哭得眼睛成了个红桃子。

她们忍无可忍愤然反抗,但这种反抗仍然充满着集体风格,似乎是全世界女性团结起来讨还公道。她们不下战书就开战,悄悄地罢了工。直到月挂枝头蛙声四起,大男子们腹中咕咕作响了,才发现事情有点不对劲,伙房里居然一丝动静也没有,女生们的房门居然全数紧闭。他们围着一口冷锅转了好一阵,面面相觑,只得接受妇女闹革命的现实,无可奈何地开始洗菜和淘米。但他们混账透顶地见鸡蛋就打,见腌肉就切,恶心的红薯丝甩到一边去,锅铲在猪油罐里刮得当当响,扑鼻的香味史无前例地弥漫开来。少女们在如此紧急的情况下又一次同仇敌忾:"你们明天就不吃油了吗?""每餐都要搭配红薯丝的你懂不懂?""可耻呀那些边叶、菜根都是好东西!"……她们冲上前去重新夺回菜篮子和锅铲,但被少男们赶出伙房,只能在紧闭的门外愤怒地咚咚咚打门。

在这个时候,她们是一个统一的整体,荣辱与共,利益相通,说话时都习惯于用"我们"而不是"我",连吃不吃饭都统一步调,见男人们在伙房里可耻地大浪费,便全体赌气不吃以示抗议。她们就是这样一伙共着一个脑袋的人。但她们的团结其实也很脆弱,特别是在爱情面前一触即溃。事情首先在这一天暴露出来:老木找柴刀,在易眼镜的床下发现了半瓶白砂糖,根据团体内严格的共产制度,斗胆私藏食物者,须淋猪粪一瓢以为惩戒。少男们兴奋无比,快意地狂笑,七手八脚大动家法,把易眼镜强拉到猪栏边,拉扯得他的眼镜都掉了。

"你们不要欺侮老实人!"小青跑来夺下粪瓢。

"你以为他老实呀?"

"他破坏公约罪恶滔天!"

"他就是阶级斗争新动向!就是埋在我们身边的定时

炸弹！……"

我们鼓动她一起参与制裁，去拿块抹布来堵住易眼镜的嘴。

"不就是一点糖吗？他凭什么要上交？"小青黑着一张脸，指头差点戳到木胖子的鼻子尖，"凭什么你就可以抽烟喝酒？凭什么你的烟酒不充公他的糖就要充公？这里的人还没有分三六九等吧？"

似乎不是一般的同情了，而是别有味道了，让人傻眼了。事情闹到这一步，易眼镜也豪气大增，从那七八只手里挣扎出来，抢过老木手里的糖瓶子，朝地下叭的一声猛砸："你们去吃，去吃，吃了去烂肠子拉血水！"

说完拉着小青就走。

大家突然发现易眼镜与小青的形迹可疑，回忆起这对狗男女最近经常在一起说话，不光惦念着代数和几何，还经常鬼鬼祟祟一同去菜地或河边，小青织的一件红色毛线衣已经出现在易眼镜身上，易眼镜的一只热水瓶也总是出现在小青的床头。好哇好哇，居然还有了白砂糖，说不定还私下消受了好多山珍海味呢，说不定还避开众人花天酒地呢。男人们如梦初醒，怒斥爱情的香风臭气吹得这对狗男女昏了头。

他们当然错了。易眼镜与小青其实不会比他们中间的任何一位更自私，很多年后他们才最终看清这一点。即使是当时，小青砍的柴也比任何人砍的更多，洗的衣也比任何人洗的更多，为了给大男子们筹集回城的路费，她毫不犹豫地去医院卖血。但砍柴、洗衣、卖血是一回事，白砂糖是另一回事。白砂糖是爱情的象征，正像一个眼神，一次抚摸，生病时的一碗药汤，生日里相赠的一条手帕，是不能被剥夺和替代的。爱情必须有相应的物化形式，需要言词以外更多图像、声响、气味和触摸的形式，才能确证爱情的真切存在。我的一个朋友最近说，他妻子每到周末和节日都强烈要求他赠送鲜花，鲜花是他没有第三者的证明——虽然这完全不可靠。我的另一个朋友说，他妻子是海南人，每天都要对他进行爱情的考验，包括一次次盘问"你到底爱不爱我"，并且坚决不容许他用方言"新呵几（亲爱的）""哇碍鲁（我爱你）"之类来敷衍。那岂不是成了"星火街""华爱楼"一类可笑的地名吗？哪里是爱？这就是说，妻子即使能听懂方言，但期待的回答不是语义而是语感，是纯正普通话里的庄重和神圣。她只需要特定的表达形式。

爱情似乎只有在形式里才能存活。

进入爱情的人差不多都是形式主义者，女性尤其可能是这样。易眼镜和小青很快找到了白砂糖以外更重要的形式：单独开伙。他们买来了自己的锅，垒起了自己的灶，有油有盐地过起了小日子。相伴而炊，相对而食，你吃我做的汤，我吃你夹的菜，还有属于两人世界的小瓶子小碟子等等，热气腾腾叮叮当当，既是婚前的家庭生活预演，更是爱情的大规模建设。就这样，爱情——或者说爱情的形式，与原有的生活格局大相冲突，直接导致了我们共产部落的深刻裂痕，让同志们无可奈何。虽然大家还可以维持表面的亲热，但爱情是幸福的，幸福的人呵常常是自私的人，是重色轻友的货，是发情的狗。离心离德，打小盘算，搞小动作，性别联盟瓦解了不算，整个知青户也不可阻挡地礼崩乐坏。即使小锅小灶并不意味着道德沦丧，即使易眼镜和小青依然在很多事情上克己让人，甚至对分灶吃饭不无惭愧从而更愿意大张旗鼓地助人为乐，但额外交情与同灶开伙仍然大不相同。大约半年以后，大川与老木的一次恶吵导致了团体最后解散。他们都觉得是对南斯拉夫的看法的分歧使他们无法再团结下去，其实这是彻头彻尾的自我误解。因为在恶吵之前，这个团体已经私房话渐多，代替了公共讨论；私房钱渐多，代替了公共财政；私下关照渐多,代替了公共友谊。团体早已徒有其表,到最后,竟有大小四套锅灶出现,使浪漫的、欢乐的、充满着苏俄共青团歌曲味道的时光一去不返。

核心人物的分裂,不过是朝摇摇欲坠的泥墙最后推了一把,为飞鸟各投林提供了一个较为堂皇的理由。

我一个人走进伙房,看到一片爱情的残汤剩饭杯盘狼藉的场面,感到不寒而栗,觉得自己也该离开这里了。

女 人

我相信女人是千差万别的,并没有统一规格,关于女性的共同特征的说法常有太多的夸张、武断以及男人的偏见——与其说女人是那样,不如说很多男人希望女人就是那样。但这并不等于对性别特征不可以进行概率性的比较。比如说吧,牛津大学的科学家们测定,百分之七十四的女人每个月流一次以上的泪,这个比例比男人的百分之三十六要高出一倍。(见2002年俄罗斯《健康》月刊)

百分之七十四不是百分之百,但足以让人们产生一种大体印象:女人活得更感性一些,情感更敏锐也更丰富。这个特征的形成原因大概可以写成一本大书,在这里只能从略,有兴趣者可以参看笔者《性而上的迷失》一文。从概率上说,女人们着装不光是为了保暖,只要条件许可,常常会使身上有更多悦目的色彩和线条,以证明穿戴的形式比内容更重要;她们饮食不光是为了果腹,只要条件许可,常常对零食有更多兴趣,以证明咀嚼的过程比目的更重要。她们大多喜爱逛商店,其实不全是为了购物,购物这件大俗事有什么意思,充其量只是逛商店的一个借口,就像吃鱼只是钓迷们的借口,健身只是球迷们的借口,治国安邦只是政客军阀们争夺权利的借口。即使不打算买任何东西或者手头拮据,很多女士仍愿意去商店朝圣,与缤纷商品热烈幽会。万紫千红,琳琅满目,熠熠生辉,变化莫测,各种商品暗示着生活的各种可能,暗示着幸福的各种方向,使商店成为她们的一个梦境。

此时的男人们在哪里呢?可能在店门旁的"丈夫休息室"里,无精打采地看体育类报纸,或者烦闷不已地抽烟。

在我周围的女人中,小雁最不像女人,她从无逛商店的兴趣,也不涂脂抹粉。在乡下抓鱼、打蛇、犁田、开拖拉机,还有后来出国留学而且读什么印度史和梵文,比男人还胆子大。明明有茶杯,她总是搬大碗,说这样喝水喝得痛快。明明是一张长方形的床,她的身体总是睡成一条对角斜线,踢得枕头被子七零八落,挤得同床女伴落荒而逃。但就是这样一个人,这样一个以短发男装混在男人堆里的人,也仍然不是男人。她随丈夫一同去理发,见那个为她丈夫服务的理发妹太丑,很不高兴,一定要换上一个漂亮的脸蛋来动手。丈夫觉得好笑,说你就不怕我心猿意马?妻子想了想,仍然坚持自己的唯美,说情愿让你心猿意马,也不能让我看着恶心,一个长得那么丑的人,在你头上摸什么摸呢?

视觉唯美到了如此极端的程度,恐怕非女人弗能。法国作家西蒙·波娃说过:"爱情是女人的最高职业。"(见《第二性——女人》) 其实凡感情都在女人的血管里最充分地储存着,随时可以喷涌而出。中国俗语称"世上最毒妇人心",是指仇恨情感之下的不择手段和不计后果;而喜爱情感之下的不由分说和不留退路,也多表现在女性身上,一如波兰裔的德国革命家罗莎·卢森堡女士断言:"这个世界上如果还有一个在街垒上战斗到最后的革命家,那一定是个女人。"这也就是说,"世上最诚妇人心"或"世上最善妇人心"的说法亦可成立。

易眼镜因为打伤警察而进了看守所以后,我去探视过他。所长是位熟人,让我也顺便看了一眼监房。女犯们都关在北边,有的只戴了一个乳罩,有的干脆光着整个上身,用各种办法散热纳凉,见我们出现在监视窗前根本不躲闪回避。所长说,这些女犯多是杀人犯,多是情感性犯罪,下手最狠,不是杀情夫就是杀丈夫,诈骗、贪污等智能性犯罪倒是很少,与男犯差别很大。据所长说,情感性犯罪常常比智能性犯罪更残酷,更决绝,往往也更单纯。我对此印象深刻,不由得想起孔子在《论语》中说:"唯女子与小人为难养也。"如果不做男权主义的解读,这句话其实没有太多贬义,只是指女性与下层野民一样,思维以具象和情感为主导,如洪水和烈焰,很容易冲决理性的罗网呼啸而去。"养"在这里不是"供养",而应是"修养""调养"以及"驯养"之义。

独　眼

　　老木在修水库炸石头时受伤，留下一只独眼，因此获得县政府颁发的一张奖状，还获得了身残回城的权利。他的独眼有一种苦难感，也透出一种狠劲，使他的娃娃脸平添了几分男子气。

　　独眼如果再配上一件斗篷，配上手里的一条马鞭，就可以让人联想到某部战争史诗里的英雄——那只独眼简直就是浪漫少女眼里的一枚英雄的勋章。这样，木胖子尽管个头不算达标，两腮肥肉太多，居然走到哪里都颇受女子倾慕。她们肯定已经浮想联翩，已经把无形的斗篷和马鞭添加给这位独眼人了。一位漂亮的广东女子一见他就发呆，把他从广东追到湖南，进门就不由分说地扫地，接着就洗碗刷锅抹桌子，好像反正就是他的人，最终倒也真的赖成了他的老婆。她叫阿凤，在香港出生，有移居香港的权利，这是老木曾经嫌拒她的理由。不料老木多年后能到香港做生意，反倒大大受益于这一段奇特的婚姻。

　　听说这位广东女子曾经也有很多追求者，其中一位还与她有五年的通信史，是一位才气横溢的青年诗人，也是她表哥的一位朋友。有意思的是，通信五年之后的相会，却使女子大为失望："天哪，他太漂亮了！"

　　"漂亮还不好吗？"表哥疑惑不解。

　　"脸上连一块疤都没有，这怎么行？"

"你什么意思?你的话我怎么听不明白?"

"这样说吧,他那个奶油脸蛋,最多只能让我产生——母爱。"

表哥眨巴着眼,觉得女人完全无法理喻。

忏　悔

我当过红卫兵,所以注意过中国报刊上对红卫兵的声讨,注意到很多长辈人和晚辈人两面合击式的愤怒:你们为什么不忏悔?你们为什么没有基督教那种崇高的忏悔意识?你们为什么不谈谈你们那些不可告人的过去?你们为什么不像德国首相那样跪下来求犹太人恕罪?凭你们这样子中国还能实现现代化吗?……

众口一词之下,我倒想说说不必忏悔的事情,比如我写过的两张大字报,是我在学校期间针对老师的仅有的两张。

第一张大字报,是攻击小学一位老师的。这位女教师矮胖,常常摸摸学生的头或给他们整整衣领,语文课也讲得不错,讲课时不忘批判自己的丈夫,一个刑满释放的右派。也许正因为这一点,她夹着尾巴做人,一接手班主任职务,便把我以及所有出身于黑色或灰色家庭的学生干部撤下,让革命家庭的子弟全面掌权。特别难以忍受的,是那个算术成绩最臭的新班长,只因为有个当党委书记的好爸爸,就被班主任宠成了红色大公主。不但考试中可以无端加分,劳动中可以无端闲玩,在任何一次出外支农时都可以吃到班主任私下特供的苹果或腊肉,根本不同贫下中农的白菜萝卜相结合,享尽了人间荣华富贵,气煞了满朝文武,让我们几个男生怒从心头起恶向胆边生。我们纠集起来,往讲台上射过尿,在厕所里画过漫画,碰到"文化革命"的大好机会,便回母校给老师贴了一张大字报——当时我们是初中生,不理解一个女教师难以承受的政治恐怖，不理解她的不公道后面的无奈。我们是成人以后才想到这一层的。

第二张大字报，则是攻击一位中学老师的。这位男教师瘦高个，戴金边眼镜，据说在国外读过书，为驻华美军当过翻译，身上至今还有一股从敞篷吉普里走出来的风流味道，动不动就打一个响指，好像在日本招妓或者在菲律宾赢了台球。这一天是他的英语课，我前座的一位同学有些拘束不安，被美军翻译发现了。对方过来检查他的课本，发现是一个冒牌的旧练习本，便生气地叫他站起来，问他为什么没有书。他支支吾吾好一阵，说自己没有钱交学费。美军翻译轻蔑地哼了一声，将练习本甩回桌上："鲁平，你就不是读书的材料！"这句话羞得我的前排同学低下头去，前额差点砸到了桌面。我是这件事距离最近的目击者，我亲眼看到了老师的目光寒意侵骨，亲眼看见了叫鲁平的同学低着头站了整整一节课，还看见了他的裤腿高高吊起，冻得红肿的双脚没有穿袜子，插在一双空荡荡的红色女式大套鞋里。这位搬运工的子弟后来几天没有来学校，是班上同学凑了学费送到他家，他大哭了一场，才挂着鼻涕重返教室。这当然是我后来写大字报痛斥美军走狗的好题材。

回想这两张大字报，我应该向老师道歉，清算当时那些粗鲁的火气，清算那些不着边际的结论，比如不公道就是不公道，缺心肝就是缺心肝，人皆有缺点，有缺点并不一定是什么"复辟资本主义的干将"或者"钻进革命队伍的蛀虫"，而这些大帽子无疑是可笑而且伤人的政治恫吓。但我不会忏悔。我想不出为什么我应该忏悔——这与承认自己也是那个时代悲剧基础的一分子从而加以反省检讨，不是一回事。我不会忏悔，是因为一个人靠父亲官职而取得特权是不可接受的，我不会忏悔，是因为一个人因贫穷而受到歧视是不可接受的，我有权对这一切表示反对，在过去、现在和将来都有权表示反对。

即使一个初中学生没有找到更好的反对方法，他也应该就此表示道歉。

忏悔是一个道德概念，追究行为的动机。一种正当的反抗造成了令人遗憾甚至可怕的结局，应该得到及时的反省和纠正，但这与忏悔没有什么关系。医生手术失误可以有技术的检讨，但不需要忏悔。士兵卫国杀敌可以有对死者的同情，但不需要忏悔。只有恶意才应该忏悔，无论这一恶意表现为善行还是恶行，带来了善果还是恶果——包括沽名钓誉的到处行善。正因为如此，如果我想赶一把道德时尚，用假惺惺的真诚在满世界谴责红卫兵的异口同声中再添一道尖音，把特权与反特权的关系颠倒过来，把歧视与反歧视的关系颠倒过来，那才是铸下了大恶，才真正值得忏悔。那甚至是对两位老师的进一步侮辱：他们肯定知道我应该道歉但不需要忏悔，他们从不要求我忏悔因此更让我长久地尊敬。

我当然知道，我也有值得忏悔的事，将在本书后面说到。我还知道，不少红卫兵手上确有鲜血。我看见过老木怎样被红卫兵殴打，看见过高君家怎样被红卫兵查抄。还看见过红卫兵的起哄声中，一位右派女教师怎样头发蓬散，糨糊满身流淌，跪在毛主席像前背诵《敦促杜聿明等投降书》。如果背不出，她就得去与另一个男性反革命互相扇耳光，被挥舞着皮带的红卫兵大声威逼。我心里发紧，看见她眼里既没有愤恨也没有恐惧，是一片深广无限的空洞，没有眼珠而只有眼珠的化石，比一具僵尸更让人惊心。她肯定想到了死，想到了救命的一声枪响或一根绳索，问题是她轮不上这种好事，她死不了也活不了，于是一时没有了主意，眼光突然凝固成茫茫荒漠，阻挡着她进入下一秒钟——那是我看到的人世间最为悲惨的无助。她最终还是死了，自杀在校园后面的浏阳河。人们都知道是初一（101）班那伙小屁孩制造了这一暴行，他们应该对此负责并受到审判。人们也知道，是当时的国家机器废除了这种审判，因此国家机器就应该受到审判。有幸的是，那一伙人只是学生中的极少数。当时第一代红卫兵、第二代红卫兵已经在运动中出局，学校里重组新生的主流红卫兵组织是温和派，其中不少成员本身就曾经受到某些早期红卫兵的迫害，是所谓"黑七类"家庭的子女。温和派反对暴力。红卫兵大联合委员会重申了"坚持文斗反对武斗"的命令，使所有被非法关押的老师得到释放——当时这个委员会就是学校里的领导，军宣队还没有来，工宣队更没有来。

这是我的所见，这是事实。

当然，这并不是事实的全部。我想，那个剃了阴阳头的女教师，还有更多受过迫害的人，更多的官员、商人、知识分子，一定比我更多地看到了红卫兵的残暴，以至一位尊敬的老作家在干校劳动时，看到路边冻得哆哆嗦嗦的几个知青，会有"狼崽子"一语脱口而出的快意。（见杨绛《干校六记》）她肯定有足够的见闻来支持自己的仇恨，虽然那几个知青的手上可能并没有鲜血，而在她那里未经审判就被定罪；虽然他们眼下身疲力乏，饥寒交迫，不像她和同行们那样拿着国家高薪一分不少，本来理应得到更多的同情。说实话，我震惊于杨绛的简单和轻率，但相信她自有仇恨的根据。"文化革命"是一个如此复杂的结构和如此复杂的过程，人们出于不同的生活经历，言说时依据记忆中不同的生活实象，自然会有正常的不同看法。这并不奇怪。一个历史事件到底是什么，需要各种看法相互交流、相互补充以及相互砥砺，以便尽可能接近真理。问题在于，"文化革命"结束以后，从官方文件、主流报刊、流行小说直到学校课堂，眼下几乎所有关于红卫兵的文字，都在固化和强化杨绛们心中的生活实象，同时在铲除和收缴我亲眼所见的另一些生活实象。

在这一种文字的独断之下,谁要提到当时无谓的折腾之外还有真实的社会矛盾,谁要提到当时不公和歧视所引起的造反是造反的一部分,谁要提到激进行为动机中还有合理与不合理的相对区别,就是为红卫兵辩护,就是为罪恶的历史辩护,就是可耻的"不忏悔"。公共舆论已经准备好了太多的理论、逻辑、修辞来伏击这种异端,直到我们这一代的任何人都怯于开口,直到任何人都得用公共化文字来修剪记忆,让不顺嘴的某些个人故事彻底湮灭,以求得思想安全。这正像在"文化革命"的文字专制之下,任何人都怯于回忆和言说某个资本家或者地主的善良,或者某个"走资派"身上可敬可喜的品质。即使这些个人印象是真实的,即使这些个人印象并不要求取消他人的另一些个人印象,它们仍是革命的大忌,不为公共舆论所容。当时文艺作品的公式化和千人一面,就是这样闹起来的。

这样,记忆中就有些实象合法而有些实象不合法了,就有些故事可说而有些故事不可说了。对于有些人来说,以文字清洗实象成了一种至高无上的道德责任,在"文化革命"中标举着,在对"文化革命"的批判中也标举着。一个历史事件的复杂性和丰富性,包括一种激进甚至荒谬的思潮如何获得社会基础和大众参与的深层原因,一种社会结构和文化谱系综合性的隐疾所在,都在这种单向度的清洗中消失。"文化革命"仅仅被理解成一段坏人斗好人的历史,一出偶然的道德悲剧。

"文化革命"给现代中国带来了灾难,是当代人应该深入反思的历史。有意思的是,这一事件眼下却几乎成了知识界的新式禁区——我们能做的事似乎只是继续正确下去,跟着人们大声呼吁"批判"或"忏悔",藏起你应该忏悔或者不需要忏悔的往事,掏出你今后不需要自疑或者应该自疑的坦白。同样,纳粹法西斯给现代欧洲带来了巨大创伤，是当代欧洲人最应该深入反思的历史，而眼下它也几乎成了知识界的新式禁区——人们能做的事似乎也只是继续正确下去，给奥斯维辛集中营献花，对贩卖纳粹徽章的奸商起诉，向奥地利上台的极右派进行激烈的外交抗议和政治封杀。这样做并没有错。但以没有错的行为压制另一些没有错的行为，则不能不令人生疑。就像吃饭并没有错，以吃饭来压制喝水却一定别有用心。很多有待于探寻的历史谜团，比如当年不但在德国而且在英国、法国、俄国等地方也同时出现排犹浪潮，比如当时德国和西方各国共同出现的自由市场危机及对法西斯主义的幻想和纵容，都因害怕承担"开脱纳粹罪责"一类政治恶名而销声匿迹，以保住欧洲民主阵营的体面。没有多少人愿意去做这种冒犯自己人的傻事。

因此，当我看到中国知识界呼吁"忏悔"的浪潮和欧洲知识界抗议极右派和法西斯的示威壮景，我看到了人们对专制主义和极权主义的深仇大恨，看到了一种令人欣慰的拒绝和抵抗，但也看到一种新的思想专制和新的思想极权正在悄悄形成，并且在"政治正确"的名义下积重难返。

朋　友

　　上海产的回力牌球鞋，绿胶底，白鞋面，是上个世纪六十年代后期的时髦。因为在乡村中十分少见，所以它出现在某些下乡知青的脚上，几乎成了一种黑社会的接头暗号。陌生人之间只要看看对方的脚，不用介绍，就可以会心一笑。这如同二十一世纪初中国有些新人类交友，先问对方读不读日本作家村上春树，喝咖啡是喝速溶的还是现磨现煮的咖啡豆，如果答案不对，扭头就走。非我族类，休得多言。两种人的接头方式虽然有异，却差不多有同样的原理。

　　有一次，我与大川到某地去玩，正好碰上这个县大张旗鼓地"打击反革命"，拉网式地排查可疑分子。街上不时有挂着大喇叭的宣传车驶过，或者是一溜荷枪实弹的民兵骑着脚踏车飞奔，机械化程度很高，不知正在奔赴什么战场。因为知青不可能有什么身份证明，我们便在一个路口束手就擒，被押进了县治安指挥部。这是一个破庙，乱糟糟臭烘烘的稻草里有百多号犯人在等候审查。

　　我们在这里当了几天的囚犯，每天到吃饭的时候了，就被民兵手里黑洞洞的枪口指着，排着队去附近饭店里，自己掏钱解决问题，吃完了再被押解回来。我们没有多少钱，只能每餐吃萝卜加米饭。这一天，一个大汉摇着折扇，露出胸毛，突然坐到我们的餐桌边来了，一开口就说省城的话。他果然是个知青，果然也没看错我们的同志身份——他声称正是从桌下的两双回力牌球鞋看出这一点的。他打听我们的来历,很快愤怒起来,递上一根烟。不用吩咐,身旁一青年立即恭恭敬敬地给我们点火。他手中的折扇一扬,身旁又一个人影赶忙去买辣椒炒肉片和红烧猪脚,推到我们面前请我们趁热吃。那些人好像是他的狗腿子,办什么事都冲冲闯闯高声大气,以至看押我们的民兵也不敢前来干预。

我们后来才知道,这个被狗腿子们前呼后拥着的大汉姓江,江湖上的绰号叫呼保义。

他从不在乡下好好劳动,而是四处游荡,凭着一张嘴能说武侠故事,他走到任何一个知青点都可以白吃,都有烟酒侍候和前迎后送,完全是太上皇的待遇。他又带着一帮弟子习武练功,耍石锁、推杠铃、击沙袋、走梅花桩等等,闹得鸡飞狗跳。乡村干部畏惧于他父亲的"老八路"身份,不敢管束和得罪这位大公子。

他倒是有一份打抱不平的热心肠,那几天常到县城里来,碰上我们吃饭,就要给我们加菜;碰上我们被拉出去游街示众,就陪着我们从街头走到街尾,以示精神安慰和严密警卫。在我们获释离开那个县时,他还给我们买了车票,送给我们一颗密藏在小瓶里的麝香,只有绿豆大小。他说挨了打的人吃这个最能活血散瘀,同女朋友那个那个了则保证不孕——女人闻一闻香气就根本怀不上。

他说到这里的时候一脸坏笑。

我们激动地互相承诺了"来日方长后会有期",不久后也果然有过重逢,是在省城街头一次意外的遭遇。有点出乎意料的是,他上下打量我,眼中透出一些茫然,好半天才想起县城里游街示众的事。我们坐到河边以后也谈得不太投机,他那一套及时行乐的纨绔之辞很难被我们接受。他最后只能以一句文绉绉的格言了结:"白玫瑰和紫罗兰尽管颜色不同,但同样芬芳。"不知他是从何处搬来了这一套洋派优雅,也算表达了江湖上人各有志的遗憾。

我感到有些失望,直到事后多少年才大体明白了这次乏味的重逢:回力牌球鞋在省城里比比皆是,已经不再有出现在一个小县城里的稀罕,不再是让人感到亲切和亲密的特殊符号,不再能让人产生一种他乡遇故知的激情冲动,一种在陌生环境里的同病相怜和相濡以沫。在这个城市里,以各种方式流窜回城的知青多如牛毛,一旦离开乡村就各有各的营生,各有各的图谋,还能有多少心境和时间缅怀往日的萍水之交?

一双回力牌白球鞋的意义,只能由特殊处境来确定,不可能是到处领取感情的永久凭证,就像一个词的意义也只能由具体语境来确定——瑞士语言学家索绪尔先生似乎早就知道这一点。这使我想到世界上很多事情不可重复,只能在特定的那一刻和那一地才会闪光。我们记忆中的某一种美食,多年以后再吃起来就可能索然无味。我们记忆中的某一次热吻,多少年后重演就可能别扭甚至寒意逼人。它们是从土地里拔出来的花朵,一旦时过而且境迁,只能枯萎凋谢。

江哥后来在江湖上还是很有名气。据说他因打架斗殴被判了刑,在劳改期间还是不断生事,借着当电工架外线的机会,居然把好几个管教干部的妻子勾搭上了,把她们的肚子搞大了,其手段的神奇简直难以想象。一个外号叫周麻子的管教干部,平时就喜欢打人,为此气恼得眼睛充血,将他毒打了一顿,棍棒都打断了三根。又罗织罪名整理材料,把他的五年刑期改判成十五年。江哥接受宣判回来,三天没说一句话,最后找到周麻子,说车间里的天车上有反动标语,请"政府"赶快上去看看。周麻子上去了,没有发现什么反动标语。疑惑之际,正要开口骂人,被人从背后猛推一掌,来了个高空飞人,一条弧线抛下来,在龙门刨上砸出一声沉闷的巨响,白生生脑浆四下迸溅,吓得在场的人尖声惊叫。

江哥出现在天车上。他哈哈一笑,对大家抱抱拳,说此贼死有余辜,我今天结果了他,为弟兄们除了一害,但决不连累大家。

他沿着梯子一级级走下天车,像将军最后一次走下了检阅台。他捡起一团棉纱,蘸着死者的鲜血,在白墙上写了七个大字:

　　杀人者江毕成也

然后手一抬,抓住了动力电闸。只见火星飞散,电灯闪闪欲暗,顷刻之间他已经成了一堆枯焦的黑物。

身　份

一个人在美国的公园里遭到黑人抢劫,他很可能认定凡黑人都残暴,可能推论黑人确实是一个劣等种族。事实上,种族歧视就是这样建立起来的。残暴、懒惰、偷盗、吸毒等等少数黑人的现象,被某些人当做了所有黑人的共性。这里的可疑之处是:凶犯可能同时是一个 B 型血者,为什么受害方不把所有的 B 型血者推论为残暴劣种?为什么从来没有对 B 型血者的歧视?

英国生物学家莫里斯就提出过这样的质问。显然,肤色是可以看到的外征,最容易辨识和牢记;而 B 型血等等却无法用肉眼直观——大概这就是全部奥秘所在。在决定意识形态的时候,人们的眼睛是比大脑更便当的器官。

如果说狭隘族群主义是一种视觉意识形态,那么它也常常表现为一种听觉意识形态。一个广东人欺诈了河南人,受害者很可能记住了广东口音,于是口口相传,越传越邪,直到所有广东人在河南人那里都成了可疑和可恶的对象。这也是族群冲突的常见过程。当事者很少会想一想,一个广东人可能同时是一个感冒患者,一个基督教徒,一个汽车司机,为什么可疑和可恶的是所有广东人而不是所有感冒患者、所有的基督教徒、所有的汽车司机?为什么河南弟兄们不可以爆发一下病别意识、教别意识以及业别意识?

显然,语音是可以听到的外征,最容易辨识和牢记,于是在有些人那里一跃而为首恶。上个世纪的二十年代，以广东人和湖南人组成的北伐军在河南受挫，大革命北进乏力，半途而废，有政治和军事的多种原因，其"南音"被中原广大老百姓疏远和疑忌，就是一般史书上不大提及的一条，却是十分重要的一条。最近十年，语言口音在台湾再一次成为政治题材，"泛绿（民进党等）"阵营以操闽南语的原住民为主，"泛蓝（国民党、亲民党、新党等）"阵营里操国语的外省籍人士较多，所以很多政治斗士见人先辨音。有些"泛绿"的出租车司机甚至拒载操国语的客人，或者强迫客人听车上音量放到最大的闽南语广播；有些"泛蓝"的教师则禁止班上的学生讲闽南"鸟语"。在这里，口音政治的对抗剑拔弩张风狂雨急。这样的事情发生得多了，本来倾向于"泛绿"的国语者和本来倾向于"泛蓝"的闽南语者都可能有情绪逆反，于是"国语"与"闽南语"的不共戴天之仇就更得到了证明。

　　人以群分。族群当然是有的，族群之间出现差异甚至冲突也纯属正常，并不特别难以理解。只是族群的划分以肤色为据、以口音为据，甚至以肤色或口音来区分善恶敌我，如此等等，显示出人类的意识结构仍然十分原始，几千年之后并未进化到哪里去，与禽兽差不多是一个水准。

　　我们可以鄙薄前人的嗅觉过敏，似乎前人都有特别好用的狗鼻子，非我族类首先是非我族味，"膻胡"和"骚鞑子"透出牛羊肉味，就是中原农业族群对北方游牧族群的蔑称，也是各次驱"膻"抗"骚"运动的感觉根据，曾造成大规模的流血冲突。但当嗅觉退化了，或者说异味被肥皂、香水、洗浴习惯、通风设施清除了，把嗅觉歧视改换成视觉与听觉的歧视，是不是同样会遭到后人的鄙薄？人类已经有了可谓发达的科学技术，已经知道了人与人之间的区别在于血缘和地缘，同时更在于生理基因密码的不同，在于道德修养和文化训练的不同，在于财产占有量和信息占有量的不同……总之是在于一些不易构成显著外在标志的方面。然而现代人的身份证件，比方说一本护照，并不记录这些，而少不了的是民族或种族的确认，是出生地的确认，移民局官员总是对这些瞪大了眼睛——血缘崇拜和地缘崇拜赫然在目。一种狭隘族群主义的查验传统，如同一条割不断的猴子尾巴，即使在号称最文明的国家也至今例行不误。无论生理学、心理学、民俗学、社会学、经济学、文学以及史学积累了多少关于人的知识，无论这些知识已经达到了多么精微高深的地步，这一切还没有体现在一本护照上。在这种情况下，这个世界的外交、体育、文化等交流活动都是依民族或国家组团，从来不按照血型、年龄、行业、学历、阶级、道德信念等等来组团，难道有什么奇怪吗？民族或国家的旗帜到处飘扬之际，这个世界一次次出现民族之间或国家之间冲突的滚滚烽烟，一次次出现向肤色和口音的大举进攻，又有什么奇怪呢？

在身份认同之际，鼻子曾经抢在大脑的前面，现在眼睛和耳朵依然抢在大脑的前面，抢在理性成果的前面，这一点似乎是现代知识大厦的古老基石。

我把一本这样的护照翻看了好半天——这是1986年我第一次领到护照，第一次准备出国旅行。

精　英

　　我第二次到美国的时候，小雁开着车来旅馆接我去她家做客。由于路上堵车，到她家时我已经饥饿难耐，急忙打开冰箱，发现里面空空荡荡，只有半块皮扎饼和几个苹果。你怎么能这样过日子呢？平时不做饭吗？我大为不解。

　　她说是的，基本上不做饭，也不会做饭。

　　"那我们就随便下碗面条吧。"我表示大度和通融。

　　但她说家里连面条也没有，真是不好意思啊。她拉着我到超市去买食品，在地下停车场倒车的时候不小心，汽车在水泥柱子上刮了一下，发出刺耳的声音。我想那里肯定出现了一道惨不忍睹的刮痕。她笑了笑，并不打算下车去看看。"没关系，我这辆车是碰碰车，三天两头就要同人家亲热亲热的。"她满不在乎地一扬头，让我暗暗佩服她的豪放不羁。我想起刚才第一眼见到她的时候，就被她的汽车吓了一跳：如此伤痕累累蓬头垢面，像堆破铜烂铁——这家伙该不是在美国失业了吧？

　　她把这堆破铜烂铁开得很疯很野，于是面对着一路上疯疯野野迎面扑来的高楼和立交桥，给我介绍洛杉矶的脏乱差，介绍这里华人区的迅速扩展，介绍美国中产阶级的好莱坞和沃尔玛，当然不忘记把沃尔玛、美西、Best Buy、Food Lion 一类超市批了个透，说超市啊这个，如此工业化而没有人情味，如此全球化而毁灭各民族文化传统，真是十恶不赦，中国大陆可以学美国但怎么能把美国这么糟的东西学过去呢？中国什么时候变得比美国还美国了呢？她提到什么引用词语时就把两手举在耳边，各有两个指头挠一挠，表示口语中的引号所在。她这样做，有几次两手完全离开了方向盘，吓得我看着无人控制的汽车朝一辆黄色货柜车迎头撞去，心差点要从嘴里跳出来。

我已经在美国多个场合见过这种两手挠耳的小猫姿态了。于是发现美国的人文界精英，或者说美国的人文界女精英，除了对资本主义和斯大林主义一并大举讨伐之外，大概都有这样的特征：

一，笨得不会做饭菜；

二，汽车脏了和碰坏了根本不去 care（关心）；

三，说话时经常像猫一样举起双爪在耳边挠出引号来；

四，一般不打香水——我在香港为小雁买的香水，算拍马屁拍在马腿上，被她收下了，也被她嘲笑了。"穿套装打香水的，那是女秘书！"她笑着把"女秘书"三个字说得很重，意思不言自明：你傻帽了不是？

这些特征是源于一些什么原因，不得而知。但你完全可以依据这些特征，把她们与其他人群区别开来，比如很容易与浓涂艳抹光鲜亮丽的下层打工妹区别开来，也与衣色深暗低调并且从不出入超市的上流贵妇区别开来。美国社会批评家福塞尔的一本中文译为《格调》（*Class*，1983）的书，已经为这种阶层身份的外观识别，总结了成套的经验，提供了大致可信的指导。他在这本书里还提到：最穷的人不赶时髦，是因为没钱赶时髦；最富的人不赶时髦，是因为他们的任何行止本身都会创造时髦。那么时髦是什么呢？时髦不过是社会中间阶层在心理焦灼之下急切而慌乱的文化站队和文化抱团。

小雁从她十分愤恨的沃尔玛买回食品之后，十分谦虚地向我请教如何做菜，包括如何下面条，让我以为自己的耳朵出了毛病。事情怎么可以是这样？她以为她是谁？她好像从来没有在中国生活过更没有在太平墟当过知青，他妈的从娘肚子里一钻出来就成了洋教授，连面条也不会煮了？她又请了一个中国学者以及一个韩国学者来作陪，更加谦虚地向大家检讨她不会做菜，家里也缺少必要的储备，因此主菜只是一些买来的成品和半成品，没有什么像样的好东西，请你们来只是聚聚而已。她快快活活地愧疚着，好像她一旦会做菜而且家里食品储备颇丰就成了个假教授而且是个中国老妈子，就低人一等了；好像她不长时期经受这种凉水咽皮扎饼的自我折磨，就要让同伴们大惊小怪了，就负有欺民和扰民之责了。因此她的愧疚是学院精英之间一道必要的迎宾大礼。

来客也是精英，衣着都朴素和随意。其中一位女士席间说到她有一钻戒，是丈夫买给她的，但她一直不知道该不该戴上，总是心怀愧疚地觉得一戴上就是向资本主义或者共和党妥协了。他们把这一类事谈得很认真，就像他们同样把住房升值、波兰开会、学院终身教职、波德莱尔的诗歌、卢旺达的军阀专制等等谈得很认真。餐桌上荡漾着左派的舒适气氛或者舒适的左派气氛。不知什么时候，那位钻戒"左派"对一种形如小粽子的阿根廷菜十分惊喜，重点向大家进行推荐："好吃！你们都尝尝。"于是这个说："确实好吃！"那个说："真的好吃呀！"在一片"好吃"的热烈赞赏中，我差一点也跟着附和了。但我对那些绿叶包着的半熟米粒或豆粒实在没有兴趣，嚼不出什么味。便斗胆向他们另外推荐油淋豆豉辣椒萝卜——是一个中国留学生前几天送给我的，一直藏在我的旅行包里。他们对这种常见的中国菜没有特别的新奇之感，但片刻之后，我发现这盘油淋豆豉辣椒萝卜已经被默默地一扫而光，而他们盛赞"好吃"的阿根廷菜却堆积无减，其实一直暗受冷遇。

饭后他们仍然在称赞阿根廷菜。这有点奇怪。

显然，从他们的生理口味来说，他们还没有真正接受那种奇怪的"粽子"。但他们在餐桌上必须发动对这道菜的赞颂，那么他们的赞颂必定不是来自肠胃而是来自大脑，不是来自欲望而是来自知识。知识分子么，吃也得知识起来，就像钻戒也得戴出政治来。阿根廷菜是少见之物，符合"物以稀为贵"的价值原则，符合"越少越喜欢"的上流社会审美品位，因此最可能被有身份的人士表示喜爱，至少也要表示尊重。另一个可能的原因是，在这些亚裔学者的眼里，阿根廷是西班牙语地区，既是高贵欧洲的延伸，可以成为主流的代表；又是一个发展中国家，似乎是一个边缘的隐喻。现代精英以文化的开明和多元为己任，不就是一直又主流又边缘地暧昧不清吗？他们怎么可能对这盘突然冒出来的阿根廷文化掉以轻心？怎么可能逞口腹一时之快而涉嫌文化态度上的轻率无知？

看来精英也难当，有时口舌必须服从大脑。

摇　滚

小雁回到国内来时,我请她听过一次摇滚。我们在大厅里听不清任何一句歌词,听不清任何一句旋律,脑子里只有节奏整齐的撞击,只有黑压压的一片固体在翻滚和爆炸。嘈杂灌注到我后脑勺、太阳穴以及后颈的血管里,使一根根血管顿时粗大起来。我什么也不知道,只知道这些血管在那里蠕动和抽搐,像要暴出表皮。

我逃到大厅外,逃得足够的远,还能听到身后咣咣咣的机械冲撞,一声声冲撞着我的心脏。我找不到曾经听到过的崔健——当时听歌碟还有依稀可辨的旋律。我也找不到大厅里歌与歌的任何差别——除了机械冲撞的间隙中歌手宣布的歌名,是我唯一听清了的人声。我不知道听众为何都听明白了冲撞,都如此陶醉和激动,包括好些留着披肩发的纯情少女,鼓掌、流泪、呼啸、吹口哨、摇晃鲜花和荧光棒,挤到走道里或者台前,举起手的森林向左摆又向右摆,陌生人之间也可以拥抱和搂腰。

她们玩的就是血管粗大?

也许音乐标准正在发生变化。不仅旋律将让位于节奏,节奏变化将让位于节奏单调,而且音乐将让位于对音乐的"听"。听众不是来听"音乐"的,只是来表现如何"听"的。一整套"听"的姿态(流泪等)、动作(摆手等)、器具(荧光棒等)、言语(叫喊着"酷毙啦"或"哇噻"等)已经构成听众们的仪规，构成了音乐会实际上的主体。观众是花钱进场的演员，是花钱闹腾的主角。全世界正在大批产生着这样的主角，正在通过电子传媒培训着这样一批批彼此无异的主角。他们其实不需要崔健，不需要任何歌星，但不能不对台上的歌星更加疯狂地崇拜——这是"听"众操典的一部分。他们其实也不需要音乐，能听清或者不能听清已无关紧要，听革命摇滚或性爱摇滚已无关紧要，那只是一个借口或者背景，做广播操时不是也需要一点背景音乐吗？苦役犯们搬运石头不是也需要一点劳动号子吗？重金属摇滚就是新一代的劳动号子，是发烧友们心身全面跟上新时代的号子。

  他们在这种号子中已经激动，已经完成了激动的操典，这已经足够。但他们反过来制造了歌星：那些歌星本来是可以唱得清楚的，现在却必须嘶吼得含混不明；那些歌星本来也是可以唱得悠长或轻快的，现在却必须嘶吼得单调而重复，其他的一切务必统统放弃。他们已经被听众指定了仆从的角色，他们只是劳动号子的节拍提供者。

母　亲

　　多多这个小杂种也喜欢摇滚，真是让人奇怪。他是老木第二个儿子，在香港的花花世界里长大，从不好好读书，最后被父亲押送回内地来重读补课，一脸的愁云惨雾。妈妈提着大包小包来看过他一次，不过她当时手里的股票被套，一个新办的药厂又遭遇危机，有几千箱药变质了。她就像鲁迅小说《祝福》里的祥林嫂，逢人便说她的新药，说药品的质量其实很好，反而没有与儿子说上多少话。她的新药推介开始还让人颇感兴趣，反复唠叨的结果，是任何人能躲多远就躲多远。

　　她终于唠叨出肝癌，开始瞒着多多，怕扰乱他读书的心绪。后来又决计告诉他，无非是想用大祸临头的压力，打掉他的懒散和轻浮，激发他自救图强的斗志。但"癌症"一词并未让多多面色大变，他甚至目无定珠，挠了挠鼻子，揉了揉衣角，不一会儿就去看他的卡通书，在那边咯咯咯地笑得拍床打椅。

　　作为老木当年的插友，鲁少爷是小少爷在内地的看护者。他差点被这种笑声气晕，忍不住咬牙切齿："你是个畜牲吗？你怎么还敢看卡通？你懂不懂癌症？癌症！"

　　小少爷被鲁少爷吓得面色惨白，自觉有错，把卡通书塞进抽屉。但这种负疚感只保持了几分钟，就像他平时偷钱、逃学、交白卷以后的负疚感只能保持几分钟，很快就歪在椅子上呼呼睡着了。

鲁少爷把冬瓜烧成了焦炭,气得一时没脾气。

几个月后,多多的母亲经过内地几家大医院的治疗,终于死在香港。鲁少爷把多多送回香港向遗体告别。母亲已经瘦成床上小小的一撮,头发脱尽,在殡仪工给她调整假发的时候,暴露出一个光光的脑袋。据说她死前声音已经喑哑,双目已经失明,眼里总是涌出糨糊状的黄色脓汁,得靠旁人一次次抹去,不然就盖满眼眶。但她到了这种地步仍然一刻也不安宁,坚持要锻炼,要下床来行走,摸索着周围的墙壁或者窗台,希望自己的咬紧牙关和不顾一切的坚持能够带来奇迹。她说她还不能死,多多还太小啊。

小少爷对躺在花丛里的这样一位母亲仍然没有什么悲痛,呆若木鸡,偷偷地瞅瞅这个或者那个长辈,似乎擦了一下眼睛,也没擦出什么泪光。倒是在走出太平间后,他有了下课似的如释重负,回到家里更有欢天喜地的自我补偿,开冰箱吃美国草莓,开电视机找卡通片,深深陷入沙发里再把双脚架向空中。见鲁少爷是第一次到他家,是第一次到香港,便热情万丈地请他四处参观,大咧咧地指导他如何使用浴缸按摩器,如何使用电话子母机,如何差遣菲律宾女佣,喝威士忌的杯子如何不能用来喝葡萄酒而喝葡萄酒的杯子如何不能用来喝啤酒……在他看来,鲁少爷这个内地"干爹"太土气了,太没有见识了,连用杯子的规矩都不知道。他许诺,过几天带干爹去逛逛中环和铜锣湾,找个有档次的夜总会好好乐一乐。

他的热心教导使鲁少爷怒气冲冲,仗着几个月来的看护之功,也憋着对老木养子不教的怒气,当着他父亲的面,给多多来了一记耳光:"畜牲,你就忍不了这几天吗?你还敢看电视!"

多多捂住脸,看了父亲一眼,偷偷溜进自己的房间。

但门那边还是没有哭声,静了一阵,发出哗哗翻画报的声音，声音里还是没有任何沉重。这一切让老木也不无难堪。与鲁少爷谈话的时候，他百思不解，说妻子最疼爱并且最寄希望的就是多多，但这小王八蛋居然没有为母亲之死流下一滴泪，真是邪了。他相信这就是命，是孽障啊，报应啊。也许上帝就是存心要用这个狼心狗肺的家伙，来报复他在商场上的奸诈和情场上的放浪。他这个流氓自作自受，这一辈子还能有什么指望？……

老木放声大哭了一场。

直到很多天以后，直到多多又回到内地，鲁少爷才发现他其实也有无泪的苦恼，也在惦记着妈妈。他给一位香港女同学的电子邮件是这样说的："……我真想像别人一样爱我的妈妈，对我妈妈的死表示悲痛，但我怎么也做不到。My God，我想了种种办法还是做不到，我怎么办啊？"

从鲁少爷嘴里听到这件事，我有些难受，而且为多多感到委屈。我也认识这个孩子，知道他并不是特别的坏。家里一只小狗病死的时候，他是伤心落泪的，整整一天不想吃饭。他家里以前那个菲律宾女佣兰蒂离开时，他也是失魂落魄的，三天两头就要给兰蒂阿姨打电话，甚至偷了父母的钱去公共电话亭。他并不冷血，并不缺乏情感。事实上，他对父母没有感情只是因为他缺乏父母。他的父亲只是每个月开出来的支票，是衣橱里陌生男人的领带和桌上的肮脏的烟灰碟，除此之外就只是一个没有踪影的空空概念，这个概念叫"父亲"。他知道有这回事但很难看到这件事。他母亲近来也总是不在家，忙着股票和药厂的生意，特别是把他送回内地托人看护之后，母亲也成了一个可以知道但很难看见的概念。他的母亲是什么？不过是经常托人捎来的大堆玩具、零食、时装以及最先进的电脑，是电话里一个叫做母亲的女人时而严斥时而哀求的唠叨。

这些当然不够，当然不构成真正的父母。情感是需要具象来孕育和传递的,只能从图像、声音、气味以及触感中分泌出来,人们常说的"触景生情""睹物思情",早已描述了情感的特质。人们悼念亲人时常说"音容宛在"。忍不住的悲情,必然来自记忆中的"音"和"容",来自一只手的抚摸,一双眼睛的凝视,一个背着孩子找医院的宽大背脊,一柄盛夏之夜给孩子带来凉爽的蒲扇,一次给孩子带来喜悦的全家出游和野外游戏。这就是父母——哪怕是孩子犯错误时父母的暴跳如雷,甚至大打出手,也能在孩子心目中构成回忆的切实依据。如果老木两口子无法给多多提供这一切,如果他们总是用封闭式贵族学校、他人托管一类方式使自己远离孩子,无法给孩子提供可以清晰辨认的父母面目,他们就没有理由强求孩子面对记忆中的一片空白而流泪,也没有理由奇怪于孩子竟把情感交给了一条狗或一个女佣。

孩子是一心一意要悲痛的,只是"爸爸"和"妈妈"的空空概念无法让他悲痛,特别是在卡通、广告、夜总会、电视娱乐等花花世界里,在一个电子声色过分膨胀并且挤压和淹没着人们亲情的时代,他悲痛的前提已经被剥夺。

法律文书只能确认血缘关系,电话里或书信中的教导也只能确认家长的权利和义务,它们都不足以打击人的泪腺,不足以让人的鼻子发酸眼眶发热。至于那些确实昂贵而且华丽的儿童消费品,它们与商场上的万千消费品没什么两样,并不能给"家庭"这个词填充感觉,孩子无法冲着一个搬到家里来的商场哇哇哇痛哭。

无厘头

欧洲现代主义文化以颠覆逻辑为己任，一手造成了理性的碎片化，这种颠覆一旦从学院波及市井，便结下了香港"无厘头"这枚大果子。

无厘头就是粤语的"没来由"，最开始指香港的一些搞笑闹剧，后泛指一切玩世不恭的商业化娱乐，是最新款的通俗现代主义。周星星（星迷们对演员周星驰的昵称）以其《逃学威龙》《审死官》《唐伯虎点秋香》《大话西游》等等作品成了无厘头影视的代表，一再高居年度票房榜首。及时行乐，肆意狂欢，胡涂乱抹，张冠李戴，随心所欲，乱力怪神，看了就笑，笑了就忘，基本上都是无深度和无中心的视听快餐。这样的作品力图让大脑处于休息状态，无意解读现实也无意解读历史，从不接通思想也不能潜入情感。你可以一边吃喝一边看，一边聊天打牌一边看，上完厕所再看一段，睡过觉来再看一节，从任何地方进入，从任何地方退出，看得丢三落四七零八落全无问题——既是没来由，何须看得有条有理和有根有据？

在这里，神圣和庸俗都是搞笑，痛苦和欢乐都是搞笑，成功和失败都是搞笑，深刻和肤浅都是搞笑……所有的感受就是一种感受，都是没正经的感受，语言设定的精神价值等级荡然无存。何况到后来，连笑也没法搞了，笑变成了疯，只剩下疯。笑也许还涉嫌幽默，还涉嫌知识、理解、意义之类过时的罪恶，疯则是笑的彻底平面化和即时化，只是纯粹声色的爆炸，与语言逻辑彻底诀别。

　　我注意过老木的儿子多多怎样看电视，发现他躺在大沙发上，打一会儿手里的电子游戏机，又对屏幕里的无厘头看上一眼，脸上没有什么表情，就像屏幕里的男女们的那张脸皮之下，其实也无悲无喜——他们只是用极度夸张的表情和动作来疯，疯出挤眉弄眼和上蹿下跳，疯出各种仿悲或者仿喜的肌肉运动和声响效果："你好啊哈哈哈！"因为变成怪腔调，于是就有大笑。"我来了哈哈哈！"因为配上一个鬼脸，于是也有大笑。

　　哇——噻！耶！——

　　多多叫喊着，仍然没有笑——哪怕屏幕里一阵阵播放出机械制作的剧场笑声，力图诱导和强制他笑起来。那些声浪录音就像在一条轮胎上猛烈胳肢。

　　这条轮胎没有笑，但算是快乐过了，说"有味有味"，然后一边吃草莓一边去打电脑游戏机。

　　我问他到底有味在哪里。

　　作为一个无厘头分子，他眨眨眼，讲不出什么道理，也不肩负讲道理的义务，只是一个拳头从膝盖边发力朝上猛击，满身武艺拿来吓一吓自己的样子，像电视中的演员们那样做了个硬邦邦的快乐科。

亲　近

其实，我也是一个多多。我在大学里最崇敬的一个老师不久前去世了，我很想悲痛却悲痛不起来。我曾经最喜欢听他的课，其实那不是听课，而是享受，是沉醉，是入梦，梦在他的妙语连珠和手舞足蹈里，梦在他激情之下无意间喷出的唾沫星子里。他也不是在讲课，他本身就是《红楼梦》，就是杜工部和辛稼轩，是几千年中国文化的大神附体，讲到动心之处完全是目中无人，所向皆空，有一次老泪横流竟用袖口擦鼻涕。

我上他的课不多，但算是他宠爱的学生之一。毕业后十多年以来，常听到同学们说，他多次打听我的情况。他还给我寄过他的新著，在他病重的时候。

我本应该为他的去世流泪，为他的才华和性情，为他对我的殷切关注。我其实是一个容易流泪的人，有时看一个并不出色的电影，明明知道导演下一步要煽情了，明明知道煽情之技有些可恶和可笑，还是忍不住被电影煽出泪来，哭得自己又伤心又惭愧，因为又大冒了一次傻气。我没有想到，我可以为一部通俗电影流泪却居然无法为自己最为崇敬的一位老师流泪，眼窝子干得像枯井，只能在电话里夸张地向某些同学表示震惊、惋惜、痛悼以及怀念，只能折腾一些公文悼词里常见的辞藻。我对自己感到羞耻甚至害怕，一张即将寄出的捐款汇票，在我看来是骗子向死者的行贿。

也是向自己不安的内心行贿。

我不想去参加追悼会,缺席的理由总是很容易找到。我怕我的无情会在追悼会上暴露无遗,怕自己无法及时履行悲痛的责任。是的,眼泪常常成为一种责任,一种社会责任和文化责任,是对一切伟人、恩人、亲人、友人应有的情感回报——无论他们与我们是近处还是远离,是过从密切还是音信渺茫,是一种具象性的日常存在还是抽象性的理念存在。与其说这是他们所需,不如说是我们自己内心的一种道德要求。

其实,细想一下,这种要求对于人们来说都稍嫌苛刻。崇敬是一种情感,不一定比亲情低级。我们崇敬爱因斯坦一类伟人,但这些人如果没有以一种实象或媒象打动我们,我们是无法为他们流出眼泪的。感激也是一种情感,同样不一定比亲情低级。我们感激众多公正的法官、高明的医生、慷慨的慈善家,但这些恩人如果没有以一种实象或媒象打动我们,我们也是无法为他们流出眼泪的。我们的泪水被生活境遇所支配,并不完全属于我们。相反,如果我们强制自己用泪水证明一切情感,用泪水偿付一切情感,有时就不免装模作样,而这种矫情比无泪的崇敬和感激更糟糕。

矫情是无情中最糟糕的无情。

中文词"亲近"显示了"亲"与"近"之间的密切关联,显示了亲情对具象示现和感官活动的依存。即使是有血缘的联系,当亲人之间也虽"亲"难"近"的时候,当亲人因种种原因而天南地北动若参商的时候,随着时间数年、数十年地消逝,亲情也就逐渐变得微弱而空洞,就"远亲不如近邻"了。此时的亲情,如果没有深刻的童年记忆打底,可能更多地表现为贺卡、礼品、汇票、合影照片、电话问候、法定义务的承担等等,更多地表现为理智和逻辑的认定,而不是一听到病情通报就忍不住的辛酸泪涌。

"近"物不一定都值得崇敬和感激,却可能有"亲"情相系。一条狗就是这样,只因为它们与我们朝夕相处的"近",它们的死就可能让我们伤心。一个煽情的通俗电影也是这样,只因为它声色感染的"近",也可能让我们湿了眼眶。我当过一段时期代课老师,知道校园里有一种较为普遍的经验,即坏学生常常比好学生对老师更有感情,一旦毕业离校,坏学生比好学生更常来母校看望老师。可见亲情是一种很特殊的东西,它不一定是和睦近处的结果,也可以是冲突近处的结果——"近"才是关键。好学生们成绩太好了,太让老师们省心了,于是没有留校、补课、训斥、谈心、逐出课堂、频繁家访一类事情的发生,更没有与老师骂完了又哭甚至打完了又同桌吃饭的故事。倒是学生中那些捣蛋大王,与老师们"不打不相识",不打不相近以及不打不相亲,错误不断所以更得到老师们的重视,胡作非为所以更多获取老师们的声音和表情,即使一直心怀怨恨,但也是一份情感的额外收入,是一种记忆中更为深入的镂刻。一旦怨恨被岁月稀释,或者被成年的见识化解,深刻记忆便完全可能转化为一份温柔。

从另一方面说,坏学生不一定是坏人,只是不大安分,不见容于管理秩序,不大适应课堂、作业、行为守则等现代的理性成规。在这个意义上,坏学生常常就是一些更关注近物的人,一些更亲近具象而疏远文词的人,比如他们觉得一只活鼠比数学测量题更重要,一条活鱼比语法运用题更重要,一次打架复仇比将来揣着毕业证为国立功更他娘的大快人心。他们还更喜欢美术、体育、劳动之类"玩"的课而不喜欢各种主课,更喜欢课本里的插图而不是意义解说。如果说他们日后可能对老师有更多的人情味,那不过是他们本来就有更多的感性记忆,本来就有更强的感性记忆力。或者说,他们的随心所欲和无法无天,多少保护了他们的情感生活,还没有被管理秩序斩削一尽。他们不像我这样的所谓好学生,在规行矩步的校园里,已如期让文字接管了心智,如期学会了封闭感官和冷却情感,虽然比那些捣蛋大王早一点学会数学和语法,却可能比他们少了许多亲近事物的能力。

　　人的成熟就是接受社会规范的过程,就是学会所谓分寸感即对周围很多事物保持距离的过程——这正是文明教育的目的。葡萄牙作家佩索阿说:"永远不要靠得太近——这就是高贵。"甚至说:"真正的贵族从来不触摸任何东西。"(见《惶然录》)　在这里,一条"不太近"原则,意味着人们的感情有更多的礼貌形态,更多的理智含量,使人们更容易成为控制着各种分寸的崇敬者、感激者一类人物,而不是亲近者。然而无可奈何的是,社会规范仍需征收眼泪,当哀乐响起,人们必须以泪水履行一切情感回报的道德责任:对任何去世的伟人、恩人、亲人、友人,无法悲痛也一定要悲痛起来——你不能成为一个没心没肺的小人。

　　于是,成熟还意味着另一条规则:在失却亲近以后要善于伪作亲近。

　　我终于哭了。哭泣的原因恰恰是想到自己不再能够哭泣,恰恰是自己不再能够哭泣的时候还负有哭不出来的罪疚感——我就是这样在老师的葬礼上鼻酸。

迷　信

民间迷信大多依据于感觉类比,特别是视觉类比,这比较接近中国一个已经常用的词:"形象思维"。吃猪脚可以补养人脚,吃猪肺可以补养人肺,吃猪肾可以补养人肾,吃猪脑可以补养人脑。就认识方式而言,这种最朴素的形象思维,可算是初级迷信,无非是大脑跟着眼睛走,在人体与猪体之间产生直观联想,不一定有什么道理,却也有益无害。

较高级一些的迷信同样依据直观,只是联想对象之间多了一点距离和曲折,联想逻辑不大明显。比如乡下很多人相信妇女不能下种,无非是下种形似男人的射精;相信乌鸦预示凶兆,无非是乌鸦声似倒霉者的哭嚎;相信尸体只能土葬而决不可火化,无非是死者人形尚在,给人的感觉是人睡而不是消失:人家只是一时没醒过来吗,对火烧岂无痛感?怎么可以被后人如此残酷虐待?……

这类迷信若被用来规限人生,则可能有害了。英国人类学家弗雷泽谈到过相似性原理,认为该原理是巫术的基础之一,即把感觉起来相似的东西当做同一个东西,也就是感觉类比后的具象混同。他还由此说到宗教的起源,比如在犹太教和基督教诞生之前,人们对植物的枯荣周期已有深刻印象,已有植物之神死而复活的各种传说——这就是后来《圣经》中耶稣"死而复活"故事的原型。(见《金枝》)　从植物到耶稣,有一个把生死类比枯荣的想象过程。

我还经历过这样一件事情：太平墟有一对新人结婚，男方就是我们队上武妹子的堂弟。

婚礼很隆重，摆了十来桌酒席，还请来了县上的电影放映队，在晒场里支起银幕，放十六毫米镜头的小电影，算是款待广大乡亲。不料此前一直工作得好好的放映机，这一天却只能放出影像而放不出声音，银幕上花花晃动着的八路军和日本鬼子都是奇怪的哑巴。武妹子爬到树上去检查喇叭，一失足摔了下来，被人背去了卫生院。生产队长跑到公社里去借喇叭，又偏偏没找到人。放映员满头大汗折腾了半个晚上，还是没有办法，只好让大家看了一场哑巴戏。

放映员很不好意思，没有收主家的钱。

此事让乡亲们震惊不已，一致认定新婚之夜看了哑巴戏，新婚夫妇将来肯定只能生哑巴崽——在这里，你不能不钦佩他们的直观联想能力，不能不钦佩他们想象的敏捷和丰富，也不能不惊讶于一次失败的放映居然被认定为未来人生的预演。舆论越滚越大，正如我们能猜测到的，在如此沉重的舆论压力下，新郎与新娘经常吵架，半年以后终于离婚。

传　说

　　大头是知青中有名的懒汉，居然当上了光荣的劳动模范，让人不可思议。有一天他吃了我的烤鱼，钻到我的被子里，偷偷传授骗取名誉的诀窍：是这样的，你记住，平时可以不干，或者少干，一干就要干他个惊天动地，下田首先把自己搞得一身泥水，脸上和头上最好也贴几块泥巴，让谁见了都吓一跳，算是必要的化装吧。然后呢，你就要抢重活，抢险活，人家挑一百，你就要挑一百五；人家挑着走，你就要挑着跑。挑断两根扁担最好。咬紧牙关也要扛住，最好还要大喊大叫，骂三骂四，谁跑不动就在谁的屁股上踢一脚，总之要像个大恶霸，在气势上压倒所有的人。记住了吧？

　　他还说，如果手上被什么割出血了，那是天赐良机，千万不要把血抹掉啊，一定要留着，让别人都看见，伤口结痂了就要揭掉痂皮让鲜血再流动起来，就更有视觉效果了。有了这一切，你就给他人强烈的印象，就会造成传说，造成新闻，远近的人都会说下乡知青中出了一个干活不要命的拼命三郎。熟悉你的人可能会不服气，会知道你实际上偷闲躲懒，第一怕苦第二怕死，毫不利人专门利己，一上地就躲着睡觉一送粮就捂着胸口装病。但那都不要紧，权当放屁。他们最终也会屈服于舆论。舆论啊，舆论是不由分说的。他们最终也会人云亦云地赞颂你，会觉得你得到奖赏乃至其他特权理所当然。这就是农民说的："总结你的成绩就上北京,揭发你的问题就判徒刑。"事情就看一张嘴怎么说了,对不对?

大头果然是个聪明人,明白口碑形成的秘密。多少年后想起他这一席话,我觉得他是个无师自通的心理学家,一眼就看准了传说从来都是信息的简化,是描述的"主要特征化"。人们不可能传达相关事物的全部信息,甚至不可能获取这个全部,因此任何感觉都必有取舍,都会筛选和固定事物的主要特征,比如鲜血淋淋的脚杆和折断了的扁担,而舍弃那些给人印象不够强烈、不够鲜明、不够特别、不够新异的东西,略掉那些不构成刺激的寻常琐事。这就是俗话说的"一丑遮百俊"或者"一俊遮百丑"。

大概就是基于这一规律,印度人的大多数并没有吹着笛子引导眼镜蛇跳舞的本事,但传说中的印度人就是这个样子,而且长久以来成为很多中国人的定见,以至他们到了印度以后一旦没有见到眼镜蛇,便会怀疑自己来错了地方。英国人的大多数也并不是装备着文明棍、燕尾服以及高礼帽,但传说中的英国人就是这个样子,并且长久以来成为很多中国人的定见,以至他们到了英国以后一旦没有见到文明棍,也会怀疑自己来错了地方。反过来说,中国人在很多外国人心目中的形象,一定与女人的小脚、男人的长辫子联系在一起,与他们在诸多唐人街见到的金元宝、财神爷、八卦图、绣花鞋、骨质如意、漱盂或拂尘等联系在一起——那里古旧得连电器商店都几无容身之地,与现代的台湾和香港不沾边,与现代的中国内地也不沾边。说是唐人街,更像做一台道场,演一台古装戏,而且是几百年前南洋某个渔村生意人的手笔。这当然使很多外国游客一见北京和上海的高楼大厦就困惑和不满——旅游公司怎么拿这么一个假中国来糊弄我们?

传说从来都难免误说。传说并不关心事物实际上是什么样的,只是关心事物如何被描述,如何描述得有意思,如何让听者关注以方便人们的感知和记忆。也就是说,传说并不一定对事物的真相负责,即使在最"客观求实"的情况下,也必须受制于听者的主观愿望,必须对听者的美学准备和知识准备负责,对他们好新、好奇、好强烈的感官欲求负责,因此常常止于舍百而求一。这样,作为一种口口相传的接力,传说可能在每个环节都被传说者下意识地增减,事物的主要特征在多次增减过程中逐渐极端化,在层层叠加的失实夸张中最终指向神话,指向一种高浓度和高强度的传说——既然懒得半个月可以不洗脸的大头可以因传说而成为劳动模范,可以在公社的领奖台上披红戴彩,那么一些人物在传说中飞起来、死不了、剪纸为将、撒豆成兵、头上有光环、口中吐莲花、呼风唤雨或者移山填海,便不是不可理喻的事情。

乡下的事情,笔载较少而口传较多,神话也就多。

情 绪 化

我在前面提到过易眼镜的入狱,这是我们谁也没有想到的。事情是这样的:那一天下班以后,他骑着一辆破摩托,驮上老婆上了路,准备去给岳母家安装抽油烟机,随身携带了一根钢条,还有螺丝扳手之类的工具。在路口等待绿灯的时候,摩托熄了火,怎么也踩不发,急得他满头是汗。身后一辆汽车拼命鸣喇叭,还有脑袋伸出窗子大骂:"喂喂,好狗不挡道!小杂种,一边去!"

"你怎么骂人呢?"他戴着近视眼镜,没看清那是一辆警车。

"骂了又怎么样?"

"骂人就是不文明行为,就要赔礼道歉!"

"活腻味了吗?"几个人影冲上来,易眼镜感到自己的胸口挨了一拳。他踉跄了一步,待眼镜片里可以聚焦了,看见一个汉子还掏出什么东西,冷冷地顶住他的脑门:是枪!

"你你你们打人……犯法……"他已经害怕了。

"谁打你了?"对方又扇了他一耳光,"谁打你了?"

对方用枪指着路边一个围观者:"你说,这里谁打人?"那人吓得声音哆嗦,手指着易眼镜:"是他!是他!"

对方又用枪指着另一个围观者:"你说,这里谁打人?"那人也吓得往人群里缩,下巴朝易眼镜摆了摆。

"看见没有?你自己打人,暴力袭警,还有什么话说!"对方用枪管把易眼镜脑袋抵歪了，得意地狞笑，气得易眼镜目瞪口呆。他妻子也气得大叫，但被另一个汉子揪住，没法上来帮他，只能眼睁睁看着丈夫被逼向墙壁，不赔礼道歉就不能走人。他们的摩托也早被掀到路边，被一个汉子的皮鞋踹得转向灯碎了，车轮钢丝弯了，链壳也瘪了。持枪者还说："今天便宜你们，要不是有急事，先把你们送到派出所喂几天蚊子！"说完一口烟喷到易眼镜脸上。

据易眼镜事后说，这一口烟雾中还夹着痰沫子。

意想不到的事就在这一刻发生了。事后不仅易眼镜回忆不起这一段，他妻子也说不清这件事是怎么发生的，只知道当时发现持枪者不知为什么慢慢矮下去一截，呈现一种膝头半弯着的奇怪姿势，眼睛翻了白眼，身子优雅地旋转，旋了整整一圈多，最后扑通一声倒在地上。然后她就听到了枪响，叭叭叭连响了几声，街上大乱，有女人的叫喊，有小孩的叫喊。她没看见丈夫的人影，不知道他到哪里去了，慌乱中也没法寻找，于是自己跳过一道栏杆，跑进了路边一个陌生人家。她后来才知道丈夫已经被抓起来了，罪行是用手中钢条把派出所的警察打成了重伤——当对方转过身去的时候，他看着那个后脑勺怎么也刺眼，就情不自禁举起了手。他手里居然有一根钢条。

易眼镜是一个文弱书生，当年下乡的时候，一听说中国的第一颗人造卫星上了天，曾跑到后山上大哭了一场，痛泣有科学家走到自己的前头，已抢走了他为国立功的机会——他完全是一个书呆子。呆子专做呆事，怎么就把人往死里打呢？事后他自己也十分后悔，说没想下手那样重，劈西瓜一般，竟然在人家脑袋上劈出一条沟，差点把脑浆劈了出来。他努力回忆着当时的姿势，计算着自己抡臂的角度和力度，似乎要通过他的精确计算，证明脑袋上那条肉沟与自己无关。

事情的解释，只可能是他在那一刻完全失控了，完全丧失理智了，感情用事了。感情是一种较为危险的东西，常常与严密周到的思考无关，与一个人的性格常态和处世常规也无关。一丝狞笑，一个顶在脑袋的枪口，一口喷在脸上的烟雾，一辆在皮鞋下吱吱嘎嘎破损的旧摩托，这些东西构成的侮辱和欺凌，足以使一个人感情迅速集聚和爆炸。换句话说，感情用事的时候，大脑里常常活跃着一些刺激性的具象，抽象的概念和逻辑之网崩溃，使当事人完全无法控制自己的行为。比较而言，当时冲突的对方就冷静得多，尽管他们对易眼镜的大打出手狂怒无比，毕竟没有大开杀戒，几发子弹都打到天上去。他们肯定考虑到不能伤及街上的无辜——这就是说，他们脑子里还牵挂着这些成文之理和成文之法，没有感情用事。

在成熟的文明人那里，"感情用事"通常带有贬义，是人生中的失常和犯规。因鸡犬之争便拔刀取命，因酒肉之谊便大节不守，因美人一笑便江山忍弃……这都是感情用事的教训，我们的外婆或者奶奶不知道给我们说过多少，以便我们成人之后不犯傻，不吃亏，不祸国殃民。这里的"常"和"规"，是人们对利益的理性把握，是趋利避害的经验总结，至少是得与失的平衡点。当事者一旦越过了这个平衡点，就是走火入魔，就是小不忍则乱大谋，造成的恶果会让人们觉得不值。故文明社会在这一点上早已有公约：感情不能用事，理智才能用事。

这也正是现代"博弈理论"的出发点，是很多现代社会科学理论体系的内在逻辑。根据这一逻辑，人都被假定为利益追求者并且对利益有理性的认识，因此他们的一切行为都是利益权衡的结果，可以预测和推算，就像棋盘和牌局上的各种变化，完全有规可循。笛卡尔、亚当·斯密等思想家笔下的人，就是这样一些深思熟虑者，堪称发乎理而止乎理的模范。

博弈理论的一个经典例子是"旅客沉默案"。案情是这样：假设一辆行驶的汽车上有一个强盗，有两个旅客，于是旅客的利益选择有如下可能性：

一．两个旅客共同选择反抗，虽然都会有一定损失，但可以制服强盗，两人收益均为1。

二．一个旅客选择反抗，因为强盗足够凶悍，他不仅会失去财物，还可能失去生命，其收益是-8；而另一个选择沉默的旅客将从混乱中获益，比如借机逃跑，其收益为6。

三．两个旅客都选择沉默屈服，尽管有财物损失，但无生命之虞，其收益都是-2。

博弈理论推定：两个旅客都同时选择反抗当然是最好的，但因为他们之间没有联手对付强盗的事先契约，或者有契约也缺乏相互信任，所以他们都不会选择上述第一种方案，也不会选择第二种方案以舍己利人，最后只能选择第三种方案，即面对强盗的抢劫，全都沉默以对。

他们最可能选择一个糟糕的结果，但避免最糟糕的结果。

如果人们确实都是"利益理性人"，这一博弈过程当然无懈可击，在很多日常行为和历史事态那里也可以得到印证。问题在于，人是血肉之躯，人的心智不是一个棋盘或牌局，无论是一个人还是一个群体，不知道什么时候就可能有情感的风暴呼啸而来，飞沙走石，遮天盖地，使博弈理论中那些矩阵和算式荡然无存。以色列最大的一家报纸《新消息报》在二〇〇二年初就中东危机做过一次民意测验，其结果表明：百分之七十四的以色列人赞成政府的暗杀政策，以对付巴勒斯坦激进组织的恐怖行为。但百分之四十五的受访者认为这样只能助长恐怖行为，百分之三十一认为这样无助于清除恐怖行为，只有百分之二十二认为这将削弱恐怖行为。这意味着，大多数以色列人并非不明白暗杀政策将有损自己的利益，但还是支持以暴易暴，支持对自己的利益损害。很明显，他们在这一刻大多不是"利益理性人"，不符合博弈理论的假设，而是一群红了眼炸了肺横了心的情感人。他们的眼睛已经属于鲜血，鼻子已经属于硝烟，耳朵已经属于恸哭，口舌已经属于泪流，两脚已经属于瓦砾，一声救护车的尖叫和几缕横飞的血肉已经取代了安全利益谋略，成了他们最急迫最重要的思考焦点。他们也许仍在追求利益，但愤怒已经成了最大的利益所在，因此他们就像举着钢条的易眼镜一样，不惜做出日后连自己也要大吃一惊的事情。

易眼镜后来受益于一个有经验的律师，在双方均有过失的解释下实现了法庭调解，免除了刑事处分，只是赔了十八万元——赔掉了他将近二十年的辛苦劳动。

感 觉 惯 性

有些国家的城市街头做了些塑料假警察,以减少司机的违规现象,就像中国农民在田边竖起稻草人吓走麻雀,居然颇有效果。即使人们"知道"那些警察是假的,鸟们"知道"那些人是假的,但一个可怕的形象在眼角掠过,假象压倒了真知,恍惚之际,亦假亦真,也足以形成震慑和恐吓。这就是心智被一个假象暂时调动和控制的过程,一种视觉性条件反射。

革命时代里还有这样的事:有人不小心砸碎了领袖泥塑头像,自跪三日以求赎罪,把领袖崇拜横移到一堆泥块上。正像有些巫术操作者针扎纸人,火烧草人,锅蒸面人,对仇人实施恶毒报复,似乎认定纸人、草人、面人等等与现实仇人有形象的相似,便必有内质上的连通和同一,于是假象替代了真身,恍惚之际,亦假亦真,满腔仇恨倾注于假象,也可得到心理满足。这种对外形相似性的深深迷惑,不妨被看做感觉惯性的另一类表现。

几年前,我在国外见到一个德国记者,还有他身柔如水和声弱如蚊的香港太太。两人都年过半百,都很友好和善。在所有的采访都圆满完成以后,我们一起去喝杯咖啡。德国先生突然说出一句:"如果你不介意的话,我想问一个不算正式采访的问题:你为什么这样爱笑?"我不太明白他的意思。他有点抱歉的迟疑,十个手指交叉又迅速分开,做了一个手势,不知道该如何说出他的意思,与太太用德语咕哝了几句。"我的意思是这样,我看过你的一些作品，也是喜欢这些作品的，知道你没有特别阴暗和特别孤僻（感谢他太太翻译得如此细致入微）的东西，但还是读出了其中的沉重，因此看到你本人以后不免仍有点意外。你很喜欢笑，这样当然很好（我怀疑他太太擅自添加了这句客套），不过……如果你笑得少一点的话可能更好，可能更像一个作家，更像一个中国作家。不是吗？"他深深地看了我一眼。

我不记得自己当时是怎样回答的，印象中是回答得笨拙而啰嗦，根本没有说到点子上，直到返回旅馆才理出几句话，恨不能追到人家的汽车上去扯住人家的耳朵再答一遍。作家为什么就不能笑？中国作家为什么就不能笑？这真是一个奇怪的问题。我应该整日阴沉着脸，整日沉思默想，眼睛里全是苦难和悲愤，这才像个作家或者像个中国作家，才能引起读者的尊敬和外国人的喜爱，是吗？我不这样就会让你们失望和惊诧，是吗？你们在画展上、摄影展上，还有报纸杂志上看多了这种人，看多了某种把全世界几千年血泪史都压在心头的受难者，看他们总是把死亡或极权一类吓人的事揣在心窝子上，就不能容忍我笑了，一笑就坏了你们的文化胃口，是吗？

中国是我的父辈、我的青春以及一片我气息相融的热土。退一万步，即便中国眼下还是一个暗无天日的奴隶社会，我也有笑的权利吧？欧洲在希腊、罗马时代就没有笑？即便中国现在落后得茹毛饮血和水深火热，我也有笑的权利吧？德国在没有汽车、电视、信用卡、抽水马桶以及足够的面包的时代就没有笑？说实话，我在中国还笑得更多，到了这里我还没倒过来时差，到了这里不得不 manner（规矩），不得不迁就西方人笑不高声的优雅，都快憋死我了你明白吗？

一个人难有真正的自由，包括笑的自由。文化传媒和社会习俗正在"教会"大家怎么活，已经给各种身份分配了表情，正如一切作家不宜笑；一切少女也都应该神情娇弱，见到一只蟑螂就得手掩小嘴两眼发直跳起来大声尖叫；一切政治家则应该面容慈祥，不论到什么公共场合都有雷打不动刀劈不烂的一张笑脸，以昭彰政治权力的王道而非霸道的品格。文体传媒和社会习俗也给各种情境分配了表情：如果走进鸟语花香就应该有情人怀春，哪怕半老徐娘也得活泼追逐或者绕树三匝；如果面对海涛滚滚扑岸就应该面露几分历史的沧桑和深刻，不冒出几句伟人的人生哲理似乎说不过去——众多电影的蒙太奇不就是在推进这种表情的套餐化吗？不就是在建立和巩固着视觉专制吗？这种身份与表情的固定搭配，情境与表情的固定搭配，人人都懂，人人都会，日长月久便形成了人们整理表情的一种法则，一种纪律，一种秩序，不容你随意胡来，否则就会让人觉得"不顺眼"。

S君已经适应这种惯性了。他不论在什么场合，只要瞥见有镜头举起来，就会有脸上的急剧降温冷若冰霜，两眼直勾勾，盯住前面一个想象中的仇敌，或者一片想象中的凄惨坟地，而且时时只给镜头一个侧面，凸现自己线条分明的下巴。我曾经见到他发表在香港杂志上的一篇关于摄影的文章，觉得不错，建议他授权我们的《天涯》杂志发表，让读者们了解一下他去国以后的创作情况。他忙不迭地拒绝，哦不行不行，这绝对不行。我以为他是顾忌自己的敏感身份，怕连累了我们，便告诉他国内可能没有他想象的那么可怕，毕竟眼下不是"文化革命"那年头了，像他这种有颜色的人，不少已经亮相报刊，没有什么麻烦的。我不知道他为什么仍然不同意授权，直到后来碰到他的一个朋友，对方才告诉我：你怎么这样傻呢？你这不是要砸他的饭碗吗？如果国内发表了他的文章，他还能有什么理由政治避难？

一年以后，正是这位S君以"代表中国地下电影"的身份获得了国外一个大奖，他在获奖演说中宣称自己从来不能在祖国发表作品，绝口不提他当年积极争当什么副主席并且风风火火地去给首长们送内部电影票的往事。他惹恼了中国政府，有关部门随即下文查禁他的作品，包括他一直在书店里卖着但十分冷落的两本旧作。到这时候，他倒真的成了地下艺术家了，真的在国内不再有任何发表的痕迹了，终于有了梦寐以求和最适合在欧美国家寻求同情和庇护的身份，也排除了我这里傻乎乎的干扰尝试。他对查禁肯定暗暗高兴，肯定把这种高兴秘而不宣。他从此更有理由在报刊以及海报的一切照片上深沉，在各种低调摄影中闪耀着黑暗中痛苦不堪的眸子，还有总是侧过来的坚硬下巴，钢铁一般冷冷撞击着观众的眼光。

他永远没有笑容——只是从那以后，我一见到他的头像就忍不住大笑。

岁　月

时间越过越快，尤其是最近这十多年，因为速度太快而拉成了一道花白，什么也看不清，过了就如没过一样。

回想起来，记忆最深的生活也就是最困苦的生活，那让人心有余悸的记忆，几乎可以落实到每一天，每一小时，每一分钟。也许正是由于害怕这种记忆的丢失，我一次次情不自禁地制造着困苦，就像孩子无聊时情愿把自己的指头咬疼。我从湖南迁居到了海南，住进了一间简陋破旧的军营平房。我面临着严重缺电的情况，每天晚上都只能点上昏暗的蜡烛，看街头那些铺面，都叭叭叭的有小电机四处冒烟。我也面临着缺水的局面，常常刚开始做饭水管就断流，需要人提着桶四处找水，当然更需要把海边和河边当做浴场。这时候的海口，还算不上一个城市，更像一个大集镇和大渔村，缺少交通红绿灯，缺少下水道，到处都有绿色农田和荒坡，野生的火鸡、兔子不时闯入家门。还有黑压压的热带蚂蚁，不知什么时候突然涌上墙头，使白墙变成了黑墙，不一会儿又突然消失，让白墙完好无损地重现人间，就像是从墙根涌出的神秘黑浪，来去无踪。

我们是三家合租房子和合灶吃饭，其实岂止是三家，海南建省办特区的热潮送来了很多不速之客，有朋友，朋友的朋友，朋友的朋友的朋友，几乎逼着我们每一天都是开流水席，吃完了一拨又吃一拨，有一天竟把电饭锅从早上烧到晚，一直在忙着煮饭。到了夜晚，客人需要借宿，逼得我们又拼桌子又搭椅子，把孩子们从梦中叫醒从这张床赶到那张床……我现在回忆这一切的时候，能想象自己当时的抱怨和苦恼，但更庆幸自己记忆能力的复活。比较而言，那是一段盛产记忆的岁月，使生活变得结实、坚硬而且伸手可触。相反，当生活条件改善以后，当自己终于也搬进宽大明亮的住宅，有了整洁干净的书房以及可以跷起腿来看电视的沙发以后，当家里变得让人浑身轻松并且一踏进去就如两脚生根很难再迈出门的时候，日子就突然加速了，而且一再提速。刚刚过完新年一眨眼又是新年，刚刚是孩子进中学一眨眼就是孩子进大学：我经历了这一段时光吗？凭什么说我经历了这一段时光？时光为什么突然流失到沙发后面、餐桌下面以及书橱夹缝里并且无影无踪？

　　人都希望生活的安定和舒适，但安定和舒适加速了时光，缩短了我们的生命，是一种偷偷的掠夺。这是一种两难。尼采说过："要使你的生命变得长一点吗？让你自己处于危险之中。"（见《查拉图斯特拉如是说》）　危险，还有广义的危险，包括贫困、歧视、动荡不安等等，能使我们的感官充分地开放，对信息的吸纳力成倍地增强，身边的任何动静都难以错过或逃出我们的关注，并且最终成为记忆烙入心头——我们不妨称之为感觉的"紧张增效规律"。危险还往往与陌生的处境相随，往往能打破某种定型的生活模式，提供各种新的刺激，使我们的每一天都有异于前一天，每一年都有异于前一年，避免感觉在无限重复的过程中渐渐麻木和消失——我们不妨将其称为感觉的"重复衰减规律"。只有凭借感觉的丰收，凭借具象在记忆中的丰富储存，人们才能证明生活的存在，证明自己不同于病床上那些植物人——我见过这样的植物人，是我们单位一位退休大姐，脸上青一块紫一块的，像受过什么刑挨过什么打。身上插着四种管子，连通四台复杂的机器,靠单位和家属支付的高额医疗费维持着饮食和排泄,维持着基本正常的呼吸、脉搏、体温以及血压。如果说有什么区别的话,她与常人最大的区别,在于她同时承受着四套医疗大刑,感知能力仍然无法恢复。

然而安逸也正在磨灭着感知力,人们一直在追求着的幸福正在使我们植物人化。

安逸就是感觉的催眠者,是一部能让人兴奋几天的美妙电影,一部将千百次重复从而让人昏昏欲睡的电影,最后让观众在软绵绵暖洋洋的沙发里成为一个空,一个没有走进医院的植物人。这些人其实没有生命,因为他们没有痛苦的"度日如年"而有幸福的"度年如日",雷同的日子无论千万也只是同一个日子,人们几乎已经不能从记忆中找出任何图景或声响,作为岁月存在过的物证。

生活就是苏醒,是一次从全宇宙漫漫长夜里苏醒过来的机会,每个人只有这样的一次机会。我已经打了几个盹,一次次差一点睡去。因此我必须让自己惊醒,让自己被激活,永远能够看到、听到、嗅到、尝到、触摸到什么,就像我遭遇奇迹时检验自己是否在梦中一样。我必须走出海口市龙昆南路99号这一个大睡袋,洗洗脸,刷刷牙,走到外面刺眼炫目的感觉中去。我知道,出外旅游是无济于事的,任何旅游都不会陌生也没有危险,不过是把电视机里的良辰美景来一次放大的复习;酒吧茶馆的社交也是无济于事的,任何社交不会陌生也没有危险,不过是把电话筒里的寒暄客套来一次面对面的可视性复习。我甚至明白,读书和写作也不管用,这些文字运动能滋养我的大脑却可能荒废了感官,让我的眼睛、耳朵、鼻子、口舌、肌肤等等过早地机能衰退。

我羡慕阿梅。她是一个身材小巧的女人,永远微笑并且对人关怀备至的女人，身为香港教授却总是活跃在中国内地、印度、孟加拉、菲律宾、韩国乃至巴西，哪里有苦难哪里就有她，哪里有反抗哪里就有她踏着一双旧式凉鞋的赤脚，完全是一个风尘仆仆的女甘地和女格瓦拉。她在大学里拿着据称"自己一说就脸红"的高薪，一个月几万元，但清贫得家徒四壁，一张旧书桌旁边，只有几大箱市面上最便宜的方便面，省下的薪金全部变成了组织活动经费，变成了抗议独裁者和跨国投机资本的宣传品，变成了印度乡村学校的校舍和中国贵州乡村种植的百合——她带着学生在街头推销这些百合，再把所得寄还贵州。她每天只睡两三个小时，但在教室里转身板书的一刹那都可以睡着，醒来后照常写字，不为任何学生察觉；开一个会她可以睡上二三十觉，在别人说前一句话时睡着说后一句话时醒来，然后接上别人的发言，居然可以不跑题。正因为如此，任何身强力壮的大汉，跟着她干不到三天就要累得趴下，更怯于跟着她奔波于死亡边缘，包括在孟加拉翻车，从菲律宾土匪的枪弹下逃脱。

　　我也羡慕大头。他永远快乐、永远吹牛皮并且永远在女人那里糟践自己，直到结婚和移居美国以后也积习不改。他在剧团当画工时就成天泡在女演员宿舍楼里，被她们赶出来以后，又操着电钻在每间寝室的墙上打洞，猖狂地宣称自己就是要偷看她们，偷看她们换衣和洗脚。这当然更激起她们的惊慌。他经常耷拉着脸，为偷看而诚恳道歉，让对方又羞又气，最后好容易下决心原谅了他的过失，却发现他不过是编个故事逗个乐，于是恨不得拔他的毛抽他的筋。总之，他有很多这样的诡计来博取女人的羞涩、气愤、同情、快活、疯傻以及惊吓，逐一加以享受，笑得自己在床上翻筋斗。他当然也是在玩一种危险的游戏。尽管他说他喜欢女人但并不喜欢同她们上床，他觉得女人的可爱在于风情各异仪态万千而无关乎老少美丑，但男人们不相信，女人们也不相信。他说自己偶有失身，至今一回想起事后洗洗刷刷的气味就要作呕。人们不信。他说自己曾经在一个电影制片厂被两个新潮女士追着要强奸，好容易才逃出虎口。人们更不信。他最终被一个女兽医的丈夫顶在墙上，脖子上被割得鲜血淋淋，差一点就像只鸡被人放了血。

如果仅从感觉开发的角度来说，我还羡慕很多人，很多生活，甚至是监狱里的生活，灾难中的生活，战场上的生活，在阿尔卑斯的雪崩下逃生的生活，或在太平洋的海啸中脱险的生活。但我发现，无论是苦行者的冒险还是享乐者的冒险，凡是我羡慕的生活总是最靠近死亡的生活，投入其中，需要生的勇气同时也是死的勇气：生与死是如此相近。

我害怕死，其实也害怕生，终于明白生并不比死更容易。我肯定会拿出种种借口来逃避那些生活，逃避新的开始。对孩子的责任，对父母和妻子的义务，还有朋友的托付和单位里的公务，还有生活所必需的钱……都是逃避者很正当的理由。我甚至可以义正词严地说服自己：为什么一定要把陌生和危险当做目的？为寻找什么感觉而离家别友是否过于自私？

我当然没有说错。一代代人就是这样说服自己的，于是心安理得地积攒着和守护着自己的小幸福，不愿再把脑袋探出生活陈规之外；心安理得地在职业稳定、地位稳定、家庭稳定等等之后把自己渐渐变成没有躺在医院的植物人，然后把自己声称对其负有责任的亲友也逐一变成这种植物人——送入无痛的死亡。

人似乎只能在两种死亡中选择。

肉身的死亡，或是感觉的死亡——"这是一个问题。"（莎士比亚语）

我还没有做出决定，还得想一想。

座　位

　　小王没有读过多少书，平时说话和办事都小心翼翼，写一个纸条都紧张万分，笔尖在纸页上方转了几个圈还不往下落，好像老在担心把字写错，必须在空中把这个字试写多遍，找准位置再正式下笔。他每每拖沓得旁边等着的人心急如火，恨不能捉住他那只在空中扭秧歌的手，代他一笔戳下去，错了也拉倒。旁人的焦急当然更使他紧张，一张纸条写完后总是大汗淋漓。

　　他工作之余的最大兴趣，就是在报纸上寻找刑事案，并且迅速传播这些案件的消息，堪称刑侦工作和法院工作方面一个最忠实和最全面的观察家。他一开口就是小偷、抢劫、杀人、焚尸、绑票等等，满嘴都是带血腥气的罪恶，是永远让大家提心吊胆的新闻中心。

　　你完全可以想象，他脑子里装着一个何等恐怖的世界。

　　考虑到他办事可靠，还考虑到他在乡下开过拖拉机，公司后来安排他当司机，给办公室开汽车。但就是这样一个人，当上了司机以后，一坐到那个司机座上就脾气大了好几十倍。碰到车前有什么胡闯乱窜的行人，他居然可以把脑袋伸出窗外大吼一声："你他娘的找死啊！"或者猛按喇叭，咕哝出一句恐吓："老子废了他才好！"

　　诸如此类，杀气腾腾。

　　当然这并不意味着他的性格已经全面改变，不意味着他会带着粗暴下车。事实上,只要一离开汽车上的那个座位,他就又成了一个不声不响的影子,一个对谁都唯唯诺诺的点头机器,包括对那个比他高出一头的老婆。他那一套吓死人的大脾气永远只停留在司机座上,只会随着发动机而点燃——这真是让人奇怪。往日专业司机队伍里常见的粗野,包括粗野的词语,都随着一个真皮司机座位神奇地移植到了他身上,会通过他的臀部、背部以及手掌传输到他的嘴上。

角 色

环境改变性格还有很多例子。高君当年下放在嵩山大队,与我们玩得好,后来成了我们派出去的一个间谍。我们与公社和大队两级领导的关系紧张,但不知道上面到底准备拿我们怎么办,于是请高君去刺探军机。他平时人缘不错,在我们的合谋之下,又连续写了入党申请书和思想汇报,在大会上瞪大眼睛大批知青中的自由主义,还给干部们偷偷送上肥皂、豆豉、染料之类当时的紧俏物品。他果然当上了团干部,在我们看来是打入政权内部去了,被我们兴高采烈地举杯庆祝。

他确实刺探到一些有用的情报,让我们对某些事态早有准备,比方公社就要再一次清查反革命了,比如县公安局来人调查红卫兵武斗时的枪支了,比如公社书记正在查副书记的男女关系问题而且公社干部食堂里连吃了三天猪婆肉……高君没有辜负我们的重托,真是我们的 003 好同志啊。

时间一长,有些事情却也让人困惑。根据约定,他在公开场合疏远我们,唱着高调背叛我们,这算不了什么。但他把小雁制造母亲病重的假电报的事也举报上去,把大川装病和老木偷盗竹子的事也举报上去,搞得四满书记在知青大会上拍桌子开骂——虽说是舍不得孩子套不着狼,虽说是苦肉计应该得到我们的谅解,但如此争取信任,下手太狠了些吧?看着他后来把小干部的角色当得有模有样,眼都不眨就开讲"阶级斗争""思想改造"

"战无不胜的毛泽东思想",接一根烟也留着要给领导抽,捡一条鱼也要留着给领导吃,遇上放电影就扛着几张椅子飞跑,要去给黄书记一家抢占好位置,不能不让人生出真假莫辨和弄假成真之感,恍恍惚惚不是个滋味。

这是怎么回事?他当马屁精,出于我们的策划和鼓励,但把马屁精当到了如此炉火纯青的程度,差不多就是个真马屁精了吧?

他以前不是一个这样的人。虽然有点小气,比方一听说要打球就赶紧把球鞋锁进箱子,床下空荡荡的让别人无鞋可借,但他看到干部来了就躲得远远的,躲到自己的某本爱情小说里去,绝不是个马屁精。

从此,我知道角色扮演的危险。角色是一整套造型规则,在长期扮演的情况下,可能逐渐渗入演员的骨血,不再是一件外衣,说脱就能脱的。就像一丝马屁精的谄笑挂在高君脸上了,渐渐改造了他脸部的肌肉结构,日后如何能随意消除?他一到领导面前就矮了一截,都变成本能姿态了,一根腰杆还能随意直得起来?他投向我们的冷冷目光开始只是表演,但表演得多了,到了需要拍着胸脯当哥们儿的时候,需要在我们面前慷慨激昂当自己人的时候,热情的目光还能及时调动和配合得上来?

知青群体不久后成鸟兽散,使我一直来不及弄明白当时到底是怎么回事:他到底是哪一头的人。我想,他自己可能也被这事给折腾糊涂了。

性　格

性格问题特别复杂，撇开先天因素不说，光是后天环境一条，就是一片暗不见底的深渊，让探知者望而生畏。很多外科医生有一种并不自觉的冷静细致，很多当政官员有一种并不自觉的颐指气使，很多舞台艺人有一种并不自觉的表情夸张和声调夸张。这样的例子不胜枚举。职业是他们的红舞鞋，使他们不由自主地跳起了性格之舞。我还曾领教过情报人员：我在不同场合，看见不同的写字者像小学生一样，在纸页下塞一块垫板，以防笔触划痕透到下一页。一打听，他们原来都出身于情报部门，改不掉这种时时注意保密的职业习惯。

职业只涉及到后天环境的极少一部分。地域、民族、时代等等大环境，也能孕育出相应的集体性格，在一定的范围内悄悄传染。法国学者丹纳在《艺术哲学》中曾经用"地理环境决定论"来解析人的性格层次以及变化。我们在这里不必讨论他的核心看法，但透过他形象化的文字，至少可以了解性格——或者说自然禀赋和文化习俗对个人的熔铸，常常是比观念、立场、意识形态等等更为稳固的精神层面。他是这样说的：

> 浮在人的表面上的，是持续三四年的一些生活习惯和思想感情，这是流行的风气和短暂的东西。一个人到美洲或中国游历回来，发现巴黎与他离开的时候大不相同，他觉得自己变成了外省人，样样都茫无头绪：说笑打趣的方式变了，

俱乐部和小戏院里的词汇不同了,时髦朋友所讲究的不是以前那种做派了,在人前夸耀的是另一批背心和另一批领带了……

在人的一切特征中,这是最浮浅最不稳固的——下一层是略为坚固一些的特征,可以持续二十年,三十年,四十年,大约有半个历史时期。我们最近正在看见这样一层的消灭:中心是一八三〇年前后,当令人物见之于大仲马的《安东尼》,见之于雨果戏剧中的青年主角,也在你们父亲伯叔的回忆中出现。那是一个感情强烈、郁闷而多幻想的人,热情汹涌,喜欢参加政治,喜欢反抗,又是人道主义者,又是改革家,很容易得肺病,神情老是痛苦不堪,穿着颜色刺激的背心,头发的式样十分触目……(引用者有删节)他们的思想感情是整整一代人的思想感情,要等那一代过去以后,那些思想感情才会消灭。

现在我们到了第三层,非常广阔非常深厚的一层。这一层的特点可以存在一个完全的历史时期,例如中世纪,文艺复兴,古典时代。同一精神状态会统治一百年或者几百年,虽然不断受到暗中的摩擦和剧烈的破坏,一次又一次镰刀和炸药的袭击,还是屹然不动。……文艺复兴时期的风雅人物穿的是骑士与空头英雄式的服装,到古典时代便换上真正交际场中的衣着,适合客厅与宫廷的需要:假头发,长统袜,裙子式的短裤,舒服的衣衫同文雅而有变化的动作刚好配合,料子是绣花的绸缎,嵌着金线,镶着镂空的花边,合乎既要漂亮又要保持身份的公侯口味。经过连续不断的小变化,这套服式维持到大革命,才由共和党人的长裤、长统靴、实用而古板的黑衣服取而代之。……这个时期有一个主要特点,欧洲直到现在还认为是法国人的标识,就是礼貌周到，殷勤体贴，应付人的手段很高明，说话很漂亮，多多少少以凡尔赛的侍臣为榜样，始终保持高雅的气派，谈吐和举动都守着君主时代的规矩。这个特征附带着或引申出一大堆主义和思想感情。宗教，政治，哲学，爱情，家庭，都留着主要特征的痕迹；而这整个精神状态所构成的一个大的典型，将要在人类记忆中永远保存，因为是人类发展的主要形态之一。

丹纳在这里所描述的性格，有时候包含观念，有时则不包含——这需要我们找到恰当的观察角度，也需要我们对"性格"和"观念"这两个概念约定特别的含义。法国籍的捷克作家昆德拉在长篇小说《生命中不能承受之轻》中描写了一个情节：一九六八年，捷克很多自由派人士发起"两千人上书"的改革行动，采用了一张宣传画，标题是："你还没有在两千人上书中签名吗？"画中是一个人直愣愣地瞪着观众，严厉地向观众伸出食指。具有讽刺意味的是，一年后苏联红军入侵捷克，严厉清查和迫害自由派人士，同样是采用了这张宣传画，满街都张贴着直愣愣的眼光和逼向观众的严厉手指，连标题也差不多："你在两千人上书中签过名吗？"

在这里，我们可以说，两张宣传画代表不同的政治观念，却表现出同样的性格特征，表现出一种超政治的普遍性体态暴力，足以引起作者的震惊。这个情节还没有完，当小说的主人公遇到儿子的时候，儿子带着同伴来动员他一同参加抗议签名，就是在这同一张宣传画下，表现出同样咄咄逼人的威迫。主人公犹豫之余，拒绝在新的抗议书上签名。他并不是反对抗议，而且他已经被入侵当局砸掉了饭碗，已经屡遭迫害，再没有什么可以丢掉的了。但他不能接受一种强制，不能接受来自宣传画里的目光和手指。

在昆德拉看来，反专制的观念里可能透出专制的性格。那么这到底是专制还是反专制？

性格与观念两相剥离的时候，性格常常表现为一种身体语言，表现为"怎么做"而不是"做什么"，或者说是通过"怎么做"来隐秘地"做什么"。可惜的是，人们并不都是昆德拉，在这种隐秘的"做什么"面前常常是一个瞎子。很多理论教科书和历史教科书，只告诉我们谁是专制的而谁是民主的，但不告诉我们此人是"怎样"专制或"怎样"民主的；只告诉我们谁是立宪党而谁是保皇党，不告诉我们他们是"怎样"的立宪党或"怎样"的保皇党——比如说他们是不是有一根修长的手指，经常咄咄逼人地指向人们的眉心。在这些理论家和史学家看来，一根手指是人生小节，无关宏旨，不值一提。这正暴露了他们与昆德拉的区别，与文学的区别。

文学总是喜欢注意小节，注意生活中琐屑的具象，就像一个虚拟的在场者，注意现场中一切可看、可听、可嗅、可尝、可触的事物，因此与其说文学在关切着人们在"做什么"，不如说更关切人们在"怎么做"，即"做什么"之下隐秘地还在"做什么"。在文学家的眼光里，俄国的《夏伯阳》和美国的《巴顿将军》差不多是同一部电影。两部片子里的主人公都是将军，代表两种完全对立的社会制度和政治观念，但这一区别几乎可以忽略，事实上也总是被观众忽略。两位将军共有的勇敢无畏、豪爽洒脱、刚毅果决，还有偶尔出格的粗暴和随心所欲，才是更重要的东西。他们性格的相同，较之于他们观念的差异，在文学尺度下更具有本质意义：我们如果没有接受他们"做什么"的观念，并不意味着我们没有接受他们的性格——即隐秘地还在"做什么"。

不必误会的是，文学家也会注意言说，包括言说所传达的观念。区别可能在于，文学家会更注意这些观念的语境，注意各种具象可感的相关条件和过程，不避啰嗦饶舌地详加述说，以求观念得到生活语境的周全注解；而不像某些三流理论家和史学家们那样，只习惯于寻章摘句和断章取义，把生活语境当做提取观念以后的废料。正是因为这一点，《悲惨世界》（雨果著）里有保皇主义的言论，但并不是一部保皇主义的小说。《红楼梦》（曹雪芹著）里有虚无主义的思想，但并不是一部虚无主义的小说。

优秀的文学总是以其生活的丰富性，在历史中寻找人而不仅仅寻找人的观念，使历史跳动着活魂而不是徒具死骸——比如一堆观念的标签。

观念是很重要的，却常常是易变的，轻浮的，甚至是虚假的：碰巧读到了一篇时文，一个专制者也可以有民主的学舌；碰巧考进了某个专业，一个流氓也可以用法学来谋食。一个良民在政治高压之下也可能写效忠信，一个诗人在生计所迫之下也可能大写商业广告。一旦写下来，这些言不由衷的文词就可能作为证词，被人们考据并加以采用，编入教科书、国家档案以及各种历史资料汇编——如果需要这样做的话。但谁能保证那些白纸黑字不是一些假相？不是掩盖了当事人更真实的处境和更真实的内心？一旦缺失了细心和通达的知人论世，某些历史文献是否更可能把我们引入追述的歧途？这些观念的解读也常常成为问题。苏联著名革命小说《钢铁是怎样炼成的》里一段男主人公在朋友墓前的独白，曾经是理想主义的经典格言："……当我死去的时候，不会因为虚度年华而悔恨，不会因为内心空虚而烦恼。我可以自豪地说，我已把毕生献给了人类最高尚的事业。"就是这段独白，出现在一本革命小说里，后来便被很多人视为社会主义、甚至是斯大林主义的红色专利，一旦革命出现退潮，鄙薄和声讨之声不绝。但这些批评家也许不知道，苏联士兵说出的这段豪言壮语，其实是抄自美国人富兰克林的《自传》，属于一个美国早期政治家、作家以及资本家。德国思想家韦伯在《新教伦理与资本主义精神》中特别分析到富兰克林的人生观，指出这种"放弃世俗享受以全心全意投入事业"的宗教情怀，代表了当时的新教伦理与资本主义精神文化，而"资本主义精神的发展完全可以理解为理性主义整体发展的一部分"。也就是说，富兰克林人生观一开始并不是什么社会主义观念，是正统的资本主义观念。

我在这里想说的是：实际上，它甚至也不是什么资本主义观念，而是人类一切求道者的共有精神留影，是人类社会中某种集体性格。难道在富兰克林之前，世界上就没有这种以身殉道的执着？就不可能有对高尚事业的渴求？为什么我们这些后世的读书人一定要固守自己的文字癖和观念癖，一定要给这段格言注册上社会主义或资本主义的专利？

如果说一个苏联红军士兵与一个美国政要富商出现了精神叠影，与更多的人出现了精神叠影，那么是不是刚好证明了文学可以有更为广阔的视野，可以在超越政治观念的同时筑建更为基础和更为恒久的政治？

聪　明

我从未见过像大川这样聪明的人，不仅仅因为他是象棋高手，乒乓冠军，书法获奖者，而且他在很长时间内是我的精神导师——从私下给我讲解《实践论》和《共产党宣言》开始。他是高三（88）班的，比我高了几个年级，奇才异品和特立独行名震校内外。据说他考试前从不复习功课，他戴着护腰和护腕去体育馆举重，提着一条短裤去河里游泳，晒得黑黝黝的皮肤用指甲一划就是一道白花花的印子。有一次他玩过头了，赶到考场时，只剩下交卷前的最后十分钟，而且他的座椅不知被谁占着。他居然不需要坐，就站在教室的门边，将就着把试卷顶在墙上，抽出钢笔哗哗哗想也不想就往下写。就靠着这最后几分钟，他的数学居然还考了个全年级第一！

如果不是他的父亲被打成一个"走资派"，他肯定会被保送到清华或哈军工那样一些大学里去，肯定会成为一个身着校官军装但隐姓埋名深居简出的核弹专家或航天专家，就像他自己曾经梦想的那样。

他的才华很难被埋没，自然成了我们知青户的头，后来还成了南方数省某些地下圈子中的知名人士，最后还成为了"文化革命"结束后中国首批大学生中的一员。熟悉他的人，从不怀疑他还将平步青云，势不可挡，一定会在将来的科学史或社会进步史上留下大大的一页，留下他那浓眉大眼英气勃发的肖像。他接受很多认识或不认识的人紧紧握手,在每一个聚会上都是明星,其数学、化学、世界经济、国际共运、计算机等方面的知识,让大家闻所未闻如听天书,是大家永远的真理之源。不过,要在这里描述一下他的观点是十分困难的。事情常常是这样,与其说他有什么观点,不如说他的观点完全取决于在场者说了别的什么观点,取决于他对任何观点都决心展开本能的挑战。比方说有人说弗洛伊德伟大,他就要证明弗洛伊德平庸;有人说弗洛伊德平庸,他就要证明弗洛伊德伟大。消费者埋怨市面上的物价高,他就要大谈物价高的好处,谈通货膨胀是经济发展的良方;生产者赞成物价高涨,他就要大谈物价高的坏处,谈虚假繁荣会严重扭曲供求信号,谈通货膨胀危及货币体系是经济发展的最大危机!他无论什么时候都不满足于常识,无论说什么都口若悬河,头头是道,一张铁嘴无可匹敌,令听众最终啧啧称是。

到这个时候,我才发现他聪明中也潜伏着太多的自尊。他以前下象棋一定要下赢才肯罢手,打乒乓球一定要打赢才肯罢手,决不容对手占了便宜就开溜,决不让自己的历史停留在一个滑铁卢。现在他把这种好胜心也用到学识上,似乎交谈的主要目的不是为了获取新知而是一比胜负,似乎胜者更重要的不是胜在内容而是胜在形态——澄清什么知识难点是不要紧的,择善而从更是比较丢人的;要紧的是得有成功讥讽后的哈哈大笑,有发现破绽后的暗暗讪笑,有信手拈来数据或例证之时的从容不迫,有把对方逼到死角之时的两眼放光目不转睛让你无处可逃;当然更不能没有听众一无所知的什么书,一经提出就像秘密武器或者超级王牌,让所有的人都目瞪口呆茫然无措。最后,聪明人少不了在大获全胜之后对崇敬目光的逐一收取,在人们纷纷套近乎献殷勤的时候漫不经心和不以为然。你邀宠地给他削苹果或沏茶水吗?他看见了也只当没看见。

这里有聪明者的全部形态,却很难说还有多少聪明。

他不会接受我的担心,因为我是他长时间内的崇拜者,更因为我无论如何也说不过他,我那些只有中学学历的知青朋友更不可能说过他。我只能眼看着他一天天陷入聪明的形态里去,一天天看着这个形态变得空洞——最终变成一种无谓的争辩癖,一种对任何言语都不可遏制的批驳癖和纠正癖。如果你说面前有"一棵树长得很高",他也能找到批驳的理由:"胡说,怎么是长得高?明明是长得很大嘛!"如果你说前面"跑来了一条狗",他也能找到纠正的理由:"可笑,明明是一条叭儿狗嘛!"

他能发现"树大"比"树高"更优越之处,发现"叭儿狗"比"狗"更正确之处,你还能有什么好说的?

你还能不乖乖地让出指导权?

他当然是对的。他的对比别人的对高出一等,于是别人的对就是错,就是大错特错。

这样的争辩让人疲倦。在我看来,唯一的意义就是使他的朋友们习惯于沉默,使他的朋友们纷纷崇拜继而纷纷失望,继而畏怯和逃窜。有一次,他费尽心机谈好了一笔贷款,临要签字了,胜利冲昏了头脑,忍不住当面指导银行副行长的书法,说他办公室里那幅自鸣得意的条幅最好别挂,字架子还没有搭稳嘛,笔锋也失控,还得从颜真卿、钱南园的楷书练起。他还提醒副行长不要把别人的吹捧当真,不都是要讨你的欢心吗?书法家协会的会员证也不可当真,他们不是想挖你的赞助吗?……他不知副行长为何脸色大变,突然拂袖而去,再也没有回转,只有秘书来送客。

贷款当然是吹了。

他与商业伙伴们不和,在好几个单位里与上下级不和,连他家的各方亲戚,最后也一个个忍无可忍地与之不相来往。在他自己最后开办的一个小公司里，民工走马灯似的换着，干不了多久都逃之夭夭，最后只留下会计兼司机兼炊事员小王一人。

小王能够留下来，是因为他无处可走，而且因为他是公司里唯一不争辩的人。无论总经理大川说什么，他永远都有一脸的敬仰和忠诚，还有坚定不移的三个字："那是的。"你说股票行情肯定会上涨吗？他会说："那是的。"你说股票行情肯定会下跌吗？他也会说："那是的。"你说我们还是要把股票炒下去吗？他还会说："那是的。"你说我们不能把股票炒下去了吗？他依然会说："那是的。"

"你以后不能说'那是的'！"大川光火了，"从没有见过像你这样的蠢猪！"

"那是的。"

大川差点被气疯：

"你滚——"

小王沉默了一阵，走出门去，偷偷地哭了。

他仍然把敬仰和忠诚坚持到最后，决心把总经理的任何指教都耐心聆听到这一辈子的最后一天。除夕之夜，他们俩在空荡荡的公司办公室里喝着酒，听到外面节庆的鞭炮炸响，都默默地流出了眼泪。因为欠交电费，房里只点了一支蜡烛，只照亮两张脸和桌面，身后的一切都昏暗莫名，似乎是墙垣也可能是深远无边的旷野。大川突然有些动情，破天荒地向小王敬了一杯酒，让小王呜呜呜地哭出声来。

整整一个长夜，他们什么也没有说。

观　念

　　大川在大学里崇拜者如云，其中有一个小同学，成天屁颠屁颠地跟着他，见他上食堂就帮他洗饭盆，见他上澡堂就帮他提水桶，对他的任何说道都洗耳恭听，不时往小本子上记，就像我当年一样，是个十足的跟屁虫。
　　时间长了，人们发现这两人竟然越来越像：大川剃平头，跟屁虫也剃平头；大川戴墨镜，跟屁虫也戴墨镜；大川是军呢裤配老头布鞋，跟屁虫也不知从哪里弄来了军呢裤和老头布鞋。到最后，大川走路占地方，八字步两边甩，著名的三大动作：叉指（五指张扩）、揉肝（掌捂肝部）、上刑场（挺胸如刑场上的烈士），全被跟屁虫学得惟妙惟肖，足可以假乱真。两人就像不同体积的双胞胎，像一对几何相似形——只是跟屁虫小了一个型号。以致同学们有时会把他们弄混，最后干脆以"大川""小川"相区别，这样方便。
　　大川对小川的全面模仿不免有些疾首。"他们叫你什么？"
　　小川讨好地嘿嘿笑着。
　　"你老是学我做什么？"
　　对方还是笑。
　　"你怎么也戴墨镜？"
　　"朋友碰巧送了我一副。不要紧吧？"
　　"摘掉！小小年纪戴什么戴？"

"好，我摘！马上摘！"

小川摘下墨镜，等到大川远去，又情不自禁地戴上。大川发现了这种阳奉阴违，曾大光其火，指着他的鼻子骂过一场，决不允许他亦步亦趋。同学们都觉得这场责骂十分奇怪有趣，就像一个人正在对着镜子吵架。

小川从此更加小心，每次远远地看见大川，就赶紧摘眼镜，等大川过去了再一切恢复原形。他似乎决心不让大川独占大川的形象，决心在学校里复制出另一个大川，上演一套分身魔术。他肯定从人们的眼光里看出了对大川的一份另眼相看，从中获得了极大的愉悦。很自然，他的一切观念也必是大川的传声筒，包括从武术教学中分析出国粹主义遗毒，从拒交作业一事分析出独立自由精神，从一次 AA 制吃饭分析出现代商业道德对于人性解放的伟大意义，还有对门第意识的大力辩护——虽然自己毫无门第可言，只是一个保姆的儿子，既没有大川那位读过燕京大学又当过共产党高官的父亲，又没有大川亲戚中那些将军、教授、大夫、外交官。

大川是一个想大事的人，每做一件事，都牵涉到大形势和大意义，都能说出"一方面"和"另一方面"的理论体系，都值得整理到某本历史大事记里去，因此更让小川觉得不同凡响。他跟着大川生活在历史大事记里，生活在未来亿万人的可能的关注和敬意里，肩负着历史责任地吃饭、洗澡、上厕所、丢钥匙、拍蚊子，还参与过一次学潮，那是我后面还要讲到的事情。在这一切不平凡的事件过程中，小川有过无数的观念，却从无真正属于自己的观念，他只不过是把观念当做了平头、墨镜、军呢裤以及老头鞋之类的东西，一切向大川看齐，包括看重门第的前卫观念也来自一种模仿，模仿他比较高看的某种社会身份和生活姿态——即使一位保姆的儿子如此学舌让人奇怪。

这当然使观念的起源的真相更加奇诡难测：观念是理性思维的产物吗？观念是利益追求的产物吗？很多前人就是这样认定的。马克思主义关于"社会存在决定社会意识"的原则，相信屁股指挥大脑，利益决定观念。"什么藤上结什么瓜，什么阶级说什么话"，就是这一原则的中国化解释。这样说并没有说错。只是这样说需要一个理想条件，一个预设的假定：观念产生于理性思维过程，而每个人都是"利益理性人"，在一个社会共约的利益标尺之下，能清醒知道自己的利益所在。

但小川的各种观念与理性无关，与利益无关，或者说模仿强者就是他全部的理性和利益所在——哪怕他现在和将来都可能当不了强者。类似的情形其实经常出现在我们身边：男权至上的时候，很多女人也可能瞧不起女人；重农轻商的时候，很多商人也可能瞧不起商人；无产阶级是领导阶级的时候，很多地主和资本家可能真心实意地自惭形秽，我在前面的《忏悔》中写到那位小学老师，因为自己是反革命罪犯的家属而对一切"黑五类"家庭的学生更多歧视，在阶级斗争扩大化中大张旗鼓，比工农出身的一些同事更有过之而无不及。她可能有政治压力下的无奈，但某些主动表现完全超出了必要限度，只能说明她似乎有一种出自内心的激情：跟上社会的主流，分享主流腔调里的安全和荣耀。在这里，他们的意识观念完全不能用他们的利益理性来给予解释，无异于黄瓜藤上结出了南瓜，什么阶级（或者其他群体）偏偏不说什么话。

观念并不等于行动，不等于胜券在握的行动，不会立即对利益造成实际的增减。如果每个人说了就要做，做了就会成，当然就不得不仔细掂量言出行随的后果，也就不得不更多理性的计较。问题在于，不是每个人都能行动的，不是每个人都有机会改造社会的，在更多的情况下，观念只是说说而已，怎么说都不会使自己活得更好或者更差。既然如此，为什么一定要说那些不入时的话？为什么要像一个卑贱者或倒霉蛋那样说话？在大庭广众之下，让自己更像一个电视、报纸、广告一类传媒中的上流人物不是更好？操一口上流腔调不是更容易博取听者的另眼相看因而有利无弊？于是，观念逃出了利益的制约，或者说与体面、认同感、安全感等更广义的利益发生联系。服装、家具、建筑等方面的"高位模仿"现象，同样显现在观念生产的流程中：弱者不会自动确立弱者立场，恰恰相反，倒会在有些时候甚至更多时候，循着一种复杂的心绪向上眺望，努力复制出强者的立场和社会主流的立场。胜利的威仪、震耳的欢呼、炫目的财富、高超的技术、美人的倩影、浪漫而奢华的享乐……一切存在于社会上层的触目具象，组成了五彩之梦，潜入人们含混暧昧的大脑皮层，常常于不经意中指引了思考和言说的方向，使之完全脱离利益理性的引力。

在这里，观念是逻辑的产物，更是想象的产物。文字里隐藏的具象，助产着社会交际中意在寻求自我优越的身份梦游。马克思所称的"统治阶级的思想"，借此才可能扩张到被统治阶级那里，最终扩张为全社会"统治的思想"。（见《共产党宣言》）意大利思想家葛兰西所说的"政治领导权"，借此才可能扩张成为统治者手里的"文化领导权"，（见《狱中笔记》）让很多弱小者在大众性的身份梦游中放弃思考与抗争——他们命运未变口吻变，对豪强人物的观念揣度往往惊人的准确，模仿出来轻而易举而且惟妙惟肖，有时甚至不惜来一点变本加厉，让自己虚妄的身份满足感更加其乐融融，当然也让豪强人物对他们的领导和统治更加牢固。

这里还没有考虑到另一种梦游，即只换赢家而不变规则的改朝换代，虽以抗争的形式出现其实仍然是实现"高位模仿"的另一种跟潮和附势。也许只有灾难降临而不得不行动的时候,特别是在根本性社会改革可望成功的时候,身份梦游的言语游戏才会戛然而止,观念才会回到利益理性的实地上来。

我不知道大川是不是明白了这一点。他已经公司破产,股票走水,汽车变卖,甚至穷得有时连电费都欠交,但他还有住房,还有碗饭吃,因此仍心气十足地热爱着自家的门第以及"贫富分化"和"弱肉强食"的说法,仍然振振有词地认为一切打工仔和失业者"穷得活该"——尽管自己就是一个失业者。在他经常去看报的街头阅报栏前,谁批评资本主义他就跟谁急,谁批评美国总统他就跟谁急,似乎他的股票只有靠着美国总统来解套,似乎投机资本集团不会惦记圈钱暴利而会惦记着怎样让他这样的穷人交上电费,不会去忙着拉紧贪官污吏而会急着请他这样的书生去民主参政,即使造成了很多地区的经济危机,也仍然是他的大好机会而不是他的危险——他年过半百头发花白,戴上了老花眼镜,学过的一点计算机语言早已过时,眼下连 IP、web 以及代理服务器是什么都茫然无知,其实连给跨国资本打工的资格都没有了。

他几乎不同亲友们来往。小雁回国来看他的时候,在餐厅里受到他接见,算是大有面子。小雁知道不能与他像当年那样谈时势,否则就会当场大吵,一个美国有钱人忧心贫富分化而一个中国缺钱人向往贫富分化,这种争论也太滑稽。小雁当然也深知对方的性格,不会去打听他的真实处境,不会哪壶不开偏提哪壶,也不会给他出什么谋职主意,那无异于南辕北辙,只会迫使他更加决绝地拒绝这些机会——同他说话真是得小心翼翼。想了想,只好在餐厅里谈太极拳和武当剑。大川是这一方面的新星,当然是有话可说的,而且是最乐意说的。他说康某打得臭(大概是他的一个邻居),王某打得太烂(大概也是他的一个邻居),陈老师动作虽说规范嘛但也未得太极的风骨和气韵（大概是一个健身老师），不值一提，他从来就不屑与之为伍。他两眼放光，脱下外衣，露出里面的中式太极功服，潇洒地搓揉出几个动作，又略露绝招，一抬腿，右脚踢了个"大梳头"，腿杆直绷绷地贴着右耳，足足保持了半分钟。

旁人如果不注意，会以为他是一只手高举鞋子站在那里——功夫十分了得，吓得小雁伸出双手，怕他倒下来。

"这算什么呢？"他自得地一笑，"我现在上五楼从来都不是走，一口气跑上去，气都不喘。"

"你瘦多了。"

"已经轻了三十斤啊，最标准的身材。我现在每天练功两个小时，打坐两个小时，吃一餐饭就够，比你们的生活都健康得多。你们承认不承认？"

在场人都说是的是的，说得他笑纹舒展。

只有小雁捂住了自己的眼睛，说是辣椒给辣了一下。吃过饭，她再次谢谢大川送给她的一幅字，送大川回家，陪着他走了好长好长的路，走过了一盏又一盏的路灯。

距　离

　　小雁觉得脚下的路无限漫长，想起很多年前自己走得大张着嘴喘气的时候，前面的路面模糊而且飘忽，在地平线的气汽蒸腾里时隐时现。这个时候最好不要问路程。刚才一个农民说还有五里，前面的一个农民可能说还有七里，这些答案没有个准，常常让人沮丧。

　　呼哧呼哧把五里路走成了七里路，这太平墟的路倒是越走越远？或者是橡皮路一拉就长？知青曾经因此而嘲笑农民，说地球反正是圆的，农民是绕着地球反方向来测量距离的吧。其实农民并没有错，以为农民错了的知青是自己错了。想一想吧，设想你参加乡下的紧张夏收，整整一个多月，每天顶着星星出去，踩着月光回来，有时累得还没洗完脚就睡着了，拖着两条泥腿倒在床上，把蚊帐压垮了也不知觉，于是被蚊子尽兴地叮咬。设想你正午时分仍在收割稻谷，好容易要吃饭了，你两眼发黑地爬到田埂边，还得担上两箩水淋淋的新谷送去晒谷场。太阳亮晃晃地泼洒在路面的泥土和石板上，这对于一般行人来说是灼热，对于负重的行人却是刺心的滚烫，因为沉沉重担把你的脚掌紧紧挤压在路面，脚上的高温就成倍剧增。你感到脚下根本不是路面，是专门对付脚掌的大熨斗，正在熨烫出吱吱吱一股焦煳味。你忍不住两脚抽跳，其实只有抽跳的想象而没有实际动作，因为重担之下你走路都歪歪欲倒，腿上没有任何一丝肌肉还听从指挥。

想一想吧，只有行走在这个大熨斗上的时候，你才突然感觉到空间在无限地延展，通向晒谷场的路不再是一里半，而是十个、百个、千个一里半，是你一辈子也走不完的无限，是地平线上的灼热气浪中飘飘摇摇的白炽一片。

那些肩上没有担子的人，穿着鞋子上路、坐着汽车上路的人，不可能体会这一刻你脑袋里白炽一片的空间爆炸。

你回城后很少有赤脚上路的机会，距离感也因此渐渐恢复正常，接近了国际权威计量标准，比如氦氖激光在真空中的测定。但这对于往日的我有什么意义呢？那些坐在整洁恒温的实验室里的博士们用激光和真空精确测定了距离，对于一个烈日下赤脚负重的少年有什么意义呢？从 A 地到 B 地是十公里。我知道，从不怀疑。然而这并不妨碍它时刻不断地变形：在一个老人那里是十二公里，在一个年轻人那里却是八公里；在一个初来者那里是十五公里，在一个本地人那里却是五公里；在一个负重者那里是十八公里，在一个乘车人那里却是三公里；在一个赴约情郎那里是望断之遥，在一个惜别慈母那里却是过驹之隙。任何距离都是人们感受中的距离，而人的感受永远不是激光，甚至不是多种感受的统计平均，而是受制于特定的身体、处境、情绪以及其他因素，总是透出足迹、汗渍或者呻吟。那么乡下人面对问路时有各不相同的答案，岂不是再自然不过的事？

距离中有触觉，痛之则长，逸之则短。距离中有视觉，陌生则长，熟悉则短。距离中有听觉，丰富则长，空白则短。如此等等已接近德国哲学家海德格尔的说法："相去之远近不在于明确地计算距离……而在于定位的联络。"（见《存在与时间》） 这个"联络"就是农民送粮的距离，矿工掘进的距离，士兵行军的距离，还有人生中各种实际上存在过的距离。

劳 动

伙房被风刮倒了,武妹子带着两个后生和一个老汉来帮我们重建。他们腰间插一把砌刀,除此之外两手空空,像是来玩耍而不是来施工的,但一旦动手就变起了魔术。木板顺手取来就顶成了支架,砖块顺手取来就当成了锤子,橡皮管注入水就成了水平仪,结几根茅草再拴上块石头就成了垂直仪……如同任何物件在武林高手那里都可成为杀人利器,眼下的任何废物也都不废,都能一物多用,都精神抖擞生龙活虎大闹乾坤,成了施工最需要和最合适的工具。他们就地取材,点石成金,左右逢源,真的是可以空手而来的。

他们并没有分工的合计,一声不响地各行其是,这里敲敲,那里戳戳,这里咣当巨响,那里灰雾突起,让外人觉得简直混乱如麻。但砖块刚摆入位置,灰浆就送到了;灰浆刚抹完,木梁就架上了;木梁刚架完,檐条不知何时已经无中生有;檐条刚钉好,茅草不知何时已经蓄势待发。一点时间都没有浪费,任何工序都不曾耽搁。他们好像是在用脚步声和砖木的声音相互联络,一直是用双肩、背脊、屁股来相互关照然后及时呼应,顶多笑出两声,就算偷偷议决了一个个难题。一切都表现出内在的丝丝入扣,珠联璧合,水到渠成,势如破竹,完全是一篇一气呵成有声有色的精彩美文。待工程哗啦啦地完成,他们全身甚至干干净净,一个泥点都没有。地上也基本上干干净净,砖没剩一块,灰浆没剩一捧，全都恰如其分用到新房子那里，就像美文家那里没有任何浪费的素材或词语。

只有两根竹子丢在沟里，看来弃之无用，是唯一的败笔。老汉也不放过，顺手将其破成篾条，给我们编了一个竹篮。编竹篮的时候，他还顺便给我们讲了个故事：他家的狗怎样咬死了一头野猪。

他们不觉得做这样的事有什么不了起，不觉得他们就是盖房子的武林高手，就是玩泥弄木的美文家，更不觉得他们顺手编出的竹篮，完成了一个尽善尽美的艺术至境。他们以为艺术只属于文人骚客，只属于大牌的演员和画师，而那些社会中、上流人士也从来自居艺术的主人，觉得农民粗鄙可怜。但是如果让他们来盖一间房子，事情会怎么样呢？如果让农民来评点一下他们的盖房过程，事情会怎么样呢？农民会不会觉得他们的每一个动作都是病句，每一声吆喝都是错别字，每一道工序都充满着可笑的生硬和杂糅，而最后那个勉强叫做房子的东西一定粗俗无比不堪入目？

农民不会这样说的。社会不承认农民的艺术品，没收了他们确认和解说更多生活美感的语言能力。他们喝完茶，拍拍手就回家去了。

怀 旧

我参加了知青们的集体返乡活动。太平墟公社八个大队一共近两百个知青,居然串通集合了一百多人,算是空前规模。老木是资助者,一人包揽了租车和吃饭等全部费用,还有给乡村小学的捐款,显示了港商的出手大方。他还操着当时较为罕见的手机一直在催促这个那个出门,说什么钱不钱的,你来了再说。

同学们也都老了,脸上多了皱纹,多了暗淡,还带来了一些尾巴似的小把戏,对他们在人群中的疯跑不时厉声训责,对他们拉屎拉尿不时指导,于是重逢时的亲热话总是被搅得七零八落、有一句没一句的——像一曲音乐总是在一台破烂唱机那里跳针,一次次从头开始,没法往下唱。乡政府主持的欢迎大会上,几个当年女知青还被推上台去跳忠字舞,《社员喜晒粮》和《社员都是向阳花》之类。妈妈们青春重现,挽起袖子,一招一式还有当年的套路,跳蒙古舞还能下腰劈叉,看样子还没有患上膑骨软化症和坐骨神经痛。只是不像跳舞而有点像"滚舞"——岁月沉淀成脂肪,成堆成堆地在台上呼隆隆滚动,让我有点暗暗的心惊和惆怅。

熟悉的面孔引出了很多往事。有人说,记得大头当时懒得一件衣服穿几个月,退休的父亲来探望,还帮儿子去洗衣服,可怜在塘边摔断了腿。有人说,知青当时特别好吃,把种下地的花生和红薯都挖出来吃了;又试种凉薯,还对农民说这东西有毒,居然把他们骗住了。还有人说，有个农民会变戏法，让陈露露与他一起拍香烟，害得陈拍了一手的沥青，陈就在晚上装鬼去报复。独眼老木也想出了一件旧事，说他曾经打猫吃，把死猫吊在树上，党支部书记四满就说这些知青比日本鬼子还毒……这些往事给汽车里增添了许多笑声，也使记忆变得轻松。

大家在笑声中走入山林田野，在这里或者那里照相，在这里或者那里寻找自己的痕迹，比如自己坐过的一块石头，或者自己栽下的一棵油茶树。最后，乡干部和农民代表敲锣打鼓大放鞭炮，把我们迎入饭堂，十几桌酒肉喂饱我们，每个随行的小孩还得了个两块钱的小红包。大家的亲密情感油然而生，推举老木去致答谢词。老木摇晃着走上了台，说还是乡下的柴熏腊肉好吃，还是乡下的腌辣椒好吃，只要不是天天抡钯头就行……说得大家都笑了。他也说了一些入时的套话，比如改革开放以及信息化的第三次浪潮一类，说到酒劲上来的时候，就说他木老爷给这一片土地献了青春献文凭，献了文凭献眼球，但英雄好汉不言悔，岁月他娘的确确实实是一首无字的歌，贫下中农他娘的确实是大学老师，教会了他吃苦耐劳、敬老尊贤、自己救自己，还有拿树棍子赌博，因此谁要反对贫下中农他就打倒谁，谁要否定知青上山下乡他就打倒谁，把他们打翻在地再踏上一只脚……虽然说得有些乱，有些糙，也赢得了热烈掌声。

大家唱起了当年的歌：

　　听吧战斗号角发出警报
　　穿上军装拿起武器
　　共青团员们集合起来
　　踏上征程万众一心保卫国家
　　我们告别了亲爱的妈妈
　　请你吻别你的儿子吧

> 再见吧妈妈，别难过莫悲伤
> 祝福我们一路平安吧
> 祝福我们一路平安吧……

泪眼在歌声中闪烁，闪烁得似乎有些夸张。

怀旧从来就是一种情感夸张，滤去了往事的痛感，让开荒的视象浮现但不再有开荒的痛感，让砍柴的视象浮现但不再有砍柴的痛感，哪怕一次饥饿也不过是眼下谈论的事件，成了一些语言，不再能使当事人冷汗大冒和腹空难忍，于是变得无关紧要。饥饿甚至也能焕发出传奇和凄婉动人的光彩，让不再饥饿的人心醉神迷——这正是怀旧的奥秘。

怀旧常常是对尊严的追认，让一棵老树，一间老屋，一场风雨或者一次饥饿，在记忆中酿出浪漫和豪迈，成为怀旧者挂满胸膛的勋章。一个无旧可怀的人，只能是虚度年华不堪回首的人，历史可疑劣迹斑斑的人，肯定一钱不值。谁愿意充当这种角色呢？知青们眼下的社会地位已经很脆弱，下岗的下岗，传销的传销，对红卫兵的可耻经历只能闪烁其词，那老中学生的学历甚至连自己的子女也瞧不上眼，他们一个舶来的新术语就可以噎得你茫然不解地直瞪眼。在这种情况下，怀旧不失为一种自我价值确认的需要，不失为一次狠狠挣回面子的机会，一次可以大说特说牛皮哄哄从而引人注目的机会。即使只能说说苦难，问题是，苦难这东西你有吗？就像一双耐克牌旅游鞋你有吗？

有了苦难，就至少还没有输光。

怀旧还可以是一次精神化装舞会，无论如何虚饰和短暂，也是让怀旧者客串一下高尚的角色，实现道德感的临时晋升。我看到同学们正在捐款，纷纷抽出钞票，塞到一顶草帽里，准备捐给这个乡的两个受灾村，还有一部分将捐给一个至今仍在乡下的老同学，据说他已经形如老农。我知道我们并不会从此就成为慈善家，我们中间很多人还可能为一次牌桌上的欠款而发火，或者在传销中用花言巧语把老同学引入骗局，甚至像老木那样几乎成为市场经济中的一团毒药。但我还是为捐款而感动，希望永远留在这种感动之中。我也知道，我们刚刚大唱《共青团员之歌》《三套车》《我们走在大路上》《我们都是来自五湖四海》《蓝色的多瑙河》等等，只是出于一时的感情冲动，并不意味着我们从此就成为义士，随时愿意为人民利益和民族尊严而慷慨献身。相反，我们中的大多数仍然会市民气依旧，有时甚至会偷偷羡慕那些国库盗窃者，会嘱咐孩子如何在公益事务面前能躲则躲，或者把人妖当英雄从而加入愚不可及的赞叹和羡慕……但我还是为我们刚才的歌唱而感动，希望永远留在这种感动之中。我知道，我没有资格谈高尚，没有多少高尚的朋友，我错过了一个个想象中的高尚时代，错过了一个个想象中的高尚群体，但我于心不甘，希望能抓住任何一丝高尚的痕迹，那是我挣扎出水面的大口呼吸。于是，我们大家的感情冲动是我意外的中彩，让我大喜过望，其过望的程度不亚于看到了流氓有了一时的正义，酷吏有了一时的仁慈，娼妓有了一时的贞操节烈和爱国主义忠诚。我寻求一种即使是转瞬即逝我也愿意永远牢记的东西，即使是虚幻莫测我也决心笃信不疑的东西。我不会要求太多，不敢要求太多。因为我是一个非常容易打发的乞丐，哪怕是黑夜里一颗流星也是永远的太阳，足以让我热泪奔涌。

我永远欠下了你们一笔。

开始公布每个人当年的暗恋对象吧，开始交流再婚或者二胎的经验吧，开始最新的黄段子评比吧，开始……同学们的话题越来越邪了，笑得十分色情。他们不知道我躲在人群的角落里，仍然紧紧抓住自己的感动，对他们深深地感激。

我提起茶壶给他们的茶碗里加水。

时　间

　　那一次艰难的夜行，山路泥泞，冷雨瓢泼，简直让人觉得已经在地狱里死过了一次。然而随着时间的推移，夜行也许会在回忆中逐渐变得轻松、有趣、回味无穷、甚至成为自我夸耀的资本。事情究竟发生了什么变化？

　　一位混上了官职的庸才，到任之时让人们惊讶和刺眼。但只要他把这个官一直当下去，若干年以后就可能让人们心平气和，一旦责令他去职，有些人反而会不习惯，甚至会为坐到台下去的他感到委屈。在这一过程中究竟发生了什么？

　　同一次夜行，在数年前和数年后，便味道大异；同一个庸官，在数年前和数年后，也让人印象迥然。时间就是这样一个魔术师。在生活具象无限的叠加和覆盖中，它可以使苦难变得甘甜，可以使荒唐变成正常。它还可以抚平伤痕，溶化仇恨，磨损心志，销蚀良知，甚至使真实消失无痕，使幻象坚如磐石。在这种情况下，历史是可靠的吗？公正的吗？以为善行都得善报恶行都得恶报，这一套公平交易足尺实秤的市场规则，与一笔笔历史的糊涂账有什么关系？

　　我们总是在时间里，一切作为也总是被时间之手操纵。欲速不达，事缓则圆，是指办事切忌求快。兵贵神速，夜长梦多，则是指办事务必求快。这都是对人类活动各种不同时间变量的描述，出自人们杂乱无章毫无定规的时间经验。于是，"时机成熟"便成为一句谶言秘咒似的日常用语,常常集聚着人们决策时的全部直觉和全部思虑。"时"与"机",一是时间,二是机缘。如果说机缘是可以观察、可以分析、可以把握、可以创造的各种具体条件,那么时间则常常承担着不可捉摸的神秘命运,或者说是实现着人们无法穷知的无限因果之网对我们的暗中规定。

事情就是这样:处于特定的时期,正义可能遭到践踏,谣言可能奉为真理,诚实可能遭到唾弃,恶俗可能蔚为时尚,这是没有办法的事情。一切好心人在这个时候只能接受自己虚弱无能和四处碰壁的"生不逢时"。但同样是因为特定的时机,不可一世的强权转眼间不攻自溃,众口一词的欺骗转眼间云散烟消,多少显赫逼人的风云人物不知不觉就成了垃圾,而多少智慧警世的忠告穿过历史的岩层重新被人们聆听。种种时间的作品实属奇迹。考虑到这一点,一切在逆境中的好心人其实无须气馁。如果说,他们以善抗恶常常没有什么优势的话,那么他们至少还可寄望于一个最后亦即最大的优势:时间。日久见人心也。日久得人心也。他们必须明白,不仅中国人抗击日本侵略者需要"持久战",世界上一切有价值的事业从根本上来说都是"持久战"的事业,从来都需要以时间积累作为胜利的筹码。

在这个层面上来说,历史又是可靠的和公正的。因为各种对历史的扭曲和误读无论怎样有效,也总是面临着一定的极限,即难以完全失真和永远失真的极限。瓦釜雷鸣或指鹿为马,往往只能得逞于一地一时。一切超过失真极限的历史虚构,特别是有悖于大多数人的正当利益目标的历史虚构,往往经不起时间的沉淀和淘洗。在这里,我们至少可以半乐观主义地说,历史常常显得既公正又不公正:公正于大体,不一定公正于小节;公正于久远,不一定公正于短暂;公正于群类,不一定公正于个人。也许这就是历史的双重品格。这与任何概率只能显现于大数统计而无法证实于所有个例的两重性，是差不多的道理。但这有什么不好吗？站在又一个千年的开始之处，我们回望身后一代代人的战争、革命、改革、劳苦建设以及后来种种毁誉褒贬，感慨历史之剑多少次及时劈开了人间正道，但也感慨历史之雾多少次遮蔽了人们的双眼——而且还有多少不公正的个人故事可能将永远深埋于历史尘埃之下，多少个基督、佛陀、老子、柏拉图、哥白尼、爱因斯坦、林肯、马克思作为历史的小数已被删除，永不为我们相识。也许这正是历史的悲哀所在，也正是历史得以灿烂动人的前提。

我们面对滚滚而来的无限光阴，不知道时间这一片透明的流体还将怎样改变我们的记忆和想象，不知道还会遭遇自己怎样的惊讶和醒悟。

听着滴答滴答的声音，我们等着。

卷三　具象在社会中

近　事

　　走进中国南北的很多传统民居，如同走进一种血缘关系的示意图。东西两厢，前后三进，父子兄弟各得其所，分列有序，脉络分明，形貌和气氛肃然，一对姑嫂或两个妯娌，其各自地位以及交往姿态，也在这个格局里暗暗预设。在这里的一张八仙大桌前端坐，目光从中堂向四周徐徐延展，咳嗽一声，回声四应，余音绕梁，一种家族情感和孝悌伦理油然而生。

　　这些宅院会繁殖出更为庞大的村落，为农耕定居的历史枝头挂上累累果实。高家庄、李家村、王家寨等等，一住就是十几代或者几十代人。即使偶尔有杂姓移入，外来人一旦落户也热土难离，于是香火不断和子孙满堂便寻常可见。生活在这里的人们，秉承明确的血缘定位，身陷上下左右的亲缘网络，叔、伯、姑、婶、舅、姨、侄、甥等各系亲戚的称谓不胜其繁，常常令西方那些游牧民族以及半牧民族的后裔一头雾水。英文里有关亲戚的称谓要少得多，译嫂子和小姨都是"法律上的姐妹（sister in low）"，译姐夫和小叔都是"法律上的兄弟（brother in low）"，似乎直系小圈子以外已经人影模糊，身份只能留待法律确认，有一点认法不认亲的劲头。

　　农耕定居才有家族体制的完整和延续。"父母在，不远游"；即便游了，也有游子悲乡的伤感情怀，有落叶归根的回迁冲动，显示出祖居地或原居地的强大磁吸效用，诸多心态与行态都指向

"家园"这个农耕文明的特有价值重心。海南省儋州的人曾告诉我,他们先辈的远游极限是家乡的山头在地平线上消失之处,一旦看不见那个山尖尖,就得止步或返回。相比较而言,"马背上的民族"就难有家园,逐水草而居,趋时令而途,习惯于浪迹天涯,即使有较为固定的活动大区域,"家园"概念也要宽泛和模糊得多。一个纯粹的游牧人,常常是母亲怀他在一个地方,生他在遥远的另一个地方,抚育他在更遥远的另一个地方,他能把什么地方视为家园?一条草原小路通向地平线的尽头,一曲悲怆牧歌在蓝天白云间飘散,他能在什么地方回到家族团聚的怀抱?

定居者的世界,通常是相对窄小的世界。三十亩地一头牛,老婆孩子热炕头,亲戚的墙垣或者邻家的屋檐,还有一片森林或者一道山梁,常常挡住了他们投向远方的目光。因此他们是多虑近而少虑远的,或者说是近事重于远事的。亲情治近,理法治远,亲情重于理法就是他们自然的文化选择。有一个人曾经对孔子说,他家乡有个正直的人,发现他父亲偷了羊就去告发。孔子对此不以为然,说我们家乡的人有另一种正直,父亲替儿子隐瞒,儿子替父亲隐瞒,正直就表现在这里面。这是《论语》里的一则故事,以证"法不灭亲"之理。《孟子》里有一个故事更凸现出古人对人际距离的敏感。孟子说如果现在有同屋人相互斗殴,你应该去制止他们,即便弄得披头散发衣冠不整也可在所不惜;如果街坊邻居在门外斗殴,你同样披头散发衣冠不整地去干预,那就是个糊涂人,关上门户其实也就够了。在这里,近则舍身干预,远则闭门回避,对待同一种事态可以有两种反应。孟子的生存经验无非是:同情心的标尺可以随关系远近而悄悄变移,"情不及外"是之谓也。

孔子和孟子后来都成了政治家和社会理论家,其实是不能不虑远的,不能不忧国忧天下的。"老吾老以及人之老,幼吾幼以及人之幼",循着这一思维轨道,他们以"国"为"家"的放大,以"忠"为"孝"的延伸,由近及远,由亲及疏,由里及外,编织出儒家礼法的经纬。但他们无论如何勉力宣示道统和政统,上述两则故事仍泄露出中国式礼法体系的亲情之源和亲情之核,留下了农耕定居社会的文化胎记。中国人常说"合情合理","情"字在先,就是这个道理。

同样是因为近事重于远事,实用济近,公理济远,实用重于公理自然也成了中国人的另一项文化选择。儒学前辈们"不语乱力怪神",又称"不知生焉知死",搁置鬼迹神踪和生前死后,于是中国文化主流一直与宗教隔膜。与犹太教、婆罗门教、基督教、伊斯兰教等文明地区不同,中国的知识精英队伍从来不是以教士为主体,而以世俗性的儒士为主体,他们大多只关心吃饭穿衣和齐家治国一类俗事,即"人情"所延伸出的"事情"。汉族地区的多数道士和佛僧,有过探寻宇宙哲学的形而上趋向,因缺乏足够的理论远行,在整个社会实用氛围的习染之下,论着论着就实惠起来。道学多沦为丹药、风水、命相、气功一类方术,佛门也多成为善男信女们求子、求财、求寿、求安的投资场所,是一些从事利益交易的神界连锁店。一六二〇年,英国哲学家弗兰西斯·培根写道:"印刷术、火药和磁铁,这三大发明首先是在文学方面、其次是在战争方面、随后是在航海方面,改变整个世界很多事物的面貌和状态,并引起无数变化,以至似乎没有任何帝国、派别、星球能比这些技术发明对人类事务产生更大的动力和影响。"培根提到的三项最伟大技术,无一不是来源于中国。但中国的技术大多不通向科学,实用大多不追究公理,缺乏希腊哲学家从赫拉克利图、德谟克里特一直到亚里士多德的"公理化"知识传统——这既是欧洲宗教的基石,欲穷精神之理;也是欧洲科学的基石,欲穷物质之理。中国缺乏求"真"优于求

"善"的文化血脉，也就失去了近代工具理性发育的足够动力，只能眼睁睁看着西方在数学、物理、化学、生物学、航海学、地理学、天文学等方面后来居上。

　　这是现代中国人的一桩遗憾，但不一定是儒生们的遗憾。对于一个习惯于子孙绕膝丰衣足食终老桑梓的民族，一个从不用长途迁徙到处漂泊四海为家并且苦斗于草原、高原和海岸线的民族，有什么必要一定得去管天下那么多闲事？包括去逐一发现普适宇宙的终极性真谛？——那时候鸦片战争的炮火还没有灼烤得他们坐立不安。

　　中国人习惯于沉醉在现实感里。所谓现实，就是近切的物象和事象，而不是抽象理念。中国人也习惯于琢磨事"情"的"情"况与"情"形，习惯于"酌情处理"。所谓情，就是近切的理，具体的理，灵活与辩证的理，而不是普适性的抽象理法。因此，当中国的知识眼界定格于小桥流水人家的时候，欧洲人却一直在马背上不安地漂流和动荡，并且在匆匆扫描大地的过程中，习惯于抽象逻辑的远程布控，布控于天国也布控于人间，一直到他们扑向更为宽广的蓝色草原——大海。那是另一个漫长故事的开端。

文 以 载 道

十二世纪匈奴大帝国横扫欧亚大陆以前，匈奴人知道织布、铸铁、造车，却不知道文字如何书写。（见斯塔夫里阿诺斯《全球通史》） 比较而言，中国虽然是一群关心近事甚于远事的定居者，却是文字的早熟国家之一，三千多个单字在公元前的战国时代已经定型，足以让先民们对人情与事情的琢磨日渐其深。秦始皇统一中国，实现"书同文"，使表意的汉文字贯通众多方言区，建构出一个巨大而统一的符号网络，为后来一次次维系国族完整提供了重要的信息技术条件。

不仅组成匈奴的突厥和蒙古，欧洲也没有这个文字稳定而统一的条件，走上了文字表音一途。文字随语音而变，也就太容易变，可能有利于追新，却不一定利于温故和袭旧，比如欧洲文艺复兴很大程度上就只能借助外文的中转，从穆斯林的大量译本中去重新找回自己的希腊——很多欧洲人早已不知道的希腊。另一个问题是，一旦罗马大帝国崩溃，拉丁文随之分崩离析，新一代文字随方言四处哗变，再也难以融合，文字壁垒后面的体制和生活也就各行其是。文字大家族之内虽然还有亲缘关系，但彼此差异已僵固下来，甚至成为当代欧共体统一的重要障碍。

是文字促成了中国造纸术的发明，还是造纸术促成了中国文字的进一步发达？这一问题不易确解。但不管如何，东汉宦官蔡伦在公元一〇五年改进的造纸方法几乎具有决定性的意义，使文字的广泛运用成为可能，使文字不再为王室和贵族所垄断，也不再成为使他们气喘吁吁的艰辛之物——想想看，当时臣子东方朔给汉武帝写一个奏章，所用竹简竟要两个人才能抬进宫去！再想想看，在造纸术于十二世纪经阿拉伯人传入欧洲之前，那里的文字常常记录在笨重的羊皮书上，一部哲学著作或一本圣经的传抄，得耗费成车的羊皮，也得让奴仆们肩挑背扛：如此昂贵的文字，对于构成社会大多数的下层平民来说，是何等的稀罕和遥远。

"蔡侯纸"代表的群体性发明过程，最晚也始于汉初，有甘肃天水放马滩、敦煌马圈湾、敦煌甜水井出土的西汉纸为证。这带来了世界上第一次信息爆炸，也是中国理性认知的一次大规模突飞猛进。文风大盛，文运大兴，连乡村中也学馆遍地，数以万计的读书人冒出来，形成了强大的"士族"，取武士和贵族而代之，成为了社会中新的强势阶层。与此相联系的另一个连锁效应，是官办"太学博士"的出现，开辟了读书人进入政权的通道，虽然还没有完全取代察举制，但已确定了文官政治的走向，浮现出科举制的雏形。知识的新领域也一个个被开拓：医学（张仲景等）、天文学（张衡等）、文字学（许慎等）、自然哲学（王充等）、史学（司马迁、班固等）以及道家各种方术，群星灿烂蔚为大观，完全重写了中国人心目中的世界。连文学也成了一件求真务实的工作，司马相如和杨雄的汉赋，取材广博，"写物图貌，蔚似雕画"，写山川草木之状，极铺陈白描之能，完全有地理学、生物学以及其他学科的浓厚兴趣，如同一部部文学化的百科全典。

汉语思维的成年期已经到来，反过来也以格物致知的旺盛需求，极大提高了汉语的抽象化程度。隶书在这个时代应运而生，成为今文经学那里流行的"今文"，是一种方方正正、结构有序、笔画简便的字体，已经大幅度蜕去了甲骨文和篆书的原始象形痕迹。各种理论也不再是政治经验和道德经验的零散心得，不再呈现出前理论的初始样式，比如孔子的语录体、庄子的寓言体以及《易》的象数体，而走向了一个逻辑思辨的浩大工程：经学。以董仲舒为代表的经学家们，发展了一套中国式的逻辑思辨，表现出集儒、墨、道、法等各家之大成的学术大雄心和知识大胸怀，展开了大规模的理论生产，著述动辄数十万字乃至上百万字。这是继中国的政治统一以后第一次着手文化整合。这当然还只是一个开始。

汉代开始的整合可以说一直持续到十个多世纪以后的宋代理学——那时毕昇又发明了活字印刷，实现了文字使用量的再一次爆炸，最终完成了中国从"纹治"到"文治"的转型，即文化从象符主导到字符主导的转型。

有意思的是，宋代是中国万象缤纷的时期，是象符空前活跃和丰收的时期。农耕社会的物产丰足和商业繁荣，使陶瓷、丝织、雕刻、建筑等等都有极盛表现，书画、演剧、音乐等等亦迅速扩展为大众性消遣。孟元老《东京梦华录》曾这样描绘当时的京都：

> 坊巷院落纵横万里，莫知纪极。处处拥门，各有茶房酒店……夜市直至三更才尽，五更又复开张，如要闹去处，通晓不绝……新声巧笑于柳陌花衢，按管调弦于茶坊酒肆……集四海之珍奇皆归市易，会环区之异味悉在庖厨……伎巧则惊人耳目，侈奢则长人精神。

这种挥霍奢靡的生活景观令人震惊。当时的"宋词"代"唐诗"而兴一项，足以证明文学已经更多脂粉气，流向了梨园和青楼，亦证明了文士与优娼的广泛联系，以及音乐的普及程度。重要的区别在于：此时之"乐"已非先秦之"乐"。先秦之乐深藏于宗庙和宫廷，钟、磬、琴、瑟等乐器都大型化和固定化；宋代之乐则已扩散市井，琵琶、三弦等乐器也就趋向小型化和便携化。（见钱穆《中国文化史导论》） 乐器的这一历史性嬗变，证明了"乐"已逃离统治集团的掌控，不再是荀子那里"别尊卑""施赏罚"以及"禁暴胜悍"的教化工具。恰恰相反，此时的音乐已经下渗基层，入俗随众，甚至妖声艳调淫词艳曲过把瘾就死，正如理学家周敦颐所警告的：音乐功能已不再"平心"而是"助欲"。（见《通书·乐上》）

在某些人士看来，这种变化已经构成了对礼教的巨大威胁，已经与"礼"构成了尖锐的对立。昔日役夫式"非乐"的立场，曾被儒家痛诋为墨家之愚，现在却差不多偷偷移入儒家的严峻面容。历史的重心出现回摆，只是没有摆回原有的轨道。

一个文化的更年期悄悄临近。宋代理学家们纷纷"卑艺文"，连历来传统深厚和名分高贵的诗歌，因为与音乐有亲缘关系，难免世俗声色的感染，也开始让他们惴惴不安。程颐斥诗歌为"俳优"与"闲言语"，朱熹则发誓"决不作诗"。在他们的心目中，作诗也是"玩物丧志"和"耽于声色"，属道德败坏之举。文字之外的感官活动，物质世界的千姿百态，即使可以用作前理论、前文字、前语言的直觉隐喻，但太容易让人意乱心迷，太容易偏离儒家的政统和道统。为了实现"存天理灭人欲"的伟大目标，他们既然已经失控于"象"，就不得不重"文"轻"象"，不得不求助文字来建立认识屏障，以文字清洗人体内各种危险的感觉勃动，制造出人欲的空白和禁锁。他们是一些读书人，是掌握了造纸和印刷两大技术的读书人，文字是他们最大的优势和法器，因此被他们奉为唯一的意义载体。从此，"知书识礼"成为高士的不二法门。"知言"与"立言"是君子的毕生使命。他们挟万卷经纶投入伟大而艰难的"文治",成为一群中国式的文字中心主义者,中国式的"逻各斯中心主义(logocentrism)者"。

周敦颐及时提出的"文以载道",在这一层意义上可以得到更多理解:不光是道德崇拜,也是文字崇拜。

夷

中国某些少数民族曾被名为"夷",其实不一定有人种血缘的特别,只是受益于纸张和印刷的程度低于中原华夏。用章太炎的话来说,华夷之谓仅可"别文化高下","中国可以退为夷狄,夷狄可以进为中国,专以礼教为标准,而无有亲疏之别。"(见《中华民国解》)

夷可以为夏。吴、楚、闽、越,原来都是典型的"夷",后来演化为华夏正统的文教之薮。李白出生于新疆,白居易据说是回民,元好问是金人无疑,他们都有夷狄背景,却又都是中华文明的杰出代表。元朝和清朝也是疗救中国农耕文明的两次大规模文化混血。反过来说,夏也可以为夷。江南"三苗"中的部分,是上古时期一些从黄河中、上游地区避难南迁的弱势部落,原初并非隔绝在文明主流之外。他们只不过是在蛰居山地以后,相对而言搭不上纸张和印刷这两列信息技术快车,因此有语言而无文字(如瑶族),或是文字体系还较为粗略(如苗族),信息的传达往往较多借助于象,比如用舞蹈记录历史,用歌唱传播知识,用图腾宣示信仰,用各种似乎奇怪的巫祝仪式来营构威权和组织社会。云南省纳西族的东巴文字,则可视为一例亦文亦象的原始符号,一直游离于汉语演进过程之外。

他们有时候可以围在篝火边连续几天几夜地跳舞,是感情的排解和宣泄,同时也是生存经验的总结和表达,以完成对新一代人的系统教育。如苗族"吃鼓藏"节时的木鼓舞，从《开天辟地歌》到《洪水滔天歌》，再到《跋山涉水歌》，整整十三部史歌和史舞，一部苗族史尽在歌舞之中，地理的、生物的、伦理的知识传授也在火光和鼓钹声中进行。显而易见，他们是"文"的晚熟群落或者薄弱之域，却是"象"的高产之地。中原汉人看到他们能歌善舞，华装艳服，常常觉得好奇，以为汉人天性拘谨而少数民族天性活跃。其实除了中国西北的突厥、蒙古等民族拥有广阔的草原，中国西南的"三苗"或"百越"大多依山傍水而居，危峰断隔，深流拦阻，生活在十分窄逼的空间里，比如贵州苗民生活在"地无三尺平"的地方，并没有多少活跃的条件。他们之所以对歌舞有更多的练习，对彩饰、节拍、形体动作等等表现出更多敏感和技能，很可能是因为文字这种工具不够用。

相比之下，汉人早早有了文字化的大脑，已经丧失了很多可贵的象符，包括用肩膀和臀胯来表达尊敬或忧伤的能力，用木叶和木鼓来表达思念或愤怒的能力，用腰带、项圈、头帕、各种针绣花边表达友爱和庄重的能力。汉人的舞蹈、音乐、诗歌、美术创作，常常在所谓少数民族那里得到营养和动力，是一个不争的事实。汉人的服装，除少数贵族有些"行头"的讲究之外，就民间服装而言，比诸一些少数民族要呆板和简陋得多。虽然作为强势群体的服装，有时也被夷地的男人们效仿，但在感情更为纤细灵敏一些的夷俗女人们那里，就不那么容易被接受。苗、侗、瑶等地"男降女不降"的服装现象，可能就伏有这样的原因。汉人恋爱或求亲，常见的是写字条或者开口说，有时候甚至送上一份彩礼便完事。写过《傩史》的侗族学者林河先生曾经告诉我：这真是呆得不可思议。他还告诉我，他们这些到汉区都市里参加工作的侗人，好些都感到不习惯，最终一个个跑回侗山里去了，情愿种包谷当山民，也不愿意在城里吃国家粮。我想其中可能不排除这样的原因：那些人肯定有一种说不出的苦闷，肯定觉得汉族是一个粗鲁和乏味得让人避之不及的民族，是一群服饰的哑巴，也是一群肢体的聋子。

这正像奥地利、德国等中欧民族，在诞生了莫扎特、贝多芬、门德尔松、瓦格纳、巴赫等音乐巨匠之后，肯定觉得中国人——特别是大力砸碎文化传统以后的近代中国人，无异于一些音盲，连半音与和声都辨不明白，难怪都变成了大嗓门，不论红喜事还是白喜事都只剩一个"闹"。还有法国、荷兰等西欧民族，在诞生了马奈、塞尚、莫奈、高更、马蒂斯、毕加索等美术大师以后，肯定觉得中国人——特别是大力砸碎文化传统以后的近代中国人，无异于一些色盲，竟把几十种各不相同的灰色看做同一个灰，把几十种各不相同的黑色看做同一个黑，难怪穿起衣服来只有一个大红大绿的俗。

在很长的时间内，中国汉人也把欧洲人、印度人、日本人等等视为"夷"，与境内诸"夷"相混淆。对于这些感觉官能已有不同程度障碍的汉人来说，想象另一种听觉或者视觉的能力，想象那些细腻感觉里的文化蕴积，不是一件很容易的事情。

野 言

我对太平墟的口语有如下印象:

词缀很多:人们不单说"黑",总是说"墨黑";不单说"白",总是说"雪白";不单说"重",总是说"铤重",不单说"轻",总是说"络轻";不单说"胖",总是说"垒胖",不单说"瘦",总是说"刮瘦";不单说"直",总是说"笔直",不单说"弯",总是说"蜡弯";如此等等。他们似乎觉得"黑""白""重""轻""胖""瘦""直""弯"这一类形容词过于抽象,不容易被人感受以及理解,必须分别搭配更为具象化的词缀,才能合成起码的表达。

尽量减少抽象词汇:一般来说,他们不会说"农民",只会说"泥脚杆子";不会说"秋天时节",只会说"打禾的时节";不会说"来了十几个客人",只会说"来了两桌客人";不会说"事情保密",只会说"话都烂在肚子里";不会说"这人土到了家",只会说"放屁都是红薯气"。如果描述吝啬,就说:"蚊子过身也要拔一根毛下来。"如果谴责懒惰,就说:"敬三根香打九个屁,菩萨不怪自己也不过意吧?"如此等等。他们似乎觉得,任何抽象概念难以给人留下鲜明印象,也就缺乏足够的信息,不换个说法万万不可。

叙事时中多细节描绘:我发现他们在情况急迫的时候说事,在心情气愤和烦恼的时候说事,在向上级汇报或者大会报告中说事，总之在一切应该言语简洁的时候，也不忘描述有关场景、装束、神情、形态、气氛的细节特征，一点也不觉得这是啰嗦，或者会搅乱主题。比方坐牢就是坐牢，农民会说成"坐牢吃小钵子饭"；当官就是当官，农民会说成"当官坐皮椅子"。我还看见一个男人在盛怒之下骂老婆："我一嘴巴（耳光）扇得你贴在墙上当画看！"这句话在我听来怎么也是幽默，但言者脸色铁青，咬牙切齿，一点也没有开玩笑的意思。他觉得描绘一下甚至夸张一下挨打者的具体形象，是说话的应有之规，是不能不这样骂的。

借用间接的具象化手段：某些歇后语的运用，常常是比喻的附会和强加，与语义并没有什么关系，仅仅是依谐音的关联借取具象，以增声色趣味。比如"腊月里的萝卜——冻（动）了心"，"膝盖上钉掌——离蹄（题）太远"，"对着窗户吹喇叭——鸣（名）声在外"。这些语言需要谐音的交流默契，否则便让人摸不着头脑，表现出一种宁可失"义"也不能无"象"的偏激言语态度。

常用衬字：乡村歌谣中经常夹杂很多无意谓的"呵""啦""喂""咧""咿吱""呀嘞"一类，似是有义无字时的随口吟咏，如同幼儿的咿呀之语，是文字和逻辑的胚胎状态。汉代辞赋中多用"兮"字，汉以前的文学中也多发语助词，大概也是早期汉语的现象，是很多难言心绪的暂用和未定符号。

可能还有其他特点。

少数民族为"夷"，下层贫民为"野"，都是文治薄弱之地，文字稀缺之地，为纸张和印刷术渗延不足的地方，因此语言的抽象化程度较低，语言中留下了具象的丰富遗迹，或者说保留了人们对语言具象化的依赖与追求，应该说没有什么奇怪。如果我们绘出一张文字发育的地图，又绘出一张政统和道统扩展的地图，可以发现这两张地图可以大致吻合。这当然证明"文以载道"的认定，甚至可以证明"夷"和"野"天然的反礼教和反文治倾向。

活在特有的口语世界里，乡野之人离生活实象近而离文字规限远，多了一份原真和自然，雅驯温良、君臣有序、重农轻商、男女大防等森严纲纪，一旦从上层移入下层，从都市移入乡村，总是出现涣散和松懈。我曾亲眼看见几个乡村妇女追得一个后生满山跑，戏谑地定要脱光他的裤子；也曾亲眼看到一群乡村农民追得一个干部满山跑，气愤地定要把这霸道的家伙捆绑起来。这种无法无天的狂野之态，一定能震惊很多都市里的读书人。他们从二十世纪初期开始大反传统礼教，显得十分自由和勇敢，就其大部分内容来说，其实并不比乡下农民做得更多和做得更早。

粗痞话

读书人大多不会骂人，憋红一张脸，结结巴巴，还可能词不达意和言不尽意。倒不如一些社会下层的粗人，脑子里较少抽象和逻辑，所以深得骂人艺术之精要：那就是骂得感性，骂出具体形象，使听者脑海里有突如其来的声象涌现，形成猛烈的情感杀伤。

咒一个人将要倒霉，说他染色体将残缺，说他白血球将消失，说他的品德败坏心灵扭曲作风堕落违纪犯法，不可谓不恶毒，但都算不上骂人，至少算不上精彩的骂人，说不定还要招来他人的讥笑。"你要头顶生疮脚底流脓，要死七天七晚还不得落气！"这样就骂对了。"你将来生一个小孩没有屁眼！"这样就骂得更对了——没有肛门的小孩，其形象何其怪异刺眼，何其鲜明难忘。周围听到的人肯定神思飞扬哄笑不已，而被骂的人一定急眼。

我在乡下听到过农民骂人，发现在一般情况下，其恶意程度总是与具象化程度成正比。比如"你是我崽"，只是表达一般恶意时的语言。一旦恶意增强，抽象的父子关系势必转换成具体描绘："我㞎你老娘顿顿的！""我㞎你老娘叫翻天！"倘若恶意更强，村里人还有一种抹胯相骂的方式：每骂一句，撩起一只脚，在自己的胯裆下抹一把。无非是骂出了动作、场景、声响等细节还不够，还得辅以肢体表演，引导听众通向更多的直观联想。

粗痞话与科学理性的思维方式相逆，而且一骂就常常骂到裤裆里去，显示出人们的动物性未绝，特别是在情感和情绪的领域里，无论原始人还是现代人，都大多取义于近物，取义于身体，表达方式几千年一直恒定不变。一个衣冠楚楚的现代人，在最高兴或者最烦恼的时候，也可能有"他娘的"一类粗痞话脱口而出，非如此就难以尽兴和尽意，非如此就不能打开心理高压阀门。

据说太平墟以前有个骂出了大名的赣三爹，骂术十分了得，最终骂出了一门手艺一门业务。哪个人有了冤仇，特别是与外村人有了冤仇，就提一个猪嘴巴和两瓶酒去请他帮着出气。他操着一根木棍，随着骂声戳地指天，算是助骂的一件道具，类似县衙里的惊堂木。他开骂时要戴上客户的一顶帽子，或是缠上客户的一条头巾，以示自己仅仅是代人办事，对骂词并不承担责任。他一骂就是两个时辰，决无词语的重复，也不特别下流。有条有理，生龙活虎，声情并茂，酣畅淋漓。有设问有直述，有立论有反讽，有排比有韵脚，有道白有唱段。从骨头生蛆骂到舌底生疔，从尖刀剐肉骂到铁丝穿颈，从先人雷劈骂到后人马踩，从种禾禾死骂到养猪猪瘟，有时还骂出一些谁都意想不到的奇诡和荒诞：看你家奶崽满背上长几百只眼睛天天对着你眨！看你脚板里长头发一天长出两丈长！诸如此类，其画面之怪诞，足令某些现代派作家自愧弗能。

据说他的咒骂太恶毒了，那些被骂之人家不仅人畜遭殃，而且四周的草木枯黄，蚊蝇死绝，石头都要暴出裂纹。

当年这四乡八里都有匪患，只有太平墟真正太平，原因就是盗匪们都知道这里有个赣三爹，有一张毒嘴，不敢前来冒犯。

"文化革命"中，碰到上面有些干部做劳民伤财的事，太平墟就有人私下里恨恨地嘀咕："要是赣三爹还在就好了。"

考 字

乡下人见到城里来的读书人,最喜欢谦虚地问字,比如问"九"字下面加一个"国"字是个什么字。见我们无人知晓,问字者便可能洋洋得意,"城里先生怎么不认识这个字呢?这就是我们钟家的姓啊。"

原来他们不是问字,不过是拿一些难字或者生造之字,设圈套捉弄外人。小雁就被捉弄多次。有一次,一位老人把极普通的"拾(十)"字拆开来问,把笔画顺序颠倒过来问,问得她如堕雾中。下面是个"口",上面有一横,还有一个"人",另一边加上个提手,是个什么字呢?小雁想得出了汗,总算把"合"字凑出来了,说"合"字旁边再加提手,合手为"捧"吧?老人诱敌成功,不动声色,"这就对了,我家三娃崽昨天写字,原来写的是'五、六、七、八、九、捧!'先生的才学真是高啊!"

小雁自知上当,差点被气哭。

知青对农民们源源不断的问字深怀恐惧,不知他们为何对这种阴险袭击津津有味乐此不疲。其实乡下字符稀有,才变得珍贵和神秘,才成了必须全力争夺和占有之物。而且考字不失为一种对识字人的报复,对识字阶层长期欺压的报复,算是以字攻字,以毒攻毒,让不大识字的乡下人获得心理补偿和安全感。幸好有一位附近的胡老师深谙此道,教了知青们一招:见人前来考字,就把字典往桌上一甩:"你自己去查,字典上没有的字,就不是个字，就是个猪㐱的字！人民政府根本不承认！"这一招还真灵，算是有效的自卫之策，让小雁及其他知青从此免除了一再被考的窘迫。

党 八 股

有一次我为某家农民结婚写对联,被公社党委杨秘书看中了,说这伢子的字写得不错,应该到公社去誊材料。当时正是全国大学毛泽东思想的时候,各级官员都得应付很多公文材料,包括经验总结、典型讲话、新闻报道、调查报告等等。我也就有机会借一支笔躲避下地干活的日晒雨淋。

誊材料渐渐变成写材料,写材料还渐渐出了名,我有时被调到县里去写,住在招待所里好吃好喝。其实我写材料自有诀窍,首先一条就是要大量收集范本,按总结、规划、报道、讲话等不同门类分别整理,暗藏备用,到时候搬出来照瓢画葫芦,天下文章一大抄,换脑袋不换大腿,换胳膊不换屁股,七扯八拉也是一篇。在我的体会中,要写好官样文章最重要的是两条:一是把相同的事情说得不相同。比如前年种了棉花,去年也种了棉花,今年还是种棉花,这有什么好说的?不行,写材料的人就要从相同的种棉花中找出不相同的东西来,于是前年的棉花成为"治理整顿"的结果,去年的棉花成为"批林批孔"的结果,今年的棉花成为"农业学大寨"的结果,步步都跟上了最新政治潮流。另一条是把不相同的事情说得相同。比如某书记的老婆前年是农民,去年突然当上工人,今年摇身一变成了干部,这应该不是一回事吧?不行,写材料的人也可以从不同的职位中找出相同的东西来,写出当农民是"投入艰苦锻炼",当工人是"支援国家建设",当干部则是"勇挑革命重担",不管地位如何变,一颗红心始终不变,都是一如既往的共产主义思想境界。

那个书记的老婆眼下可能也不当干部了,可能当老板挥金如土珠光宝气了。我想象眼下可能仍有人词语滔滔,仍可以一如既往地写出优秀事迹:当老板不就是改革开放吗?不就是解放思想勇于开拓吗?不就是率先奔小康的光辉榜样吗?

事实是团泥,文字可以把它随意揉成什么样子。这是文字的魔法,也是文字与事实脱落剥离,就是俗语说的"强词夺理",不空洞、含糊、枯燥、干瘪以及呆板也不可能。铺开稿纸,上好墨水,文章总是从党中央最近一次重要会议的"精神照耀"下开始。小标题则是一些对偶排比句,比如"狠抓一个学字""落实一个干字""讲求一个细字"等等。文章最后则必有"贫下中农深有体会地说"一类假造民意,或者是"红旗飘飘战鼓擂""一路欢歌一路笑"一类假造民谣,以示作文者自鸣得意的豹尾之功。这种下流文章言中无"实",常常表现为言中无"象",即语言的公式化和概念化。对文字稍有感觉的人,一般都可以从文字的空洞化程度,判断出这里面谎言的多少。

抗日战争即将胜利的时候,毛泽东面临着一个日益庞大的革命党,面临着语言习惯特异的广大中国农民,面临着文字传输在巨大组织控制过程中越来越重要的功能,曾特别郑重地提出了"党八股"问题,将文风作为党内整顿的三大主题之一,无异于把语言问题上升到政治高度。这是他明显高于其他书生政治家之处,也是身处中国这个文字富积大国的必要觉悟。可惜的是,毛泽东执政后也困于官场公文的十面埋伏,不仅未能有效消除党八股,反而有了党八股的愈演愈烈,从五十年代后期起成了中国最大的信息公害。连"两亩土地一头牛""楼上楼下电灯电话"一类生动的具象化号召也消失无几,取而代之的是"阶级斗争"

"路线斗争"等大量抽象概念,让民众对革命目标不能不渐感隔膜和迷茫。我注意到很多电影里的领导干部差不多都是语言反面教员,观众一看到他们在屏幕里出场就焦急和丧气,就一脸灾难。包括在一些警探片里,英雄警察们出生入死,栉风沐雨,抛妻别子,智取勇斗,本来干得好好的,唯公安局长或市委书记一出场就大煞风景。警察说话很生动,群众说话很生动,罪犯说话也很生动,怎么英明的领导们一开口就废话连篇呢?"我们要尽一切力量早日侦破这个案子!"这话还用得着你讲吗?"我们一定要依靠党组织,一定要依靠群众,一定要贯彻毛主席的革命路线,决不让任何一个狡猾的敌人溜掉!"这也算得上指示吗?"小张同志,你一定要好好注意身体啊,身体是革命的本钱嘛!"这句话也有什么幽默值得大家哈哈大笑?

这种不着边际的慈祥或豪迈随时可以一掏一大把,首长们怎么可以凭着这些废话就居高临下地拍这个的肩握那个的手?怎么有资格总是坐在会议室最显要的位置并且被小民们心情激动地仰视?

可以设想有这样一首美国歌:"共和党啊,我们前进的力量,我们伟大的母亲!你代表了先进的生产力和先进的生产关系,你带领我们实现美利坚资本主义发展的伟大理想!从道琼斯股票指数到纳斯达克板块,你推动了一个又一个经济建设高潮;从科索沃的硝烟到阿富汗的征途,你一次次让白人种族转危为安。啊共和党啊共和党,你的基本路线和方针政策是我们的指路明灯……"谁会相信这样的疯歌会有利于而不是有害于美国共和党?谁会相信写这种歌词的人不是存心要给美国共和党设陷阱、下毒药、心窝子上捅刀子?但很多革命的宣传家不做这样的设想,也不曾以这种简单的比照来反省自己的党八股。在一个完全封闭的环境里,他们貌似爱党实则祸党,对此习以为常,心安理得,不惜把老百姓一批批推到党的对立面。小雁的反动立场差不多就是被这些党八股逼出来的。她当时在大队小学当民办教师，开始自学英语，偷偷收听英国和美国的广播。有一次，她听到广播里有几位受访嘉宾谈健身之道。当节目结束，主持人再一次介绍嘉宾身份时，她才大吃一惊：尼克松！美国总统！刚才一个略略低沉的声音确实是美国总统但怎么可能是美国总统？他怎么还可以开玩笑、唱民歌、弹钢琴并且说自己小时候的故事？怎么可以与小学教师、消防队员、大学生以及家庭主妇混在一起并且互相随便哈啰？他好像不是革命样板戏里的鸠山、座山雕、南霸天那样的恶魔，但也不是郭建光、少剑波、柯湘那样的首长同志，世界上居然还有这样的总统？……她如五雷轰顶，目瞪口呆，好一阵还回不过神来。从那以后，她总是恐慌得像一只中了毒药的蟑螂，一次次问我们："我的思想越来越反动了，你说怎么得了？"

她努力迫使自己去读当时官方的报刊，但读得越多，读得越细，倒越成了一个坚定的美国发烧友，并且在几年后最终去了那个国家。

镜 头

很多朋友告诉我，他们对"文化革命"的信念崩溃于林彪座机失事的一九七一年秋。这当然是可信的。我也能回忆起自己当时在乡下听到这个消息时的震惊。武装民兵紧急集合并且四处布岗，让我们已经猜到有什么大事正在发生。报纸上有关林彪的图片和言论突然消失，使我们猜到了大事是什么却不敢把这颗烫嘴的大炸弹说出口。好几个夜晚，我拉上一个朋友翻山越岭到公社去打探消息，其实并没有什么新消息而只有沿途的狗吠，但我无法停止在遍地月光里行走，似乎唯有这样才能平息自己莫名的不安和兴奋。大队党支书四满焦急万分，因为他习惯了开口就敬祝统帅万寿无疆和副统帅身体健康，还有"三忠于四无限"一类林氏版本的政治套话，一旦林副统帅"那个"了，他觉得自己口舌僵硬，无法再说话，一开口肯定反动。他开会之前总是狠抽自己两个耳光，怕这个嘴巴给他闯祸。

这是个多疑的秋天，神话开始动摇的秋天。但是在这件事以前，中国人已经习惯了很多重要人物的突然坍塌：彭德怀、刘少奇、邓小平、陈伯达等等，再添上林彪，虽然是分量最重的一个，虽然有短时的震惊，但用不了多久，生活仍然可以一切照旧，社会暗层的怀疑浪潮仍可以得到当局的基本控制。接下来的三四年"革命"进行如常实际上能证明这一点。

在这个意义上，我觉得最值得注意的事件，也许不是林彪出逃而是电视的悄悄出现。

电视早在一九五八年就成为传说，据说能录制和转播一点戏曲，昂贵得只能让红墙内的大人物们偶尔看个新鲜，与老百姓自然没有什么关系。到七十年代初，事情有了变化，中央电视台和连接全国的微波干线已经陆续建立，国产的黑白电视机已批量生产，一九七三年秋连太平墟也有了第一台黑白电视机，是行政配给公社机关以便"宣传毛泽东思想"的。我记得那一台电视机曾让乡村青年十分好奇，每天天黑以后就被抬到地坪当中被人山人海围着观看，于是所有的节目都弥漫着成分复杂的汗臭。虽然信号质量很差常常出现满屏的雪花飘飘，但这个"洋片匣子"每天晚上仍然被大家一直看到两只肥鹅出现并且伴以"再见"二字才罢休。

那时的电视节目少，中央台全天播出不到五小时，而且包括太多打农药、水稻密植一类的科教片。尽管如此，有一个农民觉得电视机里的男女还是太辛苦，他们天天跑到这里来说啊唱的，也从不要吃茶饭，来去无踪，真是天兵天将啊！另一个青年农民忍不住上前去摸一摸机子，不料恰逢电视里切换节目音乐大作，吓得他赶快缩手并且两眼圆睁：怪了，洋片匣子也怕胳肢？

电视确实是宣传革命的工具，充塞着社论、报告以及官方口径的新闻。但文字崇拜传统之下电视管制往往只及于文字，声色则因意义的多向性和隐晦性而很难辨认，无法得到严格规限，于是留下了较为广阔的空间，常常出现"言""象"相离或者"言""象"相违，形成了实际上的信息失控。比方说吧，一部表现西方工人罢工的纪录片播放过了，控诉西方资本制度的解说词也许被人们淡忘，但屏幕中工人们的皮鞋、手表、卡车以及便携话筒却让人过目难忘，不能不让很多人震惊：他们戴上了手表还罢什么工呢？我们的社会主义优越无比为何就不能让我们也都弄个手表戴戴呢？又比方说，一部表现中国重返联合国的纪录片播放过了，歌颂伟大新中国朋友遍天下的解说词也许被人们忽略，但屏幕中纽约的摩天大楼却让人目眩，人家住什么房子，坐什么车，穿什么衣服，还有女人有什么发型，这一切同样让很多人震惊。解说词无论怎样高分贝地证明中国重返联合国的伟大胜利，仍然抵消不了他们面对纽约繁华的暗暗疑惑。人家美国怎么就没见到怎样的"水深火热"？他们没有"翻身解放"怎么就能喝牛奶吃甜饼而且不需要天天担牛粪挖塘泥？

到七十年代后期，这一类解读已经不再只是观众们的暗自思忖，成为了较为公开的议论。当时我已经回到了城市，买下了一台小屏幕黑白电视机，于是每天晚上得招待一些邻居来家里看电视，赔上香烟和茶叶以及聊天的时间。这时候中国已经同大部分西方国家有了外交关系，有了一些小心翼翼的文化交流。很少一点外国电影产品，只要文字内容大体上不出格，加上进口价格不太贵，也被引入了中国，成了电视以外的另一个远望窗口：电影。最开始的是日本产品为多：《望乡》《追捕》《生死恋》《啊，野麦岭》《砂器》等等，同时也有了美国的《车队》和墨西哥的《冷酷的心》等等，还有南斯拉夫、罗马尼亚等"友好国家"的影视产品。我现在罗列这些片名的时候，相信绝大多数过来人已经忘记了它们，其台词、情节以及主题内容可能已让人感到模糊不清，但我估计很多人可能还记得某一个镜头，某一句插曲的旋律，暴露出当时他们最强烈的兴奋点和最深切的感受点。日本或美国的高速公路、巨型客机、酒吧服务、电脑作业、男女热吻、时装新款、浴室陈设、割草机械、迪斯科舞乃至耸肩摊手的欧式习惯动作，无不让人耳目一新，打击着这些观众的最初观感。中国人对西方发达国家技术优势和经济强势的认识，多是从这样的黑白小屏幕开始，从文字禁网中泄漏出来的诸多零散物象开始。

有些图像甚至立即成为最好的商品广告：一句《追捕》插曲"啦呀啦……"风靡全中国，不仅是骑马飞逃的高仓健和真由美成为全中国老少皆知的灿烂影星，而且使日本摩托、日本电视机、日本录音机、日本汽车、日本洗衣机、日本电子琴等等都有了亲和力与感召力。很多青年人都想活出高仓健或真由美那样一股劲头，自然把目光投向了日本商品。市民们的趋之若鹜，促成了"文化革命"后第一次外国进口商品浪潮。

在这个时候，媒体的高调文字其实已渐空洞，正在被越来越多的耳膜拒斥，被很多影视声象吞噬和颠覆。官方媒体一直在反击西方化和自由化，批判了几篇文章和文艺作品，仍然是从文字着眼，似乎不明白声色并茂的高仓健们和真由美们其实是更大的难题，其爆炸性和摧毁力远非文字可比。这是一个新问题，或者说算不上一个新问题，只是因为没有得到理解才成为了新问题。民间的政治生态和伦理生态很快改变。八十年代初文艺界成了中国最为动荡不宁的事故多发区，直接导致了一九八一年、一九八三年、一九八七年的好几次全国性政治紧张。如果联系到文艺界人士与影视较为密切的职业关系，这些紧张就不难理解。那时候唯文艺界与普通百姓有别，甚至与新闻界、理论界、教育界有别，可以在促进创作的名义下享有观赏"内部参考片"的特权，可以内部播放电影资料馆的收藏片或者从外国使馆租借来的"过路片"，当时走红的美国电影《现代启示录》《猎鹿人》《克莱默夫妇》《午夜牛仔》等都属于这一类。这些片子成了每一个文艺界会议的最重要的节目和最受欢迎的款待，让人们早早地心神向往和奔走相告，入场券总是成为赠客的厚礼或者黑市倒卖的珍品。不难想象，撇下其他因素不说，西方化和自由化的思潮正是在这些"内部参考片"的声光迸放中播种。作为这一过程的反证，九十年代后随着"内部参考片"向全社会逐步开放，文艺界的超前高热便明显告退，在社会思潮中的表现很快黯然失色——更激进的西方化和自由化在很多影视受众那里出现。在报业、娱乐业、广告业、IT业、证券业等新兴行业的很多弄潮儿看来，文艺界激进元老们已经保守，在真正的市场和真正的自由面前忸忸怩怩，不管是抗拒潮流还是追随潮流，都有了明日黄花之感。

卡拉 OK

日本的卡拉 OK 经香港进入中国大陆，可以成为我们观察"言""象"分离的另一个典型案例。

有一个带子教唱中国革命歌曲《血染的风采》，画面是各种泳装女子摆出的各种性感姿态，美女出浴，玉腿齐飞，以表现英雄战士卫国尽忠的歌词。另一个带子教唱中国著名革命歌曲《春天的故事》，歌颂邓小平领导的改革开放，但画面是一大溜戴斗笠赤脚板的渔家小妹，随着旋律一件一件地脱衣，一直脱到半透明的"三点"遮盖，真是给人一种误入女澡堂子的感觉。制作者并没有忘记加一点政治作料：渔家小妹们脱来脱去，腰间始终晃荡着一个电话手机，指尖还在亮相时夹出一个镀金信用卡——这些道具都是当时新富们的时髦，以示渔家人民也在美好时代大步走向了繁荣富强，实现了社会主义中国的现代化。

你能说什么呢？手机和信用卡不对吗？渔家少女展示美丽形体有什么不对吗？依照当时的审查标准，这些片子的歌词全是合法的，甚至是正统的、革命的，而它们的图像也够不上"色情"更够不上"淫秽"，虽然让人们觉得有一点奇怪和荒唐，有点那个，但奇怪和荒唐不是罪名，"那个"更不是罪名。在相当长的一段时间内，在管理部门到二十一世纪才做出反奢华镜头的处理部署之前，中国城乡几乎每一个角落都充塞着这类的卡拉 OK。为了适应和利用这股大众热潮，有些宣传、青年工作等方面的官方机构，还出版和推广了各种成套的革命化卡拉OK，让一批新旧革命歌曲来占领这个市场，在锣鼓鞭炮声中把它们送进军营、学校、工厂以及乡村，辅以授受双方领导激动热情的握手。这种广泛的覆盖甚至让所有的西方国家都望尘莫及。

有意思的是，这些产品同样重组了人们传统意识中歌词与画面的关系，比如"革命"不再与战场硝烟而与摩天大楼相联系，"人民"不再与衰老父母而与酷男靓女相联系，"祖国"不再与高山大河而与花园别墅相联系，"理想"不再与荒原篝火而与"波音""空客"等巨机腾飞相联系。如此等等。我还看过一个俄国著名民歌《三套车》的卡拉OK：一个农夫怜马的悲惨故事，居然被一个港装小姐在游乐场里一连串疯玩疯笑的画面来阐述，三套车一路大起大落风驰电掣——过山车！

我不能说所有的产品都是这样，甚至得承认画面不再有禁欲的冷酷，打破了很多僵固的理解模式和想象旧套。但我仍有挥之不去的疑惑：当屏幕上大量充塞着金钱与美色，当社会等级的金字塔顶端成了镜头唯一聚焦之点，诸多革命的歌词是否已经空洞？一个发展中国家，一个宗教传统薄弱的发展中国家，其有限而宝贵的道德资源是否正在被肆意摧毁？

很多人认为不是这样。有些管理者只要看到这些产品仍有"社会主义""共产主义""爱国主义""报效祖国""振兴中华""只要人人都献出一点爱"之类的字样，就基本放下心来，就觉得革命的意识形态如果没有得到最佳展现，至少也得到了基本的坚守，是可以批准放行的，甚至是可以鼓励的。一些异端力量，包括很多西方的观察家，也对这些字样瞪大了眼睛，觉得中国虽然进入了市场经济的改革，但正是这些歌词确证了革命意识形态依旧，愚民的赤化宣传仍在负隅顽抗，必须坚决予以讨伐。这两种看法的政治指向完全对立，判断卡拉OK的方式却如出一辙：

感官只过滤文字,不问声音和色彩。他们是文字机器,展开文字对文字的殊死斗争,对文字以外的一切无可奉告。那些富豪的表情,权贵的排场,纵欲的骄态,虚情假意的眼风,自恋自狂的背影,还有可供男人玩味的性感呻吟和性感扭动,似乎都与意识形态无关。即使有关,也无法得到确诊,似乎只能听之任之。他们不明白,这些卡拉OK把人们引至灯光暗淡的歌厅里,声色制幻,声色按摩,是不是干出了比那些歌词更重要的事情。

在那一段相当长的时间里,卡拉OK甚至成了社交中的一种款待,吃完了酒席就得去歌厅,叫做一条龙服务。老木对这一套当然熟门熟路,夜夜在歌厅里生了根,并且就是在这样的歌厅里把陈女士泡了。放倒了母亲还放倒了女儿,放倒了女儿还放倒了女儿的表姐,都是刚成年的学生。事情败露以后,他怕挨打,托人给陈家送去了六万块钱,又东躲西藏蛇行鼠窜,烫了卷发还戴上墨镜,天天换衣服,半个月没有回家。

他还是被陈女士派来的四个大汉找到了,堵在一个公共车库里,墨镜也被对方摘下来摔得粉碎,当着自己老婆的面,他的声音忍不住发抖。

他总算装出了几分镇定,说好好好汉做事好汉当,今天你们要怎么打打就怎么打,我要是躲了一下,就是猪猪猪夿的。

"嘴还硬?最好等一下还硬得起来。"

"条件只有一个,你你们让她先出去。"

他是指他老婆。

老婆又惧又恼,骂他臭不要脸,先将他打了起来。但惩罚是不能替代的,她被强行拉出了车库之外。听到库内沉闷的殴打声迭起,还有咣当一下什么重物倒塌的声音,她急得大喊大叫:"打死人啦,打死人啦,要出人命啦……"

她被一个大汉捂住嘴,好容易才挣脱出来,不顾一切地冲回车库,发现事情基本上已经结束,地上有几块拍断了的砖和打断了的木棒。老木头发蓬乱,头上沾着一些砖渣,半张脸是血,嘴里鼓出一两个血气泡,嘴角夹挂着一颗白牙,只有一只独眼间或轮动一下,显示出还是个活人。他脑袋尽力往两个肩峰间缩,背紧紧地顶着墙,双臂死死地夹住腋窝并且相互抱住,继续保持住一种最佳的挨打姿势。事情结束了好一阵还一动不动,好像已经睡过去了。

"算你有种!"领头的大汉临走时丢下一句,"今天多给你留两颗牙,卡拉OK的时候好唱气声。"

他还没有醒来。

广　告

在国家电视台露面，算是老木在朋友们中间挣回了面子。这是一次全国很多大牌歌星荟萃的扶贫助学义演，由老木的香港公司独家赞助并承担最大一笔捐款。主持人请他上台讲了两三句话，义演期间又插播了他在贵州的一个镜头：给贫困山区小学送去书本和教具，并把两个穷孩子紧紧搂在怀里。看着他脸上的雨滴，还有一只独眼中透出的热情光芒，我也不得不对他刮目相看。

我很难把这些镜头与他前不久的惨遭毒打联系起来。在那个时代，屏幕似乎是一片圣土，一个需要仰视的殿堂，一个不同寻常的感觉区位，于是出现在屏幕上的人，与日常生活中的人，难免给人不同的感觉。事情就是这样：一朵花长在苗圃与插在坟头，都是花，意义未必一样；一个男人给女人赠送雨衣与赠送内衣，都是赠衣，意味也未必一样；一耳光扇在对方的脸上还是甩在对方的臂上，都是打击，伤害程度显然不一样；一次游行发生在县城与发生在首都天安门广场，都是游行，感觉分量当然更不一样。坟头，内衣，脸面，天安门，是一些特别敏感的区位，暗伏了人们的心理预支，一旦触及就可能启动人们丰富的联想，就可能使事情发生没有什么道理但又极有道理的变化。老木看来是悟到了这个道理的，因此不惜重金给自己洗刷名声，从日常生活中走进电视台——不是一般的电视台，是国家电视台；不是一般的播出时段,是黄金时段,是黄金时段辉煌的聚光灯下——那是国内外政要、社会名流、大牌明星出现的地方。他老木看准的就是这个,他从容不迫地在那里微笑。

我当然没有把他当做政要,没把他当做名流或明星,但我再次见到他的时候,却没法完全恢复到以前的目光,好像自己长期来投入屏幕的全神贯注,悄悄移植到了他的身上,使他很成了一回事。以至我忘记了他的放浪丑闻,在他抽出烟找打火机的时候,情不自禁地凑过去给他点燃了烟。

事后我才后悔自己的情不自禁。

他不就是个小奸商么?不就是个走到哪里见女人就发骚的大种猪么?我对他太失望了,不该给他忙不迭地点烟,甚至根本不该来吃他这顿破饭,省得看到他抽燃那支烟时挤挤眼皮的得意一笑。我知道是电视黄金时段搞得我昏了头,是他挥金如土的几百万搞得我昏了头,竟然把他很当了回事。

广告代表着金钱的力量,以出神入化的形象制造,悄悄进击人们重要的感觉区位并且在那里攻城略地,力图最终操纵和改造我们。广告当然可以成为正常的表达,但也常常能打造出一些虚假的幻象,用来包装劣质的产品或者劣质的人,让我们在恍惚之际把心里的厌恶打了一些折扣。

电 视 剧

上个世纪九十年代前期的很多电视剧,不过是一种有情节的卡拉OK:爱国与革命搭台,金钱与美女唱戏。

学　潮

　　一九八一年的大学学潮，事情本来很简单。K大学校园里来了几个小流氓，在女生宿舍区滋事，打伤了一位女生。学生愤怒地要求校方追究凶手，校方也答应报警缉凶，双方似乎没有什么矛盾。但学生指责校方在修复围墙一事上行动缓慢，收回外单位违规占地方面也办事不力，这就牵涉到官僚主义的问题了。他们还指责校学生会在此次请愿中藏头缩脑，完全不能代表学生利益，这就牵涉到"伪学生会"必须改选的问题了，牵涉到民主、自由之类大事了。

　　校方掉以轻心，没料到一件寻常的刑事案会越闹越大。校学生会主席是个乡下来的人，见夏天饮水困难，只知道挑着水桶为大家挑开水灌水瓶，照例当他的抗旱模范，不是一个很敏感的人。他吆喝同学们都回到教室里去上课，不要围在行政楼前影响领导们的工作，这一态度被视为对学生人身安全的漠不关心，引起了很多同学的愤怒。当即就有人喊出口号：打倒学贼！打倒御用消防队！诸如此类。

　　面对闹哄哄的一群，学生会不知道该怎么办，校领导习惯于老一套，层层召开党团员师生会议，部署对无政府主义和自由主义思潮的打击——事后被高层调查组斥为官僚主义的简单化，也是在所难免。他们对八十年代同样缺少必要的敏感，以为学生们在唱了邓丽君以后，在跳了迪斯科以后，在看了各种西方影视并且翻了几本萨特、尼采、弗洛伊德以后，还会以恭顺听话为荣。这些人连父母的话都不爱听，怎么可能乖乖地听命于政工部门的官员？学生会其实看到了这一点，曾经想树立一点亲民形象，比如擅自举办过一两次舞会，擅自召开过一次改革座谈会，但立刻被校方整肃，差点落个"自由化"的黑帽子，大有楚大夫心中"不察余之衷情"的委屈。

学生会主席想必焦心于这种急死人的作茧自缚，不过他是一个听话的人，不可能纠正高层决策而只能急得满头大汗地在同学中跑来跑去，在周围的起哄、奚落、口哨以及反对声浪中结结巴巴。

大川就是这个时候出山的。他对学生闹事本来不以为然，权当小儿科付之一笑，见闹大了，不知为何又半道上杀出，似乎学生娃娃们不能没有他的指点。历史既已拉开新的一幕，就不能断送在无能之辈的手里，也不能眼睁睁地看着历史由别人去创造。当我们几位老插友知道消息时，已经很难找到他了，听说他在与领导谈判，听说他在与学潮骨干们开会，又听说他去其他大学演讲，传闻种种，反正是见不到他的人影。

绝食是后来发生的。是出于大川的主意，还是出于他对群众的失控，不得而知。不管如何，绝食触及到特殊的感觉区位，把言语之争引向了身体摧残，无异于自我加刑，使请愿形式发生了质的变化。出现在省委大院门前的绝食，几乎自动继承了历史上各种绝食的悲壮情调，可以让人联想到往昔无数仁人志士的动人牺牲。男女青年躺满大门前的马路和人行道，躺在一长排武警战士的脚下，躺在粗陋而颜色各异的旗帜之下，面色苍白，身肢困乏，目光深沉而坚定，头上缠着标语布条，两指不时向围观者举示一个表示必胜的V。一瓶糖水，或者一瓶果汁，在人群中传递，感情交流也就有了最好的机会和最好的形式；谁也不喝，谁也不愿意多喝,总是把生命的机会让给别人,英雄品质的表现也就有了最好的道具和最好的台词。夜幕降临的时候,他们可能会觉得自己是躺在多瑙河河谷送走晚霞,是枕着高加索群山面对星斗。朝霞升起来的时候,他们可能会觉得自己躺在街垒或者营地,守卫着曾经爆发光荣"五四"运动和"四五"运动的天安门广场,带着人类历史上一切受难者必不可免的饥饿和寒冷,正在迎接世界上最早的一束阳光。随着时间的延长,有人身体出现了险情,于是出现了氧气包,出现了点滴针和血压计,甚至出现了白色救护车,这种情形让人恐慌,也让人悲愤。

悲愤出诗人,于是他们写诗,朗诵诗,更多地唱歌,唱一切鼓舞斗志和不畏牺牲的歌,在歌声中深深感动,也把围观者们感动。一次崇高的大展演终于进入高潮,很多围观者情不自禁地高呼声援口号,或者开始捐钱、捐食品或饮料,包括把烟盒撕破把香烟雨点般撒向男女同学——这些围观市民的行为,虽然庸俗可笑却也无关紧要,还是得到同学们的掌声感谢。

场景是极有感染力的。省委机关旁边是东方宾馆,正好有一个电影摄制组住在这里,一位头戴法式贝雷帽身着英国花呢西服的老导演,握着大烟斗来看了一眼,带着几位青年男女给捐款箱里塞钱,很快就成了众多新闻中的最新一条,而且一百元捐款最终被讹传成万元,导演的姓名则被讹传成另一个更加如雷贯耳的姓名。大川的将军伯父从北京打来了一个电话,也被讹传成"中央来电",内容不明的电话则被讹传成"中央表态坚决支持革命学生"。一切小道消息都在被放大,都被沸腾的情感自动地添油加醋并且反过来再给沸腾的情感火上浇油,即使最终被证实为谣言也没关系。民主的谣言就不算谣言而只是说错了的真理,正像民主的暴力就不算暴力而只是做过了头的德行——民主所反对的专制,也标举过这同样的逻辑。

我本来是一个局外人，后来也在歌声和掌声中激动。当一个不认识的小同学扑在我怀里大声哭诉的时候，我乖乖地热泪涨涌，在一个陌生的肩头仰望长空，感到时间的消失和寂静。这真是很奇妙的情绪传染，是典型的情绪拉动思想。我相信很多人都是这样卷进来的，都是在民主的美学形式面前有身不由己的冲动——这至少是原因之一。照理说，警方已经抓到凶手，围墙修复和占地收回一类工作近来也进展很快，学生们的要求得到基本满足。至于有些管理干部的态度生硬和方法简单，不是一个短时间内可以解决的问题，还得有待整个社会的改进，学生不宜要求太急和太苛。这就是说，K大校方勉力而为，但不知学潮为何反而越闹越大，不知庞大的组织系统和管理机构为何就压不住大川这种乳臭未干的学生头。他们似乎并不知道，他们的政治控制是太粗心于形式感了，太缺乏美学冲击力了。开会、文件、指示，全是文字，全是文字的重叠和累积，依赖逻辑和概念的强制，再加上管理干部大多穿戴老气过时的中山装和黑呢帽，走着清朝衙门里常见的四方步和八字步，无论在视觉上还是听觉上，都不能接通青年人的情感。相比之下，身处一个视听时代，一个域外文化正在涌入国门的时代，反对派在形式上具有无可比拟的优势。演讲、集会、游行、朗诵、漫画、热泪、旗帜、舞会、西装、募捐、牛仔裤、立体声、飞吻、女子长发、V形手势、BBC广播、缠头标语、搭人梯登高以及其他各种令人眼花缭乱的东西，使冲突双方一边是公文，一边是诗歌；一边是工作日，一边是狂欢节；一边是白开水，一边是美食大套餐：强弱对比显而易见。

青少年是最好玩的年龄，也就是对形式最敏感的年龄。K大学生宿舍前灯光球场上曾有一次集会，突然有人拉闸断电，造成球场上一片漆黑——据说是校方秘书长干的。拉闸者没有料到学生还是不散，而是纷纷点起了蜡烛、火柴、打火机，或者打开了手电筒，一时间灯火如海，闪闪烁烁，与天上的星空交相辉映，集会更有了无限温柔和无限浪漫的诗意图景，让人流连忘返心醉神迷，烛光舞会的美妙也不过如此。这一个夜晚，学校附近商店里的蜡烛和火柴被抢购一空，电池也被抢购一空。第二天早上，灯光球场上到处是烧过的木炭和纸灰。

这次拉闸当然是弄巧成拙，无论出于何种理由，都给学生们一种专横和粗暴的印象。而且由此逼出来的一场星火集会，反而大增学潮的光彩，把大川及其同伙进一步送入了星海闪烁之中的圣主地位。

可惜的是，大川手里的形式牌并非无穷无尽。随着学潮规模的扩大，组织混乱令人恼火，不能不强化领导，民主美学也就不容易贯彻到底了。他不能不开会，不能不下文件，还学会了设定干部的级别和制订管理的纪律，正在暗暗安排下一步"省学联"和"省改革联席会议"的班底——做的事与官方做的事似乎差不多，而且态度未见得更温和，方法未见得更高明。我与易眼镜、小雁等老朋友去见他的时候，被体育系那些粗壮"警卫"挡在外面，被他的男女"秘书"一再盘问，满鼻子都是对方喷过来的橘汁气味和胃酸气味，还有现场的汗臭和尘土气味。经过长时间的通报之后，我们才得到一张油印的通行证，得以穿越森严警戒的人墙，走进一间昏暗的小房子，候在同来求见的一位美国记者和一群工人代表后面。我不想记述这次与他面谈的过程，不想记述这次学潮中更多的事情。我只想说出我走进小房子时的一丝惊讶：他忙碌而烦恼，正在背着手向几个学生发出指示，让他们在小本子上飞快地记录。"工人在哪里？总罢工为什么还没开始？北山区的农民也要抓紧联系！"他背着手走来走去，不知因为什么事大光其火，竟拍着桌子大骂一个蓄平头的男生："你们这是暴动，是违法，是草寇行为，我马上开除你们！滚出去！滚！"

他又对着一个教师模样的人说："我只能给你一分钟，如果你一分钟谈不清楚，那你就不配当部长，你就应该马上给我辞职！"

他的做派很像一个大首长。当他提到"中央来电"但必须向我们严格保密时，教导我们"不该问的不要问"时，其做派更像一个执政经验丰富的首长了——一个他心目中应该打倒的那种官僚。

显然，到了这一步，大川要反对的形式几乎成了大川正在恢复的形式，事情离结束也就不会太远。形式的优势毕竟有限，不构成胜败因素的全部。轰轰烈烈的学潮外观，一开始就掩盖着参与者们的诸多内在缺陷，比如缺乏明确的目标，或者说目标日渐多样和散乱，甚至自相矛盾和自我消耗：是要争取多读书还是少读书？是要改选学生会还是干脆不要学生会？是要恢复革命的民主还是要推行宪政的民主？是要参加这个政府还是要推翻这个政府？是要倡导利己主义还是要指责官员们那里的利己主义？……这种乌合之态当然严重限制了民主，暗淡了民主的前景。在很大程度上，要求各不相同的学生以及市民不过是来共享一次形式的怀旧（中国革命的民主）或模仿（欧美革命的民主），共享一次感官的诗歌、狂欢节以及美食大餐。

一旦过足了瘾，一旦没有更新的节目出现，事情似乎就只会有两种前景：或者是被更新的形式取代，如有的学生要去拦截火车并且抢夺枪支弹药，这被大川愤怒地反对；既然如此，学生们就只好向旧的形式回归，离开街头和广场，回到校园里去，回到课本、食堂、运动场等等组成的日常生活中去，过一种有些平庸但更多舒适和轻松的生活。

大多数参与者很快选择了后者，在狂热和浪漫够了以后陆续还俗。他们重新算计自己的成绩、学位以及即将逼近的毕业分配，其中有些人甚至偷偷估量和建立自己与官员的人际关系，对学生头头们的后事如何并不特别关心。如果他们愿意，还可以敲着饭盆评头品足，说说领袖们的无能和弱智，以这种方式把自己择出来，徒劳无功的学潮也就可以得到更合理的解释。如果他们想要更多的实惠，还可以像不久前狂热地叛逆一样，转过来狂热地效忠和媚上，频繁出入校领导办公楼，抹着鼻涕大举揭发同学的劣迹，其薄情寡义的程度甚至超出校方的预料。他们面临着另一些出人头地的机会，终于有机会把他们一个多月来的领袖描述成一个野心家，一个狂人，从不接受劝说和批评，从来都是高高在上，走路要别人打伞，抽烟要别人点火，走到哪儿都需要有人为他提包……事实上，如果没有这些揭发，校方当时被中央调查组批评得自顾不暇，还不至于发现大川的诸多把柄，不至于开除他的团籍和扣下他的学位。

大川住进医院的时候，没有多少同学去看他，倒是有干部模样的人在走道里观察着来访者。我默默地坐在床头，听他激动地大声说："我到底错在哪里？他们怎么都成了犹大？他们的良知和正义感都给狗吃了吗？好吧，走着瞧，再等五年，再等十年，再等十五年……我相信他们总有一天要为今天的背叛感到耻辱，付出沉重的代价！"

我什么也没说，只是扶他坐起来，让他服下大大小小的药片。

《国际歌》

二十世纪六十年代美国的"新左派运动"分子，现在差不多算是老人了。回首当年，他们一定会觉得自己曾经错用过一些符号，就像男人错戴了女帽，婚礼误奏了哀乐。那时候加州青年学子们高扬"伯克利共和国"的大旗，在人民广场安营扎寨，种粮的种粮，煎饼的煎饼，一心要建立天国式的现代自由部落。哥伦比亚大学的"争取民主社会大学生协会"则攻占了大楼，好好享用了一番校长大人的雪茄烟和雪利酒，操着木棍、枪、燃烧瓶来保卫他们的五个"解放区"，任校园沦为一片硝烟滚滚的战场。他们誓与帝国主义的美国一刀两断，但多数人似乎并没有找到一种替代性的体制方案，只知道不要什么，不知道要什么，因此是一堆不满和绝望情绪的大混合，缺乏符号资源和恰切的符号表达，也就在所难免。这样，他们呼呼平等民权和反对教育商品化等等，但队伍里往往光怪陆离，有人举着马克思的头像欢呼大麻和可卡因，有人手捧毛泽东的小红书散发避孕套和一丝不挂地走进课堂，有人谈论着马尔库塞的"绝对自由"理论然后兴奋地向大楼玻璃猛掷石块。某些来自百万富翁家庭的千金小姐，则争相撕破自己的袖口，弄脏自己的头发，在摇滚乐中扮出暴徒和流浪汉的姿态，不愿被时代潮流所遗弃。

他们中间有红色的嬉皮士，有吸毒和性解放的革命军，他们使资本主义美国不仅面对来自社会主义阵营的冷战对峙，而且在身后遭受着一次个人主义的袭击，或者说是遭受着个人主义枪口里喷射出来的理想主义火焰。

这一切符号的奇怪链接，组成了一幅生机勃勃然而暧昧、纷杂、混乱的思想拼图，显示出当时他们很多人的精神尚未自立成型。有意思的是，六十年代的美国新左派如果看到八十年代的中国新右派，一定会觉得似曾相识。思想情感的时代季风当然不同了，马克思、毛泽东，还有越南和古巴，都不像在当年美国校园里那样时髦了；恰恰相反，美国体制是眼下很多青年的灿烂灯塔，他们一心要在中国实行最为彻底的现代化和西方化，要在唾弃一切乌托邦以后投向美国这最后一个乌托邦。他们最急切地宣传言论自由和市场经济，最激烈地诅咒专制和腐败，但同样受困于思想的混乱，受困于美学符号的贫乏和芜杂，比如一集会和游行就不由自主地大唱《国际歌》——居然可以唱得动情投入，唱得眼热泪流。他们难道不知道这首歌与美国体制南辕北辙？不知道这首歌纯属左翼声音而且差不多就是共产党的党歌？不知道这首歌是他们极不喜欢的毛泽东在一九七二年要求全党、全民、全军都得唱会的红色圣乐？

与美国的新左派相比，中国的新右派有同样的热情和破坏力，也有同样的光怪陆离：有人搂着情侣的腰却走在示威游行的行列里，似乎这里是示威也是逛街；有人吃着冰激凌却躺在绝食的广场上，似乎这里在绝食也在野餐；有些人言必称自我，却习惯于一齐振臂高呼口号，似乎步调整齐异口同声就是独立自我的临时标志；多数人愤怒要求官员们下台，却强烈要求官员来看望他们并肯定他们，要求官员与他们一起合影纪念，似乎官员们的看望和肯定非常重要，合影纪念也非常重要，必须在他们下台前完成。他们对上课、跳舞、进馆子的同学十分愤怒，认为那些人在可耻地逃避民主，然而他们宣称过民主就是为了大家今后更好地上课、跳舞、进馆子。但这一切美事似乎万万不可提前进行，提前了的民主就是不民主或者反民主。从理论逻辑上来说，他们是主张个人至上的，就是拒绝群体的；是利益至上的，就是远离崇高的。但他们眼下偏偏是在一个习惯于群体和崇高的国度，投入一种偏偏是群体的而且崇高的民主伟业，于是对革命的美学遗产常常既拒又迎。手挽着手和肩并着肩的时候，总不能唱《美酒加咖啡》或者《何日君再来》吧？总不能在喇叭里播放出爵士乐或者迪斯科吧？总不能一声不吭吧？他们连一首合适的歌也不容易找到，于是不假思索地接过左派歌曲，给喇叭裤和牛仔裤镀上金色诗情，让"英特纳雄耐尔就一定要实现"响彻云霄。

《国际歌》就是这样兼容了二十世纪后期左派和右派的悲壮——问题是，这是一种交融汇聚？还是一种自我分裂和左右不是？

领　袖

当年太平墟家家都得认购和张贴领袖画像。武妹子曾被召到队长家里去认购，见桌上一大堆画像里有大有小，便挑了张小的，有点不好意思地说："我家里穷，平常买猪娃只能拣小的捉，今天也捉个小的算了。对不起啊！"

他一心想省钱，居然拿猪娃比领袖画像，反动言论令人发指，立即被大队党支部书记下令抓起来斗争。幸亏他是贫农出身，免了牢狱之灾。

八十年代以后，个人崇拜不时兴了，革命领袖的画像大多被撤下来，但很多农民往往还在厅堂正墙的对联之间，留出一个肖像的位置，留下空荡荡一块四方白墙，似有一种顽强而茫然的等待。武妹子还愤愤地冲着我发过牢骚："你看看，无产阶级专政没有对象，党的领导呢也没有形象，还四个坚持呢，坚持空气吗？这话谁听呢？"

他是指阶级敌人都摘了帽，指墙上也不见了画像，革命就没法革了。

武妹子不是一个轻易崇拜的人，从来就不崇拜毛主席的双季稻，也不崇拜毛主席的男女平等和集体食堂，但这与墙壁不能空着是两回事。他需要一个领袖，不管是什么样的领袖，就像鸭群需要头鸭和羊群需要头羊，几乎是一种生物本能。其实，武妹子的茫然也是其他绝大多数人的茫然。在一个民主观念得到广泛传播的时代,即使在一个治权集中于组织而非个人的社会里,人们还是需要有血有肉的个人形象来代表治权,需要这些形象出现在报纸或电视上甚至墙壁上,这一动物性的视觉习惯,并没有因为所谓个人崇拜的淡化而结束。

这当然容易造成极权和迷信,也带来了历史上很多领袖的苦恼。他们在这个位置上无论怎样繁忙、怎样乏味、怎样危险、怎样备受压力和攻击,仍常常不能脱身,有太多无形的力量将你强按在这个位置上不得动弹。他们虽然可能有无上的威权,却也丧失了很多个人生活乐趣。比方没有行动自由:一个中国明朝皇帝与爱妃做爱稍稍超时,伏拜于龙床四周的太监们就会齐声喝止,以防天子自伤龙体;也没有个人隐私:美国总统克林顿闹婚外恋的每一次射精,都会成为传媒的头条新闻并且被国会仔细地审查。他们几乎没有私事,任何私事都会道德化,任何道德都会政治化,常常成为巨大政治冲突的聚焦点。在这种情况下,领袖就是人形符号,是个人对群体政治做出的风险担保。针对领袖的"个人崇拜(神化)"或"个人苛责(魔化)"都是完全正常的大众心理习惯,无非是具象目标代理了抽象目标,个人形象代理了思潮和制度,政治成了细节政治,就变得易于想象以及实在得伸手可及了。

大川最恨个人崇拜。没有料到的是,一旦他自己成了学潮的领袖,公众的道德放大镜同样开始审查他身上的每一个毛孔——不过是五分钟崇拜狂热后的一个反弹。他压制组织内更激进的一派,攻击之词便接踵而来。他嘴里的牛奶气味成了罪证:要别人绝食自己却大吃大喝,这不是腐败特权吗?他与一个女同学多说了几句,也成了人家手里的把柄:这不是搞三宫六院"君王自此不早朝"吗?他的更多丑闻出现在大字报上,包括他有一次借了人家的钱未还,有一次碰到小流氓在校园滋事没有挺身而出反而偷偷溜走,都被对手们绘声绘色地描绘。"让那个见义勇逃的假圣人见鬼去吧!"大字报下边是这样一条赫然入目的大标语。

到最后,学潮平息之际,校方的调查和清算开始,很多不是他干的事,比如掀翻了两辆汽车(那样做很不理性),哄抢了三个水果摊(不知道哪些王八蛋干的),绝食现场的垃圾里发现了避孕套(天知道是怎么回事)……一切都算到了他的账上,都得让他来解说和分辩。在很多人那里,学潮似乎与民主与自由无关,看它闹得对不对,全看他大川是不是在绝食现场用了避孕套。

他气得差一点吐血,深感愚民们的不公。他为什么不能喝牛奶?为什么不能与女同学多说几句?他认为自己比所有的手下人更忙碌、更辛苦、责任更重大,就像一个元帅统领着千军万马,别说是喝牛奶,就是餐餐大宴又怎么样?别说没用避孕套,就是用了避孕套而且身边美女如云又怎么样?再说领袖并非圣人,民主也不是圣人运动,这些道理你们不都是很明白吗?即使他个人的品德一无是处,他就没有伟大和英明的资格并且成为民主的救星从而名垂青史?……带着这种自居民主又反感民主的一腔愤慨,他后来当领袖总是不顺,总是短命,也就不难理解了。一个集团公司的老总与他家有交情,也看中他的才华,请他出任某分公司的老总,让他威风凛凛地掌控着整整一幢豪华写字楼。大楼里有四部电梯,只要他走进其中一部,秘书立刻在门口伸开双臂大呼大嚷,阻止其他人进入。已经进入了的员工也吓得赶快蛇行鼠窜逃出电梯,不敢有扰老总的清静和耽搁老总的时间,否则就可能被秘书盯住胸前的工号牌,就可能卷铺盖走人。大川对这一切倒没有什么明确态度,只是装着没看见。

可惜总公司三个月后又免去了大川的职务,原因之一,是这里所有的中层干部联名上书抗议他的盛气凌人。

团　结

　　大川在乡下与老木吵过架，也打过架，回城后分道扬镳再无往来。对此最为焦急的是吴达雄。他是我们中学的娃娃老师，教历史，好打球，与同学们在下乡前那一段自由时光里玩得很熟，后来就一直保持着联系。他没有当过知青，却比任何知青都发知青烧，家里一直挂着草鞋、斗笠、柴刀以及红袖章等历史文物，收藏着各种各样发黄的知青老照片，所有知青爱唱的歌他都会唱。

　　知青们回城以后，各有各的生计。他一到节假日，仍要尽可能地把同学们邀到他家去，在那里吃饭喝酒，聊天唱歌，并且在他的引导下讨论国内外的形势。他不时插着话，笑眯眯地鼓励和帮助任何人往下说，同时笑眯眯地鼓励和帮助任何反驳者往下说，存心挑起群众斗群众。斗到该适可而止的时候，他又及时来弥合分歧，恢复友好氛围，总结出各方的优点和潜在优点，不惜分发一顶顶什么主义和什么流派的哲学大帽子，让每个说话人都英明伟大，都受宠若惊。他似乎不在乎客人们来这里说什么，只在乎这里必须有讨论，有辩论，有格言的交锋，有哲理的碰撞，有幽默和笑话穿插其中，有诗歌或电影台词点缀助兴，有一种关怀天下事的阔大胸怀。这就行了。如果客人们齐声高唱一首《国际歌》，如果客人们进出时有人举手低语"消灭法西斯"，有人举手低语作答"自由属于人民"，这些老一套把戏更会让他快乐得如醉如痴。

　　他不好酒，不好烟，更不喜欢打牌，唯一的癖好就是扎堆，就是助人扎堆。他为扎堆的氛围而活着，以天下革命志士的团结为己任，顽强维护着他们中间的一种团结。正因为如此，他觉得朋友之间的任何矛盾都不是矛盾，觉得大川和老木没有理由不走到一起，没有理由不重新结为一条战壕里的亲密战友。他找大川谈过，一句规劝就惹得对方大发雷霆，但他笑眯眯地不生气，仍然耐心地说出很多道理，包括大作自我批评，反省自己在做好团结工作方面没有尽到责任。他也找老木谈过。老木虽然没发火，但送他一个绰号"团结鳖"——"鳖"与"龟"相对应，在方言里是指女人的生殖器官。他受此大辱仍不生气，继续耐心地做思想工作，仗着比对方大几岁，把啤酒杯往桌上一砸："你娘的听着，老子今天就要当这个团结鳖。你要是不转这个弯，今后就再不要认我老吴！"

　　他最终未能使大川与老木和好如初。不仅如此，连他已有的团结阵线也出现危机，节假日的知青沙龙活动人迹渐稀。无论他事前如何盛情相邀，很多人还是觉得国内外形势不能当饭吃，三天两头来扎堆，是不是有病？还有些人日子混得并不好，平时躲熟人都来不及，还主动送到圈子里去现丑？好在他并不气馁，更觉得自己责任重大，一次次走出去登门拜访。他有很多登门的理由，送一本新出版的书，送一盘新的歌曲磁带，送两张新电影的入场券，要不就说正好路过门前顺便看看。但这一切都是铺垫，铺垫出他的团结维护工作。他大谈各位朋友的优秀品德，任何相关的好消息都及时传播，希望能引起你对朋友们的敬佩和牵挂，引起你离群独行的歉疚不安。他有时也来点邪招，比如闪烁其词地传点流言，某某对你有点意见啦，某某对你那个那个啦，你就当着没这回事吧，如此等等。企图以此逼当事人激动，逼他们产生澄清误解的急迫，从而重新关注那些生活里其实并不重要的人，关注那些生活里其实并不重要的事，也就是关注他那个实际上已经解体了的革命大家庭。他这一招确实还比较管用，虽然有时玩过了头，在本来很团结的朋友之间闹出了不团结。

甘　地

　　艺术是富有义涵的形式新创。艺术不可多得，因此历史上多模仿照搬、因陈袭旧、随意胡来的时代，艺术的时代却可遇难求。

　　印度人甘地具有杰出的革命艺术，他常常超越文字理念，发挥直觉的想象力，并且调动大众的直觉想象力，造成行动的视觉、听觉及其他感觉效果，营造出一种富有感染力的氛围，使革命不但获得理智的牵引，而且获得情感的强力推动。为了达到这个目的，他脱下了青年律师的西装革履，选择了光头、赤脚、身缠粗布的半裸式着装，并且一直把这个公示形象坚持到底。这无疑是一个强烈的信号，鞭策中产阶级的国大党向最广大的下层贫民靠拢，宣示一种扎根人民和解放人民的使命。对于曾经谙熟西餐而鲜知稼穑的国大党来说，对于好谈斯宾塞、达尔文而并不了解本国车夫和农民的民族主义精英们来说，这种换装当然是甘地时代一个战略性的政治转变。

　　他还选择了纺纱和晒盐两个最著名的行动，令殖民当局招架不住。纺纱是为了抵制英国纺织品的输入，晒盐是为了挑战英国的官盐专营，都是为了捍卫民族利益。但当时更重要的民族利益远不止这两项，国产纱和私产盐也不构成对殖民当局最致命的打击，甚至只能算是鸡毛蒜皮和鸡零狗碎。但后人慢慢才得以明白，甘地发动的这两大运动真是恰到好处。首先，行动和事件是传播思想的最佳载体，而纺纱和晒盐最具有广泛的参与性，容易示范，容易模仿，容易集结成有规模的场景和气势，并且不需要太多的成本，包括钱、体力、时间以及勇武。其次，这两项运动具有良好的外部形象：和平，劳动，俭朴，忍让，让人同情，便于传说和上镜，不似操刀弄枪那样让人恐慌，足以让统治者失去武力镇压的道德依据和美学依据。这是一种天鹅绒炸弹——革命从敌人最薄弱的环节开始。

只要当局怯于镇压，殖民法令体系就出现了重大缺口。

甘地身处一个积弱积贫甚深的宗教国家，一个习惯斋戒、施舍和不习惯战争的国家。他找到了最符合国情的斗争方式，找到了在利益和义理上、更在情感美学上打败强大殖民当局的方式。以至他应邀去英国出席议会陈述诉求时，他半裸野民的身影宛若基督，在伦敦街头成为了英国民众夹道欢迎的偶像，大有人君者"冠道履仁"（王充语）之光辉。他只是微笑就够了。他还没有在议会开口，就已经兵不血刃，传檄而定，决定了帝国议会的无奈屈服。

甘地创造了革命的美。这种美不是矫饰造作故作姿态，它出自生存的自然，是斗争实践的水到渠成，却并非不需要艺术家的手眼。没有这种美，比方没有赤脚光头的甘地而只有西装革履的甘地，虽然也很正常，但革命可能会变得沉闷、刻板、累赘、冗长以及成本高昂；有了这种美，革命就有了诗情和想象，有了神来之笔，有了长袖善舞和事半功倍，有了更强大的凝聚力和征服力并且左右逢源。

一七八九年，法国大革命爆发，民众一举攻下了巴士底狱。其实这一攻占并无多少实际意义，当时空空大狱之内仅有七名犯人，两个是精神病，四名是弄虚作假者，还有一名是变态青年，属于父母无力管教主动送来请监狱有偿代管的。一九一七年，俄国大革命爆发，布尔什维克的军队攻占了彼得格勒，但他们在占领车站、银行、桥梁、政府大楼时都没有发生任何战斗，如入无人之境，即使在冬宫里开了火，连伤带死也仅有六人。阿芙乐尔号巡洋舰的开炮更算不上什么军事行为，没有击中目标甚至压根就没有目标，只是几声表态性的礼炮。但攻占巴士底狱是法国大革命的象征，阿芙乐尔舰炮击冬宫是俄国大革命的象征。如果没有这实际效益极其有限的两次扑空，如果没有广大民众这两场哪怕是即兴式的演出，历史会是什么模样？

拉开历史距离来看，如果没有这些象征性事件，革命几乎就不可辨认也难以记忆，革命的激情就失去了托寓之物，就像诗歌失去了可以"托物寓旨"诗境。

象征没有什么实利的价值，却可蓄积和释放巨大的精神能量。革命中的象征性事物有画龙点睛之功，以一种有声有色的行动为革命造型和成象，以一种历史创造力的爆发集聚着大众的理想和激情。在这个时候，生活本身就成为了艺术。

电视政治

象征正在现代政治中得到广泛运用。很多政治人士都从历史上诸多成功的象征那里受到了启发。有些人会更加注意个人的着装：巴勒斯坦领袖阿拉法特永远是一条黑白格子的头巾缠在头上；古巴领袖卡斯特罗永远是穿着夹克式军上装；美国总统克林顿总是给人身着运动衣在小道上慢跑的印象，好像是个大学橄榄球联队队员；而俄国总理切尔诺梅尔金以牛仔裤和旅游鞋来宣示自己自由开明的风格，则有点东施效颦的味道，最让评论家诟病，因为这些东西出现在公众面前，青年人觉得好笑，老年人觉得讨厌。

还有很多人会更加注意行动的感觉效果。他们不可能再去模仿甘地的纺纱和晒盐，也不可能再去模仿格瓦拉的独身孤旅或者曼德拉的铁窗生涯，但如果有可能的话，像俄国总统普京那样驾驶战斗机和上场摔跤格斗，让人联想到流行影视作品里的日本影星高仓健或英国系列片《007》里的"邦德，詹姆斯·邦德"，一种"酷"劲光彩夺目，肯定能博得大众的惊喜。很多人已经断定，人类已经进入"电视政治"的时代，政治主导权确实已从政党悄悄移向了媒体，政治人物的镜头表现将极大地影响选情。作为一个过来人的美国副总统戈尔说过："三十秒的电视广告和发达的民意测验现在能以令人惊畏的速度和准确性调整政治"，"能在两周内操纵选民的观点"，自我造型技巧正在"把最好的政治家从手中的真正工作上吸引开"。(见《环境危机下的国家政治》) 他们频繁在公众面前看望灾民、亲吻小孩、慰问残弱、体贴爱妻、热衷体育、漫步街头、与士兵同餐等等，成了最基本的政治形象。这一切就算不全是虚伪之举，但再诚实的政治人物，也得接受整套现代文明造型法则对自己的规定。在一个电子媒体发达的时代，政治就是电视节目的一部分，可视的比可说的重要，可说的比可想的重要，一个人即使满腹经纶宏图大略，如果不能为电视提供"料"和提供"秀(show)"，不能有效地把内在素质呈现为一种具体的外部形象，而且是投合民众欣赏习俗的形象，就很可能一败涂地。一九九六年，叶利钦争取俄国总统连任的时候支持率还不到百分之五；二〇〇一年，小泉纯一郎争取出任日本首相的时候，在自民党内也没有得到多数的支持。但他们迅速地脱颖而出，主要靠媒体上的风头更健，最终分别战胜了对手。

在这种情况下，台北市国民党籍的领导人马英九在进入冬天之后，还身着短球裤、披挂红绶带，于万人围观之下在大街上跑着小圈子，向市民展现自己的健康和青春活力，简直如同猴戏，让人可笑可怜。一个才华卓著的小马哥真是被整苦了。这种民主制度下取悦于民众的行为，与专制制度下争宠于君王的行为，其实都是酷刑。

中国《南方周末》报不久前一篇文章大标题是：《我们就是要狠狠地做秀！》这种咬牙切齿的决心，刚好证明在一个远离崇高的市场化时代，要创造出激动人心的象征其实很难。市场是平庸的，个人利益最大化是市场铁律，因此利欲重于操守，算计之心多于慷慨之情，美的生产已经大大缺少心理资源和现实条件。这时候的政治人物们多少有点生不逢时，即使他们雇用大批的政治形象设计师，即使他们狠狠心让设计师们吃掉竞选总费用的百分之十，还是只能获得一些差强人意的形象包装。娘娘腔之柔，贴胸毛之刚，总是被媒体受众司空见惯不以为然。做秀者还能有什么招？震惊世界的"九一一"恐怖袭击之后，美国布什总统在国会发表了诗情澎湃的演说，以超常的雄辩力和鼓动性获得了掌声，而且去清真寺与穆斯林们握手，弥补有关"十字军战争"的失言，显示出他身后整个政治机器的周到缜密。可惜的是，这一切也许来得太晚了，太落套了，不足以弥补他的形象亏损。事件突发之时，他几次声称自己将要回到华盛顿，却一再拖延和躲闪，已经给人留下了深刻印象。他钻进一个空军基地的狭窄防空洞里时的双目无神和举止慌乱，曾大大加剧美国人民当时的紧张，让没有防空洞可钻的人茫然无措。他当时为什么非要去路易斯安娜和内布拉斯加不可？为什么不能直接飞去纽约或华盛顿？为什么不能唾弃防空洞而直接去五角大楼或者世贸中心双子楼的废墟前发表讲话？为什么不能在滚滚浓烟面前凝聚美国人民的镇定和团结以及承受灾难的勇气？他后来面对着美国经济的一片休克和瘫痪状况，为什么不能亲自去乘坐一下空荡荡的民航班机？为什么不能去其他任何空荡荡的地方率先战胜自己的恐惧？比方像普通公民一样亲自去逛逛大街？去泡泡咖啡馆？去商店里推着小车购物？……他只要迈开脚步就行。这比他在国会发表一百次精彩演说重要得多。

"九一一"之后的美国，广获同情和关切，最缺乏的就是对安全和经济的信心，机场、市场、银行等都有点六神无主。在一个经济学家们命名为"信心经济"的时代，公众信心而不是到处乱窜的军舰和战机，才是让美国社会生活得以摆脱阴影的精神太阳。可惜的是，总统先生在这方面无所作为。这当然不完全取决于他的个人素质，而是受制于一种组织体制和一种意识形态逻辑，比方说在一个崇尚金钱和技术的时代，政治机器通常都会以为高科技的军舰和战机更能带给人们信心。

这种逻辑在"九一一"以后的美国没有任何改变。

历史提供的机会并不很多。布什丧失了一个把自己定格于废墟背景下慷慨独白的美学机会,丧失了一个用目光来点燃各民族和各教派内心的生活激情的美学机会。这不仅仅是他个人的错误。

包　装

"包装"是二十世纪九十年代以来的一个流行词。面对一个传媒和信息的时代,大多数商业机构、社会团体、国际组织、国家、教会、艺人以及学者,都不得不更为关注它们的外部造型。包装的眼光已经遍及着装、形体、用具以及某些社会行为,包括赞助体育或学术的慈善举措,包括向艾滋病人或者环保团体伸出援手。这些大规模和全方位的包装,显然都纳入了预算,是一种合理投资,以最大市场利益份额作为预期的回报。

以色列听从一位美国顾问的建议,一直想找一位金发美女当外交发言人,相信一头金发可以大大加强对欧美社会的形象攻势。(据埃菲社2002年6月1日电)　比利时首相曾下令组建一个包装团队,打造出全新形象,包括广泛使用新的标识语和新的颜色,力图把国家从官员腐败、儿童色情、鸡肉污染等丑闻中拯救出来。团队中的一位广告专家声称:"比利时不大,但我们要使它成为电脑业的Virgin(公司名),你不论到哪里都能看到!"而爱沙尼亚也用心良苦,不愿意充当"前苏联"国家,甚至不愿充当"天主教"国家,其外交部长宁可将它说成"预欧盟"国家,"北欧"国家,或者"绿色"国家,力图给听众一种洁净与温和的联想,一种文明主流的联想,从而吸引国际投资。(见美国《外交事务》杂志2001年9/10月号)

相比之下,中国有些宣传机构就显得缺根弦。一九九九年美国导弹攻击中国驻南斯拉夫使馆之际,我正在美国,遇到大头和他的朋友史迪温,一起在电视机前等待日语节目结束,看中国台的汉语节目开始。这个节目真是把史迪温急坏了。他同情中国,对美国各大媒体有关导弹攻击的一面之词愤愤不满,特地早点赶来要收看中国电视,但盯着屏幕看了好半天还没有看到死者的情况,只看到了一二十个党政机关人民团体按级别高低排序的表态。"怎么能这样?怎么能这样?"他坐卧不宁地走来走去,把一个杯子拿起来又放下:"三个人丧命,这么大的事!其中一对还是新婚夫妇,多好的题材!新婚夫妇啊,还在蜜月啊,放到CNN手里,不搞得电视前的老太太们眼泪鼻涕哗哗流才怪呢。你们的电视台怎么这样笨?"

他又大摇脑袋:"这么多机构和官员,说的意思差不多,就不怕观众烦?就不怕观众换频道?要说也可以放到后面去说嘛?"

大头也跟着急了,指着电视屏幕上的一个发言者:"鳖!少说两句行不行?"

史迪温是从业传播的,深谙镜头煽情和造势之道,批评当然很有道理。我对新闻中的官阶排序同样不以为然,但也生出另外一种担心:假使中国的电视台有了更多新闻敏感,更多的炒作技巧,假使中国的电视台都成了CNN甚至一个个更CNN,事情又会怎么样?诚然,宣传效果会好得多,全世界老太太们的眼泪也可能给挤出来,但死者一旦成为卖点,一旦成为新闻市场的商品,包括死者的亲属一次次被押解上阵,在无数镜头的围剿和瞄准之下,反复招供自己的悲伤,反复呕吐自己的寸断肝肠,反复撕开自己刚刚愈合的精神伤口以惨兮兮的奇观供他人感叹,这对于他们来说是否过于残忍?如果他们习惯和乐意这种伤口的展示,其悲伤之情是否会逐渐透出几分造作和几分势利?利用这种造作和势利做成的视听催泪弹，是不是更像是一种宣传而与真正的感动无缘？

事情真是很难办。

美是一种感动，是一种有内涵的外形，特别是在社会领域里，美永远与非权谋、非利欲、非技术的正义和同情相连，不可能是买卖的筹码，不可能被政治宣传和商业宣传随意地劫持。与其被宣传机构推到耀眼的位置上去哗众，美更愿意沉默，成为人们不经意的一种遭遇，成为人们悄然入心的一丝灵魂战栗。历史中一切有沉沉分量的美，从来离不开受压迫和受剥削的人民，从来离不开无法在耀眼位置上哗众的多数。这决定了美的沉默地位，美的边缘地位。相反，由权力、金钱、技术所支撑的很多强势宣传机构，可以制作出各种热热闹闹的包装，却常常使美变得无根。它们的成功造势，在大多情况下只是一种药物除皱，看似永驻青春，其实美在浅表，得不到面部肌肉的支持，甚至恰好以残害面部肌肉为代价。他们对感觉的商品化大生产，正在失去多数人自发和自然的心理参与，正在一步步远离感动，甚至退出感觉，让人们熟视无睹或者一见便疑。

行为艺术

以大头的聪明,以他曾经对艺术的拳拳之心,他似乎不应该不明白美是怎么回事。他曾在太平墟的一间小土屋里嚼着红薯丝,用小提琴拉着《伟大的大头畅想曲》,然后宣布:"老子要三年征服全省,三年征服全国,三年征服全世界!你们就等着拍贺电吧!"这种气吞万里的气概令我佩服不已。他后来居然成为了包装业内一个蹩脚的手艺人,完全在我意料之外。那时他还没有出国,不甘心在剧团里当画工,一心想着在画界出人头地,曾灵机一动地请来几个朋友,租下郊区一间库房,打造出几十扇各种各样的门,大汗淋淋地运到北京去开办了一个命名为《门》的个人画展。画展多如牛毛,与他同馆展出的就有五个,个个都先锋,个个都感觉,个个都抽象,一时难分伯仲。观众们入馆后大多去了别的展区,一些碧眼金发的西方记者进馆后,也更注意另一个画家的草船和石砖。大头一开始还沉得住气,后来渐渐冒出了汗。他在人流中钻来窜去,发现形势极其危险,必须采取紧急措施。他找来墨汁,迅速在大堂正中央画出一个中国的八卦图,把自己脱得一丝不挂,只剩下一束布条遮羞,在八卦图的中心盘腿闭目打坐,嘴里念念有词,屁股边还放了一圈刚刚找来的断绳头,意义莫名。他事后得意洋洋地夸耀,说这一招真是绝了,真是盖了,立刻哗啦啦把绝大部分观众吸引到他的展区来。你想想,行为艺术啊,时髦吧?秀吧?既有八卦,又有裸体,又有断绳头的哲学，是萨特和海德什么什么，你肯定知道的人——他眨巴着大眼睛问我。见我一头雾水，便说反正是那个海什么鸟吧。你想想，中国的和外国的鸟都有了，传统的和现代的鸟都有了，还能不深刻吗？还能不火和shock（惊人）吗？

他在床上翻了个跟头，把烟头胡乱弹向空中，一个劲回味当时的爆炸性效果：洋记者纷纷要给他拍照并且有人跟他预约采访时间。只是采访时他对记者谈得不太理想，生命存在和振兴中华等等胡说了一通。

我看过他当时的照片：很瘦，光着头，赤着脚，半裸着身子，安详坐地的样子有点像一个苦行高士——只是有一点像，因为他事实上不是，而是一个习惯于打架斗殴的浪子。他力图把自己包装成高士，等于承认自己向往高士而无力做到，承认自己尊敬苦行而无意实现，并且承认了自己的最终放弃。他体现了这个时代很多包装者对美同时留恋和背叛的内心两难。

他后来有一张画入选了美国的什么画展，事后却被揭发为模仿之作，是不难预料的事。他后来差不多放弃了画画，只能晃荡于中国和美国之间，做点古董、家具以及组团旅游的生意，也是不难预料的事。包装者们还能干点别的什么呢？一个想做包装者又缺乏包装资金的人还能干点别的什么呢？我就是从他那里知道"行为艺术"这一回事的，而且我一直面带微笑想做个开明人士，一直愿意相信艺术向日常行为的延展可以令人陶醉和惊醒，不仅大大开阔了艺术天地，而且将对人类行为给予及时的诊疗和示范。但我也很快从他那里看到了行为艺术的危险：在市场利益原则之下，如果不说全部，不说大部分，至少有很多行为艺术正在被商业化潮流收编，成了某些才子企图坐地收银的肢体杂耍。

我相信最伟大的行为艺术一定发生在无人观看的地方，比方在荒野，在斗室，甚至在深夜的厕所。就说作家史铁生吧，他的行为艺术有谁观看、评论、研讨甚至授奖吗？他一坐下去就不再站起来，双脚永远告别大地，其医学名称叫"高位截瘫"。他眼下每三天就要把自己的血彻底洗刷一遍，每三天就要抛放出漫长的血流在自己身旁旋舞——其医学名称叫"透析"。

书

大头下乡前偷过一次图书馆，有了这次成功的经验，他后来想一口吃出个艺术大师，免不了故伎重演。时值"文化革命"刚刚结束，省图书馆大部分藏书还封存在省政协旧礼堂，等待着清理和转运。他将有关情况打听好了，多次骑着脚踏车去踩点，做好犯罪前的各种准备，包括准备了一辆拖车，几只麻袋，还有准备动武的铁榔头。他打架从来是用铁榔头，光着膀子光着头一马当先，在中学时代没有人不怕他。

他干得很顺利，几麻袋的法国、意大利的精装画册，一袋袋扛出门，装车离开大楼，没有任何人注意他，更没有人麻烦他。他在出院门时遇到了一个坡，车拉得有些吃力，守门的老头还来帮他推车，说："星期天还干活，你真是个好同志啊。"

如果不是他玩笑开过了头，开罪了剧团里的一个女演员，如果那个女演员不知道这些书价值连城，他是根本不会栽在这件事上的。问题是那个娘们儿到团长那里去哭诉，顺便把书的事情捅出去了，作为对他偷拆情书的报复。警笛尖啸，兵临城下，他被铐起来推入囚车。警察说，别看只是一些书，是动用国家外汇进口的，价值人民币两百多万啦！差不多就是抢了一次银行吧！这不仅让大头自己吓了一跳，也让团长和其他人吓了一跳。有人熟悉刑法，知道大头从这扇门跨出去，恐怕是再不会从这扇门跨进来了，不知道他年迈的父母双亲这一下能不能扛得住。

三个月后的法庭审判,结果出人意料,只判有期徒刑一年,缓期一年执行。大头自己对此结果也感疑惑,瞪着眼问:"你们骗我吧?就判这么一点?"他一直呆呆地站着,对看押者不辞而别而且自己可以自由回家的事实将信将疑,登上公共汽车后还觉得这座椅、这地板、这司机不是真的。不是说两百万吗?不是说"一万判一年"吗?他已经准备把牢底坐穿怎么倒来到了大街上?

他事后很久才知道,给他轻判的原因,不是别的什么,全在于他偷的是书。书嘛,在一般人的眼里并不值钱,也不是钱,书里藏着知识和良心,有良好的形象。书不是金银珠宝、武器弹药、白粉大烟、电器仪表、钢轨铜线,故中国有句俗语:"偷书人不是贼"。看来法官也是人,在法律和人们的感觉定势之间,没有什么道理就选择了后者,所谓合情不合法。

不仅如此,握手告别的时候,一位老法官还对他亲切了一番,说:"你虽然犯了罪,还是个爱学习的好孩子。我那个孩子要是像你一样呀,我也就知足了。"

其实大头算不上爱学习,偷书是一时心血来潮。聪明到他这个程度还需要学习吗?他这样的大师和天才还需要学习吗?他后来是这样说的,半是玩笑半是当真。像这个时代的很多人一样,面对迅速变化的社会,生活中有更多精彩的诱惑让他忙不过来,使他难耐读书的寂寞。但这个时代仍是一个多书的时代,印刷机几乎都在高速飞转,书市一个比一个更为浩大,不仅求知者需要书,很多有身份的上流人士有了豪宅,有大书房和大书架,更需要大批大批的书,特别是成套的经典作品——虽然他们可能一个月也读不了三页,打起精神连一篇短序也没法硬着头皮读完。但他们像大头碰上的那些法官一样,像更多的人一样,对书的良好形象心知肚明,不能不多加收藏囤积。他们甚至知道电脑差不多可以取代书了，知道电脑更新潮。但不管怎么说，电脑的形象却远不如书那样古雅、深奥、恒久、清高、有年头、有深度，就像暴发户可能比老贵族有钱，但贵族就是贵族；微型冲锋枪比佩剑更实用，但佩剑就是佩剑——贵族情愿在墙上悬挂佩剑但决不会悬挂微型冲锋枪的。他们要最大限度利用书的意象，让这些堂皇的废物充当自己的背景，给自己的人生铺下某种知识世家的底色。

身后有了这个背景，他们就有了一张大大的文化身份证，一张大大的道德介绍信。据说有些商家专门生产空心的精装书，是专门充塞书架的廉价纸砖，大概就是为这些人准备的。

对于他们来说，书的实用意义正在逐渐被象征意义取代。

进 步 主 义

早就有人知道书的实用功能正在被削弱,知道更强大的信息手段正在取印刷物而代之——埃及前总统纳赛尔就是这些人中的一个。

当埃及从英国殖民统治下独立,总统宣称:"收音机改变了一切。"他敏感到埃及将面对西方媒体的技术强势,正在走向一个很不确定的新世界。"西方化已经不再仅仅依靠牛津的大学和巴黎的沙龙,而是依靠喇叭向乡村广场上不识字但反应迅速的群众大声播送消息,因此西方化已经获得了巨大的推动力。"一位当代历史学家也是这样描述当年。

在不久以前,这种西方化曾经表现为直接军事占领,比如英国对北美和澳洲的殖民,西班牙对南美的殖民,法国、英国和比利时对非洲的殖民,还有英国、法国、荷兰、德国在亚洲的疆土拓展……再加上日本"脱亚入欧"时对朝鲜的殖民和对中国的侵略。当时的贸易专营和资源独享全靠枪炮来保卫,世界几乎到处都有热爱奶酪和威士忌的统治大人。但那种方式在二十世纪已经越来越显得笨拙和成本高昂,正如一九四五年上台的英国艾德礼工党政府认识的那样:越来越强烈的民族主义反抗,使英国在印度的投资大为萎缩,而维持统治的费用已超过殖民所得,令人厌倦的印度问题必须斩仓割肉,舍此别无选择。艾德礼政府推动了印度独立法案在国会的通过。

与很多共产主义人士的预测相反，同时也与很多帝国主义人士的预测相反，英国从广阔的殖民地撤出后并没有进入衰败，相反却享受了前所未有的繁荣。法国等其他西方列强的情况竟然也大致如此。可以比照的是：过于老派和僵硬的葡萄牙拒不放弃殖民地，后来倒成了欧洲的贫困户。

葡萄牙的情况是否证明殖民主义只是西方列强历时四个世纪的愚顽之举？事情当然没有这么简单。进入和撤出殖民地，都是西方强国的竞争选择。只是这四个世纪前后的技术条件已经大变，殖民者们在撤出时已经获得了一个比枪炮更有效的武器，即纳赛尔总统面前的收音机。古人云：攻城莫若攻心。以枪炮攻城，较之以广播攻心，乃不得已之下策。继收音机之后出现的电影、电视、因特网等各种手段，使听觉更添视觉，西方强国可以借此轻松地俘虏任何边地居民的两耳和双眼，可以让数以百计的频道快速实施全天候的视听轰炸，越过任何军事防线、政治边界以及文化传统屏障，摧毁世界任何一个角落里的心理抵抗。一般来说，这种摧毁并不主要体现为颠覆性宣传。鹰派的冷战宣传在鸽派看来并不高明也失风雅，意识形态的张牙舞爪让人反感。美国在韩战中的重挫，在古巴和越南的失败，让大多数人更相信直接的政治和军事干预已属过时的臭招。即使能够强行占领，谁还有能耐去辛辛苦苦管理好那些穷国和乱国？

这里的征服，其实唯西方文明生活的演示一项足矣。人人都想过上好生活，过上视听传媒中那种技术优越和财富丰裕的生活——那就是西方！西方！西方啊！曾经率先把人送上太空的红色苏联，也是这个西方的一个变体部分。构成那种生活的一切要件：无论是苏联的宇宙飞船，还是欧美更高超的航天飞机，还有汽车、电话、飞机、高楼、化妆品、时装、唱片、电脑，其生产核心技术皆为西方垄断，后发展国家，即昔日的殖民地和半殖民地，必须把廉价资源投入交换才能获得这一切，并且在这一过程中沦为单纯的资源供应方。一九三八年的世界贸易统计资料称：相对于工业品来说，原料价格一直被迫走低，后发展国家用一定原料与西方换取的工业品在十年间要少去三分之一。（见斯塔夫里阿诺斯《全球通史》）

多年以后，联合国《一九九九年全人类发展报告》坦承这种交换不平衡的结果：除了少数成功追赶西方的国家，世界上约四分之三的后发展国家比十年前更穷，全球范围内的贫富水准比由一九六〇年的一比三十扩大到一九九五年的一比七十四。多达四分之三的后发展国家越来越不可能建立同西方竞争的同类生产结构和同等技术能力，只能一步步更加依附西方，并且背上沉重债务。联合国科教文组织二〇〇二年的统计更加惊人：贫富差距正在进一步扩大，今天世界上最富的三个人，其财富可敌世界上最穷的四十八个国家；发展中国家每年需要投入九十亿美元才能确保正常用水，美国妇女每年美容的花费就高达八十亿美元；发展中国家每年解决温饱问题尚缺一百三十亿美元，而欧美国家每年为饲养宠物就用掉一百七十亿美元。

这种信息、权力、资本不对称条件下的交换，造成抽血后的残疾，当然会更进一步反衬出西方的"进步"。残疾者只能自叹无能和自理后事。现在哪怕你想请回当年的总督，请回夹着皮包的帝国主义，人家也不一定愿意再踏上你殷勤铺下的红地毯。

这是很多西方有识之士也为之扼腕的趋向。后发展国家就不能拒绝或者摆脱这种交换吗？当然能，如果他们能安于马车而不要汽车，安于草房而不要高楼，安于草木灰而不要肥皂……就像中国人在"文化革命"时代的勒紧肚子，他们当然可以不需要西方的商品和技术，或者慢慢等待自己发展出来的商品和技术，包括等待这种发展中的对外汲收。但他们越来越无法做到这一点。电子视听所实施的文明示范和消费示范,造成了大众性心理高压,造成了对西方产品的普遍性渴求。掌握着权力的很多官僚尤其难守清苦,总是在推进这种交换时抢先一步,成为很多穷国的买办性新贵集团。获得了知识的很多精英分子也难耐荒废,于是大批流向西方以求个人发展空间,从而进一步拉大了西方与母国的技术差距,构成了这种不平衡交换的重要部分。在这种情况下,交换看来确实是"自由""平等"的,不再有帝国的总督和军队在一旁实施强迫;但交换事实上又别无选择,因为来自西方的视听传媒早已规定了大众心理高压之下的选择结果,规定了很多穷国朝野上下对这种交换的心甘情愿甚至急不可耐:看不见的手取代了看得见的手,传媒殖民主义取代了炮舰殖民主义,霸业转型再次确保了西方在全世界市场经济活动中牢不可破的控制力——甚至比老一代霸权更加成本低廉和成效卓著。美国前总统尼克松就是在这一背景下微笑着想到了一句中国格言:"不战而胜"。

也许,这就是西方在二十世纪撤出殖民地以后更加强盛的秘密之一,是西方在二十世纪同时失败和胜利的秘密之一。

视听技术是这次世界重组的主要依托。中国人素来相信"耳听为虚眼见为实"。比较而言,书报无法企及影视的"眼见"之功,心理冲击力较为有限。我在乡下插队时看到过台湾用气球送来的红绿传单,当时公社民兵漫山遍野地去搜缴;也偷偷听到美国或苏联的华语广播,在一个偏僻的山村里这种勾当并无太多危险。但坦白地说,这些文字宣传虽然令我好奇,却没有留下太多的印象。即使我愿意相信它们对美国制度或苏联制度的夸耀,这种相信也只是文字而不是迎面扑来和暗袭心头的形象,其痛不足以切肤,其爱不足以入骨。我想象在更早的以前,在连书报都没有的时候,来自商人、水手、教士的一点传说,根本不足以引导社会舆论,不同制度和文明之间的竞比几乎缺乏信息依据,因此不可能展开。一七九三年,中国清朝乾隆皇帝断然拒绝与英国发生更密切的关系,声称"那里没有我们需要的东西……我们从不重视那些古怪或者精巧的玩意"。可以想见,皇帝是在没有视听技术的前提下,才可能做出这种傲慢自大的判断的。

也就是在那个时候,地球上的大部分居民还没有"进步"的概念,更没有"落后了就要挨打"之类的共识。在漫长的世界历史中,如果说曾经有过"进步"的文明的话,一般的惨痛经验恰恰是"进步了就要挨打"!"进步"的苏美尔文明、埃及文明、米诺斯文明就是公元前三千年至一千年间第一批被所谓游牧蛮族摧毁的例证。同样"进步"的希腊、罗马、印度、中国四大文明在公元三世纪以后也一一被所谓游牧蛮族践踏,包括中国的长城也无法阻挡北方强敌的铁蹄,朝廷一次次屁滚尿流地南迁乃至覆灭。

这些"进步"大多体现为农业文明,以至英语词 culture 意指文化和文明,同时又意指耕作与养殖,而且成为 agriculture(农业)的词根,暗示出农业在往日的高贵身份。道理很简单:唯农耕才可能定居,才可能有巨大的城堡宫殿,奇妙的水利设施,成熟的文字,精美的饮食,繁荣的市场与货币,华丽的戏剧与词赋以及寄生性的官僚和贵族,从而让游牧部落望尘莫及。但这些"进步"与其说未能对"落后"文明产生示范、引导、磁吸、征服的作用,不如说它们几乎不可能被外界知道。在很多域外人那里,盾牌和长城那边的一切完全是空白,只是一些可能存在的粮食和女奴。没有充分的视听信息传播,世界就不是一个世界,而是几个、几十个、几百个互相隔绝的世界。有些世界,比如曾经一度辉煌的玛雅,自生自灭后直到沦为废墟一片才被后世的考古者们发现,否则就不会进入我们的视野。

那个时候的族群冲突中不可能有文化霸权而唯有武力霸权，"进步"既不会产生商业优势也不会产生政治优势，更不能产生异族崇拜和他国崇拜。在能征善战甚至茹毛饮血的好些游牧民族看来，"进步"倒常常是文弱、怪异、腐败以及臭狗屎的代名词——就像后来中国清朝乾隆皇帝猜想中的英国。现在好了，视听传媒大规模改变了这一切，每一个人都可以耳闻目睹远方的生活，身临其境，声气相接，天涯若比邻。域外文明已不再仅仅是几个外交使臣、不再是少量的外贸货品和外国传奇读本，而是通过视听技术潜入普通民宅并且与我们朝夕相处的男女来客。他们密集的来访和闹腾甚至使我们无暇与真正的邻居和亲友们来往。他们金发碧眼奇装异服喜怒不定非吻即杀，常常使我们对伦敦、巴黎、莫斯科，继而对东京的银座与纽约的曼哈顿、皇后区、华尔街、第五大道更熟悉，对天天在门前扫地或拉车的同胞反而感觉陌生。直到这个时候，一个统一融合的世界才真正出现，一种共同的生活方式和价值体系似乎也必不可免：人们都卷入以欧美为源头和中心的现代化进程。

要人们蔑视乃至憎恶屏幕里的好生活是很困难的，以不合国情之类说辞来怀疑这个好生活也是很困难的，除非施以正教或邪教的魔力，本能和常识会驱使人们在屏幕来客那里悄悄凝定对未来生活的想象。即使是一些反西方的民族主义者或社会主义者，他们愤怒的面孔之下通常也是欧美风味的领带和皮鞋，电话和手表，还有哲学或宗教，由此显示出他们的愤怒中隐伏的西方血缘。他们常常不过是要在现代化大赛中争当一个更强而不是更弱的选手，要用反西方的方式来赶超西方，在最终目标上与其冲撞的对手并没有太大差异。他们的桀骜不驯同样是西方文明一枚易地变性的坚果——红色苏联就曾经是这样。

从这个意义上来说，"进步"是比较的产物，如果没有视听技术充当最有效的全球性比较手段,"进步主义"简直是一件不可想象的事情。

"进步主义"意味着标准统一和直线进化的历史观,意味着所有后发展国家向西方文明融入,特别是冷战结束以后向欧美文明融入——同样是根据这个主义,这个欧美一定是最有钱的"欧美",是布什的"欧美"政治而不是华盛顿的"欧美"政治,是好莱坞的"欧美"艺术而不是丹麦或葡萄牙民间的"欧美"艺术。人们从此明白了,见官不一定要叩头,女人不一定要蒙面,被警察逮住了有沉默的权利,还有世界上居然存在着快过牛车的汽车和飞机一类神物。他们当然还看到了人人开车和家家别墅的幸福,虽然那意味着不足世界人口百分之五的美国消耗着世界百分之三十四的能源,意味着欧洲当年向外移民六千三百万,包括说英语人口的三分之一去了美洲——此类缓解资源人口压力的特权地位和历史机遇其实不可复制。按一下手里的遥控器,屏幕中的幸福诱惑委实太多了,孰宜孰乖并不容易分辨。穷国国民们对幸福的追赶因此便成了一个令人兴奋不已又痛苦难熬的过程。他们的学习要比他人的创造容易,可以跨越式抄近道避弯路以及低费搭车。但他们生搬硬套或半生不熟的现代化,又常常需要太多的代价:压力和冲突加剧,道德和秩序瓦解,众说纷纭令人目眩,政乱频繁致人力乏,社会结构和利益关系的大规模重构中总有一批批倒霉蛋在内战、政变、犯罪、失业、破产、灾祸以及荒漠化中牺牲出局,以至世界上四分之三的后发展国家一直在忍受这种代价却无望收获,屏幕上的好生活一步步离他们更远。

在这些国家,在这些出局者当中,人们不能不渐生疑惑:视听传媒给我们的"进步"是不是空空道人的风月宝鉴?

触　觉

　　有一次我奇怪地发现，照片中的场景似曾相识，原来是我家的客厅，但比实际上的客厅要光洁漂亮许多，墙上的一些污点全无踪影，门上和窗上的尘灰也隐匿莫见。朋友们也有过类似经验，说景观总是拍出来更好看。我这才知道，镜头也可以骗人，并不能真正做到"眼见为实"。

　　镜头表现出什么，不仅取决于拍摄对象，还常常受制于感光器材和拍摄者的选景、配光、剪接乃至电脑处理等其他条件，在广角镜或长焦镜下更难免尺寸的走形。但这还不是最重要的。我在前面《怀旧》一节提到过，感觉活动中的触觉缺位，很可能使怀旧者进入错觉，那么凭着一张照片来判断事实，岂不是更可能差之千里？即使照片提供了最成功的视力远程延伸，事情又能好到哪里去？——一位外国朋友莫莉曾经对我在太平墟拍下的一张照片大加赞美，说你下放的地方真是漂亮啊，你能在这种地方生活实在让人羡慕和嫉妒！我听后吃了一惊，看看照片又觉得她说的话不无道理。过了好一段，我才明白问题出在镜头下的视觉抽离。也就是说，她对于这个乡村充其量只有视觉在场，却没有听、嗅、味、触等其他感觉能力的远程延伸。她只看到了镜头下的美丽风光，却嗅不到这张照片里熏眼刺鼻的牛粪腐臭，听不到这张照片里恶批狠斗的喇叭高音，触及不到这张照片里的蚊虫叮咬、酷热蒸腾、粝石割足、重担压肩，还有拍摄者当时咕咕咕的饥肠辘辘。如果她感知到了这一切，还会羡慕和嫉妒我的知青时代吗？

很多观众喜欢看灾难片，但不会有任何人愿意去亲历灾难；希望了解流氓和妓女的奇特生活，却不会有任何人愿意与这类角色为邻：可见媒象与实象完全不是一回事。可见媒象与实象之间的鸿沟，迄今为止难以逾越的鸿沟，主要在于身体的在场与否，尤在于触觉的有无。中国词"体察""体认""体会""体验"等，相当于"感知"。在中国前人看来，无"体"则莫察、莫认、莫会、莫验，表现出中国文字遗产中感觉论和实践论的哲学底蕴，表现出前人对"体"另眼相看，念念不忘，心向往之，视之为获取知识的最高和最后的手段，近似海德格尔笔下万物从 zuhandenheit（待用）到 vorhandenheit（在用）过程中的核心词根 hand（手），只是心有余而力未必足。现代技术专家们于心不甘，一直在挖空心思把"体"触也列为传媒对象，以求全部感觉的同步传输，如"动感电影"就是这样的尝试。专家们不仅发明了立体眼镜，还给观众安装了可以震动和摇晃的椅子，安装了可以喷水雾的管网，在将来还可能安装改变温度和制造气味的各种设施，让观众尽可能亲临其境和亲历其事。但无论他们怎样忙乎下去，我们能够在电影院里亲历挨打的痛楚吗？能够在那里亲历暴风雨的抽击吗？能够在那里亲手触摸到潮湿的泥土、粗糙的树皮以及滑腻的鲜血吗？

而且观众是否愿意头破血流或者满身泥水地走出电影院？

基因技术和生物芯片恐怕也很难完整地复制触觉。

生活中的感觉实际上是联动与有机合成的，各种感觉不可能各行其是零买零卖，每一种感觉都受到其他感觉的制约和改变。手术床前女护士的微笑和交谈，可以使患者分散注意力，减少手术时的身体痛感；一曲优美的配乐，可以使某个观众心醉神迷，顿觉电视片里的湖光山色魅力大增。一个饥饿得挖心和头痛得哆嗦的人，对于一切美声美色必定麻木不仁。这种感觉转移的现象，其实早被前人悟出，引出了文字修辞理论里的"通感"说：声音是可以"响亮"的，也就是可以变成视觉（亮）的；色彩是可以"热闹"的，也就是可以变成触觉（热）和听觉（闹）的。这些文字遗产证明每一种感觉中都潜伏着另一种感官反应，都可能转化为另一种感官反应，包括身体的触觉。

　　既然如此，我们怎能对传媒中的触觉缺位掉以轻心？怎么相信触觉缺位的一张照片是完全可以信任的？怎能相信一个没有在太平墟生活过的人，能够通过——即使是最先进的——传媒技术来"体"察、"体"认、"体"会、"体"验到你当年的一切？

痛　感

痛感是触觉中最有伤害性的一种。户外劳动的减少，医疗条件的改进，还有暖融融的衣食充裕，会使我们对疼痛过于敏感。一个新几内亚的部落人，从容不迫地拔出刺入自己大腿的长矛，不会觉得这有什么了不起。而一个现代都市白领可能对自己手指头里的一根小刺也大喊大叫，将它挑出来，得拿出刑场就义的勇敢。我们可以怀疑这里有心理素质的差异。但新几内亚部落人的伤口很快愈合，比现代都市白领那里同样的伤口愈合要快上两三倍，就不是什么心理不心理了——据实而言，他们几乎长了一身猛兽的皮肉。

这样，当我在上文中谈到下乡时忍受的蚊虫叮咬、酷热蒸腾、砺石割足、重担压肩，还有当时咕咕咕的饥肠辘辘，当我把这一切当做知青时代的痛苦，当做革命给自己带来的磨难，说得自己心惊肉跳也说得一些听者心惊肉跳的时候，太平墟的很多山民很可能会感到困惑不解和不以为然。他们听说城里的读书人把晒晒太阳和爬爬山路都当做否定"文化革命"的铁证，会不会觉得你们这些家伙纯是吃饱了撑的？特别是你们一些当干部、当教师、当医生、当演员的，当时都拿着国家工资，有吃有穿地下一次农村就那么受罪？

他们有什么理由一定要跟着你们心惊肉跳甚至抹鼻涕？

他们自有他们的苦水，比如饭吃不饱，比如饭吃不饱的时候还要作诗——全民作诗在"文化革命"中风行了好一阵。他们当然也会有痛感,只是敏感的程度和敏感的区位,与其他生活处境里的人不尽相同。他们当时看见知青们玩篮球,大惊失色,说一上场就像老鼠跑个不停,汗流得水洗一样,好重的工夫啊,一顿不吃三斤米如何做得下来?还有人说这些后生也没犯什么大错误,政府如何让他们受这样的罪?

因为这种深深的同情,当时我们每参加一次公社组织的球赛,队上就要给我们加计二十个工分,而且要补假两天。这足以让今天很多青年人羡慕。

商 业 媒 体

小雁留学美国以后，美国烧倒是大大降温，与出国前很不一样。她尤其痛恨美国一些医院和保险公司认钱不认人，她说有钱人能看上病，没钱人看不上病，这算什么人权？还说她挂一个急症号居然等了六个小时，脱下全部衣服，换上那种蓝色的消毒就医服，就薄薄的一层膜，在没有暖气的急症室里傻等，没病也要冻出病来，这算什么人权？她颈椎痛得要命，却连照个片子的权利都没有，因为保险公司不批准。而且常常是在一个地方门诊，又开着车到二十公里以外去验血，再开着车到二十多公里以外去做脑电图，简直要把她折腾得发疯，结果什么药也没有拿到，大夫竟要她多喝果汁，补点维生素就行，还不就是保险公司在后面使坏？这不算骇人听闻的草菅人命和谋财害命又是什么？……

她眼睁睁地看着医疗改革寸步难行，总统上台前哪怕信誓旦旦但最终也拧不过保险公司的大腿。她一看到有些保险公司不可一世的摩天大楼就来气，就随口编造出一些新版毛泽东语录："全世界人民团结起来，打倒万恶的美国保险公司及其一切走狗！"如此等等。她觉得当年太平墟的赤脚医生更人权一些，虽然是一把草药几根银针，但至少不会让她活活冻上六个小时，至少不会见死不救——她亲眼看见很多穷人被拒绝在美国的医院门外，亲耳听见他们羡慕古巴的医疗制度并对电视里的卡斯特罗主席大声欢呼。

她的话让国内的朋友们将信将疑。有人甚至猜测，她是不是在美国混得很惨？是不是属于那种失意的"绿卡族"，所以才狗急跳墙地闹革命？是不是在驻美大使馆拿了秘密补贴并且领取了特殊任务？很多年以后，大家才逐渐知道小雁这点牢骚算不了什么，像她这样的人其实很多。二〇〇一年初，美国国会委托的一个小组进行了调查，发现约四分之三的居美华裔对美国尚缺乏足够的认同，包括一些自称多胎超生或者练了法轮功从而骗取了美国绿卡的人，包括一些对共产党并无好感的人。其比例大大超出了居美犹太裔中同类现象的比例，与中国国内很多人的崇美热更形成鲜明对比。（据香港凤凰卫视报道） 我们无法穷知全部个中原因，比如不知道华裔与犹太裔在美国的处境差异，不知道华裔在美国和中国的处境差异，但至少能确定一条：这些大大小小的小雁是美国真正的在场者。美国是他们亲历了的美国，是他们嗅过的、尝过的、听过的、触摸过的以及肉眼全面观察过的美国，与太平洋这边仅仅出现在媒体中的纽约不是一回事。

这倒不是说小雁明天就要打起背包回乡。事实上，她在一九八九年"六四事件"之后不但拿了绿卡，后来还入了美国籍，甚至与一个美籍爱尔兰人有过一段婚姻，看来有长期待下去的打算。她只是对美国有了新的理解。她喜欢"他们美国人"（改换国籍并不能改变她的人称习惯）的热情、没什么城府、好管闲事、有点不无天真幼稚但十分可恼的高傲。她同情"他们美国人"出身贫寒粗莽因此总被欧洲人暗中低看，有了大钱而且在二战和冷战中出了大力还是动不动就被欧洲人拿来开涮：美国人尚且如此，日本人、中国人以及其他人想出头谈何容易！她还留恋"他们美国人"夜的宁静，有松鼠在窗外探望，有小鹿悄悄溜进院门，空荡荡的大街和关门闭户的小镇似乎是世界的完全消失。说到这里，她最不能容忍好莱坞电影在这一点上的完全颠倒——美国的夜生活哪有那么多车水马龙灯红酒绿？虽然说拉斯维加斯和纽约42街等极少数地区是那个样，但那根本代表不了美国。那明明是七十年代以后的台湾和香港，明明是九十年代以后的中国内地，是广州和上海的奢华和排场嘛。

她不接受好莱坞，并不觉得他们把美国美化得过了头，恰恰相反，是觉得他们把美国丑化得过了头。她说美国人做起事来算不上快手，但大体上是一个真正勤俭的民族，并不擅长享乐和闲适，既没有麻将也没有足道馆，于是才有了夜的清冷寂寞。她的邻居总是勤劳得让她惭愧，一到周末就刷油漆、剪草皮、修整路砖，几乎每家都有琳琅满目的工具库，记录着他们动手操劳的丰富故事。她的同事也总是节俭得让她惭愧，每一个硬币都不会乱扔，整整齐齐收藏在硬币小皮夹里，过桥或停车时再捏搓于指，审慎出手，用出一脸的庄重——决不像她把钞票往四五个口袋里胡乱塞。她知道美国人不勤俭也不行，撇开竞争的压力不说，撇开供楼还贷一类的压力不说，美国一开始就是个人力稀缺的地方，不像西班牙人进入的南美那样人口稠密。移民前辈面对过于辽阔和荒凉的新大陆，输入了千万非洲黑奴仍感人手奇缺，于是不能不习惯于凡事都自己动手干——总统和部长都得自己当木工盖房子。英国的《名人录》列举名人的各种嗜好，美国的《名人录》里只会记录工作。十九世纪一个观察家评论道："除美国人外，有谁发明过挤奶机、搅蛋机或者擦皮鞋、磨刀、削苹果和能够做一百件事情的机器？"他们把自己的勤劳延伸和移植给了机器，又被机器催逼得更加手忙脚乱，于是几乎全民性地成了工作狂。

包括一部分成了剥削狂，也没闲工夫去夜总会灯红酒绿。

小雁不理解的是，中国观众怎么就很难看到一个大汗淋淋的美国？好莱坞怎么就不让我们看到一个气喘吁吁和筋疲力尽的西方？传媒的镜头指向是怎样被扭转然后纷纷落入了只有灯红酒绿的例外和偶然？也许，流汗过于普通和乏味，没有愉悦性，没有刺激力，也就没有商业传媒的利润。镜头不是上帝之眼，而是由人掌握的，在现代社会更是由投资者掌握的。投资者最为清楚，影视是一种好"看"而不便"读"的传媒，其主要销售对象是大众不是学人。这意味着一个史无前例和无可限量的诱人市场，连诸多穷国大批低学历的半文盲或文盲都被纳入其中，文字的阻隔和知识的限制微不足道。这同时也意味着镜头反过来也前所未有地受控于市场利益，必须迅速从学院化向市井化转移：喋喋不休地介绍伏尔泰、弥尔顿、牛顿、海森伯、达尔文、爱因斯坦、莎士比亚、康德、凯因斯显然过于深涩难懂和不合时宜，只能是商业传媒的愚蠢自杀。聪明的投资者都必须到观众的欲望和贪欲那里去争取收视率，用低俗化、娱乐化、消费化的镜头，接近这个受众主体的理解力和兴趣。枪战片和艳情片以及一律加上超高消费的作料，就成了最常见的选择。航天飞机升空时的突然爆炸，旧金山的灾难性大地震，苏联冷血克格勃的神出鬼没，橄榄球明星辛普森的凶杀疑案，戴安娜王妃的情人与车祸，加上阿富汗没有战事时由摄制组出钱雇人空射的几发炮弹……都会因为具有视听"卖点"而遭爆炒，而"电视新生代"里知道鲁迅的美国人和了解凯因斯的中国人，永远是凤毛麟角。

媒象可远程传输，可复制增量，因此能使"卖点"无限膨胀，最终淹没真正的现实。在这种情况下，没有视听"卖点"的世界将会成为编辑间里的废料，将会退出镜头，隐入黑暗。

它也不再成为民主决策者或专制决策者的感觉依据。

M 城

　　小雁去 M 城出席国际学术研讨会。会议由一个学术机构主办，大概是出于粗心或者经费有限，没有配备同声翻译，只有少数细心的发言者事前散发了提要译文，几张刚出自复印机的纸，还微微发烫。从世界各地飞来的学者们依次说起了英语、法语、西班牙语，一位以色列青年明明能说法语但也要说希伯来语，据说是为了保护文化和语言的多元性。没有人能听懂这么多语言，但都保持着听的姿态，对进出过多或者呼呼入睡的人甚至眼露惊疑，不容自己听的姿态被搅扰。

　　会议就是这么开着，就这么开着和开着。如果你能听懂发言中个别关键词，就算是能把大概内容和眼下的发言进程猜出一两分，就算是有了重大收获。有意思的是，主办者没有钱安排同声翻译，却有钱准备了上等葡萄酒和好几种饮料，让大家在休息时间大喝特喝；主办者没有安排翻译时间，却给会后的鸡尾酒会安排了冗长的几个钟头，还给一个满头白发的大人物安排了漫长的会前致词，恭敬地请他胡说了一通什么航海、银行与交响乐的关系，还有非洲人民的苦难。他是个银行家吧？是这次会议的赞助者吧？当时小雁好几次看表，为会议主办者着急。

　　小雁不止一次地参加过这种国际会议，对认真而热情的语言不通、答非所问、话题杂乱、废话连篇等已有准备，对耳朵闲置而笑容上阵的学术交流已有准备。她照例是用一脸肌肉来开会的。她喜欢 M 城。喜欢这个城市每一个毛孔都在流淌的浪漫和优雅，喜欢这里明亮的阳光和砖石上水渍的气味，喜欢地铁里流浪汉低沉的大提琴声，喜欢小咖啡馆里橘黄色的温柔，还喜欢轰隆隆的火车驶过高架桥去了一个神秘的方向、一个指向夕阳和教堂尖顶的方向。她在这个城市散步就像在一首十四行诗里梦游，每一步都拨动了竖琴，都留下了星光，都叩醒了一个沉睡的传说，关于王子，关于地中海，关于那个在广场中旋舞的西班牙少女——如此热烈而动人，她怀疑自己已经是同性恋，已经深深爱上了那个少女，忍不住就要去追求那个小美人。她不敢想象一个没有 M 城的世界，那是多么乏味，多么令人遗憾。但她害怕这个城市很多角落里的学术，准确地说，是害怕学者们的慢性理论炎在会议上的急性发作。M 城网罗了多少人才和知识啊，建立了多少大学和学术机构啊，但上天并不能像烤面包片一样来增加人类智慧，于是 M 城像世界上所有的城市一样，也在一股劲地生产着智慧的外形，生产各种文化规程和文化形态，把这种生产进行得轰轰烈烈浩浩荡荡。很多研讨会都是这样进行的：交流的热心人凑到了一起，语种各异就像来赶一场文化大集，有身份介绍和名片交换，有热烈鼓掌也有冷面沉思，有俏皮话也有外文引注，有录音记录也有记者采访，有私下请教也有欢乐聚餐……凡是交流的一切外形都有了，哪怕一个最无聊的小事也做得精致无比了，交流就宣布大功告成。只是很多交流家一直忘记在会议主题方面说出一句确有内容的话，哪怕是一句愚蠢的话。

很多精英也就是在这种文化大集里产生的：学位论文是他们的身份证明而不代表他们的兴趣，满房藏书是他们必要的背景而从不通向他们的感情冲动。他们好谈文化，准确地说只是好谈关于文化的知识，更准确地说是好谈关于知识的消息。与其说他们是知识分子，毋宁说更像是一些"知道分子"。他们见多识广，不一定博闻强记但至少能说会道,具有熟练的标签辨认技能,知识上的七流八派像开了个中药铺,你要哪一味就给你抓哪一味。他们的知识有时深奥得没有一个词可以让同行听懂,有时则通俗得可以让任何行外人参与消费,包括名人的逸事,大师的掌故,诗人的情妇是谁,画家的遗作售价多少,不一而足。他们的文化交流还包括音乐家的手稿展出,小说家的母语朗诵,油画家旧居的奇花异草,哲学家的油画收藏,科学家的钢琴客串。在做这一类事情的时候,他们更热衷于在该用耳朵的地方用眼睛(不听音乐而看手稿),在该用眼睛的地方用耳朵(不读小说而听母语朗诵),在该用眼睛的地方用鼻子(不看油画而嗅旧居的花草),在该用脑子的地方偏偏不用脑子(看哲学家的油画和听科学家的钢琴)——就像小雁并不需要带着脑子,只需带着一脸微笑来开会就行,似乎这里不是会议厅而是照相馆。

　　于是,他们就更热闹也更忙碌,使文化更接近他们的理解力,什么时候都能一交流就"懂"。他们是一些什么都能谈的知识留声机,使一切文化都受到了宠爱也变得轻飘飘的失重。他们最内在的激情其实只是交际。不仅学术会议是交际,看画展,听歌剧,用午餐,打台球,环保游行,海边钓鱼,政治集会……一切都是交际,是终于找到了画展之类借口的惬意交际。他们是一群天才的交际家,习惯于在陌生的地方与陌生人交往,从服饰到仪态,从修辞到手势,从沉默的时间控制到对视的距离控制,交际技术无不达到了炉火纯青的程度,无不给人心旷神怡的感觉,足以让小雁这样的大土鳖一开始总是对自己的笨拙和拘谨羞愧万分——连握手的技巧都得从头学起哩。他们的交际甚至可以从公共场所扩展到了家庭内部,"亲爱的""我爱你"以及"甜心""宝贝"一类客套每日必备,是动不动就跳上舌尖的习语,在亲人之间润滑出温馨和甜蜜,曾让众多下层粗人一听就肉麻但眼下却奉之为文明规范，心怀感动地争相效法。毫无疑问，他们以交际培植和表达着情感，有时也仿造和替代着情感。正像 M 城创造了辉煌的文明，但也用捐赠仿造和替代着慈善，用政党仿造和替代着政治，用流派仿造和替代着艺术，一句话，用外形仿造和替代着内涵。

小雁曾经想起她的老师杰姆逊先生说过的一句话：M 城是一大堆能指，一大堆到处滑动的隐喻。

她匆匆告别了 M 城，在机场候机室里遇到一群中国民航的空姐，一群突然冒出来的黄肤黑发，亲切之感袭上心头。奇怪的是，她觉得有点什么不对劲，但不知道问题出在哪里。好一阵，才发现问题就是那群姑娘的目光：天哪，差不多个个眼露凶光。小雁找不到更准确的词来描述它。确实是凶光。她们是多么年轻漂亮的一群，裸露的小腿光洁动人，红唇朵朵鲜明而小巧，颈后隐约可见的绒毛有初春和早晨的感觉，可能还散发出母亲的乳香，但她们的眼光透出了隐隐的生硬、冷漠、提防、疑拒甚至凶狠……是菜市场里争吵时的目光，是公共汽车上争座时的目光，是见到流氓和强盗时的目光——可她小雁并不是流氓和强盗。

她抱住双臂浑身颤抖了一下。

她看见三位中国空姐在小店里凑在一起看唇膏，大概是刚才买的。忍不住想去给她们提供购物建议，提供外语服务，但不知为什么总觉得自己会遭到敌意的冷淡——虽然事情并不一定就是那样。她不敢靠上前，怕听到她们说话，尤其怕听到冷不防的一句："你丫的傻 B 啊！"——虽然事情不一定就是那样。

她知道自己很久没有看到过她们这种目光了，才觉得分外扎眼。她甚至怀疑自己已经被 M 城娇惯了，被 M 城女人们的温柔之态娇惯了，已经失去了面对这些同胞的勇气。她想起昨天晚上与大头通过的一次电话，当时对方用家乡话抱怨："妈妈的，你这个鳖什么时候回来呢？汽车坏了，老子又听不懂车行老板的话……"她当时被话筒里的粗鲁吓了一大跳。尽管她知道大头的粗鲁是家常便饭，粗鲁是对方表示亲密和亲近的方式，但还是吓了一大跳。她半天没有吭声，努力镇定着自己，想一想，再想一想，这才意识到对方是谁：是她丈夫，一个与她具有法律关系的人，一个将与她相伴到老的人——她即将回到这个满嘴粗话的男人那里去。

她知道自己已经发生了变化：M城已经偷偷地进入了她的身体——无论她怎样感觉到自己与这座城市相距遥远。

她到卫生间洗了一把脸。

教 堂

小雁刚到美国的时候，举目无亲，生活上全靠教会人士的帮助，旧床垫、旧桌子、旧沙发、旧冰箱等等都是他们无偿提供的，亲自送上门。她去买菜或者到银行开户，每次也全靠 host family（教友之家）来人开车接送，真是一个个送上门来的活雷锋，比雷锋还雷锋，使她对基督教产生了很大的好感。

她差一点就接受了洗礼，何况 host family 的夫妇俩每次请她吃完饭，就拉着她看传教磁带，不看完不让她走，看完不谈谈心得也不让她走，有一股非攻下这个堡垒不可的劲，非套住这个客户不可的劲。她总得给人家一点面子吧？

她最终没有入教，完全是因为一个偶然的事故：有一天她路过电报街，远远看见前面三座相邻的教堂，都有高耸的尖顶，完全像三座高高支着天线的大电台，正在与上帝偷偷地联络。她知道这只是一个偶然跳出来的比喻，但一跳出来就在那里了，就怎么也收不回去了，就永远搅乱她的心情了。她没法不把尖顶教堂想象成大电台，没法不把牧师们想象成戴着耳机的情报人员，虽然他们满面仁慈身着教袍，但转身就可能躲进什么密室，向上帝及时报告机密和领取锦囊妙计，有一种偷偷摸摸鬼鬼祟祟的模样——她在电影里看到的电台总是与这样的图景相连。

她不愿意把自己的隐私交给情报人员，即使他们真是上帝派来的也罢,即使他们建起了大电台从而获得过很多人的信赖也罢。她陷入不可逆转的想象里无法自拔,她知道是一个比喻改变了自己。

城　市

我曾经梦想着从乡下回城，梦想着城里人每个月的二两豆豉票和半斤肉票，那是城市户口的标志之一。何况城里有那么多人，有那么多人啊人，这还不够吗？我那时候最喜欢看人，每次回城探亲，没事做的时候就逛街看人去，从中山路折向黄兴路，沿着墙根按顺时针方向走，觉得在人堆里钻来挤去的日子真是美妙无比。我总是能碰到同时回城探亲的鲁少爷，就是我的同班同学鲁平。他也在街上闲逛，是个不知疲倦的街虫子，不过是沿着墙根一圈圈按逆时针方向走。我们走着走着又会合一次，擦肩而过，会意一笑，并不说话——兴奋得没工夫说话。

我在报上发表了几首酸诗和几篇酸文，被调到县文化馆，比鲁少爷早两年离开太平墟。他过早地结婚生孩子，不符合招工条件，一直在乡下喂猪。他不会说假话，曾经装高血压，装肝炎，想得到"病退回城"的机会，但只要人家多问几句，他就张口结舌，语无伦次，骗局首先在脸上败露。到最后，他横下一条心，去找县知青办的主任，见对方翻翻他的材料还是不承认他有什么够得上条件的病，便把一个指头伸进门缝里，一推门，嘎嘣一声，半根断指就悠悠然耷拉在手上。

"这不是病吗？"他举着折了的指头，把对方吓得面无人色。

对方哆哆嗦嗦去找笔，赶紧在他的材料上签字。

其实，鲁少爷并不适于在城市生活。他喜欢种菜，但城里没有地，沥青或水泥的地面不容他开发；他喜欢养鸡，但鸡叫得邻居烦；喜欢养狗，但狗让邻居的小孩害怕；而养兔子没有草源，最后养十几只鸽子吧，眼看着鸽食越来越贵，也养不下去。他在一个街办工厂做事，老婆则在一个酱品店里站柜台，两人工资都很低，而家里上老下小的开支负担日渐沉重，要给儿子买个书包，要交电费水费，都得把手里几个钱攒了又攒，还顾得上鸽子吃什么？

他怀念起乡下生活的简单。那里的溪水不值钱，瓜菜不值钱，柴禾不值钱，劳动力更不值钱，经常是今天我帮你做屋，明天你帮我砍树，做多做少都不是什么大事。你出了一身汗，滚了一身泥，腿上血糊糊刮破了一块皮，这都是人情，人家记在心里，有机会就要还的。在乡下你不论走到哪里，哪家的房门不可以推呢？哪家的茶杯饭碗不可以端呢？而城里不一样，人情不好使，也就是说，你出没出汗、滚没滚泥、刮没刮破皮这一切都不重要，重要的是钞票，是钞票上同时大写和小写的数字。

数字是特殊的文字，冷冰冰地衡量着一切，兑换着一切，是物质生活的最有效凭证，是删除生活复杂性的密码。因为城市是商品堆积起来的，凡商品都必须购买，不能免费享用。从这个特定意义上来说，城市是一个崇尚购买力的地方，是一个崇拜数字的地方。这里其实没有工人、商人、警察、医生、官员之类身份区别，只有购买力赚取者这一个共同的身份。没有机械、电器、百货、饮食、运输、金融、环卫之类行业区别，只有赚取购买力这一个共同的行业。于是，一个男士花数千元喝一瓶味道不过尔尔的进口洋酒这一类乡下人费解的事情就不太费解了，因为那是购买力的展示。一个姑娘在餐厅里操作着见谁都下跪的东洋跪式服务这一类乡下人惊讶的事情也不必惊讶了，因为那是追求购买力的代价。很多乡下人后来才明白，为什么城里人常常邻居之间不打交道甚至不认识；为什么在城里走到别人的家门前常常没有人出来打个招呼，也没有人拉出一张椅子请你坐下。其实道理十分简单：这能带来购买力吗？你身上有购买力吗？

　　有一次老同学聚会，老木挺着啤酒肚也到了那里，多喝了几杯，出门时倒车不小心，车屁股撞倒了鲁少爷的小孩加加，把一只小脚板碾了个骨折。

　　老木为此赔付了医药费，还搭上一万元。他觉得这样够意思了，旁边的人也觉得够意思了：反正小孩的骨头已接好如初，没有什么严重后果。不料鲁少爷大为不满，倒不是嫌钱少，是嫌钱给得好没意思。怎么说呢？他当时将 X 光片子交给老木，对方对着亮光看看片子，随即打开保险柜，甩给他一沓钞票，就回头同客户说业务去了。

　　这算怎么回事？最可气的是老木手下那两个伙计，见钱就两眼放光，说这么多哇！你鲁少爷真是没亏！你看看木哥多大方！要不是碰上我们木哥，人家顶多给你报个医药费就算不错啦！你今天的运气真是能点得着火呀……

　　好像他儿子中了一次大彩。

　　他黑着一张脸没吭声，事后越想越气：票子怎么啦？我睡你老婆然后给一百元行不行？我扇你老娘然后给你两百元行不行？我一脚踩瘪你儿子的脑袋然后给你个十万百万行不行？他后来对我说，要是在乡下发生这种事情，惹祸的人可能赔不起这个一万，但可能心急火燎，一脸愧疚，全身哆嗦，手忙脚乱地下门板把伤者往医院里抬送，还可能马上燃起松明到山上去寻草药……在那种情况下，一种温暖的场景可能使鲁少爷有火也发不起来，大事也可以化小。很明显，那就是人情。人情不是空洞的东西，而是那些充满着汗气、烟草味以及松明火光的声音和形影。在穷人那里，人们赔不出钱但可以赔出一大堆有声有色的情况——鲁少爷觉得那更为重要。

　　他没少帮过老木的忙，包括把指头伸进老木他爹的肛门，帮助老人疏通便秘——当时老木捂着鼻子根本不敢靠近。这个满身肥肉的家伙现在怎么能甩下一沓票子就去同别人说话？

　　他在城市里感到孤独。城市变得越来越繁荣，在很多方面还变得越来越亲切和温柔。他见到过的一些有钱人，有钱到一定的程度，并没有唯利是图和见钱眼开的模样；相反，开口闭口就是钱，倒被他们认为是没有品位、没有格调、没有教养的"乡巴佬"习气，只能令他们摇头叹气或者付之一笑。钱，多俗啊，身外之物，简直是个王八蛋，怎么能脏兮兮地说得出口？他们成为高雅人士，吃饭要挑剔地方了，购衣要讲究牌子了，出席音乐会要问问档次了，网球、高尔夫一类洋把戏正在成为他们新的周末时尚。城市经过最初发展阶段的狂乱，也开始褪去自己身上的一些污垢，在外观上焕然一新。人们在这一个水泥盒子里干活然后跑到另一个水泥盒子睡觉，在这一块水泥板下谈生意然后跑到另一块水泥板下谈恋爱，在这一堵水泥墙前患高血压然后到另一堵水泥墙前听流行歌曲。但这类水泥的专制和水泥的压迫，已经成为过去的故事，正在逐渐被什么罗马式、巴洛克式、文艺复兴式、古典主义、现代主义的各种建筑风格所掩盖。水泥、砖块、钢筋、瓦砾这一类视觉暴力，眼看着就要被花坛和绿草地清除一尽。城市不再以水泥为本质。城市宣称它自己正在向"生态城市""艺术城市""人性城市"的目标迈进。保险公司聘请了歌星或笑星作为形象大使，改变自己以前那种过于刻板的传统形象。贸易公司在展销汽车时必配上妙龄小姐，给冷冷的汽车增添媚丽风情。麦当劳的快餐店总是装饰得像个儿童游乐场，一派天真和纯洁，一派哒哒嘀和咚咚锵，一派风筝曼舞和气球腾空，没有一丝铜臭，其总经理甚至在报纸上宣布："我们不是餐饮业而是娱乐王国，是一切孩子们的节日！"

更多商品的包装和广告都成了艺术精品，博大雄浑或者狂放奇诡，让艺术人才们大有用武之地。据说过不了多久，更多的公司写字楼还将像美国那样室内公园化，出现绿树、鲜花以及流泉飞瀑，员工们可以身着休闲装和旅游鞋上班，可以带着小猫小狗上班，甚至还可以踩着滑板一溜烟蹿到主管领导那里去。

城市开始有了感性的仪态万方，正在分泌出爱心和人情味。但这一切与鲁少爷不再有什么关系——他在厂里下岗，也付不起房租，只得搬到郊区去再一次喂猪。

同样是在这个时候，他变成很多城里人最看不起的那种乡巴佬，嘴上总挂着一个钱字，常常为钱的事情同老婆开骂。每天晚饭以后，你同他说任何事情，只要与赚钱没有关系，他笑容可掬地刚听了个头，转眼就目光迷糊哈欠连连，高超学问也好，下流故事也好，在他那里都是速效催眠药，很快让他在竹躺椅里呼噜噜鼾声如雷。他有时会惊跳起来："要上班了吗？"见窗外天还黑，又呼呼地睡去。

假 冒 产 品

有一种人家懒外勤，鲁少爷就是。他对别人的事可以百倍殷勤，你想省出一分钱他就一定帮你省出两分钱，你想一天做完的事他就一定给你半天做完，比你亲爹亲妈还想得周到，一边周到还一边吹出兴高采烈的口哨，婉转动听如百灵鸟。如果你说他吹得好听，他就周到得更为风风火火，恨不能给你白干，恨不能将裤裆里的尿憋上一天。

碰到陌生人，他情不自禁地甩京腔，一口七歪八斜的塑料京腔其实让四川人或者江西人觉得更难懂。老婆一听到他满口塑料，就知道他要冒傻气，对家里的事肯定漫不经心，刚说就忘，心思全在别人那里。更让人生气的是，他对家里的事不管这也罢了，挣回来那么多无用的劳动模范奖状这也罢了，儿子的事他总得管管吧。他对亲儿子从来只有高腔，任何一句好话都要说得恶声恶气，吓得对方像一只老鼠东躲西藏。他的京腔就不能剩两句拿到家里来？

我在前面《忏悔》里说过，一位中学英语老师曾说他不是读书的材料。他记得这件事，说老师说得不错，他学的那点东西早丢光了，没法教育儿子。老婆只好接过他的职责，承担孩子的家庭辅导。她自己也只是个初中毕业生，只好偷偷陪着儿子死读：儿子从小学读到中学，她手里的课本也从小学升到了中学，常常插在她的衣袋里。在街头与同事推着小车卖咸菜的时候，一有机会就摸出书读上一段，碰到戴眼镜的文化人来光顾，就赶紧问上几句。她被同事们嘲笑，但一想到儿子可以得到她的辅导，嘲笑算什么呢？她只是着急三角函数太难，一时还不容易懂。

她让儿子很小就开始识字：小，不是小鸡的小，而是《小逻辑》的小。红，不是红旗的红，而是《红与黑》的红。牛，不是牛羊的牛，而是牛顿的牛和牛津大学的牛……儿子的每一条鼻涕都闪耀着学贯中西的光辉。她后来还送儿子学过钢琴、国画、书法、英语、航模、足球、计算机等等，还进过数学和物理的"奥赛班"，有时一天之内在四五个培训班之间匆匆跑场，像一只鸭子被母亲赶得连跑带飞。如果说鲁少爷夫妇曾经错失了读书的机会，那么她要在儿子身上把一切书都统统读回来，要把儿子栽成一棵知识的大树，要把儿子做成一颗知识大卫星发射出去。

这当然需要很多钱，光奥赛班一个小时的讲课费就是五张大票子。老婆像当年在知青点干革命一样，再次想到了卖血这个最简单的出路。她有的是血，只要能让儿子成才，她的血可以像大江大河一样汹涌而出。

她的血终于流出了成果。儿子一举考入了重点中学的重点班，其神童般的优异成绩成了朋友圈子里的传闻，成了他们走到哪里都受到的羡慕。独眼老木还把他的二公子从香港送回来，央求他们夫妇代为管教——那是后来的事情。

直到这个时候，鲁少爷还是很少同儿子说话。很多年以后，他才想起自己实际上是与儿子说过很多话的，想起儿子差不多是他唯一的梦。他很少梦见别人，入梦就常与儿子相对而坐，谈鸡和狗，谈鸟和兔，谈养鱼和种菜，当然也谈儿子最喜欢的军舰、飞机以及激光导弹，谈吃了苹果核以后头上会不会长苹果树以及老和尚不结婚那么小和尚从哪里来……谈得真是开心啊，双方哈哈大笑。奇怪的是，他在梦中总是看不清儿子的模样，只能看到一张开开合合的小嘴，只能听到一个很像儿子的声音，在一个空荡荡的大厅里回响。他怀疑儿子戴着面具，或者总是躲在什么柱子的后面，像一个罪犯不愿意暴露自己的本来面目。他真的有这样一个儿子吗？他的儿子到底是一个什么模样？他为什么从来就不能在梦中看清那张面孔？

他想起那一次，假日里下乡去看望母子二人，走进家门，没见儿子。老婆说加加不就在村口玩吗，这才让他记起进村时路边好像确有几个小人影，竟然被他错过了。他回头找去，找到了村口那几个娃崽：都是满脸泥污，说着乡下土话，挂着鼻涕傻笑，把夹杂着草须的红薯丝往嘴里塞。

"恩是徐（你是谁）？恩搞么里（你做什么）？"他们一起叫喊。

他的泪水一涌而出。因为这几个娃崽中有一个是他的儿子，他认不出来，而儿子也不能认出他。

也许就是从那时候起，他失去了梦中儿子的相貌。

加加现在不说"恩是徐"了，说城里人的话了，甚至完全忘记了乡下的日子。但父亲永远也忘不了，每每想到这里，他就有一阵刺心的痛，忍不住要省下一顿中饭或一顿晚饭，给儿子再省下两块钱。他要用这些钱给儿子买吃的、穿的、用的、玩的以及世界上一切好的东西，要补偿儿子已经忘记了而父亲永远不会忘记也永远不会告诉儿子的那一段童年。人家有阿迪达斯，他儿子也必须有，人家有花花公子、佐丹奴、皮尔·卡丹、圣罗兰，他儿子也必须有。他买不起那些名牌，只能买名牌的假冒产品，特别是买假冒但不一定太低劣的产品。话说得更坦白一点，他其实要的就是假冒货，这样可以少花些钱，他可以花得起，却能使他的加加看起来一样也不缺，一样也不落人后，完全享受了现代生活。

换句话说，如果没有那些亲爱的假冒货，像他鲁少爷这样手头紧巴的父亲，就得在儿子面前愧死，只能眼睁睁地看着儿子一身寒酸备受同学们取笑——他还算得上个父亲吗？

他最反感电视里关于"打假"的新闻，最反感大人物们在镜头里慷慨激昂的"打假"动员，那无异于有钱人吃完了肉也不给无钱人留一口汤。你们这些臭王八蛋有屁没地方放吗！他冲着邻居家的屏幕咬牙切齿怒不可遏。

好在他常去光顾的几个货摊并没有被打掉，只要风声一过，又纷纷冒了出来。更奇怪的是，只要电视里报道了哪里有假冒产品工厂，哪里有假冒产品批销，这些摊子上很快就会出现电视里面曝光的东西。好像电视里的警告刚好是他们的向导，电视里的曝光刚好是他们的进货指南，一跟一个准。他们百折不挠，赴汤蹈火，惦记着很多穷人对体面的需求，一心在全社会制造服装外形平等化——如果不可能有实质平等的话；一心要实现服装技术享受大众化——如果不可能真正那么大众化的话。在一个据说是平等化和大众化的时代，服装没有理由不首先实现这一点——即使仅止于远观的效果。

名牌广告充满着传媒之时，他们是名牌厂家和上层消费者的大敌，却是鲁少爷这一类顾客最贴心和最知心的人，是他们最为感激的尊严提供者。当然，这并不妨碍他们在公共场合也跟着别人怒斥假冒，似乎生着很大的气，似乎他们已经穿上了正宗名牌，或者说他们是一心要买正宗名牌的，只是没买上，在商家那里受骗上当了而已。

郊 区

C城向四面疯长，摊煎饼一样迅速摊到地平线那边去，灰蒙蒙无边无际。陌生的人流还在从四面涌来，寻找他们心目中的现代都市，使C城与中国其他城市一道，组成了世界上最大的建筑工地，展开了人类史上也许史无前例的大建设。人流和物流所至，一片片城区颇让人担心是否将要塌陷。

在我看来，城市规模爆炸至少离不开这些原因：

一，城乡差别较大，源于长期实行的户口限制，社会福利制度未覆盖乡村；计划经济时代农产品价格被人为压低，市场经济时代各种生产要素快速向城市集中，都造成了乡村经济发展的缓慢。人均土地资源的匮乏，也限制了这种发展。

二，与欧美的城乡差别不同，中国的城乡差别还包含着特有的文明差别，因为中国城市正在跟踪和仿制欧美文明，吃、穿、住、行大多具有西方风格，与乡村民间的传统景观形成强烈的外形反差，更增强了城市对乡村居民们感官的刺激性和诱惑力。

三，九十年代以后视听传媒在中国的迅速普及，包括电视"村村通"工程，使乡村信息闭塞的状况得以缓解，也使很多乡下人对城乡之间的经济差别和文明差别耳闻目睹，有了突如其来的强烈感受，难免巨大的心理震荡，难免急迫的变化要求。这与南亚、非洲等地的情况有所不同，那里虽然也有巨大的城乡差别，却没有较为成功的电视普及，很多乡下人并不太知道城市是一个什么样子，离乡背井也就较为缺乏动力和目标。

…………

简言之，中国既不能像欧美很多富国那样，把城乡差别控制在较低水平；又不能像南亚、非洲等地的诸多穷国那样，让大多数乡下人看不到这一点。因此中国没法阻止千万电视屏幕在乡村居民心中的同时加温，没法阻止城市之梦在这个农业大国形成核爆，只能听任乡村人流朝城市轰隆隆灌注。落差已经足够，流速不可能不加快，流量不可能不增大——数以亿计的人流还悬积在浪潮的那一头。

今日的郊区，一转眼就是明日的市区——黑石渡就这样身不由己地卷入C城，昔日的田野、河沟、残林、牛粪以及两间小小的纸盒厂，一转眼就被房地产建设大浪越顶而过，留下钢铁水泥的森林。我们还是叫它黑石渡，就像我在中学时代常来这里游泳时一样，就像我在中学时代常来这里支农劳动时一样。这里还没有学校、医院、文化中心以及邮电所，土地还未纳入市政管理，行政权力还在某个乡政府或某个村管会那里。但你又不能不说这是城市，因为这里已经大道纵横，人声鼎沸，三星级和四星级的酒店拔地而起，其豪华程度甚至能让欧美很多酒店都望尘莫及。但这里还十分缺乏三星级和四星级的客人，来客多是粗声大嗓，适于田野和工场的音量还未降下来，未能适应酒店的隔音材料和封闭包厢。来客的肩头、胯骨以及手脚也都左冲右撞，左扫右荡，太占地方，尚未被挺括的衣装驯服出上流人的持重，熨斗在衣装上规定的线路，总是被肢体揪拧着和拉扯着。来客也大多探头探脑，有时过于冷淡，有时又过于活跃——足以让一些女房客或者女服务员感觉到脸上被什么目光反复叮咬。

目光、声音、手势、体态等等都在实行无形的侵犯，造成某些高雅男女情绪上的伤痕累累，感到在这里无法安坐。其实你在这里待久了，也会发现那些侵犯并非有意，侵犯者甚至并不愿意来这个鬼地方。偶尔来摆个排场露个脸，偶尔来开个洋荤尝个鲜，还算是一爽；真要在这里接受西式酒店的调教，长时间服从地毯、桌布、鲜花、射灯、壁画、轻音乐、侍者微笑一类洋玩意的拘束，嘴不乱言、脚不乱搁、衣不乱脱，这鸟日子还怎么过？从内心冲动来说，他们很讨厌墙上那些圣婴、大卫、恺撒、安琪儿一类眼生的家伙，往往更愿意去那些低档次的酒店，去路边的露天排档，大动作可以在那里尽情舒展，大嗓门可以在那里随意开放——他们如笼鸟归山池鱼入海，哈哈大笑一定比忍受这种星级刑法要可爱得多。我认识这里的一个老板，曾经开了个优雅洁净的餐馆，地毯一尘不染，餐漆具光可鉴人，但无论他如何降价让利，生意就是不火。他后来的经验是"清贫浊富"论，所谓清则贫浊则富——用他的话来解释，"浊"当然包括混浊和污浊。地毯一类上档次的东西都收起来，桌上的油污无须抹净，地上的纸屑也不必扫光。几只苍蝇倒是难得的摆设，可以让有些顾客一见就有亲切感：他们就是从有苍蝇的地方来的；一见就有放心感：这些有苍蝇的东西价格一定贵不到哪里去。这家餐馆后来果然人气大旺，顾客们在这里吆吆喝喝说说笑笑外加挖耳朵挠脚趾，交换着一些淫秽的话，满地烟头和瓜子壳，座无虚席宾至如归。

这些客人的大脑已经进入了城市，鼻子、眼睛、耳朵、手脚等等还留在一些破旧乡镇那里，一身实现了城乡的结合，全球东西两方的浓缩。有这些新城区的居民在，摇滚乐与鸡犬齐鸣，好莱坞与麻将同欢，在麦当劳、肯德基、可口可乐、星巴克咖啡的巨大广告下，西装蒙上尘土，皮鞋踩踏泥浆，四处可见臭气频来的垃圾堆，没有人来清除，只能等待自然化解。有些中药渣子则倒在大路中央，据说药渣让千人踩万人踏，病人的病就可以好得快一些。一些死老鼠也抛弃在大路中央，据说死老鼠被汽车碾得皮开肉绽血肉模糊，其他老鼠才会被震慑，不再来捣乱。

他们大多做着小生意，但铺面太多也就家家生意清淡，只有面向门外的小电视机有一搭没一搭地播出点动静。人们在这里互相购物，有时也互相帮帮忙，比方照看一下别人的铺面或小孩，用这种熟人交情而不是商业服务的办法来互相帮助，共同节约成本。他们来自各方，也交不起多少税，于是社区组织建设既缺乏人情基础也缺乏资金，只能留待将来。抱团的小圈子倒是有的，操着乡音的某位军人或警察有时也驱车前来，在乡音笼罩着的人群里受到尊敬，成为"江西村"或者"益阳村"里的客座成员，甚至成为准黑社会里的临时外援，通个消息或者给几颗子弹。

他们传布着各种各样的消息：某个女人自杀了；某个老人中彩了；某个汉子大神附体；某个老板不久前遭劫；某个益阳人前年还阔气得一进餐馆就要擦鞋匠把所有在场人的皮鞋都擦一遍，没想到今年就穷得家里臭气烘烘，夜里电灯都不亮一盏；某个岳阳人去年进城时还穷得只穿一条短裤，没想到今年就大金戒指带上五个，走到哪里都有秘书和司机跟着，家里的钱多得不能数而只能用秤称……他们对这一切传闻都习以为常。最离奇的神话，最惊人的罪案，最动荡的人生，在这里也都像每天升起的太阳那样普通。

鲁家儿子在这个地方遭遇抢劫，大概不是一件特别令人难以理解的事。母亲让他放学后来找一个退休的大学教师补习化学。他在一个街角被三个陌生少年拦住，对方命令他脱下身上的阿迪达斯。

他不服从。一阵小小的口角之后，有个影子从侧面冲上来捅他一刀。

拥　抱

鲁平听到电话以后大惊失色，赶到医院时，发现大哥鲁安也赶到了那里，而且一见面就抱住他痛哭，说出大事啦，出大事啦，你们的加加在外面……杀人了……

鲁少爷听后一愣，震惊中透出一丝难以掩饰的兴冲冲，边挽袖子边骂："这有什么好哭的？他犯到哪里就要办到哪里！这个畜牲毙了也活该！政府不枪毙他，老子也要枪毙他！"

大哥不让他进医院，让他在大门外一个小饭店等着，说要等公安人员来，等孩子他妈妈来。他说话支支吾吾，才引起了鲁少爷的心疑。正在这个时候，一阵狂风吹过，哗啦啦地刮断了头上的一根树枝，砸坏了一盏路灯。鲁少爷突然全身一颤，疯了一样地要冲出门去，把大哥的胳膊都拧得咯咯响，嘴里嘶声叫喊："老子要报仇！要报仇啊——"

大哥刚才怕他受不了，没把事情真相一步到位地全说出来，但他已经猜到了一切。

他冲进急救室里，把两个穿白大褂的人撞得东倒西歪，发出尖声大叫。然后，他在学校领导、老师的背影那边消失，只有一声长嚎放了出来。

墙角里丢弃着加加带血的书包，还有他的跑鞋、雨衣、耳机、一张球星的照片，虽然可能还带着他的体温，但眼下与医院里的废棉球和旧纱布混在一些，与脏兮兮的纸盒和塑料袋混在一起，抛弃在冷冰冰的水泥地上，还没有来得及清理。还有一个塑料薄膜袋子里的槐树叶，是他每天放学后在学校附近摘来喂兔子的，这样可以减少母亲的劳累。孩子眼下管不了这些了，顾不上这些爱物的无依无靠和七零八落了。他面孔清秀而安详，两眼直愣愣地盯着天花板，目光似乎已经凝固。

直到深夜，加加还没有闭上眼睛。父亲抓住儿子冰冷的手，猜到了儿子死不瞑目的原因，揪了一把鼻涕，凑到这张面孔前说："加加，我会喂兔子的。"

孩子的眼睛还是大睁着。

"我再也不对奶奶……恶声恶气了。"

孩子的目光似乎颤抖了一下，还是盯着天花板。

"我起誓，我今天决不责怪你妈妈……我起誓，我向你起誓，以后一定要对你妈妈……"他吐出一个虚弱的字"好。"

加加显然听清了这个字，这才把眼皮缓缓合上。

父亲知道自己从此肩负着沉重的使命，肩负着儿子对母亲的爱。他还知道儿子刚才隐隐地流出眼泪，无非是感谢父亲的拥抱，一个他很少得到却很想得到的拥抱，就像他刚刚来到人世时那样靠近一个宽阔而温暖的胸膛。他甚至知道儿子今后还会流出眼泪，在一个谁也看不到的地方，对拥抱一次次甜蜜地回味。

当年儿子是由父亲接生的——天快亮了，油灯飘忽，狗叫得让人心惊，产妇在床上痛得几乎昏了过去，乡下的接生婆已经束手无策。急得快发疯的鲁平就吼着、叫着、哭着，心一横，决定亲自动手。他大喊："坚持住！用力！再用力！我求求你……"他终于让老婆挺过去了，自己也挺过去了，一团血淋淋的小生命最终贴在他的胸口。

他不习惯拥抱儿子，好像接生的恐惧和污浊败坏了他的胃口。孩子三岁那年，母亲需要离开农村，而城里的招工条件不容任何已婚已育的青年,那么这个小生命就应该在人间蒸发,在招工单位的眼里从不存在。经过多次商量,父亲决定把儿子送出去,而且这个决定似乎早就潜伏于心头,是早晚都要走出的一步。他看着加加的小小面孔总是感情复杂,担心这个儿子并不是……怎么说呢,他没法说出口。他没法控制自己不去想象万恶的太平墟,不去想象老婆平时一个人守着的那个集体猪场。猪场孤零零地在山坡上,前后有三条小道通向别处,通向各个可疑的村落,通向他脑子里总是挥之不去的深夜脚步,那些脚步来自大队书记、民兵排长、小学教师等可疑的王八蛋。他疑心儿子脸上有那些男人脸上的某一根线条,希望找到那根线条又害怕找到那根线条。大队书记见到他总是很客气,这太可疑了!民兵排长见到他总是不太客气,这也太可疑了!小学教师的一把雨伞还曾出现在猪场里,还不能说明问题吗?何况老婆怀孕五个月以后才告诉他,更是一件不容狡辩的铁证——老婆后来解释,那是怕他着急,怕他抛弃她,但他并不相信。

他半夜里起来,把小杂种抱出门,抱到一个事先约定的周姓人家门前,放下人就走。他害怕孩子的哭声会突然动摇他的决心。他确实听到一个孩子哭了,跑了好远还能听到满城都嗡嗡嗡地呼啸着这种哭声。

在他的记忆里,儿子最后结束在那个静夜里的一道开门之声,还有一个老太婆的故作惊讶:"哎呀,谁家的娃崽睡在这里啊?"……他没想到儿子一定要回来,说什么也要回来,说什么也要再次扑进他充满猪潲味的怀抱,扑向这个狠心的父亲。那是三年之后,老婆从湖北一家纱厂调回 C 城,一家人开始了新的生活。他们发现有一个孩子的身影总是在附近的街口出没,朝这个家门张望,一旦发现有人走出这扇门,就一溜烟跑得无影无踪。他们看也不用看,就知道那个狂跑而去的小小背影只能是自己的骨肉，是任何契约也无法将其割去的胸口之痛。老婆哭干了眼泪，鲁平终于也红了眼，他在这一天完全违背了当年对周家的承诺，冲出门去，一口气追上那个狂跑的小小背影。无论怎样没法忘记乡下猪场的三条小道以及他想象中的深夜脚步，他还是将那个轻得像一片影子的儿子啊儿子紧紧搂在胸口。

"我没有偷东西！我没有偷东西！"加加大喊。

"加加！是我，是我！"

"我不叫加加！不叫加加！"

父亲当着满街的人跪倒在地，放声恸哭，攥紧儿子一双小手。就像多少年后他再一次当着众多送葬者放声号啕，抓起了一把泥。

儿子已经成了墓碑前的一把泥。

老木从香港赶来，不知如何才能安慰鲁少爷，最后想到了老同学当年的疑妒。"你也不要太伤心了，就当他不是你的骨肉，人家的东西终归要还给人家的啊，这不就是命吗？……"他没料到鲁少爷一拍桌子站起来，两眼充血，抄起菜刀就要下毒手。他吓得夺门而逃，几乎是被鲁平抢着菜刀一路追杀出去。

天　国

你们要记住，那件大事发生的时候，没有任何人否认其发生。那件大事将是能使人降级能使人升级的；当大地震荡，山峦粉碎，化作散漫的尘埃，而你们分为三等的时候，幸福者，幸福者是何等的人？薄命者，薄命者是何等的人？最先行善者，是最先入乐园的人。这等人确实蒙主眷顾。他们将在恩泽的乐园中。许多前人少数后人在珠宝镶成的床榻上，彼此相对地靠在上面。长生不老的僮仆轮流着服侍他们，捧着盏和壶与满杯的醴泉；他们不因那醴泉而头痛也不酩酊。他们有自己所选择的水果和自己所爱好的鸟肉，还有白皙而美目的妻子，好像藏在蚌壳里的珍珠一样。那是为了报酬他们的善行。他们在乐园里听不到恶言和谎话，但听到"祝你们平安！祝你们平安！"幸福者，幸福者是何等的人？他们享受无刺的酸枣树，结实累累的香蕉树，漫漫的树荫，泛泛的流水，丰富的水果四时不绝，可以随时摘食；还有被升起的床榻。我使她们重新生长，我使她们常为处女，依恋丈夫，彼此同岁……

当你观看那里的时候，你会看见恩泽和大国。他们将披着绫罗锦缎的绿袍，他们将享受银镯的装饰，他们的主，将以纯洁的饮料赏赐他们。这确实是你们的报酬，你们的劳绩是有报酬的。

....

死者的外婆是白帽子回民，信奉伊斯兰教，因此在葬礼上请人诵读经文——包括上面这一段。

宗教总是在葬礼时临场，在这种生死交接之处散发出缕缕熏香，倾吐出如泣如诉的漫漫长音，在苍茫上空旋绕，使你突然震惊于人与天之间的无限空阔。历史上的每一种宗教都有关于天国的描绘，回教也不例外。每一种宗教的天国描绘都充满着具象细节，近乎优美的诗文，回教也不例外——没有生命轮回许诺的教派，在这方面似乎尤为突出。它们还善于运用壁画、雕塑以及音乐来帮助人们想象天国，想象生命最后的金色家园。

其实这些都是对生者的抚慰。如果我们不是把死者送往一个如诗如画的美境，送往如花似锦的下一程旅途，而是送往一个关于死的冷冷概念，一片未知的黑暗，就像科学知识告诉我们的那样，想象亲爱者的躯体被蚂蚁噬咬，被蛆虫蛀空，被草根抽吸，被各种微生物腐蚀，在坍塌了的棺木或灰罐里化为臭烘烘的烂泥，化为五官如洞胸骨高挺的一具白色骷髅，然后在永远见不着阳光的地方长成阴森森的蘑菇，或者变成一汪汪铁锈色的水永远渗入大地——那种物质不灭的图景虽然正确，但会不会让我们有点不寒而栗？

我不相信天国，但有时候我是很软弱的人，宁可接受欺骗。

文　明

　　我又来到了这里，在一条寂静无人的山谷里独坐，看一只鸟落在水牛背上举目四顾，看溪水在幽暗的槲树下潜涌而出，在一截残坝那里喧哗，又在一片广阔的卵石滩上四分五裂，抖落出闪闪光斑。

　　山里的色彩丰富而细腻，光是树绿，就有老树的黑绿和碧绿，有新枝的翠绿和粉绿，相间相叠，远非一个绿字了得。再细看的话，绿中其实有黄，有蓝，有灰，有红，有黑，有透明。比如樟树的嫩芽一开始是暗红色，或说是铁锈色，半透明的赭色，慢慢才透出绿意，融入一片绿的吵吵嚷嚷碰碰撞撞之中。

　　溪边有一条小道，证明这里仍在人间。沿着溪流的哗哗声往上走，走进潮湿的腐叶气味，从水中一块石头上跳到对岸，又缘一根独木桥回到此岸，反复与溪水纠缠一阵，好一阵才能潜出竹林。你可能觉得前面一亮：天地洞开，蓝天白云，有两户人家竟在那高坡上抛出炊烟。

　　你会听到狗的叫声，微弱而遥远。

　　你知道这里远不是人间的尽头。只要你有气力，扶着竹杖继续溯水而上，你还会发现小路，通向新的密林和新的山谷，也通向新的惊讶——在你觉得山岩和杂树将把小路完全吞没之时，已经准备完全放弃之时。随着一只野鸡在草丛中扑啦啦惊飞，一块更大的光亮扑面而来，出现在刚才贴身擦过的一块巨石那边。那里有竹林后的一角屋檐,地坪前有晾晒的衣服,有开犁的农田以及盛开的花丛。

你觉得这里任何一扇门都应该是你的家。朋友们也觉得这里令人惊羡——真美啊,只是交通太不方便,有人曾一边擦汗一边这样说。但"方便"这话该怎么说?细想之下,如果说这里太不方便,那么城市里的方便体现何处?市民们买零食很方便,但呼吸新鲜空气远不如在这里方便,常常需要驱车数公里或数十公里去郊外的公园;市民们进茶楼酒馆很方便,但饮用洁净水远不如在这里方便,即使有钱买得起桶装矿泉水,也经常埋怨送水不及时或者埋怨水质不可靠;市民们看电影和逛商店很方便,但与动物和植物打交道远不如在这里方便,养条狗还得躲躲藏藏还得挂牌交税还得防止邻居的厌恶;市民们去北京、上海、美国、欧洲很方便,但观飞瀑听松涛邀百鸟赏明月远不如在这里方便,常常要忍受窗外的废气、烟尘甚至沙尘暴,有时只能把自己锁在蜗居斗室里,拿电视里的观光节目来过过干瘾;市民们串门聚会有空间的方便,但人心和人情的交流远不如在这里有时间的方便,他们常常不知闲暇为何物,不知邻居是何方人士,与亲友同城而居却不易相聚,家有藏书累累却难有机会开卷,最后还可能闹出个日本式的"过劳死(karoshi)"……这样一比,不知为什么没有人一边擦汗一边叹息城市的不方便。

在工业和市场化出现以前,这里靠近田土,靠近山林,靠近水源,其实是家居最方便的地方。燃料就在屋后的山坡上,饮水可以用竹筒直接引入房中,建筑材料就来自门前的泥土和窗外的柴窑,家具材料就是路边砍倒了多年的大树,脂肪和蛋白质就在伸手可及的层层梯田里生长着,在鸡埘里、猪栏里、羊圈里、套夹里、陷阱里、蜂箱里、闸网里以及四周山坡上储藏着,还能想象出比这里活得更方便的地方吗?直到人们的生活需要电器,需要煤气，需要玻璃、水泥、钢铁等新型材料，总之需要一切从工厂和市场里得到的东西，这里才突然变得不方便起来，才突然成了所谓偏僻之地，才产生了远离公路的叹息。一个崇尚公路的时代已经到来。这是一个以公路和其他交通干线为纽带，从而彻底改变地图和地理意识的时代。公路是文明的末梢、触须以及救生缆绳，只有抓住它才能得到现代化的救赎，才能通向工业技术、信息技术的创造和享受。

这当然是事实。但公路的那一端的城市是自然日渐稀缺从而日渐珍贵的地方，是人们抛离了自然从而百倍渴念自然的地方，这也是事实。如果考虑到生命体最重要的物质条件是空气、阳光和水，同时也考虑到自己对技术进步的向往，比较而言，我该选择哪里停下来？

文明，刚好需要对文明的反省。我到过意大利的庞贝，在那座古罗马文明的石头城里，惊叹文明的宏伟和深远刹那间就成了一片废墟。早在几千年前，庞贝就有了宽阔广场和通衢大道，有了供水和排水的合理管网，有了精美的楼台、花园、浴场、凯旋门，不会比现在的很多都市更差。庞贝还有似乎过多的环形剧场和运动场，记录着文化体育活动的丰富，比现在的很多都市肯定更好。庞贝还有高耸的法院大楼和公民自由辩论的场地，表现出古欧洲文化的特有传统，不能不让人想象那时候这里人声鼎沸的盛况：温暖的阳光之下，人们裸露着骄人的肌肉，愿躺就躺，愿立就立，愿吃就吃，愿睡就睡，投入体育竞技之余从事工艺制作，享受情爱之余传唱歌谣，交易货品之余辩论哲学与政治……贺拉斯和维吉尔都不过是那些半裸者中普通的面孔，与身旁的铁匠或骑手共同探讨着真理。那里的人可以同时是商人、演员、学者以及政治家，一身数职，一生数业，也许是比当代很多人更完整的人。那里当然不会有汽车和飞机，不会有因特网、人造卫星、激光唱盘、磁悬浮列车、无线电话以及机器人,但拨开这些机巧的器具,谁能说那种赤脚长袍的多方位个人生活不更符合人性?甚至不比当代人更——文明?

庞贝是一块沉埋在历史中的化石,证明人类的文明一直在演进,有获取也有失去,有蜕变也有返祖。也许,我们在视觉上比庞贝人更文明了,比方说已经取消了恐怖的角斗,销毁了残忍的刑具,甚至已经在很多国家取消了死刑;即使还有死刑,用药物注射代替砍头和枪毙,让死亡貌似睡眠,也在成为重要的刑法改进,成为很多人津津乐道的文明风范。问题是:注射只是免除了见血的恐怖,与砍头和枪毙没有实质意义的不同。取消死刑也只是免除了公开的杀人,至于用贫困、疾病、生产事故、环境破坏一类手段造成的无形杀人,甚至大规模的杀人,在当今世界并不曾得到过遏止。较之于平均每天有两万多儿童死于发展中国家,当年的几个角斗场又算得了什么?

还可以说,我们在听觉上比庞贝人更文明了,绅士们不会咀嚼出声,淑女们不会当众放屁,革命好同志不会拍桌子,城市噪音也在一步步减少。除了这些象符的文明化,层出不穷的修辞方法,也正在把语符系统更革得温和可亲:"黑人"变成了"有色人种","土人"变成了"原住民","失业者"变成了"待业者"和"富余人员","酒鬼"变成了"有酒精问题者","傻瓜"变成了"慢速学习者","瘸子"变成了"有身体障碍者","贫民窟"变成了"城市腹地(inner city)","监狱"变成了"纠正机构(correctional facility)"……但即使一切刺耳的声波都能消除,卑贱者可曾因为言说的委婉而获得了高贵?人与人之间的粗暴压迫是否因为声响的悦耳而比庞贝有所减少?世界大战就不用说了,一场由政治狂热或经济投机造成的百业凋敝,足以在一夜之间使千万人失业或失学,无衣或无食,比较而言,古罗马的奴隶制度还能再坏到哪里去?

　　作为一次全球性的化妆，文明有效地摘除着视、听、嗅、味、触等方面的恶象，进而消除着文字中的恶语，这诚然减轻了人类的一些痛感，却并不能从根本上取消任何一道道德难题和政治难题。相反，文明使这些难题变得更为隐形化和无象化，逃离我们的日常感觉，从这一角度来说，倒是有可能使问题变得更难解决，甚至更难了解。

　　我知道这样一个发生在身边的例子：老木以港商身份并购了两家国营企业，玩的是空手道，一纸许诺注资的合同就取得了产权，然后在评估资产、抵押贷款、扩股融资、投资失误、申请破产等环节做了手脚，最终狠狠地刮走了一瓢。这是他最为得意的大手笔。两家企业都垮了，被他抽血了。失业工人愤怒地到处找他，在他的寓所里贴满大字报，盗走了他的德国奔驰汽车，最后还把他的保镖和他本人都打得头破血流。这个事情该怎么处理呢？文明社会的文明人，只能走正常的法律程序：老木的并购、经营、破产手续全都是合法的，经过了境内外多家审计所、公证处、律师事务所、政府有关机构的认可，法院挑不出任何毛病。而暴怒的失业工人确有违法之举：贴大字报不对（警察同情工人，称大字报既贴在屋内就不算贴在公共场所，未予追究）；盗走汽车不对（警察同情工人，称汽车既为熟人所开走并且公开化，就属内部纠纷而不算刑事犯罪，未予立案）；打人致伤当然更不对（警察虽然同情工人，现在也无话可说了）。事情的结果，是老木这个吸血者坐飞机去了香港，而带头打人的三个工人受到刑事处分。

　　我知道老木是文明的受益者，把两千多工人文明地掠夺以后，用文明的泡沫洗净了手上的血迹。

　　倒是受害者手上留有刺目的血迹。

这就是文明的无血迹与不文明的血迹。

我当年是多么向往文明啊，是多么向往伟大的都市啊。在知青点的时候，扳着手指头数着日益临近的假日，找不到汽车就顶着风雪步行上路，从天明走到天黑，才赶到了县城的火车站。火车已过站了，我不耐烦等待，在站台上转悠了一阵，看上了一列运煤车。我在起动的煤车上被不断旋来的煤粉呛着，全身很快变黑，脖颈里也结出一层煤垢，硬如铠甲使脑袋难以转动。咣的一声，我一个喷嚏把自己打入了黑暗。光明在我身后迅速微缩，再微缩，飘飘忽忽的一个白点，直到最后完全消失。我感觉列车不是在平行地移动，而是竖起来向地心深处坠落。我想挣扎，但黑暗中看不到自己挣扎的手脚，更谈不上挣扎的方向。出口在哪里？在左边在右边在上边在下边？咣当咣当的车轮声突然膨胀和爆炸，不是来自某一个方向，而是来自各个方向的钢铁的恫吓，一团团猛击着我的脑袋。我咣当咣当的脑袋不管用了，不知道煤车为什么没有倾翻过来把我埋掉，不知道列车为什么没有倾翻过来把我压成肉酱而我居然还好端端地坐着。我好一阵才明白过来：眼下煤车已进入了一个长长的隧道……

我就是那样一身黑煤地急切地投入了文明，投入了都市，更大的都市，更更大的都市，更更更大的都市，直到几十年后的现在，重新独坐在山谷里，听青山深处一声声布谷鸟的啼唤。我并不后悔，而且感谢这些年匆忙的生活，使我最终明白了文明是什么：它既不在古代也不在当代，既不在都市也不在乡村，只是在每一个人的心里。佛僧们说："立地成佛"。你可以在任何一个地方停下来，跺一脚，说这里就是地球的中心。你可以在眼前任何一片叶尖的露珠上，看到你灿烂的幸福。

儿　童

鲁少爷举起筷子，注意到朋友们的一片兴高采烈之中，儿子远远朝他投来怒目。他知道儿子在想什么，粗声说："吃吧吃吧，不要紧的，这些都是菜鸽，同我们家的鸽子根本不一样，反正是你不认识的。"

"那你们上次吃的青蛙呢？"儿子还是百倍警惕。

"菜蛙啊！没错没错，菜蛙。"

"你们刚才还说吃孔雀！"

"那也是菜孔雀！"

"你们还要吃菜人吧？"

餐桌上爆发出大笑。鲁平觉得加加今天太捣蛋，把筷子一拍："你他妈的才是菜人，吃就吃，不吃就拉倒。小杂种哪来那么多废话！"

儿子眼睛红了，噘着嘴，扭过头去看电视，不管身边的伯伯叔叔们如何哄劝，只是干干地咬着手里的一只馒头。

这是我最后一次看到的加加。我得承认，当时那么多大人没能回答他的问题，也不能理解他，是大人们的残酷。他怎么能够区分"菜（饲养）"的和不"菜"的？又为什么一定要接受这种区分？在儿童们的眼里，生命就是生命，而一切弱小的生命都值得怜爱，包括老虎中的小老虎，豺狼中的小豺狼，鲨鱼中的小鲨鱼，马熊中的小马熊——任何动物只要弱小，就没有侵害性，就难免让人暗生一种毛茸茸黏糊糊的温情。

我相信，这就是同情，是目光中的情感滤镜，是人道主义理论体系最为深远的生理之源。

卷四　言与象的互在

真　实

　　我理解你的意思，所有真实都是我们理解中的真实，是某种文化语境规定的真实。问题在于：这种规定是怎样完成和演变并且合法化的？前不久美国《自然》杂志发表一项新技术：通过测定面部的血流和温度，可以较准确地判断一个人是否说谎。那么什么是说谎？

　　什么是谎言所违背的"真实"？是谁规定了并且怎样规定了这个"真实"？为什么一旦违背了这个"真实"就会严重到引发生理紧张？会造成言说时的心悸以及面部血流和温度的突变？

　　"我去过太平墟"，这句话是真实的。"我怀念太平墟"，这句话可能是真实的也可能是不真实的。传统的知识认为，前一句是事实判断，可依客观标准测定；后一句则含价值判断，因人而异，因处境而异，其客观标准将随主观选择而游移多变。这样说其实还是过于乐观。因为前一种事实判断同样需要理解和描述，同样离不开主观的先入之见，离不开一系列文化符号的运作。什么是"我"？低智能生物会不会有"我"的概念？人是在怎样的文化觉醒后才把"我"与他者分离？还有，什么是"去"？"去"的位移在怎样的文化坐标里才能被辨别和比量？比方说在超光速运动的世界里或者分形几何的四点五维或二点七维空间模型里是否会面目全非？最后，什么是"太平墟"？为什么不能换一种说法，将其说成是那一片山地（地理学意义）？说成是那一群楚民后裔(人种学意义)?说成是那一系列事件(历史学意义)?即使我们奉行政意义为至高至尊,那么"太平墟(公社)"为什么不可以是曾经被命名的黄龙寨(清末时期)、或者第十八乡(日伪时期)、或者黄龙乡(土改时期)、或者红星高级社(合作社时期)?……这就是说,当说出"我去过太平墟"这一所谓事实时,我已经暗中预置和暗中筛取了大量的知识规约,不假思索地肯定了它们。

如果没有这些知识规约,我无法这样说,至少是不会说成这样——我无法保证自己在说出这句话的时候,面对测谎仪面不改色心不乱。

显然,"我去过太平墟"一语里的全部文化沉积,并不是一开始就有的,也不会天经地义永恒不变。这正像 $1 \neq 0$ 这样简单的事实,一旦离开常规的参照系,在特定的数学条件下也能成为谎言。

这就是你说过的,事实与价值并不是那样截然两分,总是处于互为表里的状态,纯粹的事实判断和纯粹的价值判断并不存在。每一项"真实",都源于历史上某些非常复杂也非常激烈的文化斗争。经过一系列成功的符号运作,我们才能在日常生活中毫不犹豫地判定什么是真实,说起来用不着面红耳赤;而且进一步相信凡真实才有价值,才是好。但文化斗争是天上飘下来的幻影而没有真实性的起点吗?历史就是这样在数种或数十种文化符号的旋涡之中消散吗?历史深处就不再有更为坚实的什么东西——比方我的一切所作所为就不再置身于真实与虚假的冲突?我对这种说法也有深深的不安。诚然,我相信现实生活中的很多"真实",不过是符号配置的后果,比如别墅、轿车、时装、珠宝所带来的痛苦感或幸福感,不过是来自权力、组织及其各种相关的意识形态,不过是服从一整套有关尊严体面的流行文化体制,与其说痛苦或幸福得很真实,毋宁说是消费分子们的自欺欺人——就其生理而言,一个人哪里需要三套空空的别墅呢?但别墅成为符号,轿车、时装、珠宝等等成为符号,不意味着非洲饥民的粮食也是符号。我们不能说那些骨瘦如柴的黑人没有真实的痛苦,不能说他们只是因为缺少符号就晕过去了,就死掉了。

世间诸多物事有些已经高度符号化,有些只是低度符号化,甚至与符号性能无关,需要我们依据不同的处境小心辨察。

人在这里出现,身体在这里出现。在人最基本的生理需求面前,任何庞大的符号系统才显得无能为力。不仅如此,因为人的出现,层层叠叠的符号累积才能确立人的终极,依靠对人体感官的信任,像落入磁场一样获得了真实性的重力——尽管真实在文化符号覆盖之下总是晦暗不明,在当前文化符号巨量高产之下更加晦暗不明。我们当然应该注重人的心理需求,关于"尊严"的需求可以让有些人亡命轻生,哪怕以生理为兑换代价。但我们不能说一切尊严感都是同质的符号,意义生成的符号长链,或是源于大多数人的基本生存,或是源于个人的畸态虚荣,两种尊严感终究大异其趣。在这里,我们不妨借用一个经济学概念:恩格尔系数(Englek's coefficient)。这是一个衡量贫困化的指标,指人维持基本生存的支出占总收入的比例,比如一个人的收入九成要用于基本生存之用,那么系数为零点九,故"现代社会"一般是指恩格尔系数极低的社会,至少是在零点五以下。在这样的社会里,物质困顿在缓解,体力劳累在减轻,触觉不再占据全部感觉活动中最重要的位置,饥饿、寒冷、疾病、创伤等刚性和极限的感受渐渐退出人们的知识范围,生理的需求更多让位于心理的需求,财物的竞比更多地代理着文化的竞比,代理着什么样的生存才更体面、更文明、更个性、更有趣的计较。于是痛苦很少的人可能痛苦感很强,痛苦不少的人可能痛苦感很弱,文化符号的多重介入使很多"真实"变得混乱不堪,甚至渺不可寻。与此相比较的是,在一个极为贫困化的社会里,财物要"实"用得多,感受要"实"在得多,一口救命的粮食,可以成为验收一切真理的依据,物质的依据,客观的依据,独断论的依据,就社会一般和总体的情形而言,任何不能救命的文化符号都只能黯然失色和土崩瓦解。

我不知道把我的意思说明白了没有。我是说文化分析对"真实"的消解,完全是一个小康社会的现象,一个现代文明社会的现象,在欧美发达国家发端纯属自然。这意味着我们必须对大量涌现的现代"真实"有及时的知识反应,同时必须对判断标准的悄悄转换有足够的历史理解,必须理解在恩格尔系数零点五这个界标前后,真理不是一回事。在此之前,有粮食就是好的,有粮食的幸福是真的,这有生理需求的足够支撑,几乎可作普遍主义和绝对主义的独断论;但是在此之后,有别墅或更多别墅则不一定是好的,有别墅或更多别墅的幸福不一定是真的,因其没有生理需求的足够支撑,不可作普遍主义和绝对主义的独断论。这当然只是一个非常简化和粗糙的描述,只是选择了较为极端的例证。我们以后还可以讨论其他。我想你完全了解当前的情况,仅就财富分配这一点而言,电视台正播放着非洲秃鹰正虎视眈眈地盯着一个行将饿毙的孩子,也正在播放着美国人正为如何科学有效地减肥而发愁。二十一世纪同样有复杂的局面,有些地区和阶层已经或者可能再一次滑入贫困,甚至逼近生理需求的极限。因此,不仅过去的"真实"与今天的"真实"不同,这里的"真实"与那里的"真实"也不同,一个人在此事上的"真实"和在彼事上的"真实"也不同——文化就是在这样一个非均质的历史和世界里产生着、发展着、交流着以及冲撞着。这使我们的符号研究不能一刀切,不能滑入文化决定论——正像我们以前不能滑入经济决定论。

　　如果我们需要对"真实"抱有同情的理解，甚至需要对某些普遍主义和绝对主义的思想遗产抱有同情的理解，正是为了小心的自我设限，防止自己借一件文化勘测的外衣，变成一种新的普遍主义和绝对主义。在我看来，这是当前诸多后现代主义符号学家那里一个越来大的盲区：符号学成了虚无化的符号游戏。

月　光

月光灌进窗内，流淌到房里的每一个角落。月夜竟如白日一般大亮，远处的树叶竟清晰得历历在目。湖水是月光的冰封，山峦是月光的垒积，云雾是月光的浮游，蛙鸣是月光的喧闹。月光让窗前人通体透明，感觉到月光在每一条血管里熠熠发光。

似乎是一棵树咣当一声倒了，惊得远村发出声声狗吠。其实树不是风吹倒的，也不会有人深夜光顾这个地方，也许只是某个角落积蓄月光过多以后的一次爆炸。这一类爆炸在月夜里寻常无奇。

又融入这一片让人哆嗦的月光了，窗前人有一种被月光滋润、哺育以及救活过来的感觉。二十多年前离开这里，走进没有月光的远方。二十多年前他没有想到，即使有一万种理由厌恶穷乡僻壤的荒芜和寂寞，他仍然会带走一个充满月光的梦，在远方的一个夜晚悄悄绽放。月光下的银色草坡，插着一个废犁头的草坡，将永远成为他的梦醒之地。月光下的池塘，收积着秋虫鸣叫的此起彼伏，将永远成为他的梦中之声。

"床前明月光，疑是地上霜"（李白）"明月出天山，苍茫云海间"（李白）"澄江涵浩月，水影若浮天"（萧绎）"海上生明月，天涯共此时"（张九龄）"香雾云鬟湿，清辉玉臂寒"（杜甫）"明月松间照，清泉石上流"（王维）"春江潮水连海平，海上明月共潮生"（张若虚）"无言独上西楼，月如钩"

（李煜）……古人咏月之诗词可谓多矣，让很多中国人耳熟能详。有了这一切，眼下的月光还是一般的月光吗？还是这些诗词出现以前的月光吗？窗外的月光会不会悄悄闪耀着诗词的节奏和韵律从而动人心魄？反过来说，在读到这些诗词的时候，人与人大概难有同样的感受。相对于那些从来只熟悉都市里各种路灯、车灯、霓虹灯以及灯箱广告的读者来说，一个长期在月光中浸泡过的人，一个长期以来月光富有得可以随意挥霍的人，会不会读出别有滋味在心头的李白、萧绎、张九龄、杜甫、王维、张若虚以及李煜？

秘　密

　　我把出差的路线折了一下，腾出一天时间去太平墟，爬上横冲子后面的大岭，看看我们当年开垦出来的五千亩茶园，有一股兴冲冲的劲头。我到了那里有些失望，发现房子多了几幢，但冷冷清清没有什么人迹。当年的满目青翠已经遭到肢解和蚕食。溪北的茶园已经荒芜，淹没在草丛里，高过头的芭茅早把小道封死，只有两只野鼠钻来钻去。另一片茶园则变成了一个砖厂的取土场，大片残破和裸露的红土十分刺目。

　　我没有见到什么熟人。一个放牛的老汉告诉我，这里早就不叫"青年茶场"了，改名什么公司了，眼下由一个姓周的老板承包，每年交给乡政府四万元。

　　我不大相信这个数字。老汉认真地说，是四万元，茶叶销路不好，再说现在茶树也少了，四周的老百姓闹地权纠纷，要回去了两千亩，大多数分掉了，也荒了；加上退耕还林，办砖厂，开公路等等，又废掉了不少；等来年这批老茶树砍掉，能剩个七八百亩也就不错啦。

　　他以为我是茶叶贩子，说老板今天不在，下山给亲家吊香去了。

　　我有些难受，什么话也没说，在大片裸露的红土上信步走着，踢得一个土块飞出去孤零零地响。我在红土上走着想起当年扎在这里的垦荒营地，想起当年这里的人字形茅草工棚，想起每天深夜里嚓嚓嚓的一片声浪——是我们在石头上磨着锄头和柴刀,以便第二天斩草刨根时能有利刃。我在红土上走着想起当年我们每个夜晚还在这里砍削钯头把子或者扁担,因为一天下来这些东西总要被我们撬断或者挑断好几根,任何木头都要被肉体摧残。我在红土上走着还想起我们曾披星戴月把炸药、粮食、干菜乃至猪娃扛上山来,挑子还没停稳就滚倒在路边大口大口地出粗气。而队长一个劲催促我们起身,说不能歇,说有月光好走路,得抢在月落之前赶到齐家嘴,不然的话今天夜里就得困在山里。我在红土上走着在红土上走着在红土上走着想起那一个月光丰富的冬天,还有那一个雨水连绵的春天,男人们都凿秃了十几把钢钎,挖秃了几把钯头,磨得手掌上全是铁硬的茧子。我们当时已经感觉不到什么叫累,因为手脚已经不属于自己,掌钎的手掌震裂了虎口,流出红红的血,都不会有任何痛感。口舌也不属于自己,咕嘟嘟喝下大碗谷酒,就像平时喝凉水一样没有滋味。我们是一大堆人体器官的各行其是,没有神经的联结,因此可以一边睡觉一边走路,一边挖土一边让山蚂蟥叮血,可以在吃完饭以后才发现脚趾甲已被踢翻,血不知什么时候流出又什么时候凝固。我们甚至没有性别,累得成了一截截木头,一个个阉人。大雪骤降的那个夜里,有三个工棚被风雪掀掉,而几个家里贫寒的农民没有棉被,仅靠蓑衣和茅草遮身,我们把四床被子借给了他们,自己却在柴草堆里和衣而眠。我们醒来的时候,发现火堆不知何时早已熄灭,发现小雁和小青她们的被子盖在我们身上,她们也贴挤在我们身边。我感觉到被子那一头的小青把我的脚搂住,当然是怕我的脚冻着。在另一个夜晚,我醒来时发现小雁的头发正顶着我的下巴,还有吱吱嘎嘎的磨牙声,有含含糊糊地嘟哝:"抱紧我,抱紧我,怎么睡了这么久还睡不热呢?……"

我抱紧了她,其实不知道抱没抱紧就已经重新入睡,直到醒来时才发现她已经起床,在火堆前烘烤着我们大家的衣服,熬着浓浓的姜汤。

她们现在都是人家的女人。

小雁后来在美国遇到我,翻了翻我的一本小说:"你们这些作家很讨厌,什么都往文章里写。我得告诉你,有一件事情,希望你永远不要写。"

"什么事?"

"你知道的。"

她看了我一眼。

我知道她说的是哪件事,当然会照她说的办。其实我从来也没打算写出她说的那件事。我知道很多事情是不能说出来的,像雪娃娃一遇太阳就要变得丑陋。

我也没有把山上残破和裸露的红土告诉她,没有打算把这次扫兴的回访告诉任何老朋友。我不想让他们知道,当年那三百多人历时两个冬春的垦荒没有什么成果,当年的血汗差不多是白流——怎么谈得上那时夸口的"改天换地重整河山"?怎么谈得上那时宣誓的"解放全世界受苦的人"?充其量就是解放了一个承包商吧?还有四万元承包款,算是对国家贡献的全部,你说得出口?还不如老木那堆肥肉炒楼盘一天的进项,不如他一个哈欠下来捐赠灾区的一个零头。他一听到这事还不笑死?

我得守口如瓶。

听吧战斗号角发出警报
穿上军装拿起武器
共青团员们集合起来
踏上征程万众一心保卫国家
我们告别了亲爱的妈妈
请你吻别你的儿子吧

再见吧妈妈，别难过莫悲伤
祝福我们一路平安吧
祝福我们一路平安吧……

这些歌还在记忆里，歌声中的很多人和事还在记忆里。越过漫长的岁月，这些记忆在当今市场经济的价格体系下，只能换算成渺小的一个数目，换算成四万元——我们无法找到别的换算，只能有这种换算，这种当下太多人所公认的换算。这足以使记忆蒙羞，使记忆者尴尬和可笑，从此沉默无语。但记忆在那里了，永远在那里了，没有什么力量能把它剜去。记忆是一个人内心中独享的密窟，凭主人的指纹验证准入，没有他人能够分享的口令或通行证；记忆是一个人在密窟里的遍地黄金，在他死后将消失无痕无人知晓。

我不能让朋友们把内心中的遍地黄金投入这蒙羞的换算。

消 失

就是在这次匆匆回访中,我得知原大队书记四满后来当上了县委书记,眼下又成了在押的贪案要犯。我有些惋惜,想起当年他在关键时刻的手下留情时还有点惭愧:他帮过我们而眼下我帮不了他。

当时"反动组织"一事闹开了,闹开的内情我以后会说。这里先说闹开以后,消息传来,我们全变了脸色,膝头控制不住地哆嗦,讲话都有些结结巴巴。只有大川还冷静一些,阴沉着脸,抽着烟,要大家不要慌乱。我们都被民兵押到大队部接受审问,其中大川被关押得最长,整整七天,据说还挨了四满的两记耳光,手臂上留有捆绑的血痕,好几天都无法伸直。

他是我们的头,当然是反动组织的首犯,审问中索性把什么事情都往自己身上揽,算是有种的汉子。后来的日子里,他不多言语,一反常态的温和,对女生也不再是压下眼皮,一条窄缝里的眼光要看不看的。他把小雁和小青叫去,语重心长了一番。交代她们以后去学学绣花,学学裁缝,好歹也能混口饭吃;交代她们以后做事不要太逞能,偷偷卖血的事更要适可而止。看着他一派慈祥长辈从容安排后事的模样,两个女生都哭红了眼睛。

大家越是心情沉重,他倒越是放松,对着门外的青山做做扩胸动作，说你们真是经不起事啊，不就是要一颗人头吗？早死晚死都是一回事嘛！他喝下一碗谷酒，高唱一曲现代京剧《红灯记》里烈士行前的唱段："临行喝妈一碗酒，浑身是胆雄赳赳……"

唱腔在静静的山谷里特别洪亮。

一天过去了，两天过去了，很多天都过去了……大川的《红灯记》都唱乏了，扩胸动作也做乏了，还是没有出现我们预料中的囚车，甚至没有什么陌生的官家人进村来。大川刮了胡子剃了头，换上了他最好的一套衣服和一双回力牌蓝色球鞋，一心一意地等着被捕甚至就义，一直没有出工干活，等着等着都有点茫然无措了，不好意思了，这天终于忍不住还是扛一把锄头来到地上，显得有点灰溜溜的乏味。他冲着手中一把秃锄大发脾气，锄楔钉紧了又掉，索性三下两下把锄楔砸得开了花。就像是记熟了台词并且化好了装的演员，等来等去只等来了演出无限期推迟，最他妈的让人窝火。连我们也觉得，故事如果这样不了了之，虽然是谢天谢地的大好事，却也让人有点空忙一阵的失落感。是一个惊险恐怖片只演了半截子，有头无尾，让人等也不是，不等也不是。

我们也对锄楔表示愤怒，对所有农具的质量低劣怒不可遏，完全是讨大川的欢心，力图弥补自己某种莫名的愧疚。我们似乎对公安局的警车没有来负有责任，对目睹大川白白英勇了一次负有责任，既然节目虎头蛇尾，我们就不应该争相观看，看什么看？岂不是故意看人笑话？

我不知道四满是因为什么把案子压下来了。我不能不想到，假如那一次不是他装糊涂，案子真闹到上边去，大川真有可能进了大牢甚至掉了脑袋。即使事情没有那样惨，我们让他一个人独揽全部责任，几乎是默许他孤零零地代大家下地狱，也是一群懦夫留下了永远的污点。我得承认，我没有他那样勇敢，只是帮他倒开水，替他洗鞋子，殷勤百倍地为他忙前忙后，但从头至尾没有说出那句最应该说出的话，也许是他最为期盼并且最能得到安慰的一句话：

"跑苏联的计划是我提出来的，要坐牢，我跟你一起去……"

我犹豫过，但放弃了，于是永远没有机会再把这句话说出来。

我重新想起了这句没有说过的话，重温着面对大川的愧疚和感激，完全是因为我再次来到了太平墟，再次走在当年的小路上。如果没有这条小路的提示，我不知道还要忘记多少故事。我有点暗自心惊，不知道遗忘是怎么回事，不知道是因为我遗忘了这件事所以无从记忆，还是因为我不愿意记忆这件事所以如期地遗忘。我想起不久前看一盒录像带，带上有普通话和广东话两个声道的混录。我的录像机不太好，无法滤掉其中的一个声道，两种话音混在一起，让我什么也听不清。后来我尽力要求自己"只听"其中一种声音，奇怪的事情居然发生了：耳朵有了排除功能，广东话的声音渐渐隐去，直至完全消失。只是我一旦意识到"这盒带子实际上有两种声道"，稍稍放松一下自己的控制力，消失的声音就立即轰然而出，重新造成耳边的嘈杂一片。

显然，我的耳边并无一种客观的声音，我的耳里并没有客观的听觉。与其说我当时听到了什么，不如说是我的意识决定了我只能听到什么。一道文词性的指令决定了录像带上某个声道的进退和出没。

再看一张图：

图中央是一个很像高脚酒杯的白色形体。只要你改变一下注意力,只注意两边的黑色部分,高脚杯就消失了,取而代之的是两张相互对视的脸。心理学家称这种变化为"图形/底色"颠倒。其实这幅画一直没有变化,如果说有变化,变化了的仅仅是我们观察它的方式,于是显现的东西突然隐藏,本可以忽略的东西倒成了触目核心,就像我刚才说到的多声道。

我们的记忆也是如此罢。我们以为自己记住了的往事那里,其实还隐匿着很多其他的往事,并未消逝,只是隐形,埋藏在记忆搜索范围之外的什么地方,消失在无边的黑暗之中。只有在特定的情境里,注意力适时改变,它们才会轰然而出。

语　言

　　你也许说对了。具象里藏着语言。人类已经有了语言，已经藉语言组织了自己的抽象思维，就不可能还有语言之网以外的物象和事象。在此之前，我一直搜寻语言之外的动静，描述具象如何形成了非语言的隐秘信息。我当然还需要做另外一件事：考察言与象二者之间的相互依存和相互控制，回过头来看看这两件东西在一个动态过程中如何密切难分。换句话说，本书序言中所称"言词未曾抵达的地方"其实并不存在，严格地说，那只是一些言词偷偷潜伏的地方。

　　就像你说的，在人类生活中，任何具象都是被感觉的具象，在远离童心、梦境、诗情、酒精、毒品等乱智因素的情况下，在一个人神志清醒的情况下，感觉也总是受到理智的控制，包括受到理智的筛选、整理、理解以及创造——语言在这一过程中必不可少。想想看吧，关于民族主义的言说，可以使一个卢瓦河边的割草牧民，发现自己在天主教徒之外还有身份，感觉到他与陌生的巴黎银行家们竟是同一类"法兰西人"，贫富悬殊并不妨碍他们共同站在三色旗下心潮澎湃，唱着《马赛曲》并且对普鲁士或英格兰人挥动着拳头。他的生活完全不同以前了。同样，关于阶级主义的言说，可以使一个莱茵河畔的汽车修理工，发现自己在德国国民之外还有身份，感觉到他与井冈山下的雇农竟是同一类"无产阶级"，面目陌生、习俗差异、言语不通等等，都不妨碍他们共同在中国战场上冲锋陷阵，攻入豪门大宅没收财产和解放奴婢，把帝国主义一举赶回欧洲去然后热烈拥抱举杯同庆。他的生活也完全不同以前了。在这里，如果没有相关理论的语言传播，如果世界上从来就没有指导他们认识生活的那些言词，上述情形完全不可思议。

在这一过程中，人们遭遇了行军、风雨、饥饿、爱情、战斗、友谊、仇恨、欢乐、思念、委屈等等，人们的感官网捕了无数图景和声音，形成了巨大的具象储量，悄悄潜入他们今后使用的语言。但谁又能否定，他们这些人生体验的获取，他们之所以经历了这样的生活而不是经历另外的生活，其源头不过是某些理论家的语言生产？

社会生活就像一个巨大的多声道混录带，原本杂乱如麻，我们只感受到"民族"或者"阶级"，一如从没有感受到"民族"或者"阶级"，往往都是因为我们的感觉已经在执行排除功能，已经被某种语言牢牢地操控，将其他声道强行掩埋在静寂之中，直到它们重新轰然冒出来时为止。你说到的现代派艺术也是一个很好的例子。对于一些奇心异智者来说，对于儿童、半原始人、吸毒者、幻想家、精神病一类人来说，现代派艺术的夸张、变形、怪诞也许纯属正常，顺理成章，独得我心，非此不可。但对于现代科学体系规训出来的成年文明人而言，现代派艺术是如何被接受的？他们为何也能眼放毫光拊掌击节地争相观赏那些蝌蚪状的人形或者尿布状的风景？在很长的时间内，现代派艺术差不多是"学院派艺术"，抽象派绘画、意识流电影，如此等等，在社会大众那里门庭冷落，在学院专业领域里却大受追捧，双方审美趣味的对立，远非一般的"雅俗"的对立，也很难获得自然消解。从根本上说，学院里高产的专业理论和专业批评，是现代派风格得到接受和推广的前提，具有重塑文化感觉的魔力。这就是说，现代派是异想天开的无限可能，却并不像人们声称的那样是反语言和反理性的文化返祖，恰恰相反，语言开路，具象跟进，语言阐释在前，具象接受于后，才是现代派艺术征服人心的一般过程，而且是一个不折不扣的理性攻防过程。没有哪一种电影像意识流电影那样需要大量的理论和批评作为导看材料，也没有哪一个时代会出现抽象绘画的理论家和批评家大大多于绘画家这样的奇怪局面。一个法国诗人惊叹二十世纪六十年代后的文坛，曾经对我说过：现在已经没有现代派文学，只有现代派文学批评——以及专门为这些评论写作的一丁点儿文学。他还说以前是批评家吸作家的血，现在是作家喝批评家的奶。

显然，对于改变了感觉定势的人来说，现代派艺术就是语言所孵化的艺术，是语言意念所强力催生并且强力追认的产儿——这至少是现代派一个方面的情况。

你当然知道，很多学院派艺术具有强烈的观念性，眼下甚至干脆被人们称为"观念艺术"，是一些图形哲理和象形思辨，一般来说，需要在大量语言辅佐之下才能得到生产和消费。这些艺术总是存活在语言生产繁忙的学院，而不可能是别的什么地方，这显示出它与语言的深度关联——甚至比它所反对的传统艺术更依赖这种关联。

词　义

美国金融家索罗斯在总结股市教训时说："安全第一。"而每一个股市新手也会说："安全第一。"

这是同一种言词？

是表达同一个意思？

会引导出同样的实践？

索罗斯这里的四个字，积数十年胜败之经验，意味着当年数亿或者数十亿美元的付之东流，可能牵动着他当时的坐卧不宁、辗转反侧、暴跳如雷、摔东打西、撕肝裂肺，万念俱灰，可能联系着他永生难忘的银行逼债、股东闹事、朋友翻脸、亲友绝情、财产变卖、媒体羞辱等一系列惊心动魄的景象，真是字字千钧，说出来就是血，说出来就是火——只是一般人听不出来罢了。那些刚出道的股民们在价位显示牌下交头接耳，也在频繁说着这四个字，但他们的四个字可能只是刚刚来自书本，来自友人的说道，来自股评家的指教，每个字还是一个飘飘然的空壳，尚未注入亲历性事件。即便注入过一次小小的斩仓亏空，但几句懊悔或一声长叹，与索罗斯的深度创伤岂可等量齐观。

如果说索罗斯与某个股市新手会在同样的理念下冒出完全不同的举措，那是再自然不过的事情。

言词有表层的含义，有深层的含义，当深层的含义不可明言时，就构成了言词所寓含的亲历性隐象，像长长的影子尾随于言词之后，是随时可供检索的体验和情感，是言词个人化联想和理解的空间。相同"明言"之下，可以有相同"隐象"，这是因为多数人的初始条件大致接近，在衣食、疾病、婚育、家庭等方面也有彼此差不多的经验，所谓"人同此心，心同此理"，即对这一方面的强调。然而受制于社会与人生的千变万化，相同"明言"之下，必有"隐象"的千差万别，包括深隐和浅隐的差别，富隐和贫隐的差别，隐此和隐彼的差别，就像同一种导体，带电与不带电，带交流电与带直流电，带高压电与带低压电，完全不是一回事，只有到触摸时才可能被人心惊肉跳地察觉。

民间很多禁语就是这样形成的。船民们因为对"沉"船和"翻"船有太多恐怖的往事记忆，这两个字就带上了高压电，与这两个字谐音的"尘""陈""晨"或者"番""帆""范"等等甚至也遭株连，成为水上船家的禁忌，一说就让人触电，就让人毛发倒竖怒发冲冠。股民们因为对股价暴"跌"有太多痛苦的往事体验，"跌"字从此也带上了高压电，与这个字谐音的"爹"甚至也为很多股民躲避，见了爹不能叫"爹"而只能叫"爸"，叫"大"，叫"喂"，否则"爹"一声天地变色，可能让人血压剧增冷汗大冒。

时间长了，作为一种潜在的心理痕迹，言词的隐象已经积淀为本能，进入呼吸、血液、体温一类生理反应，却不一定为当事者所意识。亲历过政治冤案的人，对"专案""立场""批判"等言词会有常人难以理解的本能厌恶。而 $E=mc^2$ 这一公式，对于钻研过相对论的人，也有常人难以理解的情感色彩和美感分量，总是在密密文字中分外抢眼，让人怦然心动喜上眉头。

"童言无忌"的现象只有从这一角度才可能得到理解。孩子们尚无多少生活阅历，心灵如同一张白纸，是无电或微电状态，任何词都可以拿来胡乱使用。有一位少年对同行的少女说："你出来旅游带了娇爽卫生巾吧?"少女满脸通红地怒斥:"你胡说些什么?"这让少年颇为不解:我从电视里学来了这些词语为什么用不得?我用错了吗?另一位小孩子声称自己知道结婚是怎么回事:"结婚就是爸爸的精子骨碌一下跑到妈妈的肚子里去了。"他的话引起了在场成年人的哈哈大笑,引起了父母在客人面前的面红耳赤,却让他久久地纳闷:我从书上看来的话说错了吗?为什么大人要那样哄笑?

孩子们其实没有说错,而且应该说把这些言词用得十分准确,符合字典的规范定义。之所以引起意料之外的羞恼或者哄笑,是因为这些言词只是准确于"明言",并未统一配发"隐象",在具有性意识或者性经验的听者那里另有难言之隐,通向他们特殊的个人化联想,于是才有令孩子们困惑不解的羞恼或哄笑。这也就是说,在实际生活中,不同的人给同一个词注入了不同的含义。这些含义,或者说构成这些隐义的隐象,既不可能从一个人身上抽取出来然后注射到另一个人身上去,也无法依靠当代的芯片技术或克隆技术从一个人身上复制到另一个人身上去,因此人际间的语言交流,即使能沟通于"明言"层面的一致,也必定常常困于"隐象"层面的各别。

毫无疑义,大多数言词实际上是一种暗语,一种局外人能够浅知但无法深知的暗语,类似社会中常见的行话或黑话,只有在具有语义默契的密谈者那里,才能得到确切和充分的理解。言词至少也是一种"泛成语现象",隐含着各个不一的典故,存在于生活而不是字典中的典故,在不了解这些典故的人们那里只能得到一知半解。德国当代思想家哈贝马斯似乎对这一点估计不足。他担忧于现代文化和政治的四分五裂,呼吁重建理性的、民主的"公共领域",变"主体理性"为"主体间理性",(见《交际行为理论》)让理性不再封闭而向其他主体敞开交流的通道。这当然表现出可贵的焦虑和现实的建设性意义。但作为实现这一目标的具体操作方案，他倡导"对话"，倡导"真诚宣称""正确宣称"等对话原则，仍有太多的书斋和沙龙的气味，局限在理性层面的"明言"，没有注意到对"隐象"的心会有赖于生活实践经验的重叠——这当然是一个太难的任务。我在下面还要描述这一难点，描述这一难点怎样在现代社会里日渐突出。这并不是反对"对话"，只是反对对话者低估对话的难度，恰恰是要使对话获得实践的坚实基础，从而使对话不至于成为聋子间的胡诌，不至于成为对理性"原教旨"或宗教"原教旨"的天真寄望。否则，尊敬的哈贝马斯先生就像捧着一本通用大字典的人，到各种行话和黑话圈子里去寻求交谈；或像是一个天真无邪的孩子，捧着一本通用大字典来和女人讨论"卫生巾"或者和成人们讨论"精子"——他不会说错什么，也能有所收获，但无论他准备了多么足够的宽容，语言这个既公共性又非公共性的工具，很难通向他所向往的"理性民主"和"理性宪政"，很多时候甚至会激起莫名的羞恼或哄笑。

一个迷恋理性的读书人，可能不察语言中的暗语密布和"泛成语现象"，可能把言词的相同错估为词义的相同，错估为言者的相关经验与践行的相同。他可能以为，一个美国人说的"古董"，拿到一个有数千年历史的文化古国来，与这里的人们说的"古董"是同一个含义。他可能以为，一个中国人说的"民族"，拿到一个只有几百万人口的弱族小国去，与那里的人们说的"民族"会激发同一种感受。他还可能以为，一个恶人会像他一样，把"爱国主义"理解为对所有国民的惦念爱护，而不意味着国民们承担牺牲以便少数特权者窃据权力并且把巨款存到国外；以为这个恶人也会像他一样，把"全球主义"理解为全球各民族之间平等的文化互补和技术共享，而不意味着所有弱国敞开国门以供少数富豪集团随心所欲到哪里都享受好处却不承担义务。这位读书人相信道理是可以说通的，共识是可以通过讲道理来达成的，但他一定不能理解，为什么人类几千年来有过那么多道理，但还是有太多刺心的悲剧；他一定不能理解，为什么很多道理差不多已经成了深刻、周密、漂亮、通透的精品，仍会遭遇人世间太多茫然而冷淡的面孔。对于有些聪明的强者来说，有什么道理不可以接受？任何意识形态的时髦口号都可以接过来，成为他们左右逢源并且大获暴利的机会。同样，对于有些纯朴的弱者来说，有什么道理可以接受？如果没有人治的明君贤吏，没有法治的善制良规，任何意识形态的时髦口号都可以使他们活得左右皆难，都可以成为新一轮剥夺的借口，把他们送入新的一轮生计滑落。

在这个时候，指责他们冷漠，指责他们不再关心理论，指责他们逃避和拒绝哈贝马斯式的"对话"，岂不是责怪吃不上饭的人为何不去吃海味山珍？

慧　能

《六祖坛经》记载,禅宗六祖慧能在坐化之前,嘱弟子们今后"不立文字",又称"此宗本无净,净即失道义",也就是不要争论。《金刚经》记载,佛祖一再感叹"说法者无法可说",又称"若人言如来有所说法,即为谤佛,不能解我所说故",也就是根本不要讲道理,与道家"大辩不言"的传统有暗合之处。

慧能原是个担水砍柴的役夫,史载为"野人",没有智识阶级的资历,充其量算是自学成才,对文字的怀疑态度,与他的贫民出身恐怕不无联系。像他的佛门同道一样,他对"对话"从无信任,在我看来,主要是对语言的显义从无信任,无非是感觉到任何言词的显义之下,暧昧不明混沌莫辨的隐象纵深无法把握。在那个纵深里,任何一丝明暗的闪烁或者任何一缕冷暖的飘移,都可能使显义即刻哗变,远远逃离字典的约定,逃离公共的约定。

如果对话者不能复制对方的那个隐象纵深,不能复制这个隐象纵深所依据的全部生活阅历,对话的成或败,其实都差不多是一回事;说服或者没有说服,其实都差不多是一回事。慧能说得过于极端了,但不失为一种有偏见的洞见:理解是误解的别名。

暗　语

这里说的暗语，都是普通语，只是暗含着言说者们各自特殊的感觉经验，不容易被听者理解。严格地说起来，这些普通语都是必须小心提防的暗语。

有关例证太多，这里仅略备几则：

暗语一：地主

太平墟有坏地主，也有好地主，最好的一个要算嵩山大队的乔爹。据说闹红军的时候，红军杀了他的一个儿子。后来国民党军队杀回来，有人劝他报仇，说县里关了好多共匪，你老人家与县太爷是朋友，何不要县太爷给你杀几个祭坟？乔爹叹了口气，说我与县太爷至交不假，我要他上午杀，他不会拖到下午；我要他杀三个，他不会杀两个半；只是杀得再多，我儿还是不能活转来啊。

他没有报复。大概就因为这事，共产党夺取政权以后对他网开一面，虽然定为一个地主，列为阶级敌人，但只是划了一块地让他去劳动改造，种点红薯和包谷，自己养自己。几年前的一天，我在山路上遇到他，发现他老得驼了背，一只眼球蒙着白絮一朵，是严重的白内障。他不认识我，见我读书人模样，当成了乡政府的干部。"干部同志，我一定要请你帮个忙啊。"他递上一支皱巴巴的纸烟，"政府还有没有地主分子的指标？要是还有，你一定要照顾我一下，给我一个，我实在是困难啊。"

我以为耳朵听错了，以为他在开玩笑。

他不是在开玩笑，说着说着眼泪都出来了。"我真是没有活路了。今天一张红纸来，明天一张白纸来，都是来要我的命。我有五个侄儿，八个外甥，还有六房表亲，你说我还能活吗？我怎么这样没有八字呢？我这样反动，什么坏事没做过？政府英明伟大，怎么就不再定我一个地主……"

我后来才明白，他是说他的亲戚多，需要送礼的红（纸）白（纸）喜事也就多，人情负担实在不堪承受。想来想去，还不如当年劳动改造的时候，亲戚们都不敢与他沾边，邻居们也不敢与他沾边，一个人倒也吃了碗安稳饭和清静饭。他不知道"地主"这个概念早已消失，不知道"地主"这个概念在很长时间内曾让人们心惊肉跳，更不知道乡政府眼下掌握的扶贫指标涉及到贷款、化肥、种子、粮食、棉衣但独独不可能有什么"地主"。他完全不明白这一切。

他老泪纵横，感慨命运如此不公，竟把他的地主帽子给摘掉了。他甚至羡慕一个过失纵火毁林的刑事犯，说"他八字好啊，好得不得了，还没怎么反动，烧一把火就住进牢里去了，什么红纸白纸都没有了。这人与人比得吗？"

暗语二：开会

我调入县文化馆工作的时候，时值"文化革命"后期，同事们最喜欢开会。开会的吆喝声一起，大家涌到会议室里，摆上茶，摆上烟，兴致勃勃，摩拳擦掌，一个个要好好开上一把的劲头。先是闭着眼养养神，薄薄地汲几口茶水润润肠胃，等馆长把某个上级文件读完，好，良辰已到，各位开讲，城南的麻子城北的跛子，冬天的豆腐夏天的酸菜，唐朝的侠客明朝的妖精，一五一十都翻出来算是深入讨论文件精神。在这里，没有人会说出反对文件的话，拥护和颂扬甚至有些过分。比如有人会大声宣布"我们决不能当毛主席革命路线的接班人"，待听众吓得目瞪口呆，他再弹一弹烟灰，呡一口茶水，左右看看，解开一个得意的包袱："我们铁定要当毛主席革命路线的一条狗！要我们咬张三就决不咬李四，要我们不吃肉就只吃点饭！"

这一类话当然不会有政治问题，有点可笑也无伤大雅。随之而起的哄堂大笑中，还有人诡秘兮兮交流着一些眼神，真实态度尽在不言之中。

这些政治学习是神仙会，嘴皮子操练，俏皮话会餐，故事传奇大比拼，外带交流各种社会新闻、买卖行情以及家务经验，一个星期好容易才开上两次，常常开得与会者们意犹未尽难舍难分，纷纷表示要把思想政治学习深入进行下去，不获全胜决不收兵。大家都说，我们觉悟低，不多开几个会怎么行呢？这文件很深奥，不多讨论几次怎么能吃透精神呢？工作再忙也不能放弃主观世界的改造吧？面对这乱糟糟的一锅，馆长大为放心又觉得味道不正，心存疑虑又觉得无懈可击，只能糊糊涂涂地带过算了。

多少年后，我在国外过了一段冷清孤独的日子，碰到一个记者，我被问及最想念中国的什么东西。

我毫不犹豫地回答："开会。"

他呆呆地看着我，好像没有听明白，在我再次重复这两个字以后，还是满脸惊诧连连摇头。这没有什么奇怪，他没有参加过我的那些会，他采访过的另一些中国人肯定也没有我那一套开会的经历。据说有个七十年代偷渡出国者碰到他，解释自己非偷渡出国不可的理由，只有语气极为恐慌的一句话："他们那边要开会！开会！开会！"

暗语三：小姐

太平墟很多农民也进城打工，包括原党支部书记四满的女儿雨香，自父亲被判死缓以后，卫生院的临时工当不下去了，也进城来找出路。

知青们是他们的联络对象。独眼木老爷在生意场上路子宽，给很多人介绍过工作，见雨香长得还有模样，就介绍她去一家歌舞厅当小姐，也就是农民说的"吃花花饭"。听到这个消息，很多老朋友都觉得老木缺德，竟把老领导的骨肉往火坑里推。当年雨香他爹对知青还算不错，你怎么可以这样没心没肺？

回到太平墟，我才知道没心没肺的是我们这些道德君子，倒不是老木，真是让人大跌眼镜。有些乡亲说，莫看城里崽嘴巴说得乖巧，真要办实事，还是数那个独眼龙，那个木胖子，就他义道一些，你看他给人家雨香找了个多好的饭碗，松松活活就赚得大钱，两年就在家里盖起了新楼房，一进寨子就看得见。哪像某某某呢，竟然让人家去扫大街，一个月两百多块钱，还要吃自己的！乡里人就这样不值价啊？

其实村子里一开始对歌舞厅也不是没有闲言碎语的。雨香的丈夫修路时折了腿，还撑着一根拐杖，跑到乡政府大吵大闹，口口声声要离婚，说自己不愿意被别人戳背脊，又在门前备置了一个猪笼子，扬言臭婊子一回来，就要把她沉塘喂鱼。没料到年关前雨香从城里回来，一进门竟光焰照人，披肩发，高跟鞋，小皮裙，文眉描眼，真皮手袋，围巾手套，又是手机又是寻呼机，打开钱匣子里面又是人民币又是港币，简直是仙女下凡贵妃省亲，流光掠影照得丈夫几乎睁不开眼，镇得他根本不敢吱声。这哪里还是雨香呢？既然不是雨香，不像是雨香，丈夫准备得好好的一套恶词还派得上用场？

丈夫手足无措，不知道该去烧水还是该去劈柴，不知道鼻子眼睛该怎么安置,脸上该有什么样的表情。他想收拾一下老婆从城里带回来的东西,但那些东西他一样都没见过,一样都不懂,怯生生地不敢造次。直到雨香捂着鼻子,对堂屋里的鸡鸭粪很不习惯,丈夫才找到了自己的光明的出路——赶快去哄赶鸡鸭和打扫房子。

几天以后,他慢慢放松下来了。他的娃崽已经受到羡慕,穿着鲜亮的运动套装,穿着洋式的旅游鞋,到小店里去买红红绿绿的袋装零食,还有一个电子游戏机让小朋友们好奇地围观。他自己也开始受到羡慕,抽着硬盒子的香烟,穿着油亮的皮鞋和挺括的西服,在麻将桌上拍出五十元的大票子眼都不眨,还在村道上接受各种客气的招呼和刮目相看的打量。有些不速之客也上门求见——估计这一家就要盖新房,他们一个劲地来推销机制砖、木材以及水泥。在这种情况下,丈夫晃悠悠地跷起二郎腿,慢条斯理地吹出一个烟圈:"价格太贵了吧?你以为我家里的钱都是捡来的?"

"哪里哪里,都知道你家雨香在外面打工不容易。"

"老子在家里又喂猪又侍候老小,你以为容易?"

"更不容易,更不容易。"

"你明天来听信吧。"

"还等什么明天呢,你是大老板,不就是你一句话吗?"

"是啊是啊,我们都来过三次了,不就等你一句话吗?"

被人家反复央求,丈夫心情很好,发现自己也是个人物了,而且发现并没有什么人说三道四,人们是真心地巴结他,是真心地等待他一言定乾坤——他不说了算谁说了算?

这正是雨香的妇道所在,并不因为多赚了几个钱就不给男人面子。这也正是雨香口碑良好的原因之一。很多人夸她赚大钱不忘节省,据说在城里有时只吃方便面,一个个钱都攒着带回家来,回到家里还喂猪砍柴,不像九家湾一个婆娘,有钱就变心,居然跟着别的男人跑了。他们还赞扬雨香热心助人,遇到家乡姐妹们去找她,她介绍姐妹入行从不留一手,有业务大家做,有机会大家上,不像坳背里另一个婆娘最会吃独,说话总是含含糊糊,行踪总是躲躲闪闪,留给姐妹们的电话号码从来不是真的,无非是怕别人去抢了她的饭碗嘛……我从这些议论中慢慢地发现,道德标准依然存在,只是出现了一些下调,比如不再对从事何种行业做出评价,只是对业内竞争是否公平一类问题做出评价。道德力量在这里仍然强大,只是出现了一些退却,比方并不规范人们如何赚钱,只是仍在约束人们如何用钱。

  道德不是明明白白地还在吗?有些人一见歌舞厅里脂凝粉乱,就痛惜当今之世道德沦丧,是否知其一不知其二?

  衣食无忧的人,最有义务讲道德,但伸出一只白白嫩嫩的手,指责雨香这种人的庸俗乃至恶俗,则可能放过了更重要的社会问题。雨香是庸俗的,甚至是恶俗的,然而想一想她丈夫重伤的腿,想一想她家孩子无钱上学时的凄凉,想一想她家老人有病无钱医治时的焦急,想一想她家那个破烂小土房在风雨之中摇摇欲倒以及夫妇俩的束手无策欲哭无泪,再对比一下眼下他们的扬眉吐气,她怎样才能够不庸俗乃至不恶俗?如果社会或他人不能及时解除她的困迫,她能不能把每一天甚至每一个小时最实际和最具体的生活打成一个包,搁置起来,等数年或者数十年以后再开始过?

  可惜的是,老木能够帮她,而我不能够帮她,即便窥探到"小姐"这个词里一种陌生的义涵,我还是无法接受这个词的轻薄。

  我在陌生的义涵面前束手无策。

  我相信,在很多人的内心中,道德标准既然能够下调,那么就能够上调;道德力量既然可以退却,那么也就可以进逼;也许,在雨香赚到了足够的钱以后,或者是太平墟的人统统富足起来以后,不论是通过社会改进还是个人奋斗的手段,一旦令人窒息的贫困消失,很多旧事就得放到新的生活处境和背景里解读。在那个时候,仓廪实而知礼仪,人们会不会对吃花花饭重新感到匪夷所思?特别是当一个女人衰老得再也赚不回什么青春钱的时候,她周围的人,包括曾经受益于她的人,会不会突然有道德感的回归?会不会突然露出一脸惊讶地质问:"那么多人劳动致富,你怎么就不会?那么多人都受得了穷,你怎么就不能?你怎么可以要钱不要脸呢?"

他们说的当然是事实,是很多人那里的事实,只能令这个女人哑口无言——她也许没法说清楚她的事实是怎样的另外一回事,甚至可能淡忘了过去的一切。如果年老色衰的她也跟着痛恨自己的下贱,恐怕不会是特别奇怪的结局。

我在熟悉的义涵面前同样束手无策。

我不知道这一天什么时候到来,不知道雨香她是否想到了这一天的悄悄临近。我见到她的时候,她浑身飘散出香水味,摇摇晃晃地走在山路上,正准备往城里去。她丈夫打着一把花布伞,扛着旅行包,兴冲冲走在她前面十多米远的地方。

我打了个招呼,接受她目光中透出的冷淡——她一直怨我没给她拉过什么业务,对我劝她不要去那种歌舞厅也耿耿于怀。

"过两天我也要回去了,有什么事就来找我。"

"大哥那样忙,我哪敢来打搅啊?"她冷笑了一下,斜斜地看了我一眼,笃笃笃的鞋跟声踏得更响。

我看着她的背影无话可说。

暗语四:饥饿

邻队有个知青姓陶,外号河马,常来我们这里玩。他身高体胖，重约一百多公斤。一条大腿有水桶般粗，两个村里的后生还抱不起来；一个脑袋足有饭锅般大小，若是颗猪头，割下来佐以姜葱椒蒜，足可热气腾腾喂饱几家人口。他跑动起来的时候，脸上以及全身肉波荡漾滚动，曾被一位老农端详以后惊叹："好泰实啊！这后生真是好配种——"

于是他又有了"良种河马"的外号。

他太能吃，一张嘴是口潲缸，两斤饭倒进去，五个红薯塞进去，两眼一鼓，就没有了，屁都不放一个，像没吃一样。为此他常常跑到各处揩油，总能嗅出你们这里的猪油或者面条藏在什么地方，总能嗅出你嘴上残留的是鼠肉还是酸枣的气味。为了得到这些吃的，他人大志小，低三下四，帮着主人担粪，帮着主人劈柴，喊哥哥喊姐姐，喊叔叔喊婶婶，厚颜无耻到极点的时候，你扇他的耳光也行。他甚至宣布过他的毕生宏愿，就是继承周恩来总理的位置："我当上总理以后，下令全国所有饭店让知青免费大吃大喝三天，然后就下台！"

有一天，他老远就嗅到了什么，把一担柴丢在对西山上，一路飞奔直袭我们的木楼，把大门捶得惊天动地："开门！开门……"

我们用三把锄头顶住大门，坚决不让他进来，同时加快了填塞口腔的动作。这是一只落入夹套的麂子，加入姜片，熬出了可亲可爱的两大碗，这是我们隆重的节日，决不能让良种河马染指。我们的面条、猪油、鼠肉、酸枣一类宝贝从未逃脱过他的魔掌，也总得有一次例外吧？何况这两碗麂肉分量有限，完全不堪他筷子抄底那一类凶猛动作。我们听到门外绝望的声音，愤怒的声音，哀嚎的声音。还听到他的双脚在门上蹭，大概是想攀到门上的横梁，从那里的一条裂缝探头看看屋里的究竟。还听到他的一线脚步声绕到了屋后的坡上，大概想找出这个城堡的破绽一举攻破。我们得意地哈哈大笑,大声说我们要睡觉了,恕不会客,对不起啦。

外面寂静了,然后听到他的脚步声终于远去。

我们没有料到,这一缕肉香把他伤害得太深了,竟引起了他疯狂的报复。我们的碗筷还没有洗干净,几个武装民兵突然冲进来,吆三喝四,翻箱倒柜,把屋里屋外抄了个遍,见笔写的纸片就抄走,其中包括小雁拼命想夺回来的一个本子。本子上记录着我们每次内部讨论的发言,在当时是反动透顶的东西。

这就是前面好几次提到过的太平墟"反动组织"风波,是一次差点造成人头落地的报复。

他怎么能够下手这么狠?不就是几块麂肉没吃上吗,居然就可以告密?就可以把朋友们往死里送?事情渐渐平息以后,我愤怒地质问过他。而他眨巴着眼睛,一脸大惑不解的神情,根本不以为这件事有什么严重,完全是一个无赖。

他后来找过我们,提着一条大草鱼想来恢复关系,被我们轰了回去。他到别的村寨去找知青,也普遍蒙受指责和声讨,都说他是个翻脸不认人的家伙,惹不起至少躲得起。他在知青中完全孤立了,在农民那里也被指指点点,走到哪里都抬不起头来,哪怕他讨好地去给人家挑水砍柴,叫人家叔叔婶婶,也总是遭到坚决的拒绝,似乎他是个麻风病人,满身是毒,走到哪里就会毒到哪里。他说他根本没有害人的意思,说他只是气不过,说他只是开个玩笑,说他根本没有去告密,说他爸爸是工程师而他八岁还吃奶……他越说就越说不清楚,最后赤身裸体跑到一条无人的峡谷里去了。人们把他找回来的时候,他的衣裤鞋袜都不知脱到哪里去,只剩下一座赤裸裸黑油油的肉山。这座肉山挥舞着一个扫把,对一片碧波荡漾的湖水吼叫着挑战,说他手里操着丈八蛇矛,得儿咚咚得儿锵。又说他是大元帅,家住水晶宫,以嫦娥为妻,玉皇大帝正召他去扫荡邪魔,派给他十万天兵天将……如此等等疯话荒唐无稽。

他被家人领回了城市,送进精神病院。据说后来病好了,还当上了国营工厂的司机。在我们都离开了乡下之后,据说他还开着一辆大货车来过这里,见人就掏出香烟,最昂贵的中华牌香烟一连撕开了好几包,请各位赏脸。还拍着胸脯要熟人们到他厂里去做客,吃饭睡觉全包在他良种河马的身上,顺便把一把把钞票扯出来以做证明。他还像表演杂技似的把汽车开得满山跑,逢沟过沟,逢岭上岭,在没有公路的地方,也像台坦克碾得一路尘土飞扬,居然驶过一片包谷地,闯过一片油茶地,钻出竹林以后又旋风似的沿着田埂狂奔而来,最后尖锐地大叫一声,稳稳地停在晒谷坪上——大货车气定神闲,全身居然一道刮痕都没有。司机举目四顾,接受大家对他这一手绝活的啧啧称赞。

要不是有人拦住,他夸口还要开着汽车一步飞到河那边去。你可以想象飞机是怎么飞的,对,就是那个样子。

他还是很能吃,据说一天要吃五顿饭,眼下当然有条件吃得起了,每天吃十顿饭也没有问题。这使我想到当年,大家可能大大低估了麂肉对他的伤害。一个体重一百多公斤的人,一个顶两个,却只有和我们同样的一份口粮,饥饿感岂能与常人同日而语?岂能忍得住被我们拒之门外时的刻骨仇恨和冲天大怒?是的,我们都说过"饥饿",但饱汉不知饿汉饥,小个子不知大个子饥。我想到现在的很多人,吃得满桌珍馐都味同嚼蜡了,一天到晚只思虑着怎么减肥,就更不可能理解陶哥当时的饥饿,更不可能理解他的撕肝裂肺和走投无路,不可能理解他气昏头以后的那件事——是告密吗?也许是。告密又怎么的?告密算什么?他被饿得这么惨还不能告一下什么密?

很可能,他一旦酒足饭饱,也无法再理解自己的当年,无法理解自己怎么就昏头昏脑地走到大队书记那里去了。

暗语五：革命

很久没有游行示威了，倒是在美国差点游上了一盘，差一点过了把革命瘾。因特网上的游行发起者是美国的几十个环保团体、妇女团体、左翼团体，照例没有什么华人组织，似乎这里的华人只会埋着头开餐馆拜财神爷然后搓麻将，还没有工夫管大事，是一些只会偷偷发财的地老鼠。小雁很着急，说这次是抗议美国拒签废气控制的《京都议定书》，抗议美国扩张军备全球称霸的反导弹系统，事情太大啦，中国人怎么可以袖手旁观？

一旦决定参与，我们摩拳擦掌，悉心筹划，决心与美国人民在星期天上午并肩战斗。小雁准备标语牌，设想着一个比一个更好的口号，比如"要 welfare（福利）不要 warfare（战争）"，读起来押韵，有文字的趣味，可以使口号更亮眼。我说可惜英国首相换人了，要不来一条"Major（梅杰）决不代表 major（多数）"，也是蛮好玩的。

作为小雁的丈夫，大头睡得快到中午才起床，揉着眼皮，说星期天要去驯狗，恕不能奉陪。见我们说得兴起，也凑了个馊主意，建议我们多做一些纸面具，让游行者化装成疯牛，到时候一排排躺在汽车前面装死，或者一群群在大街上狂跑，不更引人注目？再让手提广播器里发出牛叫，岂不是更有声有色？他说用不着录音，他完全可以把牛叫声模仿得惟妙惟肖。

疯牛症也是资本主义商业化闹出来的烂事，也应提上革命议程，大头这个主意倒也不算是牛头不对马嘴。

我们就这样等到了星期天这个伟大的日子，撇下呼呼大睡的大头，带着标语牌出了门。小雁说她电话预约了一个理发店，要做做头发，反正时间还早。可恶的是，她记不太清楚这个新理发店的位置，开着车在街上转了几圈，居然没有找到。星期天上午人迹罕见，一家家铺面紧闭，问也没处问。最后，我们把搜索范围一圈圈扩大，才在靠近意大利区的一个街角发现了目标——比预约的时间已经晚了半个小时。

我在附近的一个mall（购物中心）来回转了好几圈，把最乏味的水果摊也统统看遍，大出了几口粗气，才迎来了走出理发店的她。一头女式男发，有焗油后的淡淡发香，新鲜光亮，有些湿润，像刚揭锅的一个透鲜包子。

她与理发师难舍难分地笑谈不已。我说时间可能不够了。这个透鲜包子说还来得及，正好踩在点上。后来的事实证明她对形势完全估计不足：因为有游行，有些街区已被警察封锁，我们一次次绕道，还是陷入堵塞的车流里不能自拔。大概是出于同样的原因，我们预选的一个停车场已经客满，另外一个停车场则无法接近，虽然街边一些地方还有停车位，但那里按时计费价格高得吓人。透鲜包子说她想起了附近还有个地方，踩响了轰轰轰的发动机，汽车调头又开始了更为艰难的长途包抄。她大骂自己stupid（笨），stupid得没治了！

原来她还是改不了粗心大意的老毛病，一忙就更乱。刚才一不小心冲过了一个应该拐弯的路口，前面没有可供倒转的路口，一路都是禁止停车的标志，都是单行道向前行的标志。眼看着我们的车与目的地背道而驰，哗的一下驶过了一条大街，哗的一下又驶过了一条大街，闯入一片越来越眼生的城区，简直要朝着地球的那一边永远地开下去，真是叫天不应叫地不灵！

整整一个小时以后，我们经过几次违规的拐弯，犯禁的喇叭按得天响，好容易天地一暗，才钻进了一个地下车场。

我们走到阳光里，紧赶慢赶也已经赶不上革命了，真有阿Q没赶上革命的沮丧感。远远看见有围观的人群，看见密集的人头那边,最后一批游行的标语牌也此起彼伏地过去了,然后就什么也没有了,然后就是围观者解散了。地上只剩下几张纸片,还有空饮料罐。口号声在街道的那一头越来越远,最终融入洛杉矶的寂静。

我气不打一处来,把标语牌狠狠甩进垃圾箱。他娘的这算怎么回事呢?今天是吃饱了没事干,开到城里来练车轧马路?我不明白小雁为何没有任何懊丧,居然有说有笑,就像什么事情也没有发生,一定要我评价她的发型:"你说我这个头发好看吗?"我说不怎么样。她很不高兴地撇撇嘴:"同你说话,真没劲!"

她要到附近一个法国商店里去买灯具,据说那里的灯的确不凡。她一定看见了我铁青的脸,看见我在路边石阶上坐了下来。

"你怎么啦?"

"没有什么。你要看就去看吧。"

"那我们看个电影?"

"我不去。"

"生什么气呢?不就是没赶上吗?"

"我说了,没有什么。"

"多大一点事啊,游行也不缺我们这两个。"

"哎,我说你怎么偏偏挑了今天做头发?"

"我怎么能够失约?你知道在美国失约是多大的事!"

"你的头发一定要做?"

"我明天要参加珍妮的婚礼。"

珍妮是她的一个黑人学生。"你要打算做头发就赶早做嘛。"

"我怎么知道今天会塞车,会没有停车位?"

"你说得都有理,都有理,好,去看你的灯具吧,去做你的头发吧,你的好事哪一点不重要?哪一点不比游行更重要?其实你在美国吃香喝辣还需要游什么鸟行啊?你不是已经成了苏珊·

雁吗？不就是玩玩票吗？你要玩票就玩票，拉上我傻乎乎地跟着做什么？大头说得对，读书人就是太喜欢道德发情，精神减肥。我早就该同他一起去驯狗！"

"你下流不下流？"

"你才知道我是个糙人？说完了，你走吧。"

她泪光闪烁，牙一咬就冲走了。

她不是盏省油的灯，不会那样容易忍气吞声，没跑几步又折回来，眼泪哗哗地冲着我大放高声："好，我是精神减肥，你是什么？你是什么？你以为你是谁？别以为你就是英雄，别以为你就是民意，你们这些小公鸡，几根肠子谁看不清？不就是一次游行吗？不就是一次寻找英雄感觉的机会吗？是啊，一个千载难逢的机会,怎么少得了你们？历史的舞台上怎么少得了你们？……"

"今天不是去排座次吧？好像也没有勋章可领吧？"

"那前天是怎么回事？前天你对老K的文章生什么气？不就是埋没了你的观点吗？不就是你的观点提得更早但桃子让人家摘走了吗？上次你明明知道老K的电话号码就是不告诉帕蒂，什么意思？不就是你与老K暗暗较着劲？不就是真理由你或老K说出来完全不是一回事？大尾巴一下就露出来了。你们是更爱真理还是更爱你们自己？以为人家不知道吗？是的，你们不要灯具，也不要做头发，要多清高就有多清高，但你们动手就要有成就感，要一世英名，要民众看到你们的名字就脱帽致敬。你们要革命的股权，谁是大股东谁是小股东一定得分清楚是不是？……"

她一急就有英语脱口而出，就觉得中文救不了急，后面还说了些什么，我只能听得七零八落。有一些路人停下来吃惊地看着我们，一个警察也抱着双臂严阵以待，使她终于意识到这是在大街上，于是突然打住，一边擦泪一边钻出了人群。

我呼呼喘了一阵粗气，也走了。我不会吃她的三明治，那个午餐盒就在她的汽车里。我也不会坐她的汽车，跑到路口去碰运气，总算拦下了一辆货柜车。开车的黑哥们儿热情地捎了我一程，还操练着他唯一知道的中文："毛泽东！毛泽东！"然后一个劲问我要不要毒品："smoke？"

我回到了自己的住所。

接下来的几天里，我不接她的电话，听到电话录音机里她的声音，听到他们夫妇邀我去烧烤，去看画展，也不回答。直到我离开这个城市那天，才在机场见到她拉长着的一张脸——据说大头又到外地画剧场布景去了。她拿出一个手表式血压计和两瓶lecithin（卵磷脂）往我的旅行箱里塞，是我一直要给母亲买的，总是没找到我要的牌子，不知她是从哪里找到的，也不知她是从哪里知道我还没有买到。看见我的箱子里乱七八糟，她不由分说把箱子拎到一边，把所有东西翻出来，重新整理一遍，使箱内立刻浅了一截，两个纸袋里的东西也全都合并进去了。

在她做这一切的时候，我们都默不吭声。

她告诉我到了汉城以后如何找汽车，如何找旅馆，如何联系她的一些朋友，像一位母亲要送孩子出行。

"给我来电话吧。"我终于向她伸出了和解的手。

她啪的一下打掉这只手："不给你这个毒人打。"

她转身而去，再也没有回头。

这就是我在美国一次夭折了的革命。因为这段经历，我和苏珊·雁后来很长一段时间里都不用"革命"这个词，好像那是一道没有愈合的伤口，得小心避开。

暗语六：错误

我前面说过，鲁少爷曾把儿子过继给一户周姓人家，几年后又去要了回来，赖掉了过继时的承诺。这个周家白养了孩子几年，也不要补偿，是一户好心人。

周家的男人叫家瑞，也是我的一位同学，这些年混得不太好，在单位上被解聘待岗。

但他是一个老党员，碰到党员开会还得去。他喜欢开会，珍惜自己开会的权利，总是乐滋滋地来到会场，捧着一个自带的大保温杯，满满泡上色深如酱的浓茶，又频繁地给熟人们敬烟，连新来的勤杂工也受到他的款待。他听领导传达什么精神时无精打采，一见讨论时间到了，就睁开了眼，抢着第一个发言，而且一发言就咳嗽三声，提上丹田之气，照例从猴子变人说起，展开他的唯物辩证法的理论体系，谈生产力与生产关系的对立统一，谈改革开放中的否定之否定，谈列宁、斯大林一类领袖人物的功与过，顺便对某些时下的荒谬观点给予批驳，说那些观点一派胡言正在搞乱全国人民的思想。只是他提到的文章总是很陌生，不知道他是从哪些媒体上读来的。

有一次他说明了来处，是《农村百业信息》。

他发言时间总是太长，话题又总是太大和太远，让领导和同事们有点着急。有一次他上厕所去了，领导大喜，说趁家瑞不在，你们有话就快说，不然就没机会了。

人们都得从他嘴里抢时间。

他的理论体系当然来自在区委宣传部的三年经历。当时他革命家庭出身，下乡不到半年就调回城，在机关里当上理论干部，成天给别人讲马列主义，也是领导信任的笔杆子，可以抽两毛钱一包的烟，是同学们中最有出息的了。很多人都请他帮过忙，比如办病退回城手续，比如借点钱粮。他对这些事都有求必应，从不推辞，笑眯眯地成人之美，说朋友嘛，这些都是小事，小事，不足挂齿。鲁少爷后来能够把过继了的儿子又要回去，也完全是靠了他这一片热心肠。

他老婆倒是气得摔东打西，说白做了几年保姆，白给人家开了几年饭店旅馆，哪见过这样的不平事？我看你一脑子猪粪，老娘跟上你算是瞎了眼。

老婆梦月敢骂他，也是改革开放的成果。在那以前，她父亲是反革命分子，三个弟弟读书，其中一位还因犯罪而劳教，全家就靠家瑞一个人接济，他的党政干部的身份，也足以让街坊邻居不敢对梦月一家加辱。要不是这个原因，一朵鲜花怎么会插在他周家那堆牛粪上？——梦月说这话的时候，娘家境况已有好转，父亲的反革命帽子已经摘了，弟弟也从劳教所回来了，她自己还在某招待所找到了工作。相比之下，家瑞倒一步步走了下坡路，成了个待岗人员不说，才四十出头的人，常常一顶黑色呢子便帽耷拉在头上，人家穿短袖衬衫的天气，他就毛衣棉袄上了身，成天笼着袖子，时不时还要咳一轮，咳到空张着一张大嘴有涎无声的时候，就像要一口气憋过去，有生命危险似的。总之，他怎么看也不像是梦月的丈夫而像是梦月她爹。两口子结婚二十年了也没生个娃，其中原因是什么，人们一看他夏天的大棉袄就大体明白。

他倒是很硬气，穿着夏天的棉袄还是很勤快，待岗以后也不找单位上的麻烦，声称党员就要带头自力更生。有一阵子，他居然有一部砖块似的移动电话，经常站在院子里，向广东或上海联络，找他的"徐总"或者"王总"，要那些徐总或王总赶快发货来，要那些徐总或王总在金海岸之类酒店等着他，不见不散，醉倒放人，气势很是威猛。他家门口堆放过一箱箱山楂汁，一件件根雕，一台台电动减肥器，还堆过一些写废了的信封，但堆来堆去，没见他发什么财，甚至没见他把旧呢帽换一顶新的。面对他人的询问他总是含含糊糊，说生意还过得去，还过得去的。

或者说：正在操作，下个月就差不多了。

有一次，同事看见他在一个小杂货店里喝着茶，与店主谈生意，凑上前去一听，不禁吓了一跳。原来他一开口就是四亿美元，说要把省政府连同邻近的公园和郊区全都承包下来，与日本一家集团公司共同开发，在那里再造一个香港。这事你参不参加？参加就好，等资信证明一到，我们就签合同，下个礼拜就签，时间就是金钱，效率就是生命。

他让旁听者们惊喜不已，对这个城市的远景充满憧憬。只是在谈完以后，他低声向店主借钱，十块，就借十块钱，要打个的士回家。

没有十块，八块也行。

他说梦月那臭婆娘，早上掏了他的腰包。

他在外面大骂梦月，骂她一个文盲更不懂国家大事，好多大事就坏在这个臭婆娘手里。真要回到家里，他无论文武都不是梦月的对手，总是被打得长发落下来罩住了眼睛，呢子帽落了地，最后捡起帽子落荒而逃，到亲友那里借宿。这样的情况见多了，梦月的墙外开花也不使人们感到太意外。事情是邻居们发现的。当时招待所的领导还干涉这种私事，找梦月严肃地谈过话，希望她检点一些。这个嘛，人多嘴杂，人言可畏，这个嘛，最好不要让人家有什么闲话可说。领导大为奇怪的是，他们并没有要求梦月坦白，更没有要她坦白错误的细节，倒是她自己兴致勃勃地一发不可收拾，说她确实犯下大错误了，说她真是没脸见人了，说那个家伙居然是个人面兽心的大色狼，又摸她又咬她，如何解她的裤子，如何架她的大腿，害得她几天来还全身酸痛……点点滴滴全不遗漏，绘声绘色地全盘托出。她说得领导面红耳赤，说你不要说了，不要说了！

她惊讶地瞪大眼睛："你们不是要我检查错误吗？我这就是

深刻检讨,希望领导帮助我认识错误改正错误啊,今后做一个好同志啊。刚才我说到哪里了?"

她一脸沉痛准备接着说她的短裤。

领导和秘书都吓得手忙脚乱夺路而逃。

显然,梦月对自己的错误是严肃的,而且有点莫名的亢奋,你看看,她一犯错误就有这么多人来关注,就有这么多人在门外探头探脑,就有这么多有身份的人物在她面前躲躲闪闪结结巴巴以致慌不择路地逃窜,哪个女人能像她这样出人头地?她突然发现了自己是值得人们关注的,衣服挑选得更讲究了,脂粉涂抹得更浓厚了,面色红润眼光发亮均前所未有。只要碰上愿意停下来谈谈话的,她不论男女见面就沉痛,就要检查和反省,一直说到她的短裤。有一次,她逮住招待所新来住店的一个采购员就说,说得对方迷惑不解,继而走火入魔,把她往床上拖,结果挨了她一巴掌,听到她哭着跑出门去大喊:"抓流氓啊——"

采购员这才知道她并不是挑逗,的确是在检讨和痛悔。

奇怪的是,错误不仅成了她乐此不疲的话题,也成了她丈夫家瑞的话题。家瑞后来没什么事干,成天在宿舍院子里转悠,见到男人,特别是处于领导地位的男人,就很负责任地凑上去忠告:"要注意啊,要注意,你们要注意那个狐狸精啊。你们与她说话,千万不要关门;你们骑自行车,千万不能让她搭上来。你知道吗,她的手是要乱摸的……"你要是觉得这种忠告太好笑,他就会惊讶地瞪大眼睛:"你笑什么?你不知道她是犯了错误的?这全院子的人都知道啊。"

如果你愿意听,他就把梦月犯错误的过程原原本本告诉你。他当然会说得咬牙切齿,显示出一个丈夫的愤怒权。他还会把老婆的错误一再夸张,比方把她的失身说成她的勾引,把她的半依半就说成她的纠缠不休,把她的一念之差说成她的来者不拒,把她的一件事说成三件事甚至五件事。总而言之，他似乎要让天下人都知道他家婆娘不是个东西，是十足的荡妇，天下第一破鞋，似乎恨不能让全社会都来痛恨和关注他家婆娘的下半身，都来警惕和防御他家婆娘的短裤——这正是他大义灭亲和大公无私的责任所在，是一个革命干部必须完成的使命。他对院子里的小孩也一再加强教育，抚摸着孩子们的头，要他们注意自己的身心健康，学一学未成年人保护法，不要理睬那个梦月阿姨，不要跟着她看电影，不要让她来帮着洗澡……总之要千万小心，提防化装成美女的毒蛇。

　　他与老婆的吵架与打架当然不可免，甚至成了院子里的定期节目。如果这一天晚上电视里没有什么好看的节目，如果这一天晚上没有下雨更没有打雷，那么九点钟以后，电视黄金时段过去，院子里比较安静，适于声响的远距离传播，事情就可能开始了。最先是咣的一声，惊天动地，想必是一个花盆摔下楼了，或者是一个饭锅砸下楼了，算是大幕开启前第一道铃声。再过一阵，过了剧院里第一道预铃和第二道预铃之间的时间距离，院子里又是一声巨响，同样惊天动地，大概是一个水瓶或一张椅子从天而降粉身碎骨。到这个时候，气氛已经笼罩，情绪已经充盈，前奏已经铺垫，阵仗已经铺开，男声与女声就按部就班地开始出台。他们的对骂声震全球，不会有什么新鲜内容，无非还是以错误为主题，延及各种不堪入耳的细节，也延及祖宗或者国际时势，使他们这一出保留剧目总是演得声情并茂多姿多彩。骂你的棉花条二黄导板，咒你的敞篷车西皮摇板，揭发你一贯淫猪通狗二黄快板，举报你从来是牛睡马眠西皮回龙，声调忽而高亢入云，忽而低回落地，所有的淫秽词语都从字典里跳了出来，倾泻到地坪里四处飞溅，溅到了墙上和瓦上，溅得门窗和玻璃颤动不已。

邻居们对这种色情的二人转开始还有些好奇，没有过多久，就逐渐麻木不仁，没有了劝解的信心，基本上是听而不闻，自己该做什么还是做什么了。有人还生出一份同情，说他们夫妻俩床上不行了，只能在嘴皮子上过过瘾，也是人之常情么。

内情到底是不是这样，不得而知。有点让人疑惑的是，家瑞每次吵架都口口声声要离婚，却从未真正付诸行动，看来还是舍不得定期与之打架的对手，舍不得定期进行的口头色情大厮杀。而梦月每次吵过以后倒显得心情舒畅，精神焕发，目光灵动飞扬，第二天出门时可能还哼出小调，步子很有弹性地踏得一颠一颠，浑身洋溢着一种满足后的快感，让旁人暗暗吃惊。

疯　子

疯子形形色色，其中有两种形态给我印象深刻。

一种可称为"理智崩溃型"：象失控于言，于是皇帝与袜子握手，老鼠与雷电同歌，汽车被土豆吞食，导弹被道路追逐……可以成为他们那里常见的心理幻境，在正常人看来纯属思绪混乱，记忆错杂，胡言乱语，心意得不到正常表达，逐渐郁结成一种焦灼甚至暴烈。

另一种可称为"感觉枯竭型"：言绝缘于象，于是对现实处境及其变化浑然不觉，以至视而不见，听而不闻，饿不觉饥，冻不觉寒。他们的逻辑倒可能严密，知识甚至超群，但逻辑与知识都是从书本上照搬，偏执之下用得不是地方，俗话称之为"认死理""钻牛角尖""凿四方眼"，是一些强词夺理的"书呆子"。严格地说，呆也是疯，在日常生活中被人们斥为"神经病"，即"疯子"的同义语。

理智崩溃或感觉枯竭，可以同时出现在一个人身上，一般来说在不同的情境下也可以有表现的侧重。

不难理解，极少读书的人，与读书极多的人，两种极端情况都是高风险作业，都是精神病的多发区，倒是中间状态的庸常众生较为安全。前不久北京市的一项调查结果指出，百分之五十左右的大中院校学生有精神障碍，其中问题严重者达百分之十以上。我是从电视上得知这一惊人比例的。同样是从电视报道中，我得知美国麻省理工学院既是才子荟萃之地，也是疯病发生率居高不下之处，在美国早就习以为常见怪不惊。看来，院校书斋生涯里，两耳不闻窗外事，一心只读圣贤书，语言多而具象少，虚言多而实象少，虚言与实象的平衡难以保证。就精神健康而言，一不小心就呆，一不小心就继之而疯——只是很多专家不以为这种"呆"是"疯"的前期现象和基础现象，甚至原本就是"疯"的一种高学历形式。

专家们更不从语言的空心化方面去寻找病因。俄国精神病专家哈吉克·纳兹洛扬倒算是一个例外。一九九二年的《消息报》报道：他曾经用"雕塑疗法""戏剧疗法""化装疗法""音乐疗法"等艺术手段，帮助病人解除心理压力，恢复清醒的神智，取得了惊人的成功。在我看来，他的治疗特点其实就是以象补言，以象救言，所谓"非语言心理治疗（nonverbal psychotherapy）"用雕塑、戏剧、化装、音乐等具象来唤回感觉，唤回人正常的感觉，打破心智的危机，纾解和清除内心中语言的偏执性紊乱——这对于治疗感觉枯竭型的精神病，对于治疗高学历和知识型的疯病，可能不失为有的放矢的一个怪招。《消息报》称，当时俄国医学界拒绝承认他的成就，于是有四千多名病人家属自发在莫斯科游行，对他表示感谢和声援。其中有一位游行者说，他的病情好转就是始于做雕塑，终于在一具雕塑面前莫名地惊讶和失声痛哭。

人的大脑像一个资料库，从来都是"言""象"混装，二者互为信息的压缩与隐含，互为目录、索引、摘要以及注解，形成一种阴阳互补的智能生态。获得一象，总是就有相关言语在脑海就位；获得一言，总是就有相关具象潜入心田——即使进入高度抽象化的思维，间接的具象支援仍不可缺，或是作为思维的修辞手段，或是作为思维的实践目标——生活实象是任何抽象理性最终落实之处和验收之处。所谓正常人,就是调动有序从而实现言象平衡联动的人。所谓智慧者,就是"读万卷书"以获得言的丰足,又"行万里路"以获得象的富积,从而双双出众左右逢源的人,对现实世界——特别是人文世界建立了信息的高效控制。实现这种状态当然不易。随着这个世界知识分配的失衡,一些人几乎无缘进入学校,另一些人却十几年、几十年甚至大半辈子就待在学校,无言之象和无象之言都在大量增加,大大增加了大脑管理信息的压力。如果比拟为一台电脑,你可以想象光有文件而没有目录系统的情况:内容混乱,任意进出,擅自链接,像不像一个人理智崩溃时的乱象迸涌?还可以想象光有目录系统而没有文件的情况,目录下全是空白,于是无所区别,没有意义,无法检验,无法校正,像不像一个人感觉枯竭时的空言疯长?

对于电脑使用者来说,这都是电脑的病,是电脑的"疯"。

医 学 化

洁癖者自以为活得很科学,于是想象可怕的细菌无所不在,想象生活中的危险和威胁防不胜防,那些毛茸茸邪乎乎的隐形魔鬼时时刻刻在准备侵入人的口腔、皮肤、内脏、骨头以及头发末梢。他们提心吊胆,没有哪一天不生活在荆天棘地之中,不时觉得身上这里或者那里发痒,刚洗过的头上或者手上也发痒,刚换上的衬衣里或者裙子里也发痒——当然是万恶的细菌在那里蠕动、攀爬、叮咬、安家、行凶甚至通奸。老木之妻阿凤就是这样一个崇拜科学的细菌狂想家。

她使家庭生活变得十分复杂。吃饭要用公筷,小孩不得玩泥,洗菜要戴上乳胶手套,这倒也罢了,算她有几分道理。但不换睡衣就不能沾床,上厕所也要戴上消毒口罩,有什么道理吗?佣人做一碗面条,按照她的规定,一条黄瓜要刷十遍,一个西红柿也要洗十遍,不惜全面动用肥皂、洗涤剂、酒精、先锋四号抗菌素,有什么道理吗?

她最为科学地生活着,也就最为科学地瘦下来,这在她看来当然是科学得还不够的根据,是细菌仍在偷偷肆虐结果。为此她不能不带着女佣穷追猛打任何一只飞入窗内的苍蝇,哪怕撞碎清代官窑青花瓷瓶也在所不惜;也不能不制订出家里更为严格的禁规,比如各人只能用各人的电话,各人只能用各人的马桶,她的床更不容他人落座。儿子看准了她的弱点,每次要钱,只要一个最简单的威胁手段：不换睡衣就靠近她的床，必使她大惊失色地及时屈服——她哪怕倾家荡产也得确保自己内衣接触区的绝对洁净。丈夫在外面有了绯闻，从此就很难再与她接近，因为她总有挥之不去的恐惧，倒不是不相信丈夫可以改邪归正，而是不相信丈夫的身体还可能清洁如初。她把丈夫的内衣内裤全部付之一炬，带着佣人用酒精擦洗丈夫坐过的沙发，没料到酒精太厉害，擦得真皮起了皱也褪了色，一套价值两万港元的新沙发就此完蛋，被她折磨得皮开肉绽，只好扔进垃圾车。她还要求丈夫用酒精洗身，气得老木脸红成了猪肝色，摔下一个烟头就冲出家门，又是整整一夜没回家。

他们后来的关系一直没法完全恢复，一直处于实际分居的状态，是不是就因为老木过不了酒精关，不得而知。

小雁在美国留学时，来香港开过一次学术会议，顺便来看过她，被她又是要换鞋又是要洗手地折腾了好一阵，才局促不安地坐下来。她在小雁面前呜呜地大哭，说我这辈子是没有希望了，彻底没有希望了，当初我们在太平墟的时候还一起写诗，现在我是永远也比不上你了，你现在参加国际学术呜呜呜，我的诗人梦只有靠你去实现了呜呜呜……小雁鼻子一酸，也动了感情，只是觉得对方把诗歌与学术混为一谈，也不大明白国际会议上同样臭鱼烂虾多，没什么神圣。但她没法向对方说清楚这一切。

阿凤擦擦泪，说什么也要为小雁的大喜事好好庆祝一番，要到大饭店里去请吃法国大菜，还拉上一些朋友作陪，出门前又要小雁换装又要给小雁配项链夹睫毛，弄得小雁很不好意思。

吃过饭以后，阿凤想起了重要的事情，求小雁在美国为她买药，药品目录涉及到抗衰老、慢性健忘，还有一些小雁闻所未闻的病名：什么思维奔逸症，什么雅皮士流感，还有什么中年孤独综合征……

"有这样的病吗？"

"怎么没有？你看看这些书。"

小雁这才注意到，她家茶几边有整整一柜保健杂志和医学书籍。

"多多成绩上不来，也是病吗？"

"儿童注意力缺乏症，你没听说过？"

"老木不回家……也是病？"

"隔壁的秦太就是这么说的！"她睁大了眼睛。

小雁是读文科的，不懂什么医药，不知道眼下医学管得这么宽了，把文科的事务都管去了，她读文科还有什么劲？要是医学界将来还发明出一吃就诚实的药，一吃就勇敢的药，一吃就热爱和平服从法律并且关心人权自由和大气环境的药，文化批评和社会改造不就可以寿终正寝？——她见对方一本正经的样子，不敢开玩笑，话到嘴边又吞了回去，把对方的药单子很当一回事地塞进了提包。

非医学化

另有一些人认为所有的病都不是病,都来自不健康的心理状态、生活方式以及社会制度,其极端如某些神秘主义者,认为病都是人造下的孽,只能靠积德行善来消灾。阿凤病重垂危之时,就碰到过这样一个江湖高人。

她看来相信了这一点,突然完成了从科学到神秘的大跨度转变,家里成天香火不断诵经不绝。她死后留在抽屉里的一封信上还说:"我知道我根本没有得癌症,一切都是我逃不出的劫数。"这封信没有抬头,作为死后的遗物,就像她藏在抽屉里十几封其他的长信一样,不知道是写给谁的。

潜 意 识

关于弗洛伊德与笛卡尔的分歧，不需要我在这里饶舌。我倒是很愿意看一看他们对语言共同的迷恋。

弗洛伊德常被看做一个注重具象的人，一个非理性主义者，其实很大程度上是出于误解。疯态与梦境确是他最喜欢观察的对象。梦中一顶上帝头上的尖顶纸帽，被他破译成梦者对"上帝"地位的渴慕；梦中一个形状奇特的桌子，被他破译成梦者那里"特殊的父子关系"；梦中一次登高远望，被他破译出梦者"自以为是"的品格……他的《梦的释义》和《精神分析引论》堪称解梦的示范之作，让很多追随者亦步亦趋，民间普及版的弗洛伊德大量涌现：深渊暗喻着"孤独"，山峰暗喻着"艰难"，飞龙暗喻着"情感"，跌落暗喻着"负疚"，裸体暗喻着"丢脸"或"独立的愿望"，玻璃暗喻着"担心"，隧道暗喻着"软弱"或"缺乏自我认识"。（见1999年10月3日德国《星期日图片报》）到后来，一切凸出尖物暗喻着"男性生殖器"，一切凹陷容器暗喻着"女性生殖器"，则是更多现代解梦者的共识，并一再出现在某些现代小说里。

显然，这一类释梦并未优待具象，恰恰相反，一象一言的机械对译，大大低估了象的多义性，大大低估了象在认识中特殊的意义和地位，只是把象贬为言的一些固定图示。如果说笛卡尔以"我思故我在"立言，曾经把感性具象逐出了知识圣殿，那么弗洛伊德及其追随者们确实将其请了回来，可惜的是，仍然只是视之为言语的臣仆，视之为一种理性的包装材料，当然只能等待剥除然后抛弃。他们对理性的独尊一如既往，明之于象又昧之于象，正如美国哲学家弗洛姆说：弗洛伊德"给理性主义一个致命的打击"，同时又是"理性主义最后一位伟大的代表"，一语点破了弗洛伊德与笛卡尔在基本点上的暗中结盟。（见《弗洛伊德及其哲学》）

弗洛伊德支持过奥地利和德国的法西斯战争（尽管他后来也深受迫害），与他对人类理性的过于盲从和轻信，不一定完全没有关系。他与笛卡尔的不同之处在于，笛卡尔主义是一个数学家的哲学，相信"精神是一种理智"，（见《沉思二》）相信理智是人世的救赎，数学公式的理性当然是善的实现；弗洛伊德主义是一个精神病学家的哲学，相信本能、欲望以及"潜意识"是更重要的生命本质，疯人院里的理性当然是恶的释放。"人性本善的信仰只是一种错觉。"（见《精神分析引论》）他曾经这样惊讶地发现。"人对人是豺狼——面对自己生活中的一切和历史上的一切证据，谁有勇气站起来说不？"（见《文明及其不满》）

他是这样大声疾呼。他是现代挥舞着科学大旗的一位性恶论者，虽然对传统道德偶有忸怩不安的骑墙态度，但他的寒意逼人的精神分析学说，就其本质来说，与纳粹军队的铁蹄声和全球法西斯的侵略战火形成了并非巧合的呼应——是对战争的学术许可和学术宽赦。

一九一四年至一九三九年的欧洲经济灾难，第一次世界大战，第二次世界大战，纳粹主义与斯大林主义的出现，动摇和摧毁了欧洲人辉煌的理性大厦。如果说大战的兴起打击了笛卡尔善的理性，击破了理性主义美梦；那么大战的终止则打击了弗洛伊德恶的理性，击碎了非理性主义迷乱——虽然"非理性主义"

的命名并不妥当,严格地说它只是理性主义的新一代变体。弗洛伊德也许没法解释,一场"人对人是豺狼"的战争,一场再自然不过和再正当不过的战争,一场在他看来完全是生命本质体现的战争,为什么终究山穷水尽不得人心?他也许没法解释,终止这场战争的只是恶还是另有强大的力量?在他所描述的"潜意识"这个心理密柜里,人们除了恶就不会有别的什么东西?

弗洛伊德并没有因为战争结束而得到必要的反省,而且影响越来越大,这似乎是一件奇怪的事情。他在一个理想逐渐冷却和利欲不断膨胀的时代被奉为隐秘的精神教父之一,似乎也不是一件奇怪的事情。他说善是一种精神伪装,如果他以上流社会的绅士淑女们为预期读者,以政府机关、学界院校、宗教殿堂、鸡尾酒会以及各种高雅场所为他的预期理解情境,他当然是有道理的,甚至是石破天惊的真理;但如果他以赤裸裸的弱肉强食世界为预期理解情境,以振振有词理直气壮的流氓强盗为预期读者,包括众口一词的舆论之下不是流氓强盗也要学成流氓强盗的人,他还能说恶是一种本能、欲望而不是一种外在意识形态的高压?

本能在他的笔下蒙诬。大多数禽兽有欲望而没有贪欲,不需要温饱以外的珠宝、金砖以及貂皮大衣,不需要发情期以外的春药、性具以及三X级影片,而且有舐犊的本能,有乐群的欲望,利己之余还有利他的一面。我见过的一条狗,武妹子家那条大母狗,叼到一只兔子都舍不得吃,一定要翻两座山跑三公里路,送到它狗儿子放养的那户人家去,其劳苦之状让人动心。你还要人类恶到这条狗的生理水准之下?当很多人因为利益争夺而变得六亲不认的时候,连禽兽都不如的时候,支撑这种恶行的力量到底是"本能""欲望""潜意识"还是某种意识形态?那些人在并不必要也并不实惠的贪欲驱使之下骨肉相残,到底是源于自然本性还是源于文化潮流的反复洗脑?

意识在他的笔下腰斩。意识常以文化招牌的形式出现，更多的时候以文化暗流的形式出现，并不一定体现为冠冕堂皇的官方公开宣传，很多情况下是用不着说破的流行舆论，比如并不诉诸言词的表情，并不进入教育的声色感染，并不形成理论体系的情境暗示及钳制，再加上一些暗语化的插科打诨和闲言碎语，就像用"潇洒"或"个性化"暗示声色犬马，用"超脱"或"专业化"暗示袖手纵恶。一句话，意识更多地表现为"言下之意"，而言下之意总是充盈着言下之象，是象符主导而不是语符主导。这些东西作为"沉默的论述"，（阿尔都塞语）作为超语言的意义示现，足以形成强大的舆论氛围，畅行无阻，声势逼人，比很多"虚壳子"（王晓明语）式的官方口号更具有洗脑作用，是不折不扣的意识而不是什么混沌神秘的"潜意识"。

这位奥地利医生把"善"与"恶"的二元结构，僵硬对应于"意识"与"潜意识"的二元结构，制造了善伪而恶真的形而上新模式，完全忽视了意识形态施压的不同方式，忽视了生活与人的复杂性，包括老木的复杂性。

老木这个人一直让我有些困惑：

一，他口口声声自称"流氓"和"混蛋"，以这种自称为荣，以敢于这样自称为荣。用他的话来说，他早就看透了这个世界，已经开天目了，这辈子要彻头彻尾做个恶人，哪怕死后下九重地狱。在这里，他的恶似乎不再像弗洛伊德说的那样仅仅是暗示于梦境的"潜意识"，而是明明白白成天挂在嘴上的宣言，何"潜"之有？

二，不知从什么时候开始，我发现只要是他主动来电话，只要是他在电话里慈祥可亲，没有什么正事，嬉皮笑脸地问寒问暖，甚至豪情万丈地突然对诗歌或徒步旅行有了兴趣，那一定是他喝醉了。我虽然不能从话筒里嗅出酒气，但完全可以想象出他眼下飘飘欲仙的模样,拿着电话机跌跌撞撞要对世界上所有人表示爱心的急迫。然而只要他酒醒三分,口气和话题就完全回归正常。如果你在这时候打电话过去,最先听到的肯定只是一声低八度的"唔",重浊之极,冷漠之极,好像他昨天刚刚约你徒步旅行,今天你就欠了他三百大洋。即使你给他报喜,说他手里的股票今天大涨,他也会深深警惕,掂量这个电话暗藏着的阴谋,思忖着迎头痛击你的周密战略。最后一声"再见",也必是万钧巨石挤压出来的一份生硬,毫无口舌的温润。

　　从这一发现开始,我注意到人与人真是不一样,"酒后吐真言"和"酒后现原形"也真是不一样,如果说有些人是一醉酒就恶,那么老木这样的人就是一醉酒就亲切,或者说一糊涂就亲切。他曾经说他妈的真想抽自己一个耳光,因为那一天他居然在大街上给一个外地人指路,还用汽车捎了对方一程,事后一想,这不是犯了脑膜炎吗?不是应该到医院里去看病吗?又有一次,他痛悔自己给受灾的太平墟学校捐款两万元,一不小心就当雷锋他爹了。他怒气冲冲跑来指着熟人们开骂:"你们这些王八蛋,昨天是谁给老子下套?是谁灌的酒?把老子当冤大头啊!"

　　他是崇拜弗洛伊德的,有趣的是,恰好是他成了弗洛伊德主义的一种尖锐证伪:他的"潜意识"远远比不上"意识"那样恶,一旦神志昏乱,一旦非理性,就成了自己清醒时最为厌恶和最为痛悔的好心人。

伪 善

有些事能说不能做，比如玩笑话说邪了也无妨，不当真便可。

有些事能做不能说，比如善行。善行不宜行善者自己来说，甚至不可当做什么善行来记忆和思量。一想就变味，一说就变性，就像密藏的宝物一旦暴露就会风化和锈蚀，不再是原来的东西。一次顶风冒雨的什么什么，一次大汗淋漓的什么什么，一次慷慨的什么什么，一次还算勇敢的什么什么……都是你万万不可说的禁忌，记住，只能留在心底尽快地烂掉。一说出来就是卖弄，就是交易的开始，无非是要换来感激、赞誉、奖赏或者来世的福乐、天国里的宠幸——那还是善吗？

善不可说，还因为对善的确认很难。当年老木在乡下修水库时炸瞎了一只眼睛，实属高风亮节，但沽名卖勇的一时冲动，手忙脚乱时的可笑失手，未必不是故事的部分真相。随着时间的往后延伸，随着事物因果长链的展开，这一故事也未必能结下善果。他在哑炮爆炸的刹那间推开了一个民工，救了那人一命，谁能保证那人将来不是一个危害公众的坏人而是一个好人？这个问题有点残酷。就像我们资助某个孩子上学，谁能保证这个孩子出息了以后不会志大才疏和嫌贫爱富？而他的穷爹妈不会因孩子的出息而更受心身磨难？我们施舍了某个失业者，谁能保证我们解除了他的饥饿同时却没有伤害他的自尊？没有纵容他的懒惰？没有引诱他安于乞讨从而错过了再就业的机会？……这种常常让我们怯于细想下去的可能，怯于行动起来的部分事实前鉴，不能不成为善者那里一份高悬的疑问：你做了也就做了，凭什么认定自己做了善事而不是恶事？

对于善来说，"说"是一个重要的事件，常常使行为的品格截然两分。一段原本未曾思索的自然经历，一旦进入言语，受制于修辞和叙事的成规，就被指派了一个拍卖待售的位置，一个独断造神的位置——这正是善者无话可说而伪善者更愿意喋喋不休的原因，是喋喋不休的道德自夸总是被人们深深怀疑的原因。老木已有这方面的经验，决不做傻事，从无道德自夸：他的一只瞎眼不再是排哑炮时炸掉的，是抢钱以后分赃不均时被同伙剜掉的，是坐牢时与牢霸打架被一伙犯人戳破的——故事如何说，全依临时的情况而定。他为自己排哑炮感到羞愧，感到可耻，同时发现伪装恶棍更容易被圈里人相信，还能增加他们的敬畏感，遇到麻烦时让他三分。

这就是自我诽谤的好处。在一个伪善者太多的时候，一个伪善识破业务广为普及的时候，把自己说坏、说浑、说下贱，才能得到舆论的认可甚至喝彩。自居流氓至少不被旁人觉得虚伪，无论败寇成王，真实就是垫底的人生得分。有意思的是，老木自以为流氓以后，一撞上不顺眼的人渣，比如为难他的官员，鄙薄他的文化人，仍然骂之为"老流氓""臭流氓""鳖流氓"，这就有点信口开河了。按照他流氓光荣的逻辑，岂不是把光荣称号到处封赏？如果那些人还不够流氓资格，他就不应该随意降低标准；如果那些人已够流氓资格，他就应该庆幸遇到了更多同道，有了拥众而立的强势，而没有理由怒气冲冲。还是按照他的逻辑，他为何不把"慈悲""忠厚""善良""崇高"等等恶词摔到那些王八蛋的头上去？为何不让那些家伙背上这些恶名永世不得翻身?

如果那些人是流氓但装得不是流氓,也只是打着错误的旗号做了一件正确的事情,相当于曲线当流氓吧,无由被他过分谴责。

事情的解释,只能是他学坏还不够全心全意,基本上还属于生存策略的权宜之计。换一句话说,他此时仍在暗中留恋着什么,崇敬着什么,只是这个什么他已经说不出来。他的用语中已经完全消灭了"慈悲""忠厚""善良""崇高"一类字眼,只能通过对"流氓"的怒斥来反证这个什么的存在。他与伪善者的不同之处仅仅在于:他失去了很多褒义词,又没法把褒义词真当贬义词,只能词义混乱地胡说。

就这一点而言,伪善的积极意义往往被忽略。伪善是善的庸常形态和模拟形态,表现为力不足者心有余,证明着善无法真实于实际行为之时,至少还真实于一种心理眺望。正如善不可说,一说就可能成了伪善,其实恶者也须慎言,一说就有善的悄悄到场,就把恶的合法性取消了大半。言语这个迷阵,使善与恶总是纠缠不清。

言、象、意之辨

Iconology，曾被译为"圣像学"或"表象学"，新近被译为"意象形态"，可比照中文词"意识形态"，鲜明凸现出"象"的符号功能以及政治和社会效应，指当代的意识形态不仅表现为言，同时也表现为象。

这一新译便于人们把文化观察从言语扩展到更广阔的领域，在一个大众电子媒象日益取代文字印刷品而成为强力传媒的时候，当然恰逢其时，被有识之士接受。

这一概念的重新理解和推广运用，是欧美一系列新思潮的结果。法国的结构主义和符号学，德国的现象学和法兰克福学派，从英国到美国的大众文化研究等等，是起码应该提到的几个重要事件。它们虽然方法和目标不尽相同，深度和成效参差不一，都构成了这一概念的文化景深，构成了针对欧洲逻各斯中心主义传统的陆续造反——尽管决定性的胜利还远未到来。文字统治我们太久了，对理性的反省难免延及文字。尼采斥责文字为"上等阶级的发明"，索绪尔诅咒文字是"邪恶和专断的"。文字以外的一切重新受到人们的关注。哑语和旗语（索绪尔）、玩具和酒（罗兰·巴特）、音乐（阿尔多诺）、绘画和身体（福柯）、电视（雷蒙·威廉斯）、广告与消费（鲍得里亚）、摄影（本雅明）、建筑（德里达）等等，都因各自不同的原因而纳入学者视野，成为正在被破译的对象。众多思想散点正在连接成线，蔚为潮涌大势，冲击着欧洲十六世纪以来以语言崇拜为基点的理性帝国。

"言"与"象"的关系问题无法回避。作为这一新思潮联盟的重要人物之一，法国学者福柯一直关注"非言谈"和"言谈以外"的事物。一九七七年七月，一位心理学者访问他的时候，他做了简明的解释："概括地说，所有非言谈的社会领域，都是一种制度。"（见《游戏的赌注》） 接下来，他用军事学校和一般学校建筑的监禁功能，证明这种无言制度的存在，即隐形权力的存在。在这里，福柯身上有他的老师阿尔都塞的影子，后者曾大力主张读出所有文字空白中的言外之义，带头破译马克思《资本论》中种种"沉默的论述"及其社会意识形态隐因。福柯身上也有拉康的余韵，后者试图将语言学和精神分析学结合起来，将许多没有说出来的东西，看做是"超我"压抑之下悄悄沉淀的潜意识——这是袭用一个弗洛伊德的概念。很自然，福柯在写作时最喜欢说到的圆形监狱及其塔楼上的监视器，总是被后来很多人看做"超我"的隐喻：这个深入人们内心而且至高无上的监视器，在世界这个无形的大监狱里，使权力对人类的文化监控内在化了，非语言化了。

不难看出，福柯在这里把言外之物视为"制度"与"权力"的禁言之物，是人为压抑和人为遮蔽的意识盲区，由此而来的推论当然是：一旦这种压抑和遮蔽解除——福柯与他的同盟者们就是在做这种政治斗争——这些盲区可以被照亮，也就是可以进入言说。这当然隐含着一种较为乐观的语言态度。人们甚至可以说，福柯虽然发动了一场对逻各斯的猛烈造反，依然对语言保持了基本的信任和期待，最终攻击点是"制度"与"权力"，而不是语言自身。

与此相异，语言自身是否有表达的局限，一直是个引起争议的问题。我不知道世界各民族文化传统里有多少相关的思想遗产，比方印度人、阿拉伯人、印第安人等等在这一方面有过什么样的诘究，仅就中国而言，很多学者就走上了与福柯不同的研究方向，一直感叹语言工具本身的缺陷——与制度和权力似乎没有什么关系。

早在公元前三百多年，庄子说："可言论者，物之粗也。可以意致者，物之精也。言所不能论，意所不能致者，不期精粗焉。"（见《庄子·秋水》） 庄子所称那个不能言传甚至不能意会的东西，似乎是一个超制度和超权力的普遍现象，是人们永远无法企及的认识彼岸。庄子还在《天道》里说过一个故事：一个车轮匠见国王读书，问陛下您读的是什么。听国王说是在读圣贤之书，竟讥讽了一句，说无非是糟粕吧。国王大怒，欲斩车轮匠，最终却被他的一番话打动。车轮匠说，做车轮不容易，轴小便滑而不固，轴大则涩而不合，要做得不大不小恰到好处，全靠得之于心应之于手，是讲不出来的。父亲无法传授，儿子也无法学习。由此推想那些圣贤之书，不可言传之精微，最为可贵之所在，都随着他们死去了啊，留下的书还能不是糟粕？

这算是中国最早的语言可疑论，最早的非语言主义。

五百多年以后，汉魏时期王弼等学者又挑起了中国历史上一次大规模的言、象、意之辨。王弼是这样说的：

> 夫象者，出意者也；言者，明象者也。尽意莫若象；尽象莫若言。言生于象，故可寻象以观言。意以象尽，象以言著。故言者可以明象，得象而忘言；象者可以存意，得意而忘象。犹蹄之所以在兔，得兔而忘蹄；筌者所以在鱼，得鱼而忘筌也。然则，言者象之蹄也；象者意之筌也。是故存言者，非得象者也；存象者，非得意者也。象生于意，而存象焉，则所存者乃非其象也；言生于象，而存言焉，则所存者乃非其言也。然则，忘象者乃得意者也；忘言者乃得象者

也。得意在忘象,得象在忘言。

——《周易略例·明象》

王弼从卦象出发,原理接通物象与事象。他把"象"看做比"言"更基本、更原真、也更可靠的一种符号。也就是说,"象"是第一级符号,"言"仅仅是第二级符号。因此,言不足以表达象,象也不足以表达意,在这样的逐级代理过程中,信息有不可避免的损耗。

与这种"言不尽意"论相反,同时代的欧阳建提出"言可尽意"论:

> 形不待名而方圆已著,色不俟称而黑白以彰。然则名之于物,无施者也;言之于理,无为者也。而古今务于正名,圣贤不能去言,其何故也?诚以理得于心,非言不畅;物定于彼,非名不辩。言不畅志,则无以相接;名不辩物,则鉴识不显。鉴识显而品名殊,言称接而情志畅。原其所以,本其所由,非物有自然之名,理有必定之称也。欲辩其实,则殊其名;欲宣其志,则立其称。名逐物而迁,言因理而变。些犹声发响应,形存影附,不得相与为二矣。苟其不二,则言无不尽矣。吾故以为尽矣。

——《全晋文卷一〇九》

欧阳建承认语言只是一种符号,但相信这种符号与事物有着精确对应的关系,事物只有通过语言而被人们认识。这种观点如果推论下去,似乎就会通向早期的维特根斯坦:我们无法言说的事物,也就是我们不能认识的事物,而我们能够认识的事物,都是可以用言说的,不可能逃离语言之外。(见《逻辑—哲学论》)欧阳建在这里排除了"象",当然是化约了"象"与事物之间的差异,正像他化约了"言"与事物之间的差异,表现出逻各斯中心主义的典型风格：从不怀疑语言的客观有效性，从不怀疑语言的内涵恒定性——其内涵似乎普适于各种感觉经验的承担者，不可能溢出也不可能被抽空。

王弼与欧阳建都追求着绝对真理，看法虽然对立，却各有逻辑上的破绽和死穴，无法圆说。比如王弼称世有不可尽之"意"，然而既在不可尽之处，就无法实证其存在，你能拿一个你没有的东西来给我看看？欧阳建假定"意"可尽，然而这一来便须禁绝任何新"言"，因为任何新"言"都是旧"言"未曾尽"意"的证明，你今天的新知岂不就是你昨天未曾企及的认识盲点？既然昨天的语言有未能抵达之意，为什么今天以及往后就可以自夸山外无山和天外无天？

不管他们的看法是如何不同，较之于福柯一流欧洲学人，他们倒像是窝里斗的自家兄弟，共同忽略了"制度"与"权力"对语言的介入。这是中国古人较为天真和迟钝的一面。事情似乎是这样，福柯对语言的清理，一心追究哪些事物被排除出言说，看权力和制度暗设了哪些语言禁区，大概是一种意在社会改造的语言政治学。而中国古代学者们基于"天人合一""尽性穷理"的终极抱负对语言展开清理，一心追究事物是否可能被言说，看语言是否构成了自身的牢笼，大概不失为一种意在心智反省的语言哲学——其抱负之远大又不能不令人感叹和惊羡。

在人类漫长的认识历史上，他们分别代表了知识清理的两大方向，也是人们观测意象形态时两种可贵的提醒。

烟　斗

言、象、意之间的关系，也曾被比利时现代画家马格利特思考。他的一件著名作品《烟斗》反复被人们提及：画面上是一个大烟斗，文字说明偏偏是："这不是一个烟斗。"在我看来，马格利特在这里做了两件事：（1）他向观众发出警告，烟斗画≠烟斗，物与象不是一回事，实象与媒象也不是一回事；（2）他成功解除了语言与具象之间的定择关系，明明是一个烟斗，被说成"这不是一个烟斗"，象与言分离，烟斗之象获得了重新命名的可能。

言、象、意三者之间的关系出现了重组的自由空间。

很多批评对《烟斗》的第（1）项意义比较关注，对第（2）项意义往往言之不详，包括前不久研究视觉的一本新著：《观看的实践》（美国 M. Sturken 和 L. Carwright 撰）。其实，物象的文字命名从来不是天经地义，作为一种临时性约定，在不断变化的生活和感受那里，总是有褊狭乃至荒谬之虞。为什么"监狱"一词必定指涉监狱的形象？为什么整个社会不可以被视为无形的监狱？为什么"贵妇"一词必定指涉贵妇的形象？为什么有些贵妇不可以被视为高价长包的妓女？为什么"帝王"一词必然专属于帝王的形象？为什么帝王不可能是权力和财富的真正奴隶？为什么不能把"奴隶"的称号配置给皇宫里一幅幅金碧辉煌的肖像？……既然如此，一个烟斗被画家言说成"这不是一个烟斗",就不失为一个启示真理的寓言。

小小烟斗从此搅乱着和折腾着人类的神经。

虚　词

　　画家马格利特画过《烟斗》以后说过:"在现实中,一个词语可以代替一个事物;在一个命题中,一个形象可以代替一个词语。"这与中国汉魏时期王弼等学者的意思相近。但他们有点粗心,比如忘记了虚词的存在。

　　虚词从来无象。"所以"是什么东西?"仅仅"是什么模样?"尤其"有没有质量或重量？　"不但"如何得以被人们感觉？……这些虚词不指涉事物,而是指涉事物之间的关系,更准确地说是人们对事物关系的描述,意在用逻辑之网把散乱事物编织成统一的世界图景。

　　火把水烧开了,人们编制出"因为"火烧"所以"水开的因果陈述——虽然这个陈述已经化略了水的纯度、大气压力、地心重力等更多相关条件,一因一果的单线链接并不准确,但不管怎么说,不失为通向科学认识的起步。如果没有这些虚词,我们就只能看到互不相关的火、壶、水,包括水突然自冒热汽和气泡,不可能得到"烧水"的理解性描述。由此可见,虚词因其无象,一开始就是最具风险的符号系统,但仍是人们进入逻辑思维的起码工具,承担着语言抽象化的高阶发展。孩子学习语言时,最难掌握的就是虚词,最容易出错的就是虚词。"因为妈妈回来了,所以小狗拉屎了。"这就是一个孩子既不能理解妈妈也不能理解小狗时的傻话,是虚词胡乱安装的常见情形。

在这个意义上，说语言使人区别于动物是不够的，说虚词使人区别于动物才是较为妥当的。虚词是人的专利，是人从动物中分离出来的最后一站，是人对动物最后的告别之地。人们完全可以使狗、猪、马、牛、鸽子、狗熊等等"听懂"人语，在训练中造成它们对部分实词的条件反射，为主人叼来一只"袜子"或者乖乖地"出去"。但再高明的驯兽员也无法让动物了解"所以""仅仅""尤其""不但"等等是什么意思，无法让它们叼一个"不但"来，或者向"而且"冲过去。动物无法像人一样，凭借着虚词体系在逻辑思维的长途上越走越远，远征科学、哲学、政治、伦理，一直到现代文明各个最为奥秘莫测的各种知识前沿。

到了这一步，不仅是虚词，就是很多实词也无象了，至少是无日常之象了。人们的认识触须向更微观和更宏观的领域延展，各种事物关系更多地为人们所捕捉和联结，数词、副词、名词、动词等都越来越"虚"。"眼见为实"不足为训，日常感觉不能不一再受到怀疑、封存甚至彻底取缔。鲸长得像鱼，但不是鱼。蝙蝠长得像鸟，但不是鸟。改性的金属形态不变但品质变，改性的水泥外象依旧但功能新。再说，负数和虚数有象吗？质子、亚原子、基因密码有怎样的象？谁能描画出一个"生产关系"或"经济增长点"？谁能嗅到或触到"语素""音位""思想""文化深层结构"？……这种知识的非日常化，使人类思维开始告别原始状态和儿童状态，理性主义者们有理由把逻辑而不是感觉，当做认识的高级形态，当做新的精神上帝。理性高于感性的现代通则就是这样建立起来的。福柯依据他对法国的观察，认为十六世纪是这一过程的开始，是现代人告别古代人的临界点。十六世纪以后语言学、博物学、经济学三大学科的产生，带来了语言的一次脱胎换骨式的高度抽象化，使很多词语已无法还原为"可见物"——比如生物学分类不再仅仅以植物和动物的"外征"为依据,解剖学正在揭示不可还原为物象的"有机组织"。(见《词与物》)

到今天,据有关统计,每年都有一千个左右的新科技词出现在英语中,造成词汇的迅猛增量,其中大多数为实词,却没有日常具象可供感觉。

如果说这个时候还有象的话,那么纷纭万象刚好受到了抽象思维的大规模介入,无不面目一新。首先是象的改造。美术的透视法则出现了,很大程度上归功于意大利画家达·芬奇,归功于他不仅是个画家,而且是一位杰出的几何学家、解剖学家以及工程师。他的《蒙娜·丽莎》《最后的晚餐》等名作,以几何学和解剖学的精确控制,重新训练了人们的视觉,塑变了人们的空间,给具象注入了逻辑之魂,为后来几个世纪的现实主义审美奠定了理性的基石。接着是象的大量臆造。相对论、量子论、非欧几何、熵增加原理等现代科学思想,极大颠覆了人们传统理解中的世界。化学、核物理、生物等技术产业,几乎完全改变了人们日常生活的景观。nature(自然)不再是 nature(本质)。"自然"已经成了一件陈旧的遗物,一个原始的迷信,现代主义美学的历史一开始就是非自然、超自然、甚至反自然的历史。不难理解,现代主义的绘画常常奇诡得让人莫名其形,现代主义的音乐常常晦涩得让人莫名其声,连现代主义的历史与理论也正在被鼓励大胆虚构,一切社会、政治以及伦理的思辨也都可做超现实的天马行空,飞扬出人们经验感觉之外——据说今天的真实就是一种文本,一种叙事和修辞,对这个世界诸多事物的了解,不再需要肉眼可及和伸手可触的事实作为价值担保。你站在巴黎蓬皮杜文化中心面前,完全可以感受到现代人由此产生的美学自信,还有冲破自然常态的那种急切和狂热:蓬皮杜中心是一个现代主义的建筑隐喻，完全不像是一个文化机构，倒更像一个粗笨无比的大型化工厂。大小纵横的水管、汽管等本该藏起来的东西，全暴露在大楼的表面；墙面、窗口等本该呈现于外的东西，眼下全被遮挡于管网之后。整幢大楼就像一件大衣里外翻了个个儿，像一只甲鱼的肠道、食道以及血管翻出来挂满全身，传统的"内"与"外"交换了位置。如果没有一种挑战"自然"的眼光，如果没有一种寻找"本质"的眼光，一个艺术中心如何会建成这等模样？

现代主义是心造的充分自由，是一次符号大赦和符号解放，正在把人们吸入一个陌生的符号世界。在这个时候，何谓"虚"，何谓"实"，恐怕是不易说清楚了。

残　忍

"文化革命"中每逢重大节日之前，或者生产大忙季节之前，乡下都常有批斗阶级敌人的大会。碰到台湾那边有大气球飘过来，投下反共宣传品和糖果饼干等等，民兵日夜布哨，斗争气氛就更紧张。但我们的生产队长汉寅爹并不擅长斗争，虽然也能拍桌子瞪眼睛，但说不出什么道道。挨斗的若是老人，若是满头大汗两腿哆嗦，他还会递一把椅子过去让对方坐下。"你这个贼肏的，要你坐你就坐，站得这样高想吓哪一个？"

他横着眼睛呵斥。

这张椅子给我留下了深刻印象。我发现不仅仅是老队长，太平墟绝大多数农民也都有软心肠。我认识一位月桂嫂，地地道道的贫农，每次碰到这样的批斗会都要躲在家里，远远地听着口号声，倚着门框哀哀地叹气，眼眶红红的，说那些挨斗的人可怜啊可怜。她慌慌跑入房中去擦拭眼泪的身影，曾让我心头一震。我认识的武妹子，也是地地道道的贫农，但他一直把同村的一位地主称为"五叔"，在阶级斗争最火热的时候也不改口，不改变见五叔必恭敬问安的晚辈礼节。看见他在路上急匆匆前去接过五叔的挑子，说什么也要帮对方挑回家去的身影，我也有过暗暗的诧异。他们被领袖誉为"革命的先锋"，似乎并没有革命的一股狠劲。

相反，倒是没有亲历剥削的某些人，包括某些学生出身的青年干部，常常在阶级斗争中下手最狠。知青是外来人，无人情负担，也能成为这种场合的活跃分子。嵩山大队一位知青在回忆录里说过：

> 知青可以把文件读得清楚、明白；可以把口号喊得响亮、整齐。他们在批斗会上的发言更是让村民们大开眼界。尽管他们在农村生活的时间还不长，但他们迅速接受的时髦理论，使他们自以为对农村阶级斗争的复杂性、残酷性、你死我活性，比农民了解得更清楚。他们可以引经据典，说明地主富农们人还在，心不死；可以莫须有地从芝麻里挖出西瓜，把他们的祸心说得骇人听闻；可以煞有介事地警告农民，如果不狠抓阶级斗争，你们就要再吃二遍苦，再受二茬罪，甚至人头落地！他们用充满愤怒和仇恨的目光，金刚怒目式的表情，慷慨激昂的语调，向农民宣讲革命概念、革命逻辑、革命推理，示范革命语气、革命表情、革命姿态以及革命胸襟。
>
> ——程亚林文，见《他们一起走过》
> 湖南文艺出版社1998年版

这位回忆者没有说到更残酷的场景：有的知青可以把一个地主踢得胸脯咚咚响，可以用皮带把一个国民党的警长打得满面血流——外号"良种河马"的陶某就是这样一个自愿打手。他对自己的家庭出身闪烁其词，在城里没当过红卫兵，只看见过别人抄家和打人，大概心痒痒的没有机会，没想到下乡后操一杆梭镖当上民兵了，也能过上一把拳打脚踢的瘾。

显然，良种河马把一个老人的胸脯踢得咚咚响，已经不是游戏时的疯野（一点也不好玩），不是争斗时的愤怒（对方从不还手也不曾施加侵害），而是一种心理阴暗的残忍，其根据必定来自书本，来自一个关于敌人的定义。残忍是心硬如铁，是一种超感觉和无感觉的意志，因此亲身体验过阶级现实的人倒不一定残忍。他们亲历贫富差别以及利益冲突，有过不满甚至怨恨，但与具体的对立阶级朝夕相处，就是与具体的人朝夕相处，对方始终是活生生的血肉之躯，有衣食之态，有苦乐之容，有长幼之貌，不仅仅是一个语言符号。当局外人咚咚猛踢这些可恶符号的时候，他们可能有感同身受的一丝战栗油然而生，可能会给这一个与己同形的生命体递上一把椅子。

并不是说农村就没有残忍。太平墟附近的D县和Y县，一九六七年秋先后发生过大屠杀风潮。据武妹子说，当时各县都是党政机关人散楼空，所谓"贫下中农最高法庭"一类机构自发建立，阶级敌人一家家被杀光，尸体顺着河水流到这里来，一度把河坝的水闸都堵塞了。尸体在水里泡得又白又大，一个个像气球，娃崽们的石块扔过去，砸得有些气球叭的发出一声巨响，煞是吓人，煞是有趣。武妹子曾经奉生产队之命到那里去埋尸和烧尸，看见尸体男的俯身，女的仰面，就是老人们说的"天盖地"。有一具女尸乳房高挺，身体滚圆，一丝不挂，面目已经肿胀得模糊不清，被好事者用竹竿一挑，有一个乳房就少了一半，另一半垮下来，耷拉在肋下；再一挑，另一个乳房像一团面浆垮落水中，粉红色的朽肉纷纷绽露开放，让围观者都一个个恶心得差点呕吐。武妹子看中了一个铜头烟管，挂在一个男尸的腰间，忍着恶臭下水游过去，竟然把烟管取了回来。没料到竹柄那一截奇臭，洗了十几遍还是臭味不散，最后只得丢进火堆烧了。烧了还不行，满屋子的东西都立刻透出腐尸味，连活人身上的皮肉也闻得让人心疑。武妹子大声骂娘，忙不迭地把刚刚烧好的一钵稀饭端出去，连钵带饭扔到了河里。

他说他一口气烧埋了四十多具尸体，淋上煤油之前都得把它们全都剖腹放气,以防点火后烧爆,炸得肉雨满天飞。只有一个女娃,大概还只有十多岁,看去实在可怜,就被他挖个坑埋了,算是带个全尸到阴间去。

他说,后来是陆军第 47 军的一部奉中央急令进驻该县,直升机在天上撒下印有《紧急通告》的传单,"摘南瓜运动(杀人潮)"才得以制止。有一个丢进砖窑里准备活活烧熟的小南瓜,在军人熄灭窑火时还有奄奄一息的哭声飘出,大概被救活了罢。

这一恐怖血案,后来成为一些作家、记者以及学者的话题。他们以此控诉"文化革命"中的兽性发作,也叹息中国农民革命的愚昧和残忍。其实,如果仔细听听武妹子的讲述,听听很多当事人和知情人的讲述,再悉心查阅后来的有关调查材料,便可知道更重要的真相仍待进一步揭示。我在 D 县采访时就听到一些其他的情况。比如 D 县的杀人,主要是县城里两大造反组织所推动:他们处于严重的对立之中,都害怕被对立面指责为阶级斗争不力,便开始竞相杀人以示革命彻底,使一批批无辜者成了派别斗争的牺牲品。但这两个组织的头头刚好都不是农民,而是熟悉阶级斗争理论的一些教师和机关干部。至于大屠杀的具体缘起,是 S 公社几个社干部晚上喝酒回家,路遇一地主分子,疑其设伏施暴,将其误杀,怕遭报复,再杀其全家。为了掩饰罪行,他们编造出阶级敌人即将全面暴动的谣言,使恐慌气氛之下的农民展开先下手为强的"摘南瓜"。但这几个公社干部也不是普通农民,大多是一些进入过学习班、培训班、党校的地方小知识分子,刚好是力图进入现代文明的一族。至于参与行凶的一些农民,大多受到恐怖气氛的蒙蔽或强制,其中一个十几岁的女子是有名的"杀人婆",据说一把马刀让十三个人身首异处,原因仅仅是她欠了集体几百斤粮食,还有一口失手砸烂了的锅要赔,不得不动手。

更重要的是,关于阶级的解释,关于阶级的极端化解释,源于一系列语言符号的复杂操作和反复灌输,恰好是一些知识精英所为。反思如果真正深入下去,我们就无法回避理论的血迹,语言的血迹:杀人者是如何在一种语言制幻术下麻木了正常情感,割一人头竟像删一符号,全然若无其事。这是所谓"兽性发作"吗?当然不是。动物之间永远不会有这种大屠杀,永远不会有大批尸体顺流而下以致堵塞水闸的一天。只要吃饱了,不说猪狗牛羊,就是豺狼虎豹,也大多没有攻击倾向,更不会攻击同类。这是"蒙昧无知"的结果?当然也不是。原始人之间不会有这种大屠杀,人类学家们对非洲、南太平洋群岛等地所有现代原始残存部落的调查,可以证明除非遇到严重的生存危机,他们并不会制造战争。夺地掠粮的互相残杀当然是有的,但有组织的和大规模的群类灭绝可说是闻所未闻。恰恰相反,只有知书明理的一些文明人,才有了一种全新的能耐,用宗教的、民族的、阶级的、文明的种种理论生产,把一群群同类变成非生命的概念靶标,于是出现了十字军征讨异教和印度分治时两教相残的屠杀,出现了德国纳粹铲除犹太人及其他异族的屠杀,出现了殖民者在美洲、非洲、亚洲扫荡所谓野蛮人的屠杀,出现了苏联大肃反和中国"文化革命"中纯洁阶级队伍的屠杀……这些屠杀师出有名,死者数以万计乃至百万计,以至民间社会中的世俗暴力在历史论述里差不多可以忽略不计。

当被杀者成为一批批可以从容删去的符号时,杀人才可能变成一项无动于衷的作业,不会有任何道德的负罪感。

我们受益于阶级理论的创造,一如曾经受益于有关宗教、民族、文明的种种理论创造,如果没有这些创造,这颗星球至今只能是一片荒蛮和黑暗。但我们有什么理由把这些语言体系的繁殖仅仅当做救世福音?正是在这些繁殖之下,小恶减少了,大恶却悄悄地临近，与各种社会进步成果形影相随。章太炎在《俱分进化论》中指出："昔时之善恶为小，而今之善恶为大"，不失为一种清醒的洞察。

这一切是人的故事而不是动物的故事，是文明人的故事而不是原始人的故事。与其说大屠杀是兽性发作，不如说是人性发作；与其说是人性发作，不如说是理性发作，是理性的严重偏执和失控。可惜的是，在回顾历史的时候，包括我在内的很多文化人，用电影、小说、报告文学、回忆录乃至政策文件，刚好把这个历史颠倒了。一九七八年以后的中国大多数"伤痕文学"，将大屠杀等一些人性现象无端推卸给兽性，将文明的罪恶无端栽赃于本能、欲望、潜意识等生理自然——这样做当然省事，拍拍手就万事大吉。我们在一系列作品里流于人云亦云地清算着悲剧，同时人云亦云地曲解着悲剧，实际上为下一次悲剧的到来预留了入口。我们在悲剧过后忙于指责他人，似乎自己都是满肚子苦水的受害者，是咬着牙关和满脸悲容的真理守护者，唯低学历的大老粗以及其他群氓才是大悲剧的社会基础。我们踏上红地毯的时候，举起庆功酒的时候，宣布一个明媚春天正在到来，似乎人们只要用文明反对野蛮，用知识反对蒙昧，用现代反对传统，用高学历反对低学历，就能永远告别苦难的时候——没有人能对这结论表示异议。即使是那些已经被我们暗中指定涉嫌野蛮和蒙昧的人群，也都相信传媒上的英明真理。

他们似乎不明白，文明是不可以珍藏而是只能创造的，知识是不可以承袭而是只能再生的。再优秀的理性遗产，特别是人文理性遗产，也不能由几张现代高学历文凭来保质和保值，恰恰是只能在最大多数的实践者那里重新获取生命。

我在六年乡村生活后走进了大学校园，从此有了很多大学校友，参加过很多校友联谊活动，分享着一种社会中坚的自豪。说实话，我在这些活动中不大自在。有些热心人一再编印和修订校友花名册或者通讯录，上面一个个官职和学位赫然在目，传真号与手机号的有无多少也是微妙暗示。没有这些标识的一些校友的姓名，显得有些孤单，有些落寞，似乎人生虚度，毕业后这么多年还是生活得一片空白，穷酸得连个电话也没有。留个什么寻呼机号码或分机号码，只能让人笑话。联谊活动也常常设有会场，坐到主席台的自然是一些所谓成功者，做了官的，发了财的，出了名的，给母校或联谊活动提供过赞助的，将来可能给母校或联谊活动办点大事的，反正都不是等闲之辈，其意气飞扬和高声大气，也暗示着这个位置非他们莫属。这里与其说是校友联谊，毋宁说恰是平等校友关系的取消，是三六九等的一次次重排座次。排在最低等级的，当然是那些最忠实履行了校训的校友，比如仍在教学岗位上的师范生，仍在工厂里忙碌着的工科生，仍在农田里奔波着的农科生。他们在这种场合黯然失色，无足轻重，有点灰溜溜的感觉。他们似乎也很知趣，如果没有缺席，就坐在听众中最边缘和最靠后的位置，尽可能从你的视野里消失。

　　校友们还是很热情的，特别是所谓成功了的校友们很热情，把一次次联谊都做成了热情的放大镜，使平时不易察觉的地位分化，任何微小的等级区别，都在放大镜下暴露无遗，纤毫毕现。

　　一位哲学教授在台上大谈德国，就像他每次发言时都以重音强调"我在德国的时候"。虽然他也就去过那么短短的一次，虽然并不像他说的那样是受邀讲学而仅仅是一位服装小老板出资的游玩——这是我在德国知道的小秘密。他说他与一些德国名流谈得"太精彩了"，但到底谈什么，一到节骨眼便顾左右而言他，似乎用中文谈不精彩的东西他只能用德文才谈得精彩。但这并不妨碍他宣称自己是"搞西（方）哲（学）的"，正像有些学者宣称自己是搞康德的、搞尼采的、搞福柯的、搞存在主义的，俨然形成了一个学界的搞委会,搞就是目的,搞洋人就是目的,没打算惠及什么非洋人的俗事。到最后,他摸出几本书,给比较重要的校友签名相赠,顺便送上头衔颇多的名片。对不那么重要的校友则表示抱歉:"哎呀真是对不起,我没有想到今天你会来,忘了给你带书呀真对不起。"

他在大家的恭维之下,更添生不逢时和怀才不遇之感,痛恨社会上太不重视知识了,太不重视知识分子了。你们真是无法想象啊,像我这样的人居然也……哎,不说了,不说了,还是说德国吧。

校友们见他摇头叹气,不知他受了什么迫害,一再要求他把话说完。他耷拉着一头长发镇定了片刻,强压心头冤屈,才愤愤说出事情的经过:昨天他走在路上,一个学校的行政干部居然不认识他,把他当成了电工,派他去厕所检修电路。其实他天生肤色较黑,加上这几天装修自家住房,衣着有点普通,如此而已。

"他怎么把我当成了电工呢?怎么可以把我当成电工呢?"他震怒得目光发直,"那个家伙不学无术之辈,不就是吃一碗政治的饭吗?不就是'文化革命'极左的那一套吗?竟然把我当电工使唤?是不是还要我去掏大粪?"

几个校友觉得问题确实严重。

"你们看看,这就是哲学在中国的地位,就是中国知识分子的地位啊!我昨天一个晚上没有睡着,怎么也想不明白,怎么干了这么多年还是个电工?怎么一说'哲学'人家就听成了'厕所'?只有两个字:震惊!震惊!这样的震惊我很久没有过了。"

我倒是真的震惊了,被他的震惊给震惊了。我不是一个电工但已不寒而栗,假如我连电工也当不上,是一个连下顿饭都不知在哪里的倒霉蛋,还能指望与这样的哲学套上什么近乎?我很快决定:他刚才托我交给杂志社的稿件不但不能发表,看也无须看。我还得交代编辑部的哥们儿,不论这家伙投来多少稿件,随稿寄来多么吓人的名片,统统枪毙,格杀勿论。事情很明白:一次半个月的德国之行就必须让他人牢记上千遍的家伙能有什么哲学?他不愿意当电工,为枉担电工名声彻夜不眠,就凭这一条他的哲学还能不臭?当他的哲学不能从现实生活中获得依据,不能从电工、木工、泥工、农工、牧工及其他人的生活感受中获取血质,一大堆术语绕口令也压根就无意造福于这些社会最多数的人,谁能保证他的术语绕口令不会再一次构成人间的歧视和压迫?

他的哲学已经冷漠,那么离残忍还能有多远?

我没有兴趣听下去,没有兴趣听另外一些成功者对他的同情和声援,转身去看电视里的新闻。好看,好看,又打中了!有人正在电视机前欢呼。一场现代化的空中打击正在屏幕上进行。黑白的卫星拍摄图像有点模糊不清,一个白色的十字准星飘忽着,终于锁定一幢房屋或一座桥梁,然后就有无声的烟火突然在那里炸开,一炸一个准,简直就像打电子游戏。我没有看见这场战争中的人,不知道轰炸之下是怎样的肤色,怎样的年龄,怎样的形体,怎样的肉片横飞和鲜血迸溅。如果说以前的敌人还是一个可以猛踢的胸脯,一个正在惨叫的人形,那么今天连这些近镜头也没有了,只剩下卫星在遥远外层空间的超然俯瞰,只剩下一朵又一朵烟火的缓缓开放,玫瑰花一般安详而美丽——那里就没有人吗?那里是一片无人区?或者那里已经没有哲学家以及所有上等人士所惦记着的人,因此就可以退到远远的长焦镜头之外成为一片灰蒙蒙的模型沙盘?

战争变成了一场两手干干净净的游戏——这与战争的是否有正当理由无关,与战争指向恐怖主义还是反抗义士无关,要紧的是战争形式净化到了这种不见人血也不见人迹的程度,杀戮者必有一份心理的轻松，旁观者也必有一份心理的轻松——它至少可以在这一片花花绿绿的水果、瓜子、糖点前进行，可以成为精英们欢乐联谊会的一角，让我和他人剥着瓜子壳或削着果皮，闲得无聊的时候随意看上一眼。

极 端 年 代

古人说:"人生识字忧患始。""识字"就是理性的起步。《孟子》解释忧患:"君子多忧小人多患。"在孟子看来,常怀千岁之忧是理性人格的应有之义,是各类优秀人物重要的心理特征——他们以字得忧,以字传忧,以语言对世界进行远程认知和远程规划,超越眼前之利而保未来之利,超越个体之利而谋群体之利。

大利者,义也,道德也。从这个意义上说,语言是道德的技术前提。这也是欧洲一些理性主义者的观点,如法国思想家孔德就认为,唯语言与宗教这两件神物可确保道德建设。(见《实证哲学教程》) 历史上的豪杰之士均有过人之节。威武不能屈,富贵不能淫,贫贱不能移,处江湖之远忧其君,居庙堂之高忧其民……这一切匹夫之不能为,有赖于语言的支撑,有赖于语言所组成的信念,适时节制个人肉体的欲望,适时禁闭个人生理的本能,使人达到精神高蹈的境界。我们似乎可以说,语言所编织的理性是人生的现实镇痛剂和理想兴奋剂,语言这一理性工具和理性载体使古今中外的圣者烈士成为了可能,使视苦为乐和视死如归的超人品格成为了可能。

理性主义者可能忽略的是:语言毕竟是一种抽象符号,只能承担一种简化的表达,一开始也就伏下隐患。哪怕是解释一个杯子,也有"开口便错"(禅宗语)的窘境。说"杯子是一种用具",但用具并不等于杯子;说"用具是物质的",但物质的并不等于用具;说"物质是有属性的",但有属性的并不等于物质……在无数个由"是"所联结的阐述中,在思维和言说的远行过程之中,每个环节的简化在悄悄地叠加累积,每个环节都有义涵的溢冒或折扣,最后可能绕出一个严重偏执的逻辑——酿出一幕幕历史悲剧也就不难想象。这还只是语言事故的寻常一种,远不是事故的全部。"宗教""民族""阶级""文明"等等言词,就是在这样的事故中曾经由真理滑入荒谬,成为一些极端化思潮的病灶。英国历史学家霍布斯鲍姆把他回顾二十世纪百年风云的著作命名为《极端的年代》,准确概括了这个时代的主要特征。他没有提到的是:极端者,教条之别名也,危害公益的语言疯魔也。最为极端的时代,恰是心智中语言最为富积的时代,是人类教育规模最为膨胀的时代——这不是一个可以忽略的巧合。

语言运用要取得有效性和安全性,不能与生活实践有任何须臾的疏离,不能不随时接受公共实践的核对、校正、充实、弥补、滋养以及激活,不能没有大范围和多方位的具象感觉以做依托——在人文理性领域尤其是这样。可惜的是,迄今为止的大多数教育机构,也许出于眼界的局限,也许出于行业利益的需要,重知轻行的根本性积弊难除。富有实践经验的教师还是有的,但更多的情况下,经济学教授没有当过工人也没有当过商人,新闻学教授没有做过采访也没有做过编辑,伦理学教授也不一定是个道德楷模,拍马屁讲假话可能很不伦理。这就像自然科学的结论不是从大量试验中产生,而是在大量失败的试验中产生,言之滔滔不能不令人捏一把汗。

即使这些照本宣科是认真的知识传播,但知识从来都是特定实践经验的产物,倘若没有与学生们的实践经验碰上,就不会被激活,学得再多也是用不上的纸上谈兵,充其量是一些半成品,算不得严格意义上的知识。因此,所谓学习,是一个把他人的知识重新激活的过程,是每一项知识都须从头开始生长的过程,没法直接照搬,无由抵减实践,而且读书越多就越需要实践的跟进和配套,重新激活知识的负担倒越重。同样可惜的是,在当今很多教育机构那里,"实践"一词变得有些暧昧了,似乎意味着下等人的劳作,是学子们额外的公益性奉献,在很多人看来只是道德的义务而不是专业求知的必需。不知从什么时候开始,教师资格的考察只有关学历,而无关专业操作的资历;论文索引只罗列有关文献,而无须标注作者的生活实践背景。教育日益变得以文凭为中心,而文凭总是预订着就业机会,是进入社会金字塔上层的高价直通车票,使所有无关应试的活动都越来越受到忽略和挤压。知识爆炸的时代已经到来,当然只是指书本知识的爆炸。时间太不够用了,人的受教育期成倍扩展,就业期从十多岁推迟到三十岁、四十岁甚至五十岁——有的人从挂着鼻涕进幼儿园一直读到博士后,半辈子甚至大半辈子都淹没在书海里,鲜有机会走出校门。如果是当教授,则整辈子不出校门。即使有一点假日旅游,也远远不足以把空心化的语言转换成活生生的生命体验。

毛泽东有很多过错,但他关于"教育要革命"的说法、关于"文科要以社会为工厂"以及"学工、学农、学军"的一系列说法(见毛泽东1964年至1968年有关谈话和批语)不幸已被人们淡忘。随着等级制重新成为潮流,中国知识分子和学生青年到农村去、到工厂去、到基层去、到边疆去的往事,已成为人们争相诅咒和忘却的一场噩梦——尽管在某些外国人那里还余韵残存——他们或是身处西方发达国家,对高价身份直通车的积弊有切肤之痛;或是身处最不发达的国家,根本无法搭上高价身份直通车。其实,改造教育的理想并非始于毛泽东,"读万卷书,行万里路",还有"知为行之始,行为知之成"(王阳明语)等,一直是中国先人的古训；陶行知先生"生活即教育""到民间去""教学做合一""穷苦和学问是好友"等倡导，（见《生活即教育》《平民教育概论》等）　至少也在毛泽东之前。但毛泽东以国家最高权力发动教育革命，导演了世界知识史上风云壮阔的一幕，同时也不幸与领袖和人民的双重神化纠缠在一起，与革命的强迫化、简单化以及冤案迫害等纠缠在一起，代价过于昂贵，很多方面乱得不可收拾。这使任何相关讨论都变得敏感而棘手。这里的问题是，真知与谬见的混杂正是历史中的常态，我们无须对此束手无策。这里的问题还在于，"文化革命"中的极端政策是这样结束的：不是结束于言语的冲撞和理念的消长，从最根本上说，是结束于知识群体主流对国情现实真切的感受，对底层人民大众大规模的接近和了解——知青上山下乡运动只是其中的一部分。换句话说，毛泽东式的教育革命如果说获得了成果，那么首要的成果就是人文理性重新扎稳了根基，打掉了知识界的软骨症和幻视症，矛头首先直指"文化革命"的人权灾难，从而剥弃了教育革命污秽的外壳。

一个人用一只手打败了自己的另一只手，在失败中获得胜利，或者在胜利中遭到失败，这种奇怪的结果可能为当局始料不及。

人民与实践是消除极端思潮的良药。在中国当代史上，美式或苏式的体制神话，有关富人或穷人的阶级神话，瓦解于知识群体的汗水、伤口以及晒黑了的一张脸，瓦解于他们心灵中难以磨灭的生活印痕，这就是一场教育革命的真正成果。这种生命底蕴在后来几十年反"左"或反右的思想冲突中一再隐约可见，深深影响着历史——并且以上个世纪七十年代后期的抗议浪潮为显现起点。我与大川就是在那个时候到了北京，经过电话联系，经过对方反复盘问，凭着手里一本杂志作为暗号，在北师大门口的一个汽车站与陌生人接头。来人叫徐晓，后来成了北京一个活跃的编辑和散文作家。她领着我们见到了更多热情的陌生人，在北师大的一间教室里，在东四张自忠路一个私人住宅里，在北京电影制片厂的招待所里，无数的地下社团聚会在那时偷偷举行，油印的诗歌和论文在偷偷散发。我不想记述那个年头更多的人和事，只想说说那时候交流的气氛，简直到了一拍即合、一呼百应、心有灵犀一点通的地步。朋友中有工人、教师、画家、工农兵大学生、无业人员，当然绝大多数都有知青或五七干校学员的经历，但职业和专业的差别根本不构成交流的障碍，不构成利益立场之间的沟壑。朋友中有马克思主义者，有自由主义者，有托派，有唯美主义者，有谈佛论道者，有什么主义也不信或什么主义也不懂的人，但观念的分歧几乎微不足道，在观念的标签下都有相似的感受，都有结束贫困和专制的急迫要求——观念只是抗议的不同方式。

多少年后，当我发现自己的道理没法同别人说通的时候，发现对话总是搅成一团乱麻的时候，总是回想起当年，对当年几乎全民性的默契深感惊疑。我不是说当年没有分歧、没有激烈甚至固执的辩论，而是说言语之争从来不被人们过分看重。当时真正的观念都写在脸上，一张来自北大荒风吹雨打过的脸，会使你无端地觉得信任；观念也写在眼里，一双来自陕北黄土高原烈日烤灼过的眼睛，会使你无端地觉得可靠；观念也写在手上，一双挖过煤的粗硬大手，握一握就是无言的自我立场介绍；观念还会写在衣装上，一条脏兮兮的工装裤，带着车间里的油渍，会成为此人无须提防戒备的有力证明。观念不一定表现为理论，可以表现为一句民间的俗语或粗话，让旁人心领神会，相视一笑，省却很多说理的啰嗦；还可以表现为做饭时哼出的一句知青常听的歌，狭小蜗居里一个从五七干校带回城的粗木箱子，或是墙头一张报纸上铰下来的周恩来画像——主人对一九七六年天安门事件的态度不言自明。这一切使大家很容易找到话题，甚至用不着话题就能兴致勃勃并且情意相投。总之，一种相近的生活经验，使人们很容易用面容、眼睛、手掌、衣装等一切具象之物来说话，一种感觉的交融使言语之争即使没有迎刃而解，至少也可明绝暗通。

当时的言语一接上就有电，一接上就温暖。

有人可能并不这么看，可能认为"文化革命"的结束应归因于西方思潮的舶入，归因于中国人理性的恢复和重建，与荒废教育耽误学业的瞎折腾没什么关系。如果学校一直照常办下来，悲剧可能结束得更早，甚至根本就不会发生。这样说未尝不可，而且一度也成为我的看法。但这些看法忽略了"文化革命"并不是这个时代唯一的灾难：巴尔干半岛、中东、南亚、东南亚、非洲、拉美，一度是西方殖民文化的高班生或绩优生，从未停止过西方式的世俗教育或宗教教育，其大批执政精英甚至直接留学于欧美院校，他们统治的地域眼下却是世界上流血最多的 Y 形环绕带。连伊斯兰极端原教旨主义最初也都以一些西方国家（如英国）和亲西方国家（如沙特阿拉伯）为温床。这并没有什么奇怪。西方思潮即使是一笔最伟大的理性财富，如果止于语言复制品的大宗进口，也是完全不能保证极端力量绝育的。不久前，我与作家格非一同出行。他是清华大学的教师，一个高才生班的班主任，他说他班上的学生十分了得，刚进大学本科，英语就统统过了六级，法语或西班牙语也各有绝招。明明是中文课的作业，有人偏偏写来英文一大叠，累得中文教师又翻字典又打电话求教，汗流浃背，胆战心惊，一个星期才能批改得下来。讲授外国文学也得千万小心，说不定就有学生在教室里站起来，把法文原版的《追忆似水年华》哗啦啦背上一段，证明老师对小说语言风格的判断完全不对。你难以想象这些小毛孩是受的什么教育,难以想象他们在小小年纪怎么就掌握了那么多知识。格非还惊讶地说到一件事:开学时他让同学们竞选班长,两个候选人在自我介绍时都自称钢琴达到十级,厉害吧?但第三个大不以为然,走上台去说:"钢琴就不要说了,这里谁不会呢?怎么还算得上竞选条件?"

台下一片掌声和笑声。

就是这一群天之骄子,这一批现代教育最为成功的精品,一批从吃奶的时候就被西方现代文明全方位喂养的当代人杰,有些看法却让格老师迷惑:一崇洋就恨不得马上废掉中国字,一反"台独"就恨不得明天开战,一谈环保就恨不得对污染企业扔炸弹,一骂"文化革命"就视父辈统统为白痴。每一种声音都尖锐得高八度,都是精神的易爆品。有一位学生还曾对他说:"老师,'文化革命'有那么沉重吗?都是你们这些作家虚构出来骗钱的吧?我就佩服毛泽东。说毛泽东整了人,哪个政治家不整人?不整人还玩什么政治啊?"

这位学生一遇到社会不良现象更是愤愤地宣布:"我看还是要搞'文化革命',就是要打倒一批人,把他们关到牛棚里去!"

他对"文化革命"的满心向往不知从何而来。

"文化革命"当然是太久远了,完全是历史了。对于这些少年来说,毛泽东就同曹操、曾国藩、汉武帝、秦始皇一样,不过是些历史人物。而历史是一些可能有趣也可能乏味的文字,一些看也行不看也行的文字,与现实生活没有什么关系,为什么不可以大疑大破?当清算教育革命的努力——一种关注人民和注重实践的努力,转眼之间被纳入了轻人民和轻实践的流行思想框架,一切信口开河已不足为奇。连法国这个民主自由之乡都有大学者站出来说奥斯维辛集中营涉嫌虚构,酷吧?绝吧?很法国吧?连美国这个经济超级大国都有大学者站出来说孔子压根就没有这个人，酷吧？绝吧？很美国吧？为什么中国"文化革命"的历史就不容所谓后现代式的胡涂乱抹？

　　细想一下，我对高才生们的看法无须较真。他们对中国和外国还缺少亲历性的真情实感，即兴态度大多来自书本，不过是从书本到书本的知识旅行，对与错都不是太重要。哪一天，他们突然有了新的旅行，进入了新的文字幻境，从一个极端跳到另一个极端恐怕也不是一件难事。

　　我对格非说，我也有过同样的遭遇。两年前，两位外国朋友邀我与他们同过复活节，一起去看城堡和地中海海岸。海边的亚洲人很少，红男绿女的游客中常冒出几个洋娃娃，愣头愣脑地冲着我发问：你是日本和尚吗？你能表演中国功夫吗？……那里的景观让人赏心悦目，海潮说来就来，刚才还只听到天边隐隐的哗哗声，转眼间就有冰凉的海水淹至大腿——我们离开那里只比公告牌上的规定时间晚了十分钟。我感谢朋友们的好意安排，感谢他们对中国的一片热心。斯特劳教授正在写有关中国六十年代中期革命委员会的论文，能历数中国的杭州、青岛、桂林、承德等旅游地，能流利说出"知青""老插""三结合""四类分子"一类新式成语。"我们今天就是要当知青，上山下乡，与贫下中农相结合！沿着毛泽东的五七道路前进！"他发动汽车后这样宣布。

　　离开城堡以后，我们的车驶出大公路，沿着海滩颠簸着驶入了一片偏僻乡间。"鸡！你们听，有鸡叫！"斯特劳欣喜若狂，停下车，朝一个废弃的农舍跑去，在那里寻找了好一阵，希望找到鸡的藏身之处。

　　"牛粪！"莫莉也有伟大的发现，"我闻到牛粪的气味了！太棒了！"

　　他们发现了一台收割机，上去摆弄了一下，遗憾这家伙太先进了，太不够意思。他们似乎想在这里发现一张木犁，一担粪桶，或者是几双草鞋，配上这蓝天绿地，那才能满足他们对中国的想象和怀念，才能使今天的上山下乡运动有模有样，才能够让我这位中国人多一点他乡有故乡的亲切。

我们"插队"一天，用面包屑喂鸡，用矿泉水浇花，躺在干草堆上一边听鸡叫一边遥望蓝天，在海滩上脱得一丝不挂地享受天体日光浴——他们体谅我是个中国老土，不在乎我保留了一条比较下流的裤衩。在一个点着蜡烛的海边乡间饭店里，我们还发现一个来自美国的主妇很像阿庆嫂。美国的贫下中农大娘！是不是？斯特劳模仿着她的美国式发音，说要到屋后去寻找美国的胡传魁或刁德一，引得我们捂嘴而笑。此时的窗外月上中天，银色的光雾弥漫在这一片海滩和远处的山脉，给人一种山脉正在变软的感觉，正在远退的感觉。我们很不像知青地酒醉饭饱杯盘狼藉，很像知青地在烛光里唱了意大利歌，唱了俄国歌，也唱了中国歌——他们居然会唱《造反有理》和《我们走在大路上》，居然会唱《北京的金山上》。他们都是毛泽东及其"文化革命"的崇拜者，认为当时的革命委员会"三结合"的制度使工人农民成了真正的历史主人，是打破资本主义全球化最重要的一大创造。

我感到交谈的困难，不明白他们何以认定劳动人民在"文化革命"中成了国家的主人，更不明白他们后来主张中国应该解体为十多个国家的大分裂论与他们对"文化革命"的热情万丈有什么联系。我不知道能说什么。我们今天是"插队"了，有了鸡叫，有了牛粪味，还有一个美国的阿庆嫂，道具和布景差不多齐全。我们走进这样一个舞台空间就可以明白"文化革命"是怎么一回事了？我们还可以在杭州、青岛、桂林、承德等旅游地"插队"，在各种关于中国的论文和论文的论文里"插队"，于是就可以在地中海岸度过一个共产主义战士的美好夜晚？我知道他们志在打破对中国的妖魔化，不怀疑他们心存好意，但我无法追随一种纸上的纠错，也无法信任任何对纸上纠错的纸上再纠错。

德国啤酒很爽，因为太爽才使我扫兴。两位朋友太热情，因为太热情才使我悲哀。我真不愿意跟他们来这里上山下乡，不愿意在这个欧洲小酒店里排演过去的岁月，而且说不出什么道理。

地中海的月光很美。日本作家川端康成说过，东方的美不光是美，同时也是悲，是痛，是怜。

斯特劳和莫莉不知道我为什么兴奋不起来，不知道我为什么突然胃不舒服，还没走到住房门前就扶着墙哇哇大吐，把德国啤酒和整个地中海的美丽通通吐成一地污秽。他们说我肯定是受凉了，娇气得不适应插队了。

地　图

　　我看到了蓝蓝的水，近得几乎伸手可及，水底的石脊和绿色苔衣清晰可见。我一阵恍惚以后才突然意识到，我是在万米高空之上的舷窗前，在飞机柔和的发动机声中面对着南太平洋的一片大海，而不是面对着台阶上的一个水盆。我不知道澳大利亚与印度尼西亚之间的海洋为什么如此清澈见底，所有海底的峡谷和平原都在阳光下一清二楚，透明得一览无余，大陆架像树根一样隆起来，在一盆蓝水里延伸和潜伏。

　　我几乎能够嗅到海底山谷的鲜腥味。

　　我在一张活地图上移动目光。这张地图有海的蓝，沙滩的黄，田野的绿，山壁的钢灰色和赭红色的岩层网纹，让我感到丰富和真切。相比之下，我不喜欢看纸上的地图，尤其不喜欢看行政地图：那种图像一大堆杂色补丁，把湖南涂成橘色，把湖北涂成灰色，把中国涂成粉红色，把越南涂成浅紫色，如此等等。我母亲就出生在湖北，我去过那里，发现那里并不是灰色的生活，人们煮着姜茶，在雨天里顶着斗笠耕田，撑着小船在河里下网，闲坐在集市的麻石街边打瞌睡，与湖南完全没有什么差别。我也去过越南，发现那里并不是浅紫色的生活，人们骑着自行车卖甘蔗，在木棉树下打扑克，商店里有可口可乐也有香港的武打片光碟，学生们玩了骑高马的游戏就去向烈士纪念碑献花圈。如果没有招牌广告上那些拼音字母，你完全可以把这里误认为中国的广东或者广西。我有一种惊异，有一种失望，准确地说，是一种被行政地图蒙骗了很久的感觉——那张纸有什么理由把浑然相同的生活割裂成不同色块？为什么要用灰色和浅紫色害得一个中学生想入非非？

我不知道什么时候出现了圈定国、省、区、县的线条，不知道人们为什么不习惯用高原、平原、流域、山脉、海岸、盆地一类名称来标示我们的生活区位。比如我从云南省到了湖北省，为什么不能更恰当地说我是从云贵高原沿湘江流域进入江汉平原？为什么不能更恰当地说是从北纬二十二度的亚热带来到了北纬三十二度的温带？

对于行政管理者来说，行政图当然是更重要的，牵涉到税收、治安、邮政、发钞、社会福利、人事任免等重要事项，牵涉到管理范围和管理权限。随着国家体制的不断完善和强大，随着生活从自然状态向社会状态的演进，人们不能不要求地图制作者们把行政地图更当回事。

由此看来，地图是人类一面稍嫌粗糙和模糊的镜子，映射出文明的面容。《唐书·地理制》称："凡一渠之开，一堰之立，无不记之。"这当然是农业时代的地图。你可以想象那时候的地图编绘者，大多时候只能以舟船代步，因此凡河流总是记录周详；最关心水源与灌溉，因此渠堰塘坝决不遗漏，田地与山林的标记也力求准确。同样的道理，你可以想象工业时代的地图编绘者，是一批西服革履的新派人物，出行有机器相助，于是行舟的河道让位于火车和汽车的交通线；最关心矿藏与冶炼，于是矿区与厂区的位置在地图上星罗棋布地冒出，沿海的贸易港口也必然醒目。至于渠堰塘坝，如果不宜完全删除，也只能在视野里渐渐隐没。十九世纪由外国商人绘制的一批中国地图，就是这样的状貌。你还可以想象西方殖民地图的编绘者，是一些挎着单发手枪和喝着葡萄酒的将军，在轰隆隆的一阵炮击后踏上了新的土地，既不懂当地的农业也不太在意当地的矿业，没有什么工夫去考察或者测量，更没有必要去顾及河势、山形以及族群分布对于划界管理的意义，于是新的地图在庆典或谈判中产生，在占领者的鹅毛笔和三角板下产生，一顿饭的工夫就可以把世界重新安排——很简单的事情嘛。美洲与非洲的很多国界就是他们的杰作，一条条生硬的直线，沿纬线或经线划定，透出下笔者当年的仓促和漫不经心，透出欧洲将军们简捷明快的风格。

  文明还在演变。对于眼下的有些人来说，农业的、工业的以及军事占领者的地图都不重要了。一个消费的时代正在到来，旅游图与购物图成为了他们更常用的出行指南。这些地图在车站、机场、宾馆、大商场、旅游点一类地方出售，附录于图的，多是高档消费场所的广告，多是出售珠宝、首饰、古董、在享受自然风光的同时享受名牌时装，高尔夫、别墅、美食甚至色情的地方。这些场所总是色彩鲜明地标记在地图上，象形或示意的彩色图标，在地图上跃然而出，神气十足地遮盖了一个街区或者半个城镇，使其他社会机构黯然失色，连堂堂政府所在地也相形见绌。谁都看得出来，这些地图是为什么人准备的，是为这些人的什么准备的。任何人都能够在这些地图面前意识到，世界已经和正在发生的深刻变化。在很多国家或地区，农业和工业都不再成为经济活动的主体，获利最丰的新兴行业恰恰以远离自然物质为普遍特征，所需原材料微乎其微，赚钱常常只靠一个人脑和一台电脑，写字楼几乎就是生财的最大印钞厂。人们还需要那些过时的地图吗？当这种轻盈的知识型经济迅速积聚着社会财富，又以购物和旅游为其获利者的主要消费方式，人们能不需要新的地图吗？

高速公路和喷气客机的出现，改变了时间与空间的原有关系。时间而不是空间成为距离的更重要的内涵——这需要一种更新的地图。老地图以比例尺和实际长度实测为基准，作为马车夫和帆船水手时代的产物，只能描述一个刻板和同质的三维世界，它对于今天的很多旅行者来说，不再有什么意义。长与短，让位于慢与快。根据交通工具的不同，从上海到郊县的渔村，可能比从上海到香港更慢。从北京到洛杉矶，可能比从北京到大兴安岭林区的某个乡镇更快。随着时间因素的引入，随着金钱兑换时间成为可能，随着高速公路和喷气客机航线的延展，一种四维地理学几乎呼之欲出：在这种新地理学里，各大经济核心地区之间实际上有了更紧密和更切近的联系，核心地区和附近边缘地区之间的距离反而遥远——我们不妨把这种距离称为"时间性空间"。一个香港富商搭"波音的"，把波音飞机当做随手招停的街头的士，在纽约、伦敦、法兰克福、上海、北京、台北、东京、新加坡之间来回穿梭，感觉就像推开篱笆门在村子里串一串门。他若想跳出这个现代化交通网络，试着到本土的渔村或林区走上一遭，倒会有关山无限前路茫茫的为难——他可能会圆睁双眼：哇，拜托啦，那么远的地方怎么去？

我们可以为他绘制这样一幅新图：

最近范围：上海、北京、广州、东京、新加坡等核心城市，即喷气客机半日内可达之处，加上平时常去消费的酒店、商厦、健身房、酒吧等场所。

次近范围：纽约、伦敦、法兰克福、巴黎等核心城市，即喷气客机半日以上一日之内可达之处；还有黄山、庐山、香格里拉、张家界、敦煌、西西里岛、凡尔赛宫、尼亚加拉大瀑布等旅游地，飞机若不可直达，或者飞机航班不够多，便有高速公路或

较远：交通不太方便的渔村、林区、山寨、牧场等，包括离家很近但没有车道可供进入的贫民区等

次近：纽约、巴黎及黄山、庐山等旅游地，还有郊区生产基地等

最近：北京、上海、广州及居家附近商店、餐馆、健身房等

最远：南极、北极、喜马拉雅山、外层空间，还有需要依靠手足，数十小时乃至数十日才能抵达的煤矿开采面、地质考察点、高山哨所等

图 例

■ 半日内可达地区　　■ 约一日内可达地区

▨ 一日以上方可抵达地区　　□ 很难到达地区

高等级公路供汽车驶抵。建在顺德或宁波某个郊区的生产基地，也属这种情况。

较远范围：境内和境外一切没有公路或者公路等级太低的渔村、林区、山寨、牧场等；还有高速公路护栏以外的某个贫民区，虽然近在数百米之内，但开着汽车找不到路口，不知如何才能接近，如何才能驶入。

最远范围：南极、北极、喜马拉雅山、外层空间，还有需要爬进去的小煤矿开采面，需要爬山数日或十数日才能看到的地质考察点或高山哨所，如此等等，同样是他无法想象的远方，几乎遥不可及的旅行目的地。

于是，他的实际生活空间是这样：

我们还可以运用"时间性空间"的新型比例尺，为其他身份的人绘出各自不同的地图。在这里，能够搭"波音的"人，与没钱搭"波音的"的人，地图显然会很不一样。

隐形地图的多样化，是生活方式多样化的空间曲变，暗示各种生活模式相对封闭和分隔的趋向。不难想象，在高效率的交通工具产生以前，人们即使有穷富的差异，大体上还生活在统一的地图里，生活在共有的空间之中。只要出行，坐轿或挑担都依循共同的速度和路线，有共同的生活形态逼近眼前，视觉、听觉、嗅觉、味觉以及触觉很难被自己的社会地位完全封闭。所谓"朱门酒肉臭，路有冻死骨"，（杜甫）所谓"织者何人衣者谁，越溪寒女汉宫姬"，（白居易）所谓"农夫心内如汤煮，公子王孙把扇摇"，（施耐庵）都是在切近的具象对比中展现。俄国作家托尔斯泰走出朱门，不难目睹农民的饥寒。印度作家泰戈尔走出朱门，不难耳闻乞丐的呻吟。中国作家鲁迅家境衰败，当然更容易与保姆、长工、农家孩子、人力车夫、穷教书匠一类下等人打成一片，在字里行间留下挥之不去的沉重。这种贫富交杂的日常图景，无时不在震击着人的情感，是一部分贵族内心不安的信息之源，是当时整个知识界涌动着人道主义和公共关怀的感觉之基。那一代精英人物也许无能越过海洋，但有幸把周围的人生看得更多，看得更真。

他们一出门，就闯入了"我在众生"的视界，只要有基本的感觉力，就不难获得"众生在我"的襟怀。

设想他们生活在现在，设想他们仍是贵族或准贵族，设想他们还享受着商业版税、股票收益以及顾问、委员一类身份的酬薪，那么即使没有入住纽约的长岛、洛杉矶的比弗利山或者长滩、西雅图的华盛顿湖、日本的东京湾、悉尼的玫瑰湾、香港的浅水湾、上海的紫园……至少也可以入住某个"高尚小区"的寓所。他们的宅前不会有路边邮箱，邮递员是要把邮件直接送进家的。他们的宅前有步行小径，显示出主人有足够的闲暇和安适。他们的窗外不会有任何闲人和闲车，保安机构会确保这里一天二十四小时的宁静。他们会拥有姹紫嫣红的花园，幽深浓密的古树，纯净明丽的海湾，清新宜人的空气，甚至有黄昏时散散步的山间小道，还会得到周到殷勤然而不露痕迹的社区服务，唯独少了一件东西：穷人为邻。并非他们不愿意这样，是现代住宅建设体制不容许这样。与往日的情况迥然不同，现代社会的土地已经商品化，纳入周密规划，宅地成片开发，巨资投入之处，地价成倍飙升，环境优雅一些的地段更是售出天价，一个平方米价值万元乃至数万元之上，一般购买者何以问津？怎可进入？这种小区周围的学校、医院、商店、俱乐部等服务设施也受制于地价，或者锁定了消费群，组成了统一的高价联盟，共同抬高了居民移入的门槛。因此，一般小人物根本用不着保安人员的驱赶，早就远远地退到那些富人们推窗时的视野之外。

等级之差正在化为地域之别，一个人用不着太多介绍，只要说出自己住在哪里，旁人就可以明白此人的社会地位，这是现代社会里普遍的新现象，体现了农业文明、工业文明以后一种新型社会所要求的空间再分配。在这个多层等级结构的最顶端，富人们当然还可以走出宅区。但他们如果打算像前人那样走路或者骑脚踏车，将遇到无穷的烦恼和困难。高速公路之网正在截断很多原有的人行道，道路封闭化使徒步横越有上天之难，洛杉矶的很多居民早就有无路可走的愤怒。在美国的许多地方，自行车爱好者经过多次游行示威，也只争得了公路边一掌来宽的脚踏车专用道，只能在这条平面窄轨上骑一骑，忍看汽车刷刷刷地擦身而过，一个个肉跳心惊。在这种情况下，对社会握有强大影响力的富人其实没有太多的出行自由，家门早已被暗暗张开大嘴的汽车设伏。他们提着保密箱以及真皮挂衣袋，是一群现代文明的老老实实的俘虏，被名牌汽车一口吞下，被高速公路一路押送，被冷峻的机场候机厅一网打尽，最后被铁面无私的宾馆或酒店一举捉拿归案。在这个过程中，他们在路上看不到什么穷人（高速公路上不容许脚踏车、摩托车、拖拉机行走，更不容许牛车、推车、挑担的行人出现）；在飞机上也看不到什么穷人（窗外只有蓝天白云，消费价格也足以把下层平民排除在外，比如排挤到破旧的长途客车或人货混装的轮船上去，脏兮兮的箩筐或编织袋在那里适得其所）；在星级宾馆和酒店里也只能看到与自己地位相近的官员、商人以及其他名流精英和各种有头有脸的人。这在消费方式的意义上相当于自照镜子。他们极目四望，完全可以觉得好日子无非是对自己高素质的报偿，与穷人和穷地方没有任何关系。在最好的情况下，他们即使还有几分怜贫悯弱的文化惯性，也无法改变"朱门"与"朱门"跨越式对接的现实，无法发现他们一心怜悯的目标在哪里——如果它不是全部消失了的话，至少也是大部分地消失了。

富人们当然还能看到一些穷人。比如说接受服务的时候：这时候的穷人都穿着工作制服，严守服务规程谨言慎行；比如说遭遇犯罪的时候：这时候的穷人是入室的窃贼、绑票的暴徒，或者是在繁华商业区投掷恐怖主义炸弹的凶犯。作为同一过程的另一面，穷人眼中的富人们也多是出现在享受服务的时候，是一些锦衣玉食的命运宠儿；或是出现在反击犯罪的时候，迅速表现为强大的国家机器，表现为警察、法院、监狱、歧视性盘查，以及B-52或者F-16的轰炸，对小人物的世界冷面无情。可以肯定，无论是富人还是穷人，都看不到对方生活中更丰富和更细腻的纵深，看不到那个纵深里很多可以理解和值得同情的细节。在分隔化的生活空间里被动就范以后，穷富双方在很大程度上相互盲然无知，成了现代社会诸多盲症中最为突出的一种，常常比民族之间、宗教之间、行业之间、党派之间的隔膜更严重，又与民族之间、宗教之间、行业之间、党派之间的隔膜相交杂——没有正常交往的日常感觉垫底，不仅理想中的阶级合作与互助不大可能，阶级斗争也势必恶质化。

在一个更加自由和宽容的世界，一个没有种族隔离的时代，一种新的族群隔离在这里出现了。在一个信息交流和文化开放更加充分的时代，一个鲜见闭关锁国的时代，一种新的生活封闭在这里形成了。

没有任何权力机构在谋划和部署这一切，没有军队在布设路障和铁丝网，一切都是自发出现的，自由产生的，悄悄进行的。金钱和技术是看不见的手。

这种多层次的隔离与封闭，这种完全应该写入世界监禁史的隐形化分区监禁，使意识形态同时成为了意象形态iconology。这不仅是一个语言生产的过程，也是一个具象清除和感觉没收的过程——或者完成于两个过程的互动。

我们也许可以寄望于传媒,寄望于书刊、报纸、电视、电话、电影、因特网等等对感觉壁垒的穿透。事实上,有些坚守良知的传媒一直在做这样的事情,让相互隔绝的族群定期探监:看不到实象,看看媒象也是好的。当然,强势群体拥有更多的窥探权,理应承担更多的理解责任,还有反监禁的行动责任——哪怕当不了职业行动家,成不了我在前面《岁月》里说到的阿梅。他们应该知道,中国很多地方在划定贫困线的时候,把拥有电视机当做脱贫标志,可见贫困线以下的人已经不易接近传媒。很多广告商在选择传媒的时候,注重受众的购买力而不是受众的人数,可见大众媒体已不再自动等于主流媒体,高消费群体已经有了特殊的传媒圈选,对传媒的支持可以一当十甚至以一当百。《纽约时报》是希望统治美国的人读的报纸,《华尔街日报》是已经统治美国的人读的报纸。美国人早就有了这样不必大众却务必主流的报纸,并且标举着引领报业的成功经验。显而易见,当这些传媒被广告商的雄厚资金喂大喂强,喂出所谓主流传媒的呼风唤雨,资讯筛选未必不受制于喂养者的利益,未必不受制于特殊受众的趣味、经验以及既有知识。透过一个主流传媒,你常常可以从栏目、选材、制作风格中隐隐感觉到广告商成天盯着的那些受众:他们是广告围追堵截的对象,就其大多数而言,是一些高薪工作机器,一些大机构最喜欢的文明雇员,一些齿轮和螺丝钉似的专业化白领,说话有点木讷,营养丰富于是胖得像个穿着吊带裤的大白鼠,人文兴趣淡薄于是在技术专业之外活得像个大龄娃娃,有漂亮的太太和私家汽车,对任何新款产品兴致盎然,下了班健身洗浴,网上玩游戏或翻翻时尚杂志。硬要参与社会的话,便躺入真皮沙发看一眼电视新闻。如果他们的社会态度多是一套主流传媒的流行腔,想必不会令人奇怪。

流行舆论常常告诉人们:中产阶级的雅皮就是这样,一个自我奋斗的成功人士就应该这样生活。

他们大多数不乏正义感——如果主流传媒正在鼓动正义;大多数也说变就变地追随偏见——如果主流传媒正在推销偏见。问题不在于他们的态度是否正确,不在于传媒受制于权力与金钱的太多可能,而在于他们唯主流传媒的马首是瞻,脑袋逐渐被报纸和电视接管,正在日渐臣服于意识形态和意象形态的视听专制。在这种情况下,我不知道认识活动的公共关怀能否在他们的真皮沙发上自动生长。

他们肯定无法从传媒上看到我的一些穷朋友,这些穷朋友也无法从传媒上沟通更多样的人生和人性——他们还生活在报纸发行范围之外,生活在电视信号覆盖之外,因为电视机是狭小家居里孩子读书的干扰,或者是领到救济费的障碍,还可能因为交不起电费……我无法想象他们在一个信息爆炸时代的黑洞里怎样生存。我知道生存空间的分区监禁再加上信息分配的趋利效应正在使很多人离我们越来越远。我们在很多时候不知道他们是谁,不知道他们在哪里。前几天我想去看一位老朋友就惨遭失败,不知什么时候,那里的旧房子全部拆除,变成了一个宽阔敞亮的立交桥建设工地,变成了吊车、打桩机以及各种陌生的工人面孔。我居然不知道他早已搬走,没法再与他联系。我知道他没有电话和电子邮件地址,突然醒悟到这是一件很严重的事:如果他不主动打来电话,我就永远不会知道他去了哪里,就永远与他分别了——在一个城市的茫茫人海里。

我几乎可以肯定,他不会主动联系我们的,也没有什么事需要与我们联系:印象中的他很少串门也不找朋友借钱。

我看到地图还在改变,一座立交桥抹去了一张熟悉的面容,轰然截断了人际之间的习惯性往来。在这个水泥的庞然大物面前，我的记忆也许会渐渐模糊，最后可能只剩下一个概念，一个似乎与我有过关系的绰号，比方说"鲁少爷"。

他曾经住在这里。

麻　将

　　麻将是老朋友们聚会的主要节目。某个节日到了，朋友一个又一个电话打来，要我去聚一聚，说好久没有看见了，说谁谁谁回来了，谁谁谁也回来了，大家一定要聚，不来的罚款。我当然只能推掉一些杂事，应约去奔赴友谊。我没有料到，房门一开，哗哗麻将声迸涌而出扑面而来，几乎是拳打脚踢，打得我倒退两步。围在几张麻将桌旁的人都目光直勾勾地紧盯桌面，没人看我一眼。我有点茫然，独自在一大堆堵在门前的鞋子里寻找拖鞋，好容易翻找到最后一双，粉红色，女式的，有点潮润和气味，将就着穿上——很多家庭都有这种让客人换鞋入内的习惯。

　　总算有人看见我了。给我一再打电话的周家瑞没有离座，在人群中伸长脖子，探出了脑袋。"坐吧坐吧，茶在那里，香烟自己拿，就在茶几上。啊？"算是尽了主人的情意。

　　还有人也许看到了我的寂寞："来来来，不会玩牌就啄鸟，好好学习嘛，大家培养你嘛！"啄鸟是指旁观者自由押注的方式，我后来才知道。

　　我啄啄鸟，啄得不错，居然赢了点钱，但仍然没有啄出太多的兴味，只好去阳台上加入三个女人的谈话。她们也不会麻将，互相修着指甲，互相钳着眉毛，让我长了不少见识，但有点误入妇科诊室的感觉。

　　聚会就这样过去，一次又一次的聚会就这样过去，充满着麻将的哗哗声和突然炸开来的喧闹,是和牌的欢呼或者是对偷牌者的揭露,还有对麻将战术气呼呼的总结和争辩,直到大家疲乏地罢手,重新在门前一大堆鞋子里寻找自己的一双,找得拥挤而忙乱,屁股撞了屁股,或是脑袋碰了脑袋。大家碰得很高兴,也很满意。聚会不就是这样吗?

是的,你还要怎样?如果没有这几桌麻将,真不知道该拿聚会怎么办了。该说的事情都已经说过,不能说的事情就不说,麻将恰到好处地填补了时间空白。经过二十多年的回城生活以后,插友们越来越活得不一样。哪怕都是当工人的,有的厂子火了,有的厂子垮了;都是当教师的,有的职称升了,有的下岗走人了;同是当母亲的,有的儿子出国留学了,有的儿子犯罪入狱了。还能不能有共同的话题?操心社会和操心他人已不合时宜,那么还能不能有谈得拢的看法和情绪?如果不想争吵,如果不想在熟人面前没面子,如果更不想翻腾那些说了也白说的废话,当然就只能搓一把麻将了。你不能不承认,麻将是无话可说之时的说话,是生存日益分割化、散碎化、原子化以后的交流替代,是喧哗的沉默,是聚集的疏远,当然也是闲暇时的忙碌。麻将是新的公共黏合剂,使我们在形式上一次次亲亲热热地欢聚一堂。

我讨厌麻将也尊重麻将,是因为麻将使我有机会见到熟悉的面孔,这样的机会并不太多,正在一次次减少。人皆有限。人总是要结束的。一个将要成为白骨的人正在摸牌,一个将要成为腐泥的人正在出牌,一个将要成为化石的人正在点火抽烟,而电视上一个将要成为青烟紫雾的人正在介绍旅游节目并且哈哈大笑……这些人生时各别,若干年后将在死亡线的那一边雷同;或者说这些人生时聚首,若干年后将在死亡线的那一边各自东西你我相忘。

生活是一个化装舞会,我们在舞会上彼此陌生;生活是一条船,我们在船上命运与共同舟相济。生活是一条船上的化装舞会,我们在亲密的陌生中听到时光之冰在嘎啦啦崩塌:终点正在逼近。

有一次,一个"知青酒楼"筹建,吴达雄以装修顾问身份在那里忙了几天,指导工匠们到处挂上草鞋、斗笠、蓑衣以及红袖章,门口设置了龙骨水车和犁耙,还辟出一块留名牌,让混得不错的一些人在那里插上名片,壮一壮知青的声威。开业的这一天,酒楼里照例摆了十几桌麻将。家瑞在一个包厢里被老木赢惨了,说什么也不玩了,三缺一,大家的目光便投向刚来的大川。大川与老木一直不和,手插在裤兜里不愿上桌,被旁人一再拉扯相劝,实在没办法,勉勉强强入座。多年之后他们总算坐到了一起,让我们暗暗惊奇也暗暗高兴。

不知什么时候,发生了地震一般,大川猛地把整个桌面朝老木掀过去,麻将四下里乱飞,让在场人吓了一大跳。原来大川刚才想收回一张牌,被老木顺口抢白了一句。事后据人们回忆,是说落地生根一类,是押房子卖老婆也得有牌德一类。

说者无心,听者有意。大川最近刚好手头拮据,把房子抵押出去了,以为对方是出言不逊,忍不住反唇相讥:"有老婆卖也不容易,怕只怕落下什么绝症啊。"

"什么意思?"老木脸色一沉。

"谁觉得是什么意思,就是什么意思。"

"怕输钱就不要来搓牌。"

"我是怕输啊,一屋的假字画,几块套牢了的地,哪里输得起?"

老木明白话里的意思,把手中麻将往桌上一砸,酒气冲天的一声吓,起身就要走。有颗麻将溅到了大川的脸上。大川不是吃素的,来了个整个桌子底朝天。一片混乱之中,他们破口大骂,旁人还未听清楚骂了些什么，还未定下神来，一个果盘已经盖在大川脸上，红汁黄水五彩缤纷；一个空啤酒瓶立刻向老木的额头飞过去，在墙上砸出叭的一声巨响，鲜血立刻在老木脸上涌现。打死人了，要打死人了！你们疯了吗？屋里爆开了各种尖叫。人们在混乱中也挨了些不明不白的撞击，好容易才把两头咆哮的狮子隔开，把他们按回各自的椅子上，大家都呼呼地出粗气。有人揉着腰，在收拾地上的碎酒瓶、麻将牌以及西瓜泥。

　　吴达雄轰走了挤进门来的好事者，将门狠狠关上，生气地说："大川，不是我说你，相逢一笑泯恩仇嘛。凭良心说，老木今天没怎么样，对你也没有成见。事情早就过去了。前几天喝酒，他还说起你们两个那时候一起守野猪的事，一起半夜里游泳的事，连我听了都感动……"

　　老木一手捂住额头上的毛巾，冲着达雄大喊："他刚才说老子黑。老子下过他的药？做过他的手脚？老子害过好多人但还真不想害他。前一段王麻子说要找个人当校长，我还说只有他是最合适的人选，电子脑壳，高才生，不像我们这些下三烂……"

　　说得突然有点哽咽，说不下去了。

　　大川听清这些话了，声音也开始异样，同样冲着吴达雄申辩："我怎么了？我有什么对不起他？当初敲白铁桶到底是我吞了他的钱还是他吞了我的钱？那年当反革命，是我，把他的事情揽过来了吧？是我，说留下一个算一个吧？专案组相信了我的话，把他开脱了。我当时高兴，真的高兴，觉得终于可以为朋友……"

　　他咬咬嘴唇，转过脸去。

　　老木眼里冒出泪珠："老子没见过这样无情无义的鳖，这样翻脸不认人的鳖。那年回城，我想他总会来送我一下吧，我准备了好多话。天下雨，汽车过了一班又一班，我还在站上等，一直等到天黑。我想吵架归吵架,他终归会要来的吧?鲁少爷都看见的,我一直站到天黑……"

他抹了一把鼻涕,"我一个人站在雨里哇……哇……我哪里是个人?我是个牛骑马踩的大傻鳖哇!"抽泣突然变成了号啕。

"你不要说了,不要说了。"达雄把他搂在怀里。

形势对大川有点不利。他涨红着一张脸:"好吧,我无情无义,我翻脸不认人,我是没有去送你。但你肺炎发烧四十几度的时候,是哪个背你走了十多里路?是哪个同汽车司机打架,一定要把你送到县里去?是哪个去饭店里为你讨……"他激动得一张脸突然歪曲了,吐出瘪瘪的字,"……讨那碗面?"

"我记得是你,我是想报答你啊,祖宗!我下决心要记这一笔恩,做牛做马也要还你这笔情,祖宗!我这就给你下跪,给你当孙子。"老木甩开达雄,矮了下去,冲着大川嘣嘣连磕几个响头,再次吓了大家一跳。

"你还要我磕多少?还要磕多少才够?"他又撅着屁股朝地上砸出响声,额头上的血迹沾到了地上,"我还要给你姐姐磕头。祖宗!在北京的时候,她给过我粮票,给我买过火车票……"

"我还要给你老娘磕头。我没有给她老人家送葬,我对不起她。她老人家给我补过衣服,织过毛衣,擦过煤油灯罩,我是想去给她老人家送葬的但我没有去哇……我是想磕头只是没地方磕哇……哇……"

老木跪在地上,哭成了一个泪人。几个女人抽泣着放出哀声,连大川也突然捂着脸埋下头去,没有发出声音,只有脊背剧烈地抽动,不知强忍着什么辛酸事。

谁也没有想到事情会这样。

听吧战斗号角发出警报

穿上军装拿起武器

共青团员们集合起来

踏上征程万众一心保卫国家

我们告别了亲爱的妈妈

…………

　　大川抹抹眼，撞开门，大步冲出去了。随着门开，大堂里的音乐一涌而入扑面而来。球形彩灯在那里翻卷，播下七色光斑满地飞驰。铜号、沙锤以及架子鼓在那里轰击着神经，一支老歌变成了流行舞曲，男女舞伴一对对在那里踏着红色的快四节拍，整齐地起伏顿挫一同旋进。酒店老板赞助的这次春节知青大聚会进入了轰轰烈烈的高潮。那里没有人注意这个包厢。

　　小青大声说："你们哭什么呢？真是，不是来玩的吗？哪来这么多猫尿？好了好了，都来玩吧。麻将在哪里？麻将……"话音未落，自己也忍不住捂住脸再一次哭了。

沉 默 者

住进太平墟以后,有些亲友节假日里会来玩玩。一位亲戚是个好动的人,一早起来就出了门。早餐没有回来吃,午餐也没有回来吃,满头大汗回来的时候,说这山里真是不错,刚才他一个人爬山去了。我问他肚子饿坏了吧。他说一点也不饿,在山里一户农民那里吃了餐好饭,有柴熏肉,有小鱼,有鸡蛋和青菜,特别新鲜可口。他要付十块钱,那人说什么也不要,说见了面就是缘分,哪有收钱的道理。

我有些奇怪。从他描述的情况来看,他去的那个地方是一条无人的峡谷,原来有两户农民都移民到山下的公路边来了。哪还有什么人家?

亲戚说,确实有,他吃饱了,这事假不了。

因为我的好奇,他详细说了说在那家的见闻:养了几头猪,养了一群鸭子,养了兔子还养了鸽子,反正有很多活物。主妇看来有些文化,言谈举止不像是乡下人,比方能解释山田的酸性和碱性,能解释石头是层积岩还是花岗岩,自称当过赤脚医生也管过猪场,集体猪场散了,就回家了。她的两只脚特别大。

我听得有些冒冷汗,觉得这根本不可能。亲戚说的这家人太像鲁少爷夫妇,是我认识的朋友。但他们多年前就回城去了,不可能还待在这里。我还知道几年前他们的儿子不幸夭折,还知道鲁少爷后来给一个体户推销轮胎,还知道他们住的房子已经拆迁,那里正在建一座高速公路的立交桥……他们不可能在这条峡谷里。即使在,我住得这么近也不可能不知道的。

亲戚有些茫然:"是你记错了还是我看错了?"

亲戚度完假,带上些瓜菜,带着老婆和孩子回省城去了。我按着他说的路线,走进了他说过的那一条峡谷。我希望他说错了,也希望他没有说错,希望鲁少爷确实就在前面,比方说是前不久偷偷搬家到乡下来的。我希望他像以前那样在大树下回过头来,或者在水田里抬起头来,说一句"又是来找牛的吧?"我希望时间永远静止在那一刻,静止在他挂着泥点的一张黑脸上,静止在他踩着牛粪的一双赤脚上,静止在我们的相视一笑。我希望我后来知道的一切都是幻觉,包括他最后的不知去向,包括他从此沉默不语的传闻——他唯一的声音是进入洗澡房才可能爆发出的一句或两句歌唱:"冰雪覆盖着伏尔加河"或者"蓝蓝的天上白云飘",一旦走出洗澡房又成了哑巴。我希望这个除了在洗澡房就永远哑巴的人重新开口说话。

我没有找到他以及他的妻子。寂静挤压着耳膜,峡谷里杳无人迹,只有一行白鹭在万顷绿色中闪电般地掠过。

看来是我的亲戚遭遇幻觉了,或者是说错地方了。

乡　下

你看出了一只狗的寒冷，给它垫上了温暖的棉絮，它躺在棉絮里以后会久久地看着你。它不能说话，只能用这种方式表达它的感激。

你看到一只鸟受伤了，你将它从猫嘴里夺下来，用药水疗治它的伤口，给它食物，然后将它放飞林中。它飞到树梢上也会回头来看你，同样不能说话，只能用这种方式铭记你的救助。

它们毕竟是低智能动物，也许很快会忘记这一切，将来再见你的时候，目光十分陌生，漫不经心，东张西望，追逐它们的食物和快乐。它们不会注意你肩上的木犁或者柴捆。它们不会像很多童话里描述的那样送来珍珠宝石，也不会在你渴毙路途的时候，在你嘴唇上滴下甘露。

它们甚至再也不会回头。

但它们长久地凝视过你，好像一心要知道更多关于你的事情，好像希望能尽可能记住你的面容，决心做出动物能力以外的什么事情。

这一刻很快就会过去。但有了这一刻，世界就不再是原来的世界，不再是没有过这一刻的世界。感激和信任的目光消失了，但感激和信任弥散在大山里，群山就有了温暖，有了亲切。当某一天，你在大山里行走的时候，大山会给你一片树荫；你在一条草木覆盖的暗沟前失足的时候，大山会垫给你一块石头或者借给你一根树枝,阻挡你危险地下坠。在那个时候,你就会感觉到一只狗或一只鸟的体温,在石头里,在树梢里。

你流泪了,抬起头来眺望群山,目光随着驮马铃声在大山那里消失。你看到起伏的山脊线那边,有无数的蜻蜓从霞光的深处飞来,在你的逆光的视野里颤抖出万片金光,突然间撒满了寂静天空。

2002 年 5 月于八景峒

附录一

人物说明

这本读物中若隐若现地出现了一些人物，是因为叙事举证的需要，也是因为作者一时摆脱不了旧的写作习惯，写着写着就跑了野马。当然，出现人物也许有一定的好处，比如能够标记作者思考的具体对象和具体情境，为思考自我设限。作者相信不同的生活经验需要不同的解释，世界上没有绝对兼容和通用的真理，笔者也免不了"瞎子摸象"。因此，任何解释都不能强加于人：适用于这些人物的解释，不一定适合于读者所熟悉的其他人，那些笔者并不知道的人。

需要说明的是，这些人物都出于虚构和假托，如果说有其原型的话，原型其实只有一个，即作者自己。书中人物是作者的分身术，自己与自己比试和较真，其故事如果不说全部，至少大部分，都曾发生在作者自己身上，或者差一点发生在作者自己身上。何况出现在这本书里的任何故事，包括某些作者观察所得，都受制于作者的理解、记忆以及想象，烙上了作者的印痕，无法由他人来承担全责。他人既没有义务也没有合法身份在法庭的证人席上做证，说事情确实是这样或事情肯定不是这样。

这样，本书只是法庭上的孤证，不要求被采信。

附录二

索 引

如果本书的某些部分可以看做理论，按照通行的学术规则，它必须有较为详细的文献索引，夹在文中或者附在书后。这当然是有道理的。作者的理论态度诚实与否，严谨与否，其知识谱系是否清晰，其学术资源是否深厚，庶几可假一份文献索引而被读者们一斑窥豹。我的朋友小雁读理论，常常是开卷之后先翻翻书后的几页，再决定读不读。她曾经把一本关于村社制度的新书扔到床下去了，说一看索引就知道作者根本不了解近十年来有关村社制度的研究进展，这样的人也敢写书？

我的疑问是关于另一方面的：如果学术只需要这样的文献索引，如果作者与读者只满足于这样的索引，知识就可以从书本中产生了，就是从书本到书本的合法旅行了，就是几百本书产生的一本又后加入到几百本书中去再产生下一本书的可悲过程了——文献的自我繁殖，在我看来无异于知识的逆行退化和慢性自杀。

知识是实践的总结，甚至是对实践的另一种表述，故知与行形二而实一，不事稼穑不为知稼穑，不务商贾不为知商贾，不行道义的高谈阔论不为知道义。知识只属于实践者，只能在丰繁复杂的人民实践中不断汲取新的内涵——这是唯一有效和可靠的内涵，包括真情实感在概念中的暗流涌动。从这个意义上来说，文献索引是必要的，却是远远不够的。正如科技知识需要大量第一手的实验作为依据，人文知识也许更需要作者的切身经验，确保言说的原生性和有效信息含量，确保这本书是作者对这个世界真实的体会，而不是来自其他人的大脑，来自其他人大脑中其他人的大脑。作者的体会可以正确，也可以不正确，这不要紧，但至少不能是纸上的学舌。

因此，我愿意在本书后面附上这样的索引，算是对读者交代一下产品的产地、原料来源以及基本的配方——尽管很多人对此会耸耸肩不以为然：

  作者一九六六年至一九六八年参加红卫兵投入"文化革命"，目睹过父亲所在单位以及自己所在中学的运动，目睹过知识分子与青年学生的诸多表现，跟随高龄学生参与过校内外一些事件，包括参加全国大串联和在武斗中受枪伤。书中对"文化革命"的一些思考来源于此。

  作者一九六八年至一九七四年作为知青下乡插队，从事各种农业劳动，组织过农民夜校和对官僚滥权现象的斗争，接触过知青中不同的一些圈子，包括当时一些有异端色彩的青年以及他们的理想主义实验。书中对农民和知青的观察和理解，大多来源于此。

  作者一九七四年以后重新进入城市，一九八二年大学毕业以后从事过文化工作，与部分作家、批评家、记者、教师、理论家有所接触，经历过知识界七十年代后期开始的思想解冻及其各种风波，也经历过九十年代出现的激烈的思想分化，包括有关"人文精神"的争论以及有关"新自由主义"的争论。书中对冷战结束以后现实变化的感受，还有对理性偏执性的反省，大多以此为据。

  作者在大学时代参加过知识界的民间社团，参加过学潮；重新走向社会以后参加过一些与文化有关的商业活动，接触到一些下海从商的知青朋友；主持过两个机构的管理工作，曾经以"作家深入生活"的名义，接受过某林业局和某市领导机关的短期兼职，后来回乡下阶段性定居，对中国现代化建设中的复杂情形有一些肤浅的了解和介入。书中对中国传统和现实的看法，对社会巨变时期朋友们人生际遇的感慨，与这些经历不无联系。

  作者有过一些境外的出访和见闻，对西方发达国家文明成果的感佩和疑虑，只是一些零乱随感，姑妄言之而已，应该说缺乏更全面和更深入的了解以做基础。录之于书，是想提供一份中国人的感想速记，至少可以充做中外文化碰撞和交流的个案性材料。

  以上索引，如果不能有助于读者接受这本书的看法，不能有助于读者与作者共同面对具象这一片迷乱的符号领域、面对我们能够感受的日常生活亦即我们的生活，也起码可以帮助读者了解到笔者失误的经验局限。我期待批评，期待着跟上他人更广阔更坚实的实践，只是不会关注那些书袋子和纸篓子式的批评、读不出多少人味的批评——哪怕它们附有吓人的文献索引。

附录三

主要外国人译名对照表

（以在书中出现先后为序）

维特根斯坦	（Ludwig Wittgenstein）
海德格尔	（Martin Heidergger）
福柯	（Michel Foucault）
克罗齐	（Benedetto Croce）
普列汉诺夫	（Georges Valentinovitch Plekhanov）
韦伯龙	（Thorstein Veblen）
富特文格勒	（Furtwängler）
莫里斯	（Desmond Morris）
西蒙·波娃	（Simonede Beauvoir）
罗莎·卢森堡	（Rosa Luxemberg）
索绪尔	（Ferdinand de Saussure）
福塞尔	（Paul Fussell）
波德莱尔	（Baudelaire Charles）
佩索阿	（Fernando Pessoa）
弗雷泽	（James George Frazer）
笛卡尔	（Rene Descartes）
亚当·斯密	（Adam Smith）
尼采	（Friedrich Nietzsche）

格瓦拉	(Ernesto Guevara)
莎士比亚	(William Shakespeare)
丹纳	(Hippolyte Adolphe Taine)
大仲马	(Alexandre Dumas)
昆德拉	(Milan Kundera)
雨果	(Victor Hugo)
富兰克林	(Benjamin Franklin)
韦伯	(Max Weber)
弗洛伊德	(Sigmund Freud)
马克思	(Karl Marx)
葛兰西	(Antonio Gramsci)
弗兰西斯·培根	(Francis Bacon)
赫拉克利图	(Heracleitus)
德谟克里特	(Democritus)
亚里士多德	(Aristotle)
斯塔夫里阿诺斯	(L. S. Stavrianos)
甘地	(Mahatma Gandhi)
斯宾塞	(Herbert Spencer)
达尔文	(Charles Darwin)
柏拉图	(Plato)
爱因斯坦	(Einstein Albert)
马尔库塞	(Herbert Marcuse)
伏尔泰	(Voltaire)
弥尔顿	(John Milton)
牛顿	(SirIsaac Newton)
海森伯	(Werner Karl Heisenberg)
康德	(Immanuel Kant)

凯因斯	(John Maynard Keynes)
杰姆逊	(Fredric Jameson)
贺拉斯	(Horace)
维吉尔	(Virgil)
索罗斯	(George Soros)
哈贝马斯	(Jürgen Habermas)
弗洛姆	(Erich Fromm)
阿尔都塞	(Louis Althusser)
阿尔多诺	(Theodor W. Adorno)
罗兰·巴特	(Roland Barthes)
鲍得里亚	(Jean Baudrillard)
本雅明	(Walter Benjamin)
雷蒙·威廉斯	(Raymond Wlliams)
德里达	(Jacques Derrida)
拉康	(Jacques Lacan)
马格利特	(Rene Magritte)
达·芬奇	(Leonardo da Vinci)
孔德	(Auguste Comte)
霍布斯鲍姆	(Eric J. Hobsbawm)
川端康成	(Yasunari Kawabata)
托尔斯泰	(Leo Tolstoy)
泰戈尔	(Rabindranath Tagore)

附录四

《暗示》台湾版序

李　陀

我以为读《暗示》这本书可以有两种读法，一种是随意翻阅，如林间漫步，欲行则行，欲止则止，喜欢轻松文字的人，这样读会感觉非常舒服。另一个法子，就得有些耐心，从头到尾，一篇篇依次读下来，那就很像登山了，一步一个台阶，直达峰顶。

这两种读法效果很不一样。我自己读这本书，两种读法就都试过，虽然不是有意的。第一遍是乱翻，碰上哪篇就读哪篇；第二遍则正襟危坐，一行行仔细读来，结果感觉是读了两本完全不同的书——不是我们平时读书那种常有的经验：同一本书，认真读第二次，我们会对它有不同的或是更深的理解，不是这样，而是确实感觉自己读了两本完全不同的书。

此书的两种读法，我想是韩少功有意为之，不但是有意为之，而且可以看成是他的一个深思熟虑的预谋，甚至是为读者设下的一个圈套。在日常言说里，"圈套"这个词常常和某种心机、某种不怀好意相联系，那么，说这书里有圈套，是说韩少功对读者不怀好意吗？我的感觉是，虽然不能说不怀好意，但也不能说里面没有一点恶意：仔细读了这部书的人一定可以感受到作家对当代人和当代文明之间的荒诞关系的冷嘲热讽，以及在冷嘲热讽后面的脸色铁青的冷峻。我们似乎看到韩少功在努力微笑，但那微笑总是一瞬间之后就冻结在眉宇嘴角之间，而且每当我们出于礼貌，或是出于本能，想回他一个微笑的时候，会在那瞬间感到一股从字里行间透出的寒意，冰凉拂面，让你的笑意半道停住，进退不得。或许有的读者并不这样敏感，但是至少会感觉到在阅读中，自己和作家之间有一种一下说不清的紧张。我以为这种紧张是韩少功有意经营的结果，是他预期的效果：给你一个轻松读书的机会，但是你不能轻轻松松读我的书。

我自己第一次阅读《暗示》的经验就是如此。刚刚拿到书的时候，由于有酷爱读笔记小说的习惯，我是以一种相当轻松的心情对待它的，为自己在现代写作的荆林里终于有机会碰上一片落花满地的草坪而高兴，觉得终于可以在读一本书的时候，不必犹如进入一座城堡，需经过重重暗卡和守卫，也不必像进入一个迷阵，不得不在逻辑的层叠中经受曲径通幽的折磨。所以，不顾目录中的暗示——全书分四卷，各卷的题目显示卷与卷之间有内在的逻辑联系——我随手乱翻起来。开始感觉还不错，每看一篇，都有不同感受。读《抽烟》，全篇不足六百字，很像当前非常流行的报纸副刊上闲话闲说的小专栏文章（所谓报屁股文字）；读《粗痞话》，赞美乡野语言的粗鄙生动，不由得想起作家的那本在大陆文坛引起一场轩然大波的小说《马桥词典》；读《精英》，忍不住哈哈大笑，不能不佩服韩少功对海外 bobo 们的刻画是那样传神，可谓入木三分；读《麻将》，那是一篇苦涩的小小说；读《月光》，那是一篇文字如月光一样透明清洁的散文；读《劳动》，感动之余，不能不对"玩泥弄木的美文家"们由衷赞赏，心向往之。但是，读到后来，读到《仪式》《语言》《真实》诸篇，我开始端坐，在心里和少功辩论（你说的有道理,但是——),再后来,读《极端年代》《言、象、意之辨》《残忍》,那种初读时的轻松感忽然消失,并且似乎看到作家正在一个模糊的暗处讪笑自己。我一下明白,《暗示》不是一本轻松地可以用消闲的方式对待的书。此书之所以用小说的名义出版,之所以采取一种类似随笔的文体和形式,并不是为了讨好读者,更不是因为韩少功本人特别喜欢随笔这类写作形式,而是另有图谋。

与读者初识它的印象相反,《暗示》其实是本很复杂的书。

我想从它的附录说起。

一部书有附录,以理论和学术著作为多,小说就比较少见,常见的,一般是以"后记"煞尾,有余音绕梁的意思。但是《暗示》很特别。首先,韩少功这部书是以小说的名义出版的,可是有附录,而且有三篇,其中最后一篇还是一个一本正经的"主要外国人译名对照表",表中共列人名六十七人,其中文学家艺术家十三人,其余五十四名都是哲学家、科学家和各类学者。如果事先不知道这是部文学作品,只看这附录,很容易觉得你手里是一部学术或理论著作,绝不会想到它是一本小说。韩少功为什么这么做?是给那些喜欢寻根究底的人查对起来方便?当然有这个作用,但是对于习惯阅读文学作品的读者来说,很少有人会有兴趣去做这类事,从约定俗成的阅读惯例来说,读者对非理论和学术著作也没这个要求。作家对此心里不可能不清楚。何况,就此书所涉及的"外国人名"来说,这个对照表并不完全,例如在《夷》篇里,说及巴赫和马奈等西方音乐家和画家共十一名,就全不见于对照表,还有,在《疯子》一节里,俄国精神病专家哈吉克·纳兹洛扬的"雕塑疗法"对支持作家"言"与"象"这二者"互为目录、索引、摘要以及注解"的观点有重要作用,但此人的名字也不见于表。那么,附这样一个表的用意究竟是什么？在我看来，这明显是对学术著作的有意模仿，或者是戏仿（热爱后现代理念的人会说这是一种后现代的态度）。说戏仿，如果读者把这书是从头到尾细读一遍，寻觅在各篇小文里时明时暗的诸多思想线索，摸索其中在表面上显得破碎零乱实际却贯穿全书的主题，你又会觉得此仿非彼仿，戏不全是戏，而是某种暗示：《暗示》只不过是"像"文学作品，作家通过此书思考和表达的，远非"文学"的视野所能涵盖。书中的大量短文虽然都不过是随笔、札记、短评、小散文和半虚构的回忆文字，文学味道很足，可是它所讨论的许多问题却有很强的理论性和学术性，其中不少问题还是当前理论界正在研究和讨论的热门话题，例如对"电视政治""进步主义""商业媒体""潜意识"等题目的讨论，都是如此。

韩少功在此书的"序"中更直接坦白，在这次写作中他真正关心并试图深入讨论的，是当代人类所面临的知识危机，是当代的知识活动在今日的战争、贫困、冷漠、集权等等灾难面前如何无力，并且，为便于作这样的讨论，"需要来一点文体置换：把文学写成理论，把理论写成文学"。把文学写成理论？还把理论写成文学？这可能吗？这是认真的吗？这是不是一种文学的修辞，一种机智的说法？在《暗示》出版后，不少批评家都撰文讨论这本书的"文体破坏"和文体试验问题，有说成功的，有说不成功的，众说纷纭。但是我以为他们都没有认真对待作家"把文学写成理论，把理论写成文学"这个声明，更没有认真对待此书的"附录三"。其实，它是对声明的又一次声明：《暗示》要做的，就是要把文学写成理论，把理论写成文学（这可不是什么文体问题）。韩少功这么说绝不是一种修辞，他是认真的。

那么，就算我们暂时接受把文学写成理论，把理论写成文学这种荒唐的说法，暂时认可这么做是可能的，我们还可以向作家提出这样的问题：你为什么要做这事情？这样做的必要性是什么？韩少功似乎料定会有读者提出这样的问题，所以写下了"附录二：索引"。这个索引更耐人琢磨，首先，作为"索引"它一点不规范，实际上是含有作家自传的一篇短文，并且声明这个自传才是此书真正的索引；其次，这索引不但批评当代理论和学术著作对"索引"的规范，而且进一步批评过分重视文献索引就使知识的生产变成"从书本到书本的合法旅行"，成为"文献的自我繁殖"。

不仅如此，韩少功还在这索引里发表如下十分尖锐的意见："正如科技知识需要大量第一手的实验作为依据，人文知识也许更需要作者的切身体验，确保言说的原生型和有效信息含量，确保这本书是作者对这个世界真实的体会，而不是来自其他人的大脑，来自其他人大脑中其他人的大脑。作者的体会可以正确，也可以不正确，这不要紧，但至少不能是纸上的学舌。"我想，很多人对韩少功这些看法是很难接受的。因为在今天，新闻援引其他的新闻，理论派生其他的理论，谣言演绎更多的谣言，意见繁衍更多的意见，都离不开"纸上学舌"，这是当代文明里，信息传播和知识生产的一个基本和必要的前提。甚至还会有人批评说，这种看法一点不新鲜，不过是传统哲学中的经验主义老调重弹罢了。

但是我希望读者注意韩少功在《暗示》中反复进行的一个异常固执的追问：如果人和社会都须臾不能离开语言，那么在言说之外又发生了什么？如果人要靠语言才能交流，才能认识世界，那么在言说之外人与人之间有没有交流？在言说之外人有没有认识活动？以这个追问作线索来阅读这本书里的种种议论和故事，我相信读者即使不完全同意书中贯彻的思想，但也绝不会认为作家对"纸上学舌"的质疑和忧虑是荒唐，或是老调重弹。

二十世纪人类进入了信息时代，社会也变成了"信息社会"（或者叫做后工业社会，后现代社会），在这样的时代和社会里，人的认识活动有什么特点？发生了什么变化？由这样的认识活动所决定的现代知识又对人的生活发生什么样的影响？它们增进了人和人之间的交流和理解吗？有益于减缓和消除人对人的压迫吗？尤其是，对认识和解决今天世界面临的种种巨大危险，如伴随大规模屠杀的战争、全球范围的穷富分化、人类生存环境的灾难性的破坏，当代人文领域的知识发展在总体上究竟是有益还是有害？实际上，这些问题也正困扰着当代的思想家和知识人，二十世纪以来很多新的知识探索和理论发展，也都在试图直接或间接对它们做出回答，并且对当代知识的状况做出评估。例如福柯的话语实践的理论，鲍德里亚对符号的政治经济学的分析，哈贝马斯对现代性的反省和试图建立新的哲学范式的努力，都应该说与此有关。现在，韩少功以《暗示》的写作加入了这个讨论，而且切入的角度非常特殊：全书的一个基本理论兴趣是讨论"具象符号"在人的认识活动中的重要作用，认为在以语言符号为主要媒介的言说活动之外，还存在着以具象符号为媒介的认识活动。书中的很多故事、旅行随笔、抒情散文可以说都是对这种认识活动的描述、分析和讨论。只不过，作家的这些思考并不是出于纯粹的理论兴趣；相反，恰恰是对当代理论认识活动追求纯粹性倾向的质疑，并由此对当代知识的这种状况提出尖锐的批判。在《暗示》里，这批判主要集中于现代的知识发展越来越疏离、漠视具象符号对认识活动的重要性，越来越依赖语言特别是文字符号这一现象（近半个世纪视觉文化的发达，似乎对此是个反证，但如果考虑到鲍德里亚有关 simulacra 的论述，实际上现代视觉文化更加剧了此种疏离），反复指出正是这种倾向使得大量理论、学说都是脱离实际生活、脱离实际问题的七宝楼台，无论多么瑰丽光明，实际上不过是从书本到书本，从大脑到大脑的合法旅行。在韩少功看来，"从这一角度来理解现代知识的危机"有着特殊的意义，因为"知识危机是基础性的危机之一，战争、贫困、冷漠、仇恨、集权等等都只是这个危机外显的症状。这些灾难如果从来不可能彻底根除，至少不应该在人们的心智活动中失控，不应在一种知识危机中被可悲地放大"。

说当代的知识发展有如飞机在航行中"失控"，这自然是个比喻，但却反映了作家对此忧虑之深，《暗示》可以看作是对这种"失控"的严重的警告。只不过，由于当世的知识精英们，或者对如此严重的危机熟视无睹，甚至把这危机看作在知识名利场上投机的机会，得意洋洋地大变名利魔术，或者由于沉溺于语言的抽象所带来的快感，把危机的讨论当做测试智商的一场比赛，高论迭出却都脚不沾地，这警告里还夹杂着冷冷的激愤和嘲讽——像一声声音量不高却清晰异常的冷笑，我相信它们会使很多敏感的读者感到不安，或者不快。

那么，既然韩少功对理论问题有这样浓厚的兴趣，其关心和分析的问题又是涉及符号学这样前沿的理论讨论，他为什么不直接把自己的思考写成学术或理论文章呢？为什么非要采取"把文学写成理论，把理论写成文学"这样别扭的办法呢？一个现成的解释就是，韩少功毕竟是个作家，而不是理论家。但是，这至多是一部分原因，因为作家即使不愿意以一个理论家的姿态出现，他也可以把这些想法写成杂文或文章，不一定非要把文学和理论掺和在一块儿。我以为，要回答这个疑问，读者要特别注意此书的附录一。

这个附录是个人物说明。《暗示》中有不少人物，其中老木、大头、大川、小雁、鲁少爷几个人还贯穿全书。从小说眼光看，这些性格鲜明的人物本来都可以成为一本正儿八经的小说的主人公，包括书中那几个着墨不多可是活灵活现的次要人物，像绰号"呼保义"的流氓江哥、迷恋做生意但永远赚不了钱的老党员周家瑞、为了吃不到一顿肉就可以把朋友告密的"良种河马"陶姓知青，如果作家愿意，他们每个人的故事都可以铺排成精彩的短篇小说。韩少功没有这样做，而是把他们当做实现把"理论写成文学"的文学成分融于叙事和议论之中。对此，作家虽然在附录一中有如下的自嘲："这本读物中若隐若现地出现了一些人物，是因为叙事举证的需要，也是因为作者一时摆脱不了旧的写作习惯，写着写着就跑了野马。"但是，我以为附录中的如下说明更为重要："出现人物也许有一定的好处，比如能够标记作者思考的具体对象和具体情景，为思考自我设限。"设限？设什么限？为什么设限？解释并不难：《暗示》的主题既然是批评当代的认识和知识活动由于忽视具象认识、忽视实践而形成严重的知识危机，那么他自己的写作——包括他的批评——就不能仍然走"从书本到书本"的路线，就得首先自己"确保言说的原生型和有效信息含量，确保这本书是作者对这个世界真实的体会，而不是来自其他人的大脑"，正是为此，叙述人"我"以及书中的具有一定小说性的人物不仅保持了写作的文学性，更重要的，是他们的讲述、回忆、抒发、分析、说理虽然也要依赖语言和文字，但却源自活生生的生活实践，而不是立足于别人的写作，别人的思想。或许有人会质问：毕竟这些人物都是文学性的虚构，怎么保证他们在书中的思考和言说不是"纸上的学舌"？作家似乎也预料到了这样的问题，并且在这附录里预先作了这样的回答："需要说明的是，这些人物都出于虚构和假托，如果说有其原型的话，原型其实只有一个，即作者自己。书中人物是作者的分身术，自己与自己比试和较真，其故事如果不说全部，至少大部分，都曾发生在作者自己身上，或者差一点发生在作者自己身上。"

说实在的,我不知道韩少功这样的说明是否真能说服有类似疑问的读者,因为作家在《暗示》的写作里是出了一个自己给自己为难的题目,就是"把文学写成理论,把理论写成文学"。这个写作是否成功,既不能由书的发行量,也不能以到底拥有多少读者的赞成来决定。历史上所有大胆探索者的命运都难免吉凶难料,只有把自己交给茫茫的未来。

最后我想说的是,韩少功如此为难自己,绝不是一时兴起,还在《马桥词典》刚出版之后,他就说过:"我一直觉得,文史哲分离肯定不是天经地义的,应该是很晚才出现的。我想可以尝试文史哲全部打通,不仅仅散文、随笔,各种文体皆可为我所用,合而为一。当然,不是为打通而打通,而是像我前面所说的,目的是把马桥和世界打通。这样可以找到一种比较自由的天地。"

我很赞成他这个想法。因为这些年来,我一直在想一个问题:作为一个批评家,我到底在今天应该赞成和支持什么样的写作?但是没想到找一个答案是这么艰难,因为这不仅涉及对当今中国作家的写作从整体上如何评价,还涉及对二十世纪文学在整体上又该如何评价的大问题,不能不使我常常思而生畏。不过,一个看法在我的眼前似乎正在逐渐清晰,那就是随着中产阶级社会的逐渐成熟,近几十年的写作发展的历史应该是中产阶级一步步争取领导权,并且成功地取得了领导权的历史;这形成了一种可以叫做"中产阶级写作"的潮流,不管这潮流中的具体表现怎样花样百出(无论是畅销书写作,还是所谓后现代小说,都是这潮流里的不同浪花),它在总体上还是形成了一套影响着全世界的写作的趣味和标准。问题是,这套趣味和标准完全不适合非中产阶级社会特别是第三世界(还有第一世界里面的第三世界），不仅不适合，在我看来，还根本上与他们的状况和利益相悖，但是这些东西却在影响、控制着他们的思考和写作。这在近些年来的中国大陆的文学发展中表现得十分明显，我很熟悉的一些非常有才华的作家也在日益向中产阶级写作靠拢，使我更加着急不安，也让我更加期待有一种新的写作出现。正在这时，《马桥词典》出现了，给我带来一阵兴奋，它不是一般的"另类写作"，简直可以说是专门针对中产阶级趣味的另类写作。这正是我期望的东西。但是，新的忧虑也随之而来：韩少功往下还会怎么写？他还会沿着这条路走下去吗？他能走多远？带着这些疑问我一直注意着韩少功的动静。

还是两年前的夏天，我和刘禾曾到韩少功的乡下家里去住了些天。他家有两点给我印象很深，一个是家门大开，常常有村里的农民来访，来访者通常都径直走进堂屋坐下，然后大口吸烟、大声说话，一聊就半天，据说乡里乡外、国际国内，无所不包（甚至还有中美撞机问题），可惜全是当地土话，我们根本听不懂。另一个是院子很大，其实是一片菜地，种的有茄子、西红柿、豆角、南瓜、黄瓜，当然还有湖南人最爱吃的辣椒等等，甚至还有不少玉米。在那些天里，我们看到了作为一个普通农民的韩少功，他赤着脚，穿着一件尽是破洞的和尚领汗衫，一条很旧的短裤，担着盛满粪水的两个铁桶在菜畦间穿行，用一柄长把铁勺把粪水一下下浇到菜地里。湖南的夏天是真正的骄阳似火，他的头上、肩上、胳膊上的汗珠一粒粒都在不断鼓动膨胀，闪闪发亮，像是一颗颗透明的玉米粒，但是会突然破裂，竞相顺着同样亮闪闪的黝黑皮肤滚滚而下，把汗衫和短裤浸泡得如同水洗。当时我就想，这样一个作家，不可能在写作上循规蹈矩。

现在我看到了《暗示》，不禁眼前总是浮起韩少功那汗如雨下，挥勺浇粪的背影。

我不知道别的读者会怎样看待这本书。我想，会有人不尽同意此书所表达的主旨，甚至不悦，还会有人对作家在有关理论和学术上发表的意见有异议，在很多细节上要同他争论，但我相信这是一本会使人激动的书，一本读过后你不能不思考的书。

2003 年 3 月于美国密西根